Melaine Amor
Rebels of Ashwick
Arjan

AUTORENVITA

Melaine Amor wurde im März 1990 geboren und lebt in der Nähe von Hannover.

Wenn sie nicht gerade schreibt, oder von neuen Ideen überfallen wird, liest sie für ihr Leben gerne, trinkt zu viel Kaffee und schaut ihre Lieblingsserien auf Netflix oder Amazon.

Seit dem Sommer 2021 schreibt sie ganz nach dem Motto: *Kreiere die Geschichten, die du selbst lesen willst! Und schreib sie so, als würdest du nicht wollen, dass sie jemand liest.*

Tritt mit Melaine Amor in Kontakt:

https://www.instagram.com/melaineamor_

MELAINE AMOR

REBELS

OF

ASHWICK

Arjan

Dark New Adult

Impressum

Melaine Amor
c/o WirFinden.Es
Naß und Hellie GbR
Kirchgasse 19
65817 Eppstein

Bibliografische Information der Deutschen Nationalbibliothek:
Die Deutsche Nationalbibliothek verzeichnet diese Publikation in der Deutschen Nationalbibliografie; detaillierte bibliografische Daten sind im Internet über http://dnb.dnb.de abrufbar.

Lektorat/Korrektorat: www.rc-lektorat.de
Cover: www.jaqueline-kropmanns.de
Buchsatz: www.lillyschwarz.de
Kapitelzierden: © Kathrin Franke-Mois
Epic Moon – Coverdesign / München
www.epicmooncoverdesign.com

Independently Published
ISBN: 9798878441407

Schriftarten Buchsatz
MyFonts-Sveva, Google Fonts - Playfair Display SC, Adobe Fonts - Miller Text

Triggerwarnung:

Neo:
Wir sind wieder da!

Ryder:
Und es ist immer noch nicht deine Geschichte, Kumpel!

Melaine:
Leute, macht es diesmal bitte kurz. Ich glaube nicht, dass die Leser ihre Zeit mit der Triggerwarnung verschwenden wollen.

Arjan:
Das brauchst du mir nicht zu sagen. Mir gefällt das sowieso nicht.

Neo:
Könnte jemand dieser treulosen Tomate bitte ein Happy Meal geben?

Ryder:
Er braucht was anderes ...
(Melaine, kannst du hier einen anzüglichen Smiley einfügen?)

Arjan:
Genau, ich habe das Bedürfnis, euch Wichsern die Fresse zu polieren!

Melaine:
Jungs!

Arjan:
Ja, verdammt noch mal.

Also: Wenn dir Ryders Geschichte schon zu düster war, solltest du diese hier mit äußerster Vorsicht genießen. Hier tauchst du in die dunklen Seelen gleich mehrerer gestörter Bastarde ein.
Diese Abgründe sind tief, grausam und können dich in eine Welt ziehen, der du nicht entkommen kannst. Vielleicht wirst du weinen, aber mit Sicherheit wird dein Herz brechen.

WIR SIND NICHT DEINE RETTUNG, WIR SIND DEIN VERDERBEN.

RYDER:
Wow, das war dramatisch.

NEO:
Du alter Poet.
Wie schaffst du es, die Grausamkeit deiner Welt in solche Worte zu fassen?

ARJAN:
Indem ich Melaine gestern Abend mit einem Messer bedroht habe, damit sie diese Zeilen schreibt.

NEO UND RYDER:
Das war klar.

MELAINE:
Jungs, ich will nicht an diesen traumatischen Moment erinnert werden. Deshalb bringen wir es jetzt zu Ende:
Dieses Buch enthält sehr düstere und triggernde Inhalte.
Die entsprechenden Szenen sind sehr detailliert, also sei bitte vorsichtig.
Grafische und sexuelle Gewalt, sexuelle Übergriffe, explizite sexuelle Szenen, Machtspiele, Dominanz und Erniedrigungen sind ebenfalls Teil dieser Geschichte.

SCHMERZ.

MANCHMAL LÄSST MAN IHN ÜBER SICH ERGEHEN, SAMMELT STILL UND LEISE JEDE NARBE WIE EINE TROPHÄE AUF DER HAUT, UM SICH SELBST DARAN ZU ERINNERN, DASS MAN FÜR SEINE SCHULD BEZAHLT HAT. TROTZDEM VERWEILT DER SCHMERZ EIN LEBEN LANG AUF DER SEELE.

1

RIA

Dunkelheit. Es herrschte völlige Dunkelheit. Verzweifelt klammerte ich mich an die Hoffnung, dass alles gut werden würde, doch der Schmerz in meinem Kopf sagte etwas anderes. Meine Stirn pochte und mit jedem weiteren Atemzug verlor ich die Kraft, gegen die Bilder anzukämpfen, die sich unerbittlich vor mein inneres Auge schoben.

Da waren die heranrasenden Lichter, die Schreie und der ohrenbetäubende Knall, der alle Geräusche verschluckte und die Welt in Schmerz hüllte. Dann war da nichts mehr. Absolut nichts.

Die Erinnerungen schnürten mir die Luft ab, ließen mich im tiefen Meer der Traurigkeit versinken. Ich konnte mich nicht bewegen, mich nicht aus dieser Finsternis befreien.

War ich etwa in der Hölle?

Welcher andere Ort könnte mich zwingen, diese schrecklichen Momente erneut zu durchleben? Ja, das musste die verdammte Hölle sein!

Der Druck in meinem Kopf nahm zu, schlug wie ein Vorschlaghammer gegen meine Stirn.

Als ich schon fürchtete, die Dunkelheit würde mich wieder in ihre Arme schließen, hörte ich sie: Stimmen!

Zuerst klangen sie wie das leise Summen von Bienen, aber mit jeder Sekunde, die verging, wurden sie lauter und lichteten den Nebel in meinem Kopf, bis sich aus den wirren Fetzen ganze Sätze ergaben.

»Sag mal, fickst du deine Verabredungen immer zu Tode?« Es war eine fremde Männerstimme.

»Sehr witzig, Winston. Ich habe sie nicht mal gevögelt.« Diese tiefe Stimme kam mir seltsam bekannt vor, leider konnte ich ihr kein Gesicht zuordnen.

»Wow ... das ist bitter, mein Freund. Schade, denn sie ist wirklich heiß.« Für den Bruchteil einer Sekunde herrschte Stille, dann fuhr er mit einem lockenden Tonfall fort: »Nun, du kannst es immer noch tun, wenn du willst.«

»Winston, das ist echt krank.«

»Mag sein, aber da dein Bruder dich höchstwahrscheinlich eh umbringen wird, kannst du vorher auch noch ein bisschen Spaß haben, oder?«

»Er wird mich nicht umbringen. Es war ein Unfall!«

»Erzähl das Arjan, vor mir musst du dich nicht rechtfertigen, Neo. Also wenn du sie nicht ficken willst, wohin soll ich dann fahren? Zu ihm? Oder willst du sie selbst entsorgen? Ach, und vielleicht solltest du dir auch eine gute Ausrede für *ihn* einfallen lassen. War heute nicht die Beerdigung seiner Mutter?«

Es entstand eine kurze Pause, bevor Neo antwortete: »Was soll ich denn machen, wenn er nicht dorthin will?«

»Könnt ihr aufhören, über mich zu reden?«, lallte eine dritte Stimme direkt neben mir. »Und wer zum Teufel ist die?« Etwas pikte mir in die Wange. »Ist die tot?«

»Ryder, hör auf mit dem Unsinn. Trink lieber das Wasser, das ich dir gegeben habe. Ich habe schon mit Arjan alle Hände voll zu tun, da brauche ich nicht noch deine durchgeknallte Freundin, die erst dich tötet und dann mich, wenn sie dich in diesem Zustand sieht«, meinte Neo verärgert, was Ryder zu einem lauten Lachen veranlasste.

»Wie oft hat Arjan dir schon gesagt, dass du dich von dieser blöden App abmelden sollst? Jetzt musst du mit den Konsequenzen leben.«

»Leute, ich unterbreche euer kleines Gespräch nur ungern, aber kann mir bitte jemand sagen, was wir jetzt mit ihr machen?«, mischte sich Winston ein.

Neo schien die Frage zu ignorieren, denn seine nächsten Worte galten wieder Ryder: »Halt's Maul, Ryder! Das ist alles deine Schuld. Wärst du mit Ava zur Beerdigung gegangen, hätte ich dich nicht aus dieser Schlägerei holen müssen. Du kannst wirklich froh sein, dass der Barkeeper im Club mir noch einen Gefallen schuldig war.«

Wieder entstand eine kurze Pause, bis Neo verkündete: »Wir begraben sie einfach bei den anderen.«

»Ausgezeichnete Idee«, gluckste Ryder. »Hast du noch mehr davon?«

»Wenn du mich weiter so nervst, ja! Dann werfe ich dich nämlich mit ins Loch«, zischte Neo.

Seine nächsten Worte gingen im aufsteigenden Nebel unter. Mein Gehirn war nicht mehr in der Lage, dem Gespräch zu folgen, denn die Kopfschmerzen kehrten in diesem Moment mit doppelter Wucht zurück. Blitze zuckten durch die Dunkelheit und mein Schädel drohte unter dem enormen Druck zu platzen. Ein Stöhnen kam mir über die Lippen.

Die Stimmen, die sich in den letzten Sekunden wieder in ein nervtötendes Summen verwandelt hatten, verstummten. In meinem Kopf begann ein Kampf. Ein Teil wollte sich gegen die drohende Ohnmacht wehren, der andere flehte mich an, mich den hellen Blitzen zu ergeben, die zuckend über meine Netzhaut jagten.

Das Letzte, was ich noch wahrnahm, bevor ich in der Finsternis versank, war, dass der Wagen hielt. Dann wurde alles schwarz. Wie damals erloschen alle Sinne und ich wurde in eine allumfassende Leere gezogen. Eine Leere, die mich mit ihren kalten Klauen packte, um mich mit in den Abgrund zu reißen.

Als ich das nächste Mal erwachte, gelang es mir zwar auf Anhieb, meine Lider zu öffnen, aber die Umgebung war mir völlig fremd.

»Guten Morgen, Dornröschen.«

Jetzt, wo ich wieder bei Sinnen war, erkannte ich die Stimme sofort. Sie gehörte Neo, einem Kerl, den ich erst seit kurzem kannte und ein, zwei Mal getroffen hatte. Langsam drehte ich den Kopf in seine Richtung. Lässig lehnte er am Fensterbrett.

Sein Mund war zu einer schmalen Linie verzogen. »Du hast mich vielleicht erschreckt.«

Vorsichtig richtete ich mich auf, um das Zimmer besser in Augenschein nehmen zu können. Die Wände waren hell gestrichen, der Boden aus Laminat. Es könnte aber auch ein teures Parkett sein. Wer konnte das bei dem fahlen Mondlicht, das durch das gekippte Fenster fiel, schon sagen?

Außer dem Bett auf der einen Seite gab es noch einen großen Schrank neben der Tür und einen Tisch mit zwei Stühlen.

Seufzend sank ich in die Kissen zurück. »Wo bin ich? Was ist los, Neo? Ich habe im Auto so komische Sachen gehört. Hast du mich hierhergebracht?« Je klarer die Erinnerungen wurden, desto mehr Fragen sprudelten aus mir heraus. »Ihr habt davon gesprochen, mich zu töten und neben irgendwelchen anderen Leuten zu begraben.«

»Du musst dich verhört haben«, entgegnete Neo.

»Nein, habe ich nicht!«

»Ria.« Neo löste sich von der Fensterbank und machte einen Schritt auf mich zu. »Du hattest hohes Fieber. Wahrscheinlich hast du das alles geträumt. Ich habe dich nur hergebracht, weil der Arzt gesagt hat, du sollst nicht allein bleiben.«

Ich hatte doch gehört, was sie besprochen hatten, oder war es doch nur ein Fiebertraum gewesen?

»Aber …« Verwirrt presste ich mir eine Hand an die Stirn und sah ratlos zu Neo, der ein Glas vom Tisch nahm und langsam zu mir kam.

»Der Arzt hat gesagt, du sollst viel trinken, das Fieber hat dich dehydriert.«

Zögernd griff ich nach dem Glas und trank einen Schluck. Das Wasser fühlte sich in meiner rauen Kehle angenehm kühl an, und so kippte ich den Rest in einem Zug hinunter.

Eine plötzliche Müdigkeit legte sich wie eine Decke über mich, und alle Anspannung wich aus meinem Körper. Dann glitt mir das Glas aus der Hand und meine Augen wurden schwerer, bis ich sie nicht mehr aufhalten konnte. Zum dritten Mal an diesem Tag versank ich in bodenloser Dunkelheit.

2

ARJAN

»Gefällt dir das?«, röchelte sie zwischen zwei Stößen, die ihr offenbar noch nicht tief genug waren.

In ihren Ohren hatte das vielleicht verführerisch geklungen, in meinen verfehlte es sein Ziel um Längen. Wütend griff ich fester in ihr dunkles Haar und stieß meinen harten Schwanz bis zum Anschlag in ihre Kehle. Ein Würgen erfüllte den Raum, dann konzentrierte sie sich wieder auf das Wesentliche: meinen Schwanz in ihrem Mund!

Vielleicht war es nicht der richtige Zeitpunkt, um mir von der Schwester des korrupten Polizisten La Cruz einen blasen zu lassen, während nebenan – um genau zu sein, eine Tür weiter – die Opfer des Brandes beerdigt wurden. Aber was sollte ich sagen? Ich war nun mal kein Heiliger. Und ich brauchte dringend eine Pause von meinen Gedanken, die sich seit Valentins Nachricht nur noch darum drehten, wie ich diesen Bastard wieder loswerden konnte.

»Schau nach unten«, befahl ich ihr in harschem Ton.

Noch einmal verstärkte ich meinen Griff, wickelte ihr Haar um meine Faust und löste mit der anderen Hand den Knoten meiner Krawatte. Soela, die vor mir kniete, senkte demütig den Kopf und gab sich den immer heftiger werdenden Stößen hin, bis ich mich in ihren Mund ergoss.

Sie stand auf und wischte sich mit dem Handrücken über die Lippen. »Du hast wirklich ein Problem, Arjan. Auf einer Beerdigung – ernsthaft?«

Nachdem ich meine dunkle Anzughose hochgezogen und wieder geschlossen hatte, zuckte ich mit den Schultern. »Als ob dich das stören würde, Soela. Wir wissen beide, dass dich die Probleme anderer Leute nicht interessieren.«

Lächelnd griff sie mir in den Schritt. »Genauso wenig wie dich. Deshalb ergänzen wir uns so gut.« Sie drückte mir ihre Lippen auf den Mund und fragte dann ungeniert: »Willst du noch eine Runde?«

Meine Lust hielt sich in Grenzen, aber in eine laufende Beerdigung zu platzen, erschien mir noch weniger verlockend.

»Von mir aus«, gab ich knapp zurück.

Ihre Augen funkelten und ein schmutziges Lächeln huschte über ihr Gesicht, als sie sich auf den alten Tisch des Pfarrers setzte. Wenn ich nicht schon einen Platz in der Hölle sicher hätte, dann würde mir diese Aktion zweifellos einen verschaffen.

Meine Finger glitten an ihren festen Schenkeln entlang, doch bevor sie ihr Ziel erreichten, hielt ich inne. Soela stieß einen frustrierten Laut aus und griff, ohne zu zögern, nach meiner Hand, um sie direkt in ihr Höschen zu schieben.

»So ungeduldig?«, neckte ich sie grinsend. »Dein Bruder würde mich umbringen, wenn er wüsste, was ich mit dir mache.« Ich beugte mich so weit vor, dass mein Atem bei jedem Wort ihre erhitzte Haut hinter dem Ohr streifte.

»Er traut dir nicht.«

Das war eine nette Umschreibung für den wahren Grund seiner Wut. In Wirklichkeit hatte er Angst, weil er nicht so naiv war zu glauben, dass mein Interesse an ihr echt war.

»Komm doch mal zum Essen vorbei«, plapperte sie weiter.

Glücklicherweise ersparte mir das Klingeln meines Handys eine Antwort auf dieses lächerliche Angebot. Ich warf einen kurzen Blick auf das Display.

»Mach doch weiter und ignorier es einfach«, bat sie mich inständig.

»Sorry«, seufzte ich und zog meine Hand aus ihrem schwarzen String. »Ich muss jemanden umbringen!«

Neo hatte nur eine verdammte Aufgabe gehabt: Ryder zu dieser Beerdigung zu bringen.

Offenbar war ihm das nicht gelungen. Warum sonst würde Winston jetzt anrufen?!

Als ich zu Hause ankam, stand Winston schon vor der Tür. Er lief auf und ab und schaute immer wieder auf seine Uhr.

Da ich nie ein großer Fan des besten Freundes meines Bruders war, ersparte ich mir unnötige Nettigkeiten und kam gleich zur Sache. »Wie schlimm ist es?«

Wortlos verschwand er durch die Tür. Das war kein gutes Zeichen. Ich folgte ihm mit schnellen Schritten durch die Eingangshalle. Drinnen war es ungewöhnlich still. Kein Wunder, Dorothee und Sage hatten Ava zur Beerdigung begleitet, aber es war trotzdem seltsam, auf dem Weg in den ersten Stock niemandem zu begegnen. Ich konnte mich nicht erinnern, wann das Haus das letzte Mal so verlassen gewesen war.

»Schau es dir selbst an«, antwortete er und führte mich die Treppe hinauf. Am Treppenabsatz blieb er stehen. »Ich lasse euch besser allein.« Bevor ich antworten konnte, war er schon wieder auf dem Weg nach unten.

Ich dachte mir nichts weiter dabei, denn in diesem Moment kam Neo auf mich zu. »Arjan, flipp jetzt bitte nicht aus, aber die Dinge sind heute etwas aus dem Ruder gelaufen.«

»Das sehe ich ...« Ich warf einen kurzen Blick auf Ryder, der sich mit einer Hand an der Wand abstützte und sich kaum noch auf den Beinen halten konnte. »Ich schätze, er ist nicht das Problem, oder?«

Ryder war schon häufig betrunken nach Hause gekommen. Sie hatten aber noch nie meine Hilfe dabei gebraucht, ihn ins Bett zu bringen. Neo schüttelte den Kopf und öffnete die Tür, vor der er stand. Widerstrebend warf ich einen Blick hinein.

»Und?« Ich zog eine Augenbraue hoch. »Was genau willst du mir jetzt damit sagen? Ich ficke keine bewusstlosen Frauen.«

»Womöglich haben wir sie entführt, weil wir dachten, sie wäre tot«, erklärte er kleinlaut und strich sich über den Nacken.

»*Du* dachtest, sie wäre tot«, verbesserte Ryder lallend.

Neo warf ihm einen drohenden Blick zu und stichelte: »Oh, du bist ja ansprechbar. Wow, ich bin beeindruckt. Im Auto warst du noch weit davon entfernt.«

Ich ignorierte Ryders wüste Beschimpfungen und wandte mich wieder an Neo: »Offensichtlich ist sie es nicht. Was ist dann das Problem?«

»Vielleicht hat sie etwas gehört, was sie nicht hätte hören sollen. Wir haben im Auto darüber gesprochen, wie wir sie loswerden. Dabei muss ich wohl beiläufig erwähnt haben, dass sie nicht die Erste wäre.«

»*Du* hast davon gesprochen, wie wir sie loswerden«, warf Ryder ein.

Verärgert fuhr ich mir ein paarmal durch die Haare und meinte: »Solltest du dann nicht versuchen herauszufinden, was sie weiß, anstatt hier dumm rumzustehen?«

»Das geht nicht. Ich habe ihr etwas zum Einschlafen gegeben.«

Ungläubig schüttelte ich den Kopf und rieb mir über die Stirn, wo sich ein pochender Schmerz ausbreitete. Neo musste endlich erwachsen werden. Es kostete mich zu viel Kraft, diese Familie intakt zu halten. Ständig war ich damit beschäftigt, ihm oder Ryder den Arsch zu retten.

»Wir müssen sie gehen lassen, Arjan. Das ist dir doch klar, oder?« Neos Stimme war mit jedem Wort leiser geworden, als wüsste er genau, wie meine Antwort darauf lauten würde.

»Sag mir einfach Bescheid, wenn sie aufgewacht ist, dann übernehme ich die Befragung. Sie kann erst gehen, wenn wir wissen, was genau sie gehört hat und ob sie eine Bedrohung darstellt.«

»Du kannst dieses Mädchen nicht gegen ihren Willen hier festhalten!«

Ich konnte nicht fassen, dass das seine einzige Sorge war.

»Sie ist kein Mädchen, sondern eine erwachsene Frau. Und tu bitte nicht so, als wäre ich ein Krimineller. Ich überlege nur, wie wir das Problem aus der Welt schaffen können, und dazu muss sie ein paar Tage unser Gast sein.« Ich schob ihn zur Seite und drehte den Schlüssel im Schloss herum. »Nur für den Fall, dass du nicht mitbekommst, wenn sie aufwacht.«

»Arjan! Gäste sperrt man nicht ein.«

Jetzt war ich versucht, in die Küche zu gehen und ihm eine Flasche Wodka zu holen. So sehr ich es hasste, wenn Neo trank und sich in eine Person verwandelte, die ich verabscheute, weil sie in ihrer eigenen Dunkelheit ertrank, wäre diese Version von ihm im Moment angenehmer als sein »Ich bin der Ritter auf dem weißen Pferd und kann keinem was antun«-Gehabe.

Aber bevor ich diesen Gedanken in die Tat umsetzen konnte, bohrte er mir seinen Zeigefinger in die Brust. »Du lässt sie wieder gehen! Du kannst nicht einfach jemanden festhalten.«

»Wenn du deinen Schwanz besser unter Kontrolle hättest, müsste ich diese Entscheidung gar nicht erst treffen!«

Schuldgefühle blitzten in seinen Augen auf.

Ich nutzte den Moment der Schwäche, um seinen Finger wegzuschnippen. »Mach das nie wieder, wenn du nicht in ernsthafte Schwierigkeiten geraten willst. Du bist mein Bruder, aber zwing mich nicht, dir deinen Platz zu zeigen.«

Meine Geduld war endgültig am Ende und ich hatte weder Lust, mit ihm zu reden, noch, das Problem mit dieser Frau zu lösen.

»So sind wir nicht«, stellte Neo voller Überzeugung klar.

Er sah bis heute das Gute in uns, obwohl wir längst vom rechten Weg abgekommen waren.

Unsere Seelen waren schwarz. Je schneller er das akzeptierte, desto eher konnten wir mit der Last unserer Taten leben.

»Ihr vielleicht nicht ...« Ich schaute zwischen ihm und Ryder, der das ganze Gespräch schweigend verfolgt hatte, hin und her. »Ich aber schon.«

»Das stimmt nicht, Arjan«, widersprach Neo vehement.

Ein Teil von mir wollte ihm so gerne glauben und die Hoffnung nicht aufgeben, dass es für uns eine Zukunft gab, die nicht im Dunkeln lag. Leider hatte ich mich schon vor langer Zeit für einen bestimmten Weg entschieden und nun musste ich mit den grausamen Konsequenzen leben.

Ich hörte, wie unten eine Tür zuschlug, und beschloss, dieses Gespräch für beendet zu erklären. Ohne ein weiteres Wort ging ich zu meinem Büro am anderen Ende des Flurs.

In der Zwischenzeit stürmte Ava die Treppe hinauf und rief empört: »Wo zum Teufel warst du?«

Ich blieb stehen und drehte mich um.

Sie stand direkt vor Ryder, schluchzte laut und schlug ihm mehrmals auf die Brust. »Du hättest bei mir sein sollen, dann wäre das vielleicht nicht passiert.«

»Was ist los?«, wollte ich wissen und sah zu Sage, der kurz danach den Flur betrat.

Nervös blickte er zwischen uns dreien hin und her.

Ryder sah ihn hilfesuchend an und fing Avas nächsten Schlag ab. »Was ist denn passiert?« Mit einem Ruck zog er sie in seine Arme, strich ihr sanft über die Haare und murmelte: »Es tut mir leid. Ich konnte es nicht. Ich konnte einfach nicht hingehen.«

Ich seufzte und sah zu Sage. »Kannst du das erklären?«

»Also …«, fing er an und kratzte sich am Hinterkopf, wie er es immer tat, wenn er sich nicht wohl in seiner Haut fühlte.

»Ja, Sage?« Ungeduldig verschränkte ich die Arme vor der Brust.

»Er war da.«

»Wer?«

»Valentin«, bestätigte er meinen Verdacht.

»Und?«

Ich hatte schon damit gerechnet, dass er dort auftauchen würde, um seinen kleinen Sieg zu feiern. Zu dumm nur, dass offenbar keiner von uns dort gewesen war und er es uns nicht unter die Nase hatte reiben können.

Langsam drehte sich Ava zu mir um und sah mich fassungslos an. »›Und‹? Das ist alles?« Sie schnaubte verächtlich, schüttelte den Kopf über meine Gleichgültigkeit und fixierte mich mit einem scharfen Blick. »Der Mörder meiner Großmutter ist auf ihrer Beerdigung aufgetaucht, und alles, was dir dazu einfällt, ist ›und‹? Wie herzlos kannst du sein, Arjan?«

Gelangweilt zuckte ich die Schultern. »Sehe ich so aus, als würde mich deine Meinung über mich in irgendeiner Weise interessieren?«

Avas Augen verengten sich zu schmalen Schlitzen und sie holte tief Luft, doch bevor sie etwas sagen konnte, warf Sage ein: »Arjan, da ist noch etwas. Ava hat ihn geschlagen.«

Ein Hauch von Stolz, für den ich ihm am liebsten eine verpasst hätte, blitzte in Ryders Augen auf.

»Das ist aber noch nicht alles«, fuhr Sage schnell fort.

»Sag bloß, sie hat ihn so schwer getroffen, dass er jetzt tot ist?«, fragte Neo hoffnungsvoll.

»Nun sag schon, Sage«, forderte ich genervt. »Was könnte so schlimm sein, dass du dir fast ins Höschen machst?«

»Er hat es so aussehen lassen, als sei alles deine Schuld. Nachdem Ava ihn geschlagen hatte, ging er mit blutiger Nase zum Rednerpult und hielt eine völlig lächerliche Rede, in der er behauptete, du hättest ihm die Drogen damals nur untergeschoben, um seinen Ruf zu schädigen und ihn aus dem Weg zu räumen.« Sage machte eine kurze Pause, als wäre er bei dem unangenehmen Teil der Geschichte angekommen und überlegte nun, wie er es am besten zusammenfassen sollte. »Er meinte, du hättest Ava erzählt, dass er für den Brand im Altenheim verantwortlich ist. Daraufhin las er einen Auszug aus dem Polizeibericht vor. Darin steht, dass es ein Kabelbrand war und dass es keine Hinweise auf ein Fremdverschulden gibt. Der Fall ist abgeschlossen. Am Ende verkündete er freudestrahlend, dass er den Niedergang von Ashwick nicht länger mit ansehen kann und anstelle seines Vaters für das Amt des Bürgermeisters kandidieren wird.«

»Wie bitte?« Ich spürte, wie eine Ader an meiner Schläfe pulsierte und die aufsteigende Wut an mir zerrte.

Für ein paar Sekunden herrschte eine angespannte Atmosphäre im Flur. Niemand sprach seine Gedanken aus. Irgendwann löste sich Ava aus Ryders Umarmung.

»Weißt du, was das Schlimmste daran ist? Sie glauben ihm! Sie alle glauben ihm dieses scheinheilige Theater, weil ihr diese Stadt unterdrückt habt. Ich weiß nicht, wie du diese Wahl gewinnen willst. Ich sehe keine Chance …«

»Halt die Klappe«, unterbrach ich sie barsch und wandte mich an Ryder. »Du solltest besser darauf achten, dass deine Schlampe nie wieder in diesem Ton mit mir spricht, sonst ist sie ein Problem, um das ich mich kümmern muss.«

»War ja klar, dass er keine Kritik akzeptiert und lieber direkt droht«, schimpfte Ava weiter, als hätte es meine Warnung gar nicht gegeben.

Ryder fuhr ihr hastig über den Mund. »Sei bitte ruhig, Baby.«

»Du schaffst sie mir lieber ganz schnell aus den Augen und bringst ihr bei, wann es besser ist, den Mund zu halten. Haben wir uns verstanden?«

Er nickte, taumelte noch etwas unsicher auf den Beinen auf Ava zu und schob sie an mir vorbei die Treppe hinunter.

Sie warf mir einen vernichtenden Blick zu, riss sich von ihm los und schnaubte: »Ich kann selbst gehen.«

Ryder musste verrückt geworden sein, für *so etwas* einen unverbindlichen Fick aufzugeben.

Neo schien genau zu wissen, was in meinem Kopf vor sich ging, denn er sagte: »Er liebt sie. Ich bezweifle, dass du dir jemals die Mühe machen wirst, herauszufinden, wie das ist.«

»Das stimmt. Ich bin aber nicht der Einzige, der Gefühlen aus dem Weg geht«, entgegnete ich kalt.

Irgendwie hatte ich erwartet, er würde auf die kleine Provokation eingehen, stattdessen schüttelte er nur den Kopf und kam offenbar zu dem Schluss, dass sich eine Diskussion nicht lohnen würde.

Nach einem letzten abschätzigen Blick wandte er sich von mir ab und sah zu Sage. »Komm, Sage, lass uns gehen.«

Sage, der noch immer versuchte, sich auf der Stelle in Luft aufzulösen, nickte mir zum Abschied kurz zu und folgte Neo eilig die Treppe hinunter – als wäre es das Schlimmste, auch nur einen Moment länger mit mir im selben Flur zu stehen. Ich fühlte mich wie das Arschloch vom Dienst, obwohl ich nichts getan hatte. Genervt warf ich einen letzten Blick auf die Zimmertür und beschloss, mich doch lieber so schnell wie möglich darum zu kümmern.

Auf dem Weg in mein Büro erreichte mich eine Nachricht.

SAGE:
Ich komme später zu dir. Ich habe die Adresse.

3

RIA

Etwas Nasses traf mich im Gesicht und glitt langsam über meine Wange. Der Geschmack von Eisen lag mir auf der Zunge. Das Bild strahlend blauer Augen tauchte für den Bruchteil einer Sekunde in meinem Gedächtnis auf, doch so schnell, wie sie erschienen waren, verschwanden sie auch wieder. Ein Blick genügte, um zu wissen, dass ich immer noch in diesem fremden Raum lag. Mühsam richtete ich mich auf, um mich besser umsehen zu können. Das Erste, was mir auffiel, waren die vielen goldenen Fäden, die in den blauen Teppich eingewebt waren und im einfallenden Sonnenlicht glänzten. Ihr Lichtspiel spiegelte sich an den Wänden und raubte mir den Atem.

»Gefällt dir der Teppich? Er ist wahrscheinlich das Kostbarste, was du bisher in deinem Leben gesehen hast«, riss mich eine tiefe Stimme aus meiner stillen Bewunderung.

Erschrocken zuckte ich zusammen.

An der gegenüberliegenden Wand lehnte ein Mann, den ich nicht kannte. Sein Kopf war leicht zur Seite geneigt, so dass ihm einige Strähnen seines tiefschwarzen Haares in die Stirn fielen.

»Ich habe sehr wohl schon Wertvolleres gesehen«, erwiderte ich schnippisch. Selbstbewusst straffte ich die Schultern und hob das Kinn. »Also, was genau wollt ihr von mir? Geld?«

»Sehe ich aus, als bräuchte ich Geld?« In seinen grauen Augen lag etwas Bedrohliches.

»Vielleicht. Woher soll ich das wissen? Wo ist Neo? Ich will mit ihm sprechen«, verlangte ich und verschränkte die Arme vor der Brust.

Ein schiefes Grinsen umspielte seine Lippen. »Ach, das willst du? Tja, leider ist mir scheißegal, was du willst.«

Ich schluckte, hielt aber seinem Blick stand. Nur mit Mühe gelang es mir, nicht die schwarzen Linien seiner Tätowierungen zu bewundern. Sie zierten nicht nur beide Arme und Hände, sondern auch seine Brust, die teilweise unter dem V-Ausschnitt des T-Shirts hervorblitzte. Sogar der Großteil seines Halses war tätowiert. Mit Ausnahme des Gesichts war jede sichtbare Hautstelle mit dunkler Tinte bedeckt.

Mit einem Mal schwang die Zimmertür auf und Neo spazierte herein. Erleichtert atmete ich auf, weil sich die Aufmerksamkeit meines Gegenübers auf ihn richtete und er endlich den Blickkontakt zwischen uns unterbrach.

»Was machst du denn hier?«, wollte er von ihm wissen.

»Entspann dich. Ich passe auf, dass du keinen Blödsinn machst« Neo durchquerte den Raum und setzte sich auf einen der Stühle am Fenster.

Die Anspannung, die sich mit seinem Erscheinen kurz gelöst hatte, kehrte mit einem Schlag zurück, als mir klar wurde, dass ich offenbar nicht auf seine Hilfe zählen konnte. Trotzdem schaffte ich es nicht, meinen Blick von ihm abzuwenden.

»Augen zu mir!«, verlangte der Fremde. »Du wirst nur mich ansehen, wenn wir dieses Gespräch führen, verstanden?« Ich zögerte, was ihm ein mahnendes Schnalzen entlockte. »Sieh mich an. Jetzt.«

In seiner Stimme lag so viel Autorität, dass sich mein Kopf wie von selbst zu ihm drehte. Mein Herz setzte für einen Moment aus, als ich mich im Sturm seiner Augen verlor. Es fühlte sich an, als stünde ich einem Tornado direkt gegenüber.

»Weißt du, wer wir sind?«

Ich schüttelte den Kopf.

»Lüg mich nicht an. Was hast du im Auto gehört?« Sein Gesichtsausdruck war weiterhin undefinierbar.

Wenn dieses Gespräch irgendein Gefühl in ihm auslöste, wie zum Beispiel Unbehagen oder Wut, so war es ihm nicht anzusehen. Was mich aber am meisten beunruhigte, war die Tatsache, dass er den Eindruck erweckte, er könnte im Gegenzug all meine Gedanken, Gefühle und jede verzweifelte Lüge von meinem Gesicht ablesen.

»Arjan, du machst ihr Angst!« Neo stand auf und trat einen Schritt vor. »Ria, es ist wichtig, dass du uns sagst, was du gehört hast. Ich verspreche dir, dass du dann gehen kannst. Dir wird nichts passieren.«

»Ich kann mich an nichts erinnern. Ich weiß nur noch, dass du vor meiner Tür gestanden hast. Wo bin ich? Kann ich bitte gehen? Neo, ich habe Angst«, stieß ich hastig hervor und verschluckte mich fast an meiner eigenen Spucke.

»Gehen?« Ein spöttisches Grinsen breitete sich auf Arjans Gesicht aus. »Du wirst nicht einfach so gehen.«

War er einer dieser Verrückten, die Frauen im Keller hielten? Sollte ich etwa sein Spielzeug werden? Ich konnte nichts gegen die Panik tun, die sich bei diesem Gedanken in mir ausbreitete.

»Was meinst du damit?«, erkundigte ich mich irritiert.

»Du verlässt diesen Raum erst, wenn ich weiß, was du gehört hast.«

Was ich gehört hatte, würde ihm sicher nicht gefallen. Die Wahrheit würde mich entweder für den Rest meines Lebens an diesen Ort fesseln oder töten.

Inzwischen war mir längst klar, dass jedes Wort in diesem Auto nicht einem Fiebertraum entsprungen war, sondern der Realität entsprach. Mir blieb nichts anderes übrig, als nach dem einzigen Strohhalm zu greifen, den ich gerade noch erreichen konnte.

Neo.

Ich musste lügen und gleichzeitig versuchen, an sein Mitgefühl zu appellieren. Er war nicht wie dieser schreckliche Kerl, der wie der Teufel vor meinem Bett stand und nach meiner Seele gierte.

»Neo, ich habe Kopfschmerzen. Mir ist schlecht. Bitte bring mich nach Hause.« Ich suchte seinen Blick, versuchte, die Seite in ihm zu finden, die ich kannte.

Aber er hatte sich schon abgewandt und schaute aus dem Fenster.

Widerwillig drehte ich mich zu Arjan, der ungeduldig mit dem Fuß auf den Boden tippte. »Beantwortest du jetzt meine Frage, oder muss ich zu härteren Mitteln greifen?«

Unbeholfen tastete ich nach dem Wasserglas auf dem Nachttisch. Nicht weil ich Durst hatte, sondern weil ich ein paar Sekunden brauchte, um wieder einen klaren Gedanken fassen zu können. Ich hatte das Gefühl, jeden Moment im Sturm seiner Augen unterzugehen. Meine Hände zitterten so heftig, dass ich die Hälfte des Wassers auf die Bettdecke schüttete, was Arjan mit einem lauten Lachen kommentierte.

»Deine Frauenwahl wird auch immer erbärmlicher, Neo.«

Seine nächsten Worte richtete er wieder an mich.

»Also, Bambi, du erzählst mir jetzt sofort, was du im Auto gehört hast. Lass die Spielchen und hör auf, mich anzulügen, sonst zeige ich dir, wozu ich fähig bin.«

Langsam zog er sein T-Shirt hoch. Mein Blick fiel zuerst auf seinen definierten, tätowierten Bauch, bevor ich den wahren Grund für diese Geste erkannte. Mit weit aufgerissenen Augen starrte ich auf die glänzende silberne Pistole, die mit dem Lauf nach unten in seiner Hose steckte. Der Vorsatz, mich hier rauszulügen, war mit einem Schlag dahin – es würde sowieso nichts bringen.

Entsetzt sah ich zu Neo, während ich wirre Worte in den Raum warf. Ein verzweifelter Versuch, meinen Arsch zu retten.

»Arjan!« Neo marschierte schnurstracks auf ihn zu und griff nach seiner Schulter. »Das kannst du nicht tun.«

»Sie weiß zu viel.« Arjan zuckte mit der Waffe in meine Richtung, meine Panik stieg ins Unermessliche. »Aber du hast Recht, Neo.« Ich atmete erleichtert aus. »Ich muss das nicht tun.« Er drückte ihm die Waffe in die Hand. »Du wirst dich um sie kümmern. Schließlich hast du sie gefickt, also ist sie dein Problem.«

Er wollte gerade das Zimmer verlassen, als er kurz vor der Tür noch einmal innehielt.

»Obwohl es mich sehr wundert, dass du dir so eine ausgesucht hast.«

Arjans kaltes Lachen erfüllte den Raum, sein Blick wanderte angewidert über mein Gesicht. Heiß brannte er auf meiner Haut und ich spürte, wie meine Wangen zu glühen begannen. Seine Worte trafen mich wie ein Schlag und riefen eine neue Reaktion hervor: Wut.

Bevor ich wusste, was ich tat, warf ich ihm das Glas an den Kopf. Er blieb wie angewurzelt stehen, als ihm das Wasser den Nacken hinunterlief. Die schwarzen Linien seiner unzähligen Tätowierungen zeichneten sich deutlich durch den nassen Stoff ab. Er drehte sich langsam um und starrte mich mit einem mörderischen Blick an. Blitzschnell war er bei mir und langte nach meinem dunklen Top, ehe ich auch nur daran denken konnte auszuweichen. Während er mich aus dem Bett zerrte, hörte ich, wie der dünne Stoff unter seinem eisernen Griff riss. Mit einem Ruck, der mir die Luft aus der Lunge presste, schleuderte er mich gegen die Wand.

»Du kleine Schlampe!« Er funkelte mich wütend an.

»Lass mich los!« Meine Stimme klang erstaunlich fest, was mich noch mehr überraschte als ihn.

»Du wirst nichts mehr tun, wenn ich es dir nicht erlaube.«

Ich legte meine gesamte Wut in einen trotzigen Blick. Wie ich dazu noch fähig war, wusste ich selbst nicht.

Seine freie Hand umfasste grob mein Kinn. »Du kleine Göre, jetzt gehörst du mir. Alles von dir.« Seine Augen glänzten gefährlich. »Jede Öffnung gehört mir und ich werde sie benutzen, wenn du es am wenigsten erwartest. Ich werde da sein und deine verdammte Seele brechen.«

»Du kannst nichts zerbrechen, was schon zerbrochen ist.«

Er beugte sich näher zu mir, auf seinen Lippen ein eisiges Lächeln, das mich bis ins Mark erschütterte. »Ich werde dir zeigen, zu wie viel Staub einzelne Teile noch zerfallen können.« Seine Stimme war ruhig, und doch hörte ich in jeder Silbe puren Hass, der so plötzlich und unerwartet kam, dass ich nicht wusste, wie er entstanden war.

Sein Griff wurde fester, und für einen Moment glaubte ich, er würde mir mit bloßen Händen den Kiefer brechen.

»Du wirst es bereuen, dieses Glas geworfen zu haben, das verspreche ich dir. Neo?«, wandte er sich an ihn, ohne unseren Blickkontakt zu unterbrechen. Ich hörte ihn leise brummen. »Ab jetzt ist sie mein Problem. Verschwinde!«

»Arjan, lass das, du hast ihr bewiesen, wozu du fähig bist«, bat Neo, doch mit einem Blick über die Schulter brachte Arjan ihn zum Schweigen.

Ich schluckte schwer und kämpfte gegen den Kloß an, der sich langsam in meinem Hals bildete. Entsetzt sah ich, wie Neo zur Tür ging und mich mit der Gewissheit zurückließ, dass ich in wenigen Sekunden mit diesem Wahnsinnigen allein sein würde. Panische Angst durchfuhr mich. Mit aller Kraft stemmte ich mich gegen seinen Griff, aber selbst jetzt, wo seine Aufmerksamkeit noch immer auf Neo gerichtet war, hatte er keine große Mühe, mich festzuhalten. Als die Tür ins Schloss fiel, starb auch meine letzte Hoffnung. Ich war verloren. In den Fängen eines Mannes, dessen Inneres dunkler zu sein schien als die finsterste Nacht.

4

RIA

Vielleicht war es der letzte Funke Widerstand, vermutlich aber nur Dummheit, die mich dazu veranlasste, mein Kinn aus seinem Griff zu reißen und mit einem trotzigen Unterton in der Stimme zu fragen: »Und was hast du jetzt mit mir vor?«

Er atmete tief durch, ließ mich los und trat einen Schritt zurück. Der neu gewonnene Abstand beruhigte mich und sofort löste sich die angestaute Spannung in meinem Körper.

»Das habe ich mir gedacht«, zischte ich. »Nichts als leere Worte.«

Ein unverfrorenes Lachen drang aus seiner Brust. »Du wirst noch früh genug merken, dass ich keine leeren Versprechungen mache.«

Ich schnaubte leise und schlang die Arme fester um meinen Körper, um das zerrissene Oberteil so gut es ging festzuhalten. Es war ein kläglicher Versuch und zog seinen Blick nur noch mehr auf mich.

Das Blut stieg mir in den Kopf und ich verzog angewidert das Gesicht. »Gefällt dir, was du siehst?«

»Nicht im Geringsten.« Er drehte sich um und ging zur Tür.

»Was soll das?«, rief ich ihm empört hinterher.

Meiner Meinung nach waren wir noch lange nicht fertig miteinander. Jetzt, wo ich nicht nur meine Stimme, sondern auch meinen Mut wiedergefunden hatte, wollte ich ihm so vieles an den Kopf werfen.

»Ich gehe«, antwortete er nur.

Mit der Hand auf der Türklinke blieb er noch einmal stehen und warf mir einen verächtlichen Blick über die Schulter zu. »Mir wird schlecht, wenn ich dich länger als nötig ansehen muss.«

Wütend schnappte ich nach Luft und stürmte zur Tür, wobei ich einen Haufen Schimpfwörter ausstieß, von denen ich nicht einmal wusste, dass ich sie kannte. Natürlich war er längst draußen, bevor ich ihn erreichte. Das Klicken des Schlosses dröhnte in meinen Ohren und verriet mir, dass er mich eingeschlossen hatte.

In dieser Nacht machte ich kein Auge zu.

Nervös lief ich im Zimmer auf und ab, strich mir immer wieder durch die dunklen Locken und wartete auf den Sonnenaufgang. Dabei ließ ich die verschlossene Tür keine Sekunde aus den Augen.

»Verdammt!« Ich atmete mehrmals tief durch, um nicht wieder in Panik zu geraten.

Zögernd trat ich ein paar Schritte vor, rüttelte an der goldenen Klinke und legte ein Ohr an die Zimmertür. Nichts. Es war still im Flur.

»Reiß dich zusammen, Ria.« Ich eilte zum Fenster und wägte ab, ob es eine gute Idee wäre, aus dem ersten Stock zu springen. Bestenfalls brach ich mir nur das Bein, schlimmstenfalls das Genick ...

»Ria?« Ein leises Klopfen lenkte meine Aufmerksamkeit wieder zur Tür. »Ria, können wir kurz reden?«

»Ich will nicht mit dir reden.«

Neo seufzte. »Das habe ich wohl verdient. Es tut mir leid. Ich wollte nicht, dass es so endet.«

Meine Beine setzten sich wie von selbst in Bewegung. »Du wolltest nicht, dass es so endet?«, schrie ich wütend und hämmerte gegen die verschlossene Tür. »Dann hol mich hier raus!«

Er schwieg.

Aus Angst, er würde meine nächsten Fragen nicht mehr beantworten, schlug ich einen angemesseneren Ton an. »Wie lange bin ich schon hier?«

Alles in mir sträubte sich dagegen, mit ihm zu sprechen. Aber da es in dem Zimmer weder einen Kalender noch eine Uhr gab und ich auch kein Handy hatte, das mir Informationen geben könnte, blieb mir nichts anderes übrig.

»Ungefähr einen Tag«, erwiderte er nach einer kurzen Pause.

»Und wie lange soll ich noch bleiben?«

»So lange wie nötig«, antwortete Arjan anstelle von Neo.

Ich verdrehte die Augen und streckte die Zunge heraus. Wie konnte man nur so ein selbstgefälliges Arschloch sein? In meinem Leben war ich schon vielen abgrundtief schlechten Menschen begegnet, aber dieser Typ kratzte gnadenlos an der Spitze.

»Was für schöne Aussichten«, murmelte ich sarkastisch und ging zurück zum Fenster.

Ich ließ meinen Blick über den riesigen quadratischen Pool schweifen, bis hin zu dem kleinen Haus, das nur wenige Schritte von der Terrasse entfernt stand. Es war bezaubernd. Strahlend weiß, mit bodentiefen Fenstern, cremefarbenen Vorhängen und einem dunkelbraunen Flachdach.

Eine schlanke, dunkelhaarige junge Frau erregte meine Aufmerksamkeit, als sie aus dem Haus stürmte und für den Bruchteil einer Sekunde zu mir aufblickte.

Wut stieg ihr ins Gesicht, während sie sich dem Mann zuwandte, der ihr gefolgt war. »Seid ihr völlig verrückt? Ihr könnt sie doch nicht einsperren. Habt ihr eine Ahnung, wie sich das anfühlt?«

»Es tut mir leid, Ava, aber ihr wird nichts passieren. Wir sind nur überfordert«, versuchte er sie zu beruhigen, doch seine Entschuldigung bewirkte genau das Gegenteil.

Wütend stürmte sie auf ihn zu, die Hände in die Hüften gestemmt. »Ihr seid überfordert? Ryder, ist das dein Ernst?« Fassungslos schüttelte sie den Kopf. »Das ist keine Entschuldigung.«

»Na, Ärger im Paradies?«, ertönte Arjans Stimme direkt hinter mir. Ich sog scharf die Luft ein, als sein Atem sanft meinen Nacken streifte.

Sofort versteifte sich mein ganzer Körper und ich stieß die eingeatmete Luft hörbar wieder aus. Ich hatte gar nicht bemerkt, wie er den Raum betreten hatte und hinter mich getreten war.

»Was weißt du schon davon?« Ohne seine Antwort abzuwarten, drängte ich mich an ihm vorbei und setzte mich aufs Bett. Dort verschränkte ich die Arme vor der Brust. »Wie lange soll das noch so weitergehen?«

Er ließ mich nicht aus den Augen, während er sich an die Fensterbank lehnte.

»Das habe ich doch schon gesagt«, erwiderte er mit eisiger Stimme. »So lange wie nötig.«

Meine Antwort, die wieder einmal hauptsächlich aus Beschimpfungen bestand, ging auf dem Weg aus meinem Mund verloren, als sich die Zimmertür öffnete und eine ältere Dame mit einem Tablett in der Hand den Raum betrat.

Sie musterte mich besorgt, nachdem sie es auf dem Tisch abgestellt hatte. »Sie müssen wirklich etwas essen.«

Schnell sah ich wieder weg, um ihrem strengen Blick zu entgehen.

Ich würde keinen Bissen zu mir nehmen. Lieber würde ich verhungern.

»Danke, Dee«, sagte Arjan.

»Sie muss essen!«, forderte die ältere Dame eindringlicher.

»Ich kümmere mich darum.«

Ich musste lachen, was Arjans Aufmerksamkeit wieder auf mich lenkte.

»Was soll das? Wählst du den freiwilligen Hungertod?« Die Kälte war in seine Stimme zurückgekehrt, was wohl daran lag, dass er mit mir sprach und nicht mit der Bediensteten, die er nun sanft, aber bestimmt aus dem Zimmer schob.

»Vielleicht. Immer noch besser, als euren Fraß zu essen.« Ich schaffte es einfach nicht, den Mund zu halten und das brave Hündchen zu spielen, das gehorchte, sobald er etwas sagte. Mein Stolz kam mir in die Quere und ich verfluchte zum ersten Mal die Kreise, in denen ich verkehrte.

Die Tür fiel ins Schloss und ich hörte das vertraute Klicken des Schlüssels.

»Natürlich, sperr mich wieder ein. Sehr erwachsen«, brabbelte ich frustriert.

»Steh auf!«

Erschrocken wirbelte ich herum. Ich hatte erwartet, dass er gegangen war.

»Was soll das werden?« Unwillkürlich wich ich weiter zurück und stieß gegen das Kopfteil des Bettes.

»Ich sagte ...« Viel zu schnell verringerte er den Abstand zwischen uns, und bevor ich reagieren konnte, packte er meinen Arm und zog mich auf die Beine. »... du sollst aufstehen. Ich gebe dir einen guten Rat, und es wird der einzige sein, den du von mir bekommst: Wenn du dir keine Kugel einfangen willst, wirst du meine Familie mit Respekt behandeln.«

»Ich ...« Unter seinem harten Blick verstummte ich.

»Dorothee macht sich die Mühe, dir etwas zu essen zu machen, also isst du es auch. Wenn du sie beleidigst, beleidigst du auch mich. Und das willst du doch nicht, oder, Bambi?«

Sein Griff wurde mit jedem Wort fester.

»Du tust mir weh!« Es war dumm, Schwäche zu zeigen, aber in diesem Moment konnte ich nicht anders. Der Schmerz in meinem Arm wurde unerträglich.

»Glaubst du, das interessiert mich?«, bestätigte er meine schlimmsten Befürchtungen.

Dieser Typ hatte kein Gewissen. Ihm wäre es egal, wenn er mich ernsthaft verletzen würde.

»Du kannst mich nicht zum Essen zwingen, indem du mir den Arm brichst.«

»Das werden wir sehen.«

Ich versuchte, gegen den Schmerz anzukämpfen, der nicht mehr nur meinen Arm betraf, sondern in Wellen durch meinen ganzen Körper pulsierte. Meine Beine gaben nach und ich sank auf die Knie.

»Erbärmlich.« Arjans Gesicht verzog sich vor Abscheu.

Abrupt zog er seine Hand zurück, so dass ich das Gleichgewicht verlor und auf den teuren Teppich fiel, den ich in meiner Fantasie schon in tausend verschiedenen Szenarien zerstört hatte – irgendwie musste ich mir die Zeit ja vertreiben. Es waren diese kleinen Momente, die mir halfen, nicht vor Verzweiflung den Verstand zu verlieren.

»Na, wenn du dich für jeden deiner Mitarbeiter so einsetzt, dann sollte ich mir überlegen, ob ich mich nicht bei dir bewerbe«, stieß ich keuchend hervor.

Es lag nicht in meiner Natur nachzugeben. Mein Stolz wollte nicht akzeptieren, dass ich diesen Kampf nicht gewinnen konnte.

Wieso sollte er auch? Bisher hatte ich immer bekommen, was ich wollte. Wie sollte ich mich also nun jemandem beugen, wenn ich es nie gelernt hatte?

Ich konzentrierte mich auf die kleine Falte in der Ecke des Teppichs und hörte Schritte, die sich entfernten. Ein Teil von mir feierte bereits den Sieg, während der andere Teil wusste, dass er sich niemals so schnell geschlagen geben würde. Wir waren wie zwei Planeten, deren Umlaufbahnen kollidierten. Der brutale Aufprall würde einen von uns zerstören.

Ein Paar weiße Chucks tauchte in meinem Blickfeld auf. Sekunden später griff er mir in die Haare, riss mich ein Stück vom Boden und zwang mich, ihn anzusehen. Unsere Blicke verfingen sich. Das Grau seiner Augen war so dunkel und kalt, dass es nicht mehr nach Sturm aussah, sondern nach hartem Beton.

»Du willst also nichts essen?« Obwohl es eine Frage war, wusste ich, dass jede Antwort, die ich ihm geben würde, nicht die war, die er hören wollte.

»Niemals«, entgegnete ich ihm mit so viel Trotz in der Stimme, wie ich aufbringen konnte.

Ein seltsames Lächeln umspielte seine Lippen, was dafür sorgte, dass eine Gänsehaut meinen Nacken hinaufkroch.

»Du wirst.« Mit diesen Worten griff er nach dem Tablett und nahm das Käsebrot in die Hand.

»Nein!«, rief ich entschlossen.

Er lachte und zog mich an den Haaren auf die Beine. Ich taumelte ein paar Schritte und fing mich in letzter Sekunde, ehe ich das Gleichgewicht erneut verlor. Mein Atem ging schnell, aber ich hatte kaum Zeit zu verschnaufen, denn schon schoss seine Hand hervor. Eisern umklammerten seine beringten Finger mein Kinn und drückten mir erbarmungslos den Mund auf.

»Hör auf!«, schrie ich, aber seinem Griff hatte ich nichts entgegenzusetzen.

Diese Erkenntnis frustrierte mich so sehr, dass mir Tränen in die Augen schossen. Ich hasste ihn. Das wurde mir in diesem Moment bewusst. Dieses abgrundtief böse Gefühl zerrte an mir, wurde stärker und breitete sich wie Lava in meiner Brust aus, als er mir ohne Vorwarnung das Brot in den Mund stopfte. Ich hustete und würgte, als er es mir tiefer in den Rachen schob.

»Schön schlucken«, sagte er mit einem bösen Lächeln auf den Lippen.

Dann hielt er mir Nase und Mund zu. Verzweifelt klammerte ich mich an seine Hand, weil ich glaubte zu ersticken. Jede Faser meines Körpers wehrte sich gegen den Impuls zu schlucken. Stumme Tränen liefen mir die Wangen hinab. Für mich schien es eine Ewigkeit zu dauern, bis er meinen Willen brach, aber in Wirklichkeit waren es nur wenige Sekunden. Als Zeichen der Kapitulation nickte ich knapp und schluckte das Brot hinunter.

Endlich ließ er mich los. Sofort wich ich zurück und atmete tief durch die Nase ein. Sein höhnisches Lachen war wie eine Ohrfeige, der ich nicht standhalten konnte. Zitternd rutschte ich die Wand hinunter, kämpfte gegen die Übelkeit an, die nur darauf lauerte, das Brot wieder loszuwerden. Die Scham, dass ich mich jeden Moment vor ihm übergeben könnte, war nichts im Vergleich zu dem stechenden Schmerz, der mich durchfuhr, als ich mir eingestehen musste, dass ich verloren hatte.

»Es war erstaunlich leicht, deine erbärmlichen Versuche, dich mir zu widersetzen, im Keim zu ersticken«, meinte er grinsend und warf mir ein weiteres Brot vor die Füße. »Los, iss!«

Ein Funke Widerstand flackerte in mir auf, kratzte verzweifelt an dem Rest meines Stolzes, den Arjans Demütigung in ein tiefes Loch der Dunkelheit gerissen hatte. Mit klopfendem Herzen biss ich ein großes Stück ab und schluckte den Klumpen hinunter.

»Nochmal«, dröhnte seine Stimme in meinen Ohren.

Ich ballte die Hände zu Fäusten, schloss und öffnete sie mehrmals, bis ich es schaffte, noch einmal von dem Brot abzubeißen. Mit zitternden Knien taumelte ich auf ihn zu und spuckte ihm direkt ins Gesicht.

Ich war wütend. Nicht nur auf ihn, sondern vor allem auf mich selbst, weil ich ihm für einen winzigen Moment erlaubt hatte, mich zu brechen. Tief in mir hatte ich erwartet, dass er mich auf der Stelle erschießen oder zumindest schlagen würde.

Mit dem verschmitzten Lächeln auf seinen Lippen hatte ich nicht gerechnet.

»Das war ein Fehler, Bambi.«

Es war ein einfacher Satz, dem man kaum etwas hätte entnehmen können, wäre da nicht das wilde Funkeln in seinen Augen gewesen. Es war nicht mehr als ein kurzes Aufblitzen, ein Blick in seine Seele, aber es genügte, um mich mit dem Tod konfrontiert zu sehen. Ja, er hatte Recht. Es war ein Fehler …

5

RIA

Ich war überrascht, als einige Zeit später die junge Frau, die aus dem Poolhaus gekommen war, im Zimmer auftauchte. Sie warf einen raschen Blick über die Schulter, schloss die Tür hinter sich und atmete erleichtert aus.

»Hoffentlich erfährt Arjan nie, dass Dee mir den Schlüssel gegeben hat«, murmelte sie leise vor sich hin und wandte sich dann direkt an mich. »Geht es dir gut?« In ihrer Stimme schwang echte Besorgnis mit, aber ich ließ mich nicht täuschen.

»Ich glaube nicht, dass dich das etwas angeht. Du bist weder meine Freundin noch meine Mutter. Kümmere dich um deinen Kram«, antwortete ich kühl

Sie seufzte. »Ich will dir doch nur helfen.«

»Dann lass mich gehen.« Ich schlenderte zum Fenster und setzte mich auf die breite Fensterbank.

Es war mein Lieblings- und gleichzeitig Hassplatz in diesem Zimmer, weil ich der Freiheit so nah war und sie doch nicht erreichte.

»Ich habe schon mit Arjan geredet, aber er ist so stur, dass er nicht auf mich hört.« Ein trauriger Ausdruck breitete sich in ihren eisblauen Augen aus. »Die Jungs kommen dir jetzt furchtbar grausam vor, aber …«

»Nein, wie kommst du denn darauf?«, unterbrach ich sie sarkastisch. »Ich bin doch nur in einem Zimmer eingesperrt. Ein ganz normaler Fetisch.«

»Aber sie sind nicht nur so«, fuhr sie fort, als hätte sie meinen Einwand gar nicht gehört. »Sie haben mich gerettet. Selbst Arjan ist mir, ohne zu zögern, zur Hilfe gekommen und er hat mich wirklich gehasst.«

Ihr Blick wurde glasig und schweifte in die Ferne. Nach einigen Sekunden schüttelte sie den Kopf, als wollte sie sich mit Gewalt von den Gedanken losreißen, die sie gefangen zu nehmen drohten.

»Schön für dich«, erwiderte ich schnippisch.

Mein Blick war weiterhin starr auf den kahlen Baum im Garten gerichtet.

»Was hältst du davon, wenn wir zusammen einen Film anschauen? Die Jungs sind nicht da.« Sie sah mich erwartungsvoll an und brachte mit ihrem Vorschlag meine Abwehr ins Wanken.

»Wo sind sie denn?«, erkundigte ich mich neugierig.

»Feiern. Arjan hat Geburtstag.«

»Ich dachte, der Teufel wird nicht älter«, murmelte ich leise.

Sie hörte es trotzdem, denn ihr Lachen erfüllte den Raum. »Ich auch nicht, aber anscheinend geschehen noch Zeichen und Wunder.«

Ich musste schmunzeln und fragte: »Wie heißt du?«

Es war ein kleiner Annäherungsversuch, eine kurze Schwäche, die ich mir gestattete, ehe ich meinen inneren Schutzwall wieder hochzog. Ich war nicht hier, um Freundschaften zu schließen.

Egal, wie nett sie auf mich wirkte, am Ende des Tages stand sie auf der falschen Seite. Trotzdem überkam mich ein warmes Gefühl, als sie meinen Blick erwiderte.

Mit einem Lächeln, das ihre Augen erreichte, antwortete sie: »Ava.«

Ein Funke sprang in mir auf, eine Idee, die so dumm war, dass ich sie besser gleich wieder verwarf. Aber sie blieb in meinen Gedanken. Vielleicht würde es mir gelingen zu fliehen.

»Von mir aus«, gab ich mich wenig begeistert, damit sie nicht bemerkte, wie die Euphorie in mir aufstieg.

»Alles wird gut«, versprach sie mit einer Entschlossenheit, die mich ihre Worte fast glauben ließen, aber ich sah die Wahrheit in ihren Augen. Arjan würde mich niemals gehen lassen.

»Lass uns noch einen Film anschauen«, schlug Ava vor, als der Abspann von »Natürlich Blond« über den Bildschirm flimmerte.

Ich gähnte müde, aber ich wollte dieses Stück Normalität nicht so schnell wieder aufgeben. »Klar.«

»Gut, ich suche den zweiten ...« Ava hielt mitten im Satz inne.

Wir hörten, wie die Haustür ins Schloss fiel, und aus dem Flur ertönte lautes Gelächter. Dann verstummten die Geräusche. Schritte näherten sich. Panik huschte über Avas Gesicht, sie sah aus wie ein kleines Mädchen, das bei etwas Verbotenem erwischt wurde. Prompt versuchte sie, mir die Wodkaflasche aus der Hand zu reißen, aber ich hielt sie außer Reichweite und leerte den Rest in einem Zug. Der Alkohol brannte fürchterlich in meiner Kehle und ich musste husten.

»Was machst du denn hier unten, Bambi?« Arjan lehnte an der Wohnzimmertür. Seine grauen Augen funkelten angriffslustig, während er die Arme vor der Brust verschränkte und drohend grinste. »Ich glaube nicht, dass das Teil unserer Abmachung war.«

Abmachung? Dieser Kerl musste völlig den Bezug zur Realität verloren haben.

»Schade, dass ich mich an diese Abmachung nicht erinnern kann«, sagte ich höhnisch.

Unsere Blicke trafen sich. Ein Feuer, so heiß wie die Hölle selbst, loderte auf, breitete sich in meinem Innersten aus und erlosch in verzehrender Hitze, als ich die Lider senkte.

»Es war meine Idee«, nahm Ava die Schuld sofort auf sich.

Arjans Blick ruhte weiterhin auf mir, während er ihr antwortete. »Zurzeit gehst du mir echt auf die Nerven, Ava.«

Ich hielt den Atem an, blickte zwischen ihnen hin und her und wartete gespannt, ob jemand etwas sagen würde. Stattdessen drang eine vertraute Stimme aus dem Flur.

Ein Blitz durchfuhr meinen Körper, als Soela in der Tür erschien, sich von hinten an Arjans Rücken schmiegte und ungeduldig fragte: »Wann kommst du denn endlich?« Ihr Blick glitt verärgert an ihm vorbei. Überrascht weiteten sich ihre Augen, als sie mich entdeckte. »Ria? Was machst du denn hier?«

»Ihr kennt euch?« Arjans Selbstsicherheit schien zum ersten Mal ein wenig ins Wanken zu geraten, denn ich glaubte, ein leichtes Zittern in seiner Stimme zu hören.

»Ja, wir gehen auf dieselbe Akademie. Woher kennt ihr euch?«, erkundigte sie sich skeptisch und ließ ihre Hände besitzergreifend über seine Brust wandern. »Ach, scheiß drauf, erzähl es mir, nachdem du mich gefickt hast.« Ihre Finger glitten tiefer, bis sie sich fordernd unter dem Leder seines Gürtels verkrallten. »Oder willst du es gleich hier machen? Wie wäre es, wenn du mich hier an die Wand drückst und nimmst?«

»Geh schon mal ins Bett und warte mit gespreizten Beinen auf mich«, befahl er ihr, den Blick immer noch auf mich gerichtet.

Soela sah mich wieder an und schürzte die Lippen. »Wie du willst, aber beeil dich. Sonst muss ich ohne dich anfangen.«

Ava stieß einen würgenden Laut aus und verdrehte die Augen. »Erspart uns bitte die Details.«

»Bis gleich.« Arjan grinste und gab Soela einen Klaps auf den Po, den sie mit einem kurzen Aufschrei und einem wilden Kichern quittierte.

»O Gott«, stieß Ava genervt aus, doch auf mich hatte diese kleine Geste eine ganz andere Wirkung, wie ich überrascht feststellen musste.

Ungehalten warf ich die Flasche auf den Boden, sprang auf und stürmte auf ihn zu. »Wie kannst du nur so sein? Du bist das Schlimmste, was ich je gesehen habe. Ich sag dir was: Töte mich, du hässlicher Vogel!«

Bevor er etwas erwidern konnte, rannte ich an ihm vorbei, ohne zu wissen, wohin.

6

ARJAN

Ava schielte überrascht über den Rand der Sofakissen hinweg, doch ich beachtete sie nicht weiter, sondern folgte Ria wütend in die Küche. »Was glaubst du, was du hier machst?!«

»Lauf mir nicht nach!«, schrie sie entrüstet und warf mit allem nach mir, was sie in die Hände bekam: Topflappen, Scheuerschwamm, Schneebesen, Pfannenwender.

Ich konnte locker ausweichen, doch als sie sich eine Pfanne griff, machte ich einen Satz auf sie zu. Mühelos drängte ich sie gegen den Kühlschrank und kesselte sie dort ein. »Wolltest du mich gerade mit der Pfanne schlagen?«

»Ja, ich wollte dir damit den Schädel einschlagen. Lass mich los oder bring es endlich hinter dich und töte mich!«, schrie sie zornig.

»Aber jetzt fängt es doch erst an, lustig zu werden.«

»Fick dich!«

»Pass auf, was du dir wünschst, denn vielleicht ficke ich dich jetzt. Einfach weil ich es kann«, drohte ich.

»Ich habe keine Angst vor dir!«

Es klang zu leise, um wahr zu sein.

Ich spürte deutlich das Zittern ihrer Hände auf meiner Brust, als sie versuchte, mich wegzuschieben. Ich sah den Schweiß auf ihrer Stirn und hörte das heftige Ein- und Ausatmen, mit dem sie verbissen versuchte, ihre Angst in den Griff zu kriegen. Dennoch beeindruckte mich ihr Kampfgeist. Ich löste meine linke Hand vom Hängeschrank und legte sie stattdessen um ihren Hals. Ein paar Sekunden verweilte ich in dieser Position, genoss die Furcht, die jede Faser ihres Körpers ausstrahlte.

Dann drückte ich zu und knurrte: »Du bist eine elendige Lügnerin, Bambi!«

»Hör auf!«, verlangte sie und versuchte verzweifelt, meine Hände von ihrem Hals zu lösen. Kontinuierlich erhöhte ich den Druck, ohne das kalte Lächeln von meinen Lippen zu nehmen. Ihre Augen weiteten sich panisch, je weniger Luft sie bekam.

»Arjan!« Ihre Stimme war nur noch ein Keuchen.

Das Lächeln auf meinem Gesicht wurde breiter und glich nun mehr einer kranken Fratze. »Du bist erbärmlich. Nur mein Wohlwollen hält dich am Leben!«

»Ach ja?«, presste sie angestrengt hervor.

»Bettel, Bambi. Komm schon!«, forderte ich unnachgiebig, doch anstatt mich um ihr Leben anzuflehen, schob sie ihren Unterkörper nach vorne.

Kurz verlor ich die Konzentration und lockerte den Griff um ihren Hals. Mein Blick wanderte zu der Stelle, an der sie sich ungeniert an mir rieb. »Was zum ...«

Ehe ich das Geschehen gedanklich greifen konnte, schlug sie mir ins Gesicht.

»Bist du etwa hart geworden? Macht dich das an? Das ist widerlich.« Angewidert drängte sie sich an mir vorbei, doch ich packte rechtzeitig ihr Handgelenk und zog sie zurück.

»Mach das nie wieder!« Meine Stimme zitterte und ich gab den Versuch auf, mich zu beherrschen.

»Was soll ...«

»Ruhe!«, brüllte ich und schlug wütend mit der flachen Hand gegen den Kühlschrank. »Es wird Zeit, dass du dein verdammtes Maul hältst.«

Mit einer Hand zog ich mein Springmesser aus der Hosentasche und öffnete es in einer fließenden Bewegung. »Oder ich schneide dir die Zunge raus!« Langsam ließ ich die Rückseite des Messers über ihre Lippen gleiten. »Du brauchst sie sowieso nicht mehr, und ich müsste dein schreckliches Gelaber nicht mehr ertragen.«

Sie erschauderte. »Und was genau soll ich jetzt machen? Was willst du von mir?«

»Eine Entschuldigung wäre doch mal ein guter Anfang, oder, Bambi?«

»Es ...« Ihre Stimme brach und sie räusperte sich laut. »... tut mir leid, dass ich dich geschlagen habe und dir mit der Bratpfanne eine verpassen wollte.«

Ich legte den Kopf schief, verweilte mit dem Messer an ihrer Halsschlagader und lächelte zynisch. »Das reicht nicht. Runter auf die Knie und küss meine Schuhe!«

Rias Blick wechselte von Fassungslosigkeit zu Wut und eine Träne, bei der ich nicht wusste, welchem Gefühl sie entsprungen war, lief ihr über die Wange.

»Wenn du mich nicht verstanden hast, wiederhole ich es gerne nochmal für dich. Aber dann werde ich dir bei jedem Wort in die Haut schneiden. Also überleg dir besser, für welche der beiden Möglichkeiten du dich entscheidest.«

Ihre Lippen zitterten und sie schluckte schwer, in ihren Augen funkelte Hass, doch als sie den Blick senkte, wusste ich, wofür sie sich entschieden hatte.

Wimmernd sank sie zu Boden und presste ihren Mund auf meinen Schuh.

»Leck ihn, als hinge dein Leben davon ab.« Eine tiefe Genugtuung breitete sich in mir aus, als sie meiner Aufforderung nachkam.

Ich zog mein Handy aus der Tasche und schnalzte mit der Zunge, damit sie aufblickte. »Ein kleines Andenken, damit ich mich immer an diesen Moment erinnern kann.«

Energisch griff ich in ihr Haar, um ihren Kopf weiter nach hinten zu ziehen. »Denk daran, wenn du das nächste Mal versuchst, dich gegen mich aufzulehnen. Du wirst immer unter mir stehen, Bambi. Denn du bist weniger wert als der Dreck unter meinen Schuhen. Du bist ein Nichts und dein Schicksal liegt in meinen verdammten Händen.«

Verzweifelt presste sie die Hand vor den Mund, ihr leises Wimmern drang trotzdem hindurch. Inzwischen konnte sie die Tränen nicht länger zurückhalten, aber selbst ihr bitteres Weinen konnte die Wut in mir nicht besänftigen. Grob zerrte ich sie auf die Beine und die Treppe hinauf in ihr Zimmer. Wortlos stieß ich sie hinein und schloss die Tür. Diesmal brauchte ich sie nicht einsperren, sie würde sich sowieso nicht mehr hinaustrauen.

»Wo willst du denn hin? Komm zurück ins Bett.« Soela strich über die leere Bettseite und räkelte sich wie eine Schlange in den Laken.

Ich ignorierte sie und schaltete die kleine Lampe auf dem Nachttischchen an. Warmes Licht umspülte mich und warf den Schatten des Bücherregals an die kahle Wand. Ich hielt nach meiner Boxershorts Ausschau. Sie lag nur ein paar Meter vom Bett entfernt. Mühelos fischte ich sie vom Boden, schlüpfte hinein und ging dann zu dem Sessel, über dem eine graue Jogginghose hing.

»Arjan!«

Verärgert drehte ich mich zu ihr um. »Zieh dich an und geh, Soela.«

»Warum kann ich nicht bleiben?«

»Niemand übernachtet bei mir.« Ich deutete auf die Tür. »Geh!«

»Das muss sich wirklich ändern. Aber ich finde es süß, dass du dir Zeit lassen willst.« Sie schwang ihre nackten Beine über die Bettkante. »Das macht mich gleich wieder scharf.« Anstatt ihre Sachen aufzuheben und sich anzuziehen, kam sie auf mich zu. »Ich will dich wieder.«

Ich schüttelte den Kopf. »Du gehst jetzt!«

»Aber Ria darf bleiben?«, fragte sie mit unterschwelliger Wut in der Stimme. »Fickst du sie auch?«

»Sie gehört zu Neo«, antwortete ich knapp und sammelte selbst Soelas Kleider ein, damit sie sich endlich verpissen konnte. Ich drückte ihr die Sachen in die Hand. »Jetzt zieh dich an und geh.«

»Willst du das behalten?« Sie wedelte mit ihrem roten Tanga vor meiner Nase herum.

»Sehe ich aus wie ein Creep?«

Sie zuckte mit den Schultern. »Ich würde es sexy finden. Du hättest eine Trophäe von mir. Ich dachte, ihr würdet darauf stehen. Ja, schon gut, schon gut, ich ziehe mich ja schon an.«

Ungeduldig beobachtete ich, wie Soela sich wieder in ihr enges Kleid zwängte, ihre hohen Schuhe schloss und die kleine Tasche unter den Arm klemmte. Ich begleitete sie zur Tür, nicht aus Höflichkeit, wie sie dachte, sondern nur, um sicherzugehen, dass sie auch wirklich ging.

»Ach, noch etwas«, bemerkte sie an der Tür. »Wenn es ein Problem mit Ria geben sollte, rate ich dir, es schnell zu lösen. Du willst keinen Ärger mit dem Sinner of Silverside.«

»Mit wem ich Ärger haben will und mit wem nicht, ist nicht dein Problem, Soela«, gab ich gereizt zurück.

Sie lachte leise und fuhr mit ihrem langen Fingernagel über meine Brust. Den unangenehmen Schauer, den diese Berührung in mir auslöste, überspielte ich, indem ich einen Schritt zurücktrat und die Arme vor der Brust verschränkte.

Mit einem verführerischen Lächeln beugte sie sich näher zu mir und flüsterte: »Manche Probleme müssen einfach *aus* der Welt geschaffen werden.«

Als sie endlich gegangen war, suchte ich den Ort auf, an dem ich am besten nachdenken konnte. Es war der Ort mit den meisten, aber auch den schmerzlichsten Erinnerungen im Haus. Das ehemalige Arbeitszimmer meines Vaters. Erschöpft ließ ich mich in den Schreibtischstuhl fallen, zog den Schlüssel, der an einer Kette hing, von meinem Hals und öffnete die letzte Schublade des Schreibtisches. Zielsicher griff ich nach dem Bild, das ganz oben auf dem Aktenstapel lag.

Es steckte in einem glänzenden schwarzen Rahmen. An einer Ecke des gesprungenen Glases klebte noch Blut. Die beste Entscheidung wäre gewesen, das verdammte Ding einfach verschwinden zu lassen, aber jedes Mal, wenn ich es versuchte, überwältigten mich die Erinnerungen an die vergangenen Tage. Das Gefühl, das mich überkam, glich fast einer Strafe, von der ich mich nicht befreien konnte oder, besser gesagt, nicht befreien wollte. Denn ein Teil von mir schien alles daran zu setzen, den Moment, der uns zusammengeschweißt hatte, nicht aufzugeben. Uns vier: Valentin, Ryder, Neo und mich.

Unwillkürlich fiel mein Blick auf den blonden Jungen mit den leuchtend grünen Augen, von dem ich geglaubt hatte, jedes Geheimnis zu kennen. Jetzt erkannte ich das Monster hinter der freundlichen Maske. Ich wusste, was er getan hatte. Die Dinge, die *wir* getan hatten. Wie so oft kreisten meine Gedanken um Fragen, auf die ich keine Antwort hatte. Ich würde nie erfahren, ob es möglich gewesen wäre, ihn aufzuhalten, und ob uns das zu besseren Menschen gemacht hätte …

Ich fühlte mich in die Enge getrieben. Seufzend stand ich auf und schlenderte zum Fenster. Einen Moment verlor ich mich in den Weiten unseres Gartens und in der Ruhe, die er immer auf mich ausstrahlte, dann ließ ich mich frustriert in den Sessel fallen und vergrub mein Gesicht in den Händen.

Nie hätte ich gedacht, dass ich mich noch einmal mit den Dämonen der Vergangenheit auseinandersetzen müsste ...

7

RIA

Endlich war das laute Stöhnen aus Arjans Zimmer verstummt. Dafür drangen nun leise Klavierklänge durch die Zimmertür. Es war eine seltsame Melodie, dunkel und voller Schmerz. Ich hielt den Atem an, lauschte angestrengt und versuchte herauszufinden, woher sie kam.

Auf Zehenspitzen schlich ich zur Tür, legte ein Ohr an das Holz. Aus einem Reflex heraus drückte ich die Klinke nach unten und stellte überrascht fest, dass die Tür nicht abgeschlossen war. Langsam öffnete ich sie einen Spalt. Vorsichtig spähte ich in den Flur, der wie ausgestorben schien. Ehe ich mich versah, zwängte ich mich durch den Türspalt, durchquerte den ersten Stock und lief wie ferngesteuert die Treppe hinunter. Vielleicht war es der Schmerz, der so deutlich in der Musik zu hören war, der mich wie magisch anzog und den Gedanken an Flucht verblassen ließ.

Ich eilte am Wohnzimmer vorbei, ließ die Küche hinter mir und fragte mich, wohin mich die Melodie wohl führen würde. Obwohl ich mich in diesem Teil des Hauses nicht auskannte, fiel es mir leicht, den Klängen des Klaviers zu folgen, bis ich vor einer verschlossenen Schiebetür stand. Vorsichtig öffnete ich sie, blinzelte ungläubig und traute meinen Augen kaum bei dem Anblick, der sich mir bot.

Es war stockdunkel. Nur das silberne Mondlicht, das durch die geöffneten Fenster fiel, warf einen schmalen Lichtkegel auf den schwarzen Flügel, der in der Mitte des Raumes stand. Mit gesenktem Kopf saß Arjan vor dem Instrument und spielte so herzzerreißend, dass mir für einen Moment der Atem stockte. Es war so hypnotisierend und fesselnd, dass es unmöglich schien, den Blick von diesem Mann abzuwenden. Er wirkte so anders als sonst. So verletzlich und gebrochen. In diesem Moment erinnerte er mich an einen gefallenen dunklen Engel, der alles in sein Werk gesteckt hatte, in der Hoffnung, mit diesem Meisterstück wieder in den Himmel aufgenommen zu werden.

Die aufkommende Brise strich wie eine zärtliche Berührung über meinen Körper. Ich schauderte bei dem elektrisierenden Gefühl, das mich durchströmte, und die Gänsehaut, die mich längst erfasst hatte, kroch meinen Rücken hinauf. Ich presste die Hand vor den Mund, um das leise Keuchen zu ersticken, das über meine Lippen kam. Gott sei Dank wurde es von der Melodie des Stückes verschluckt. Ich konnte mich nicht bewegen, kaum atmen, denn jeder Herzschlag gehörte Arjan und dieser Melodie, die er spielte. Sie berührte mich auf unerklärliche Weise.

Plötzlich hielt er inne. Ohne die Augen zu öffnen, sanken seine Schultern nach vorne und er lehnte sich schwer atmend an den Flügel, als hätte er gerade einen Marathon absolviert und nicht das schönste und zugleich traurigste Lied gespielt, das ich je gehört hatte. Hatte er es selbst geschrieben? War er zu so etwas fähig? Zu so etwas Schönem? Ich konnte es mir kaum vorstellen.

Ich kämpfte gegen den Drang an, zu ihm zu gehen, obwohl es der einzige Gedanke war, den ich noch fassen konnte. Mein Herz klopfte, als würde es seine eigene Melodie spielen, passend zu seinem Lied. Hatte ich den Verstand verloren? Ich sollte gehen. Sofort! Und doch rührte ich mich nicht von der

Stelle. Dieser Teil von ihm, der sich in der dunklen Nacht verbarg, war wunderschön.

Seine Hände fuhren verzweifelt durch sein dichtes dunkles Haar, während die unterschiedlichsten Töne der einzelnen Tasten den Raum erfüllten. Sie trafen mich wie Donnerschläge und ich erwachte aus meiner Trance.

Benommen wich ich zurück und schob die Tür hinter mir zu, als die Melodie wieder einsetzte, viel trauriger als zuvor. Er spielte sich einen Schmerz von der Seele, von dem ich nicht einmal wusste, dass er ihn besaß. Ich schloss die Augen, lehnte mich gegen die Tür und atmete ein paarmal ein und aus. Aus irgendeinem Grund konnte ich nicht gehen. Ohne es zu merken, versank ich so tief in meinen widersprüchlichen Gedanken, dass ich nicht merkte, wie die Musik verstummte und die Tür sich öffnete.

Mein Herz begann schneller zu schlagen, denn ich spürte das heftige Heben und Senken seines Brustkorbes in meinem Rücken. Sein betörender Duft hüllte mich ein und ließ jeden Gedanken verblassen. Dort, wo jetzt alle Alarmglocken hätten schrillen müssen, war nichts als Leere.

»Was machst du hier?«, raunte Arjan dicht an meinem Ohr. Sein Atem streifte meinen Nacken und der Impuls wegzulaufen verpuffte augenblicklich.

»Ich ... ich ...«, stammelte ich wie ein unsicheres Mäuschen, als ich seine Hände auf meiner Taille spürte.

Ich fühlte die Wärme durch das dünne Schlafshirt und verfluchte Ava dafür, dass sie es mir gegeben hatte. Es war viel zu wenig Stoff an meinem Körper, um mich vor seiner Hitze zu schützen.

»Warum bist du hier?«

Das fragte ich mich auch. Zuerst war es Neugier, aber dann konnte ich nicht mehr gehen.

Ich schwieg und blieb ihm die Antwort schuldig, weil ich ihm unmöglich die Wahrheit sagen konnte.

»Wenn ich dich hier noch einmal sehe …« Seine Lippen strichen sanft über die empfindliche Haut meines Ohres. »… wirst du diesen Raum nicht mehr lebend verlassen.« Da war wieder diese Kälte in seiner Stimme.

»Okay«, nuschelte ich wie eine völlige Versagerin, weil mir nichts anderes einfiel.

»Und jetzt verpiss dich.«

Ich nickte, rührte mich aber nicht von der Stelle. Fast erwartete ich, er würde mich in den Flur schubsen, aber auch er bewegte sich nicht. Die Welt um uns herum stand still. Die Luft knisterte und der kleinste Fehler würde sie über uns zusammenbrechen lassen. Ich spürte seinen Atem in meinem Nacken, dann an meinem Hals. Sanft strich er über mein Kinn, nah genug, um jeden Atemzug zu spüren, aber weit genug entfernt, damit seine Lippen meine Haut nicht berührten. Doch war es genau das, was ich wollte. Der Gedanke grenzte an Wahnsinn.

»Ich hasse dich«, sagte ich mehr zu mir selbst als zu ihm, um mich daran zu erinnern.

Ein leises Lachen war seine Antwort. Es traf direkt in meine Mitte und stellte meine Welt auf den Kopf. Ohne es zu merken, hatte ich mein Gesicht in seine Richtung geneigt. Seine Lippen schwebten dicht über meinen.

»Warum bist du noch hier?« Seine Stimme war ein tiefes Flüstern.

»Warum lässt du mich nicht gehen?«, flüsterte nun auch ich.

Ein Ruck ging durch seinen Körper, als hätte er gemerkt, wie unpassend diese Situation war. Er brach den Bann, indem er mich mit einem heftigen Schubs von sich stieß. Verwirrt taumelte ich ein paar Schritte von ihm weg.

Ich griff mir an den Hals und starrte ihn ungläubig an. Die letzten Momente mit all den positiven und negativen Gefühlen versuchten mit aller Macht an die Oberfläche zu kommen. Es war lächerlich zu glauben, dass er irgendwo tief in seinem

Inneren eine gute Seite hatte, denn sie schien so weit entfernt wie der Himmel von der Erde.

Ich war in meiner eigenen Gefühlswelt gefangen, als er mein Handgelenk umfasste und mich zurück ins Zimmer zerrte. Wie ein wildes Tier trieb er mich in den Raum hinein, bis ich gegen den Tisch prallte. Meine Finger flogen blitzschnell über das polierte Holz und griffen nach dem Tablett mit dem Essen. Er war mir so nahe gekommen, dass ich nicht mehr ausweichen konnte. Also tat ich das Einzige, was mir in diesem Moment einfiel: Ich zog ihm das beladene Tablett über den Schädel.

Das war zumindest der Plan, aber der war mir wohl deutlich ins Gesicht geschrieben, denn Arjan ahnte mein Vorhaben noch während der Ausführung und wehrte den Schlag mit dem Arm ab. Klirrend flog das Geschirr zu Boden, zerschellte und verteilte Millionen von Glassplittern auf dem teuren Teppichboden. Für den Bruchteil einer Sekunde erstarrte er mitten in seiner Bewegung. Dann schleuderte er mich gegen die Wand und brachte sein wutverzerrtes Gesicht so nahe an meines, dass ich die feinen blauen Sprenkel in seinen Augen bemerkte, die sich in das Stahlgrau mischten. Sie gaben ihm einen noch kälteren Ausdruck.

Arjan presste seinen Körper fester an meinen. Panisch schnappte ich nach Luft, doch alles, was ich einatmete, war sein betörender Duft. Kaum zu glauben, dass ich neben der aufsteigenden Panik, die diese ausweglose Situation in mir auslöste, überhaupt noch die Details seiner Erscheinung wahrnehmen konnte. Denn neben der Farbe seiner Augen fielen mir auch die feinen Nuancen seines Geruchs auf: Er roch wie der Wald nach einem verregneten Sommertag. Herb und männlich mit einem Hauch von Frische.

»Was sollte das werden, Bambi?«, zischte er drohend.

»Ich wollte dir dein verdammtes arrogantes Grinsen aus dem Gesicht schlagen.«

Erstaunt riss er die Augen auf. »Ach, wirklich?« Belustigung schwang in seiner Stimme mit.

Ich nickte und ignorierte das gefährliche Lächeln, das seine Lippen umspielte, als er sich von mir entfernte. Vielleicht hätte ich wissen müssen, dass er sich nicht so leicht geschlagen geben würde, aber ein kleiner Teil von mir hoffte, dass ich diese Schlacht in unserem Krieg gewonnen hatte. Um mich nicht aus der Ruhe bringen zu lassen, lächelte ich triumphierend und warf mein Haar zurück. Eine Geste, die ihn noch wütender machte. Ich fühlte mich wie eine Siegerin, als er den Raum verließ. Tatsächlich war ich die Verliererin, nur wusste ich das zu diesem Zeitpunkt noch nicht.

8

RIA

Ein lauter Knall riss mich mitten in der Nacht aus dem Schlaf. Ich blinzelte ein paarmal verschlafen, doch bevor ich wusste, was geschehen war, packte mich Arjan am Oberarm. »Los, steh auf!«

Als ich seiner Aufforderung nicht sofort nachkam, zerrte er mich aus dem Bett und für den Bruchteil einer Sekunde war ich so perplex, dass ich mich widerstandslos hinter ihm herziehen ließ. Erst als er mich die riesige Treppe hinunter- und durch die Flügeltür ins Freie zog, kehrte mein Bewusstsein in meinen Körper zurück.

»Was soll das werden?« Ich konnte nichts gegen die Panik tun, die sich unaufhaltsam ausbreitete und deutlich in meiner Stimme mitschwang.

Irgendetwas stimmte nicht.

Es war mitten in der Nacht, keine Menschenseele begegnete uns auf dem Weg und ich wurde das Gefühl nicht los, dass er genau das wollte. War er zur Vernunft gekommen und hatte beschlossen, mich gehen zu lassen, oder war ich auf dem Weg zu meiner Hinrichtung?

Nach seiner undurchdringlichen Miene zu urteilen, die ich im fahlen Mondlicht nur schemenhaft erkennen konnte, waren beide Möglichkeiten denkbar.

Mit jedem Schritt schlug mein Herz einen Takt schneller, und mein Körper versteifte sich unter seinem eisernen Griff. Keuchend stemmte ich mich gegen ihn. Einen Moment lang spielte ich mit dem Gedanken, um Hilfe zu schreien. Ava würde mir helfen oder vielleicht sogar Neo, doch bevor ich den Mut dazu aufbringen konnte, wurde mir klar, dass sie auf seiner Seite stehen würden. Ich war allein. Nichts und niemand konnte mir jetzt noch helfen.

»Beweg dich!«, knurrte Arjan und schob mich an einem alten Tor vorbei auf einen schmalen Pfad, der direkt in ein angrenzendes Waldstück führte.

Wir entfernten uns immer weiter vom Haus, gingen tiefer in den Wald hinein, der mir jetzt in meiner aufsteigenden Panik wie die Kulisse eines Horrorfilms vorkam. Verzweifelt versuchte ich mich aus Arjans Griff zu befreien. Doch es gelang mir nur, ihn mit einem Ruck aus dem Gleichgewicht zu bringen, so dass sich seine Hand um mein Handgelenk etwas lockerte. Ohne nachzudenken, trat ich ihm heftig gegen das Schienbein, woraufhin er keuchend zu Boden sackte.

Ich nutzte die gewonnene Freiheit, um mir einen Überblick zu verschaffen. Vor mir waren nur Bäume. Hinter mir ein Haus, dessen Bewohner mich tot sehen wollten. Dann war da noch die Straße, die irgendwo in der Nähe sein musste, denn manchmal hörte man in der Ferne das leise Rauschen von Autos. Keine der Möglichkeiten erschien mir verlockend, aber anstatt in die Dunkelheit des Waldes zu fliehen, entschied ich mich für die Straße. Mit etwas Glück würde ein Auto vorbeikommen. Als ich zum Sprint ansetzte, bemerkte ich aus den Augenwinkeln eine Bewegung.

»Bleib hier«, hallte Arjans Stimme durch die Nacht.

Wie in Trance starrte ich in den Lauf der Waffe. »Wenn du wegläufst, werde ich dir in den Rücken schießen und dich leiden lassen.« Seine Stimme war eine einzige Drohung – tief, rau und voller Dunkelheit.

Ich hatte immer angenommen, dass es zwei Arten von dunklen Menschen gab: jene, die sich hinter der Dunkelheit versteckten, aber einen guten Kern besaßen, und jene, die sich der Dunkelheit verschrieben hatten, weil sie das Monster in ihrem Herzen akzeptierten, nährten und benutzten. Ich hatte nicht erwartet, jemals auf eine dritte Art zu stoßen: die, in deren Augen nichts als Leere zu sehen war. Arjan war der Beweis, dass es Menschen unter uns gab, die alles verloren hatten. Ihre Hoffnung, ihren Glauben und ihre Seele ...

Ein Schauer lief mir über den Rücken, bohrte sich wie spitze Eiszapfen in meine Knochen und ließ meinen Körper unkontrolliert zittern. Meine Zähne schlugen heftig aufeinander, und ein Gefühl der Leere breitete sich in mir aus.

»Bitte tu das nicht«, flehte ich mit zitternder Stimme.

Aber jedes Bitten und Betteln half nichts. Er rappelte sich wieder auf und verringerte mit wenigen Schritten den Abstand, den ich mir so mühsam erarbeitet hatte. Der Lauf der Pistole drückte sich gegen meine Brust. Ich spürte das kalte Metall durch den dünnen Stoff des Schlafshirts.

»Auf die Knie«, befahl er barsch.

»Du musst mir in die Augen sehen, wenn du mich erschießt.« Ich wusste nicht, woher ich den Mut nahm, ihm jetzt noch etwas entgegenzusetzen.

Das kleine Mädchen in mir wollte weinen und sich der hoffnungslosen Situation ergeben, aber meine innere Kämpferin wollte es ihm so unangenehm wie möglich machen.

Er seufzte verärgert und gab mir einen heftigen Stoß, der mich von den Beinen riss. Ich landete mit dem Hintern auf dem harten Waldboden.

Dann ging alles ganz schnell: Panisch kroch ich zurück, während ein Schuss die Stille zerriss. Ein Schrei löste sich aus meiner Brust und Erde flog mir ins Gesicht. Die Kugel war nur Millimeter vor meinem Kopf in den Boden eingeschlagen. Zitternd sank ich in mich zusammen und konnte die aufsteigenden

Tränen nicht länger zurückhalten. Mit Mühe stemmte ich die Hände auf den harten Waldboden und versuchte, mich aufzurichten, sammelte meine letzten Kraftreserven und unterdrückte das unkontrollierte Schluchzen, das mir immer wieder über die Lippen kam.

»Spar dir das«, hörte ich Arjans kalte Stimme, ehe er mir den Lauf der Waffe an die Stirn drückte. »Du machst es dir und mir nur noch schwerer.«

Hätte ich es nicht besser gewusst, hätte ich schwören können, so etwas wie Bedauern in seiner Stimme zu hören. Aber Arjan war nicht der Typ Mensch, der seine Entscheidungen bereute.

»Tu ... das nicht. Bitte, ich will nicht sterben«, wimmerte ich leise, obwohl ich längst wusste, dass es sinnlos war, ihn anzuflehen.

Ich schloss die Augen und mein ganzes Leben, jede schöne und schlechte Erinnerung, lief wie ein Film vor meinem inneren Auge ab. Die Abende mit meinen Eltern, das glückliche Gesicht meines Vaters, das vertraute Lächeln meiner Mutter. Der erste Kuss, der erste Liebeskummer und das befreiende Gefühl, endlich über den Trottel hinweg zu sein. All die Stunden, die ich mit meinem besten Freund verbracht hatte. Sein Schmerz, mein Schmerz ...

Mein Brustkorb verkrampfte sich schmerzhaft unter all den Bildern, die meinen Kopf fluteten. Das Atmen fiel mir schwer, ich hatte das Gefühl, jeden Moment ohnmächtig zu werden. Ich vergrub meine Fingerspitzen in der Erde, denn der Schmerz fraß mich von innen auf. Ich konnte mir nicht vorstellen, dass der Tod schlimmer sein könnte als dieser Moment. Der Druck auf meiner Stirn nahm zu, resigniert schloss ich die Augen. Mit meinem letzten Atemzug verlangsamte sich mein Herzschlag, als würde ich das Unausweichliche akzeptieren, womöglich sogar herbeisehnen. Ich fühlte mich schwach, ausgelaugt und leer.

»Es tut mir leid.« Arjans Stimme war ein kaum hörbares Flüstern, doch der Wind trug sie so deutlich zu mir herüber, dass ich jedes Wort verstehen konnte. »Ich wünschte, ich hätte dich retten können.«

»Arjan, warte!« Neos Stimme traf mich mitten ins Herz. Ein Hoffnungsschimmer. Ein Licht in der Dunkelheit.

»Was machst du hier verdammt? Verschwinde«, fuhr Arjan ihn harsch an.

»Ich bitte dich, Arjan. Sieh sie dir an. Sie könnte uns helfen. Sie hat Kontakte zur Oberschicht.«

»Warum sollte mich das interessieren?«

Die Mündung der Waffe lag immer noch schwer auf meiner Stirn.

»Deshalb!« Ich hörte Schritte, wagte einen Blick durch zusammengekniffene Lider. Neo war zu uns gekommen und hielt seinem Bruder ein Handy unter die Nase.

»Der Typ neben Valentin ist der Bürgermeister von Silverside«, fügte er hinzu und deutete mit dem Kinn auf das Display.

»Was hat er mit ihm zu schaffen?« Arjan sah zum ersten Mal besorgt aus.

»Ich weiß es nicht, aber wenn er seine Unterstützung hat, wirft das ein anderes Licht auf den Wahlkampf«, entgegnete Neo.

Arjan schien einen Moment zu zögern. Der Druck auf meiner Stirn ließ nach. Meine Gedanken überschlugen sich. Ich hatte nicht mehr damit gerechnet, eine Lösung für meine Probleme zu finden und mit einem blauen Auge davonzukommen. Aber ich hatte offensichtlich ein Ass im Ärmel, von dem ich vor Neos Ankunft nicht einmal gewusst hatte, dass ich es besaß. Entschlossen hob ich den Kopf und sah Arjan direkt in die Augen. »Ich schlage dir einen Deal vor.«

»Einen Deal? Ich glaube nicht, dass du mir etwas anbieten kannst, was ich haben will.«

»Ich glaube schon. Ich kenne Samael Dakarias, den Bürgermeister von Silverside. Ich kann dir helfen, die Wahl zu gewinnen.«

»Und dafür soll ich dir dein Leben lassen?«, spekulierte er.

Ich schüttelte den Kopf und ignorierte die Angst, dass sein Finger, der noch immer am Abzug lag, mir aus einem Reflex oder einem dummen Missgeschick heraus das Hirn wegpusten könnte. »Nein. Der Deal ist, dass du mir einen Gefallen schuldest, wenn du die Wahl gewinnst.«

Arjan wechselte einen kurzen Blick mit Neo, bevor er mich wieder ansah. »Nein!«

»Kannst du wenigstens die Knarre runternehmen, während wir das ausdiskutieren?«, fragte ich heiser.

»Nein.«

»Kennst du vielleicht auch noch ein anderes Wort als ›Nein‹?«

Seine sture Haltung machte mich wütend. Sie ließ mich vergessen, dass ich noch vor wenigen Minuten um mein Leben gefürchtet und es in Gedanken schon abgeschrieben hatte. Für einen Augenblick legte er den Kopf schief, als würde er über meine Frage nachdenken.

»Nein.« Ein arrogantes Lächeln zupfte an seinem Mundwinkel. Langsam senkte er die Waffe. »Aber ich bin bereit, mit dir zu verhandeln.«

Ich hatte keine Ahnung, wann ich das letzte Mal in einem Bus gesessen hatte. Es musste eine Ewigkeit her sein. Leider hatte ich keine andere Wahl, denn das Geld, das Arjan mir freundlicherweise gegeben hatte, reichte nicht für ein Taxi. Das war wohl sein Plan. Eine weitere Machtdemonstration, um mich zu demütigen. Aber ich hatte nicht die Kraft, mich darüber aufzuregen. Ich saß direkt hinter dem Fahrer und blickte immer wieder nervös aus dem Fenster, als wir die Brücke nach Silverside überquerten. Ein Blitz erhellte den Himmel, gefolgt von einem lauten Donnern, das die Motorengeräusche der vorbeifahrenden Autos verschluckte. Meine Hände zitterten und ich wusste nicht, was ich tun sollte. Da ich kein Handy dabeihatte, blieb mir nichts anderes übrig, als sie ineinander zu legen. In dieser Position verharrte ich, atmete tief ein und aus, bis wir die andere Seite erreicht hatten.

Ich beschloss, eine Station früher auszusteigen, um dem beklemmenden Gefühl zu entgehen, das mich während der ganzen Fahrt begleitet hatte. Schon tagsüber fiel es mir schwer, die Brücke zu überqueren und die schrecklichen Erinnerungen abzuschütteln. Nachts war es noch schlimmer, und bei Gewitter verließ ich das Haus meist gar nicht mehr. Als ich aus dem muffigen Bus stieg, die Straße hinunterging und die kalte Nachtluft einatmete, fiel die Anspannung langsam von mir ab. Eigentlich hätte ich direkt nach Hause gehen, mir einen Plan machen und mich ausschlafen sollen, aber stattdessen steuerte ich direkt auf die alte Telefonzelle zu, die in einer dunklen Gasse nicht weit von meiner Wohnung entfernt stand. Selbst wenn mir jetzt ein betrunkener Penner oder ein zugedröhnter Junkie begegnen würde, könnte ich nicht mit Sicherheit sagen, ob mich das erschrecken würde, denn ich war am Ende meiner Kräfte.

Seine Nummer tauchte immer wieder vor meinem inneren Auge auf, als hätte ich Angst, sie zu vergessen. Ich kramte die letzten Münzen aus meiner Jeans und drückte auf das altmodische Wahlfeld. Es klingelte ein paarmal, bis er endlich abhob. Erleichtert atmete ich auf.

Fast hätte ich meine aufgewühlte Gefühlswelt in den Hörer geschrien, doch dann besann ich mich und sagte: »Wir müssen uns sehen. So war das alles nicht geplant.«

9

RIA

Selbst als ich die Haustür aufschloss und die Stufen zu meiner kleinen Zweizimmerwohnung hinaufstieg, erlaubte ich mir nicht, an die letzten Tage zurückzudenken. Wenn ich mir auch nur einen Moment der Schwäche gestattete, drohte alles über mir zusammenzubrechen. In meinem jetzigen Zustand war ich nicht stark genug, um all den Schmerz und die Tränen ertragen zu können.

Nachdem ich die Wohnungstür aufgeschlossen hatte, huschte ich erschöpft durch den dunklen Flur, verstaute Jacke und Schuhe an der Garderobe und ging ins Wohnzimmer. Ich tastete an der Wand nach dem Lichtschalter, als plötzlich die kleine Stehlampe am Fenster aufleuchtete.

»Hallo Ria!«

Erschrocken drehte ich mich um und sah Valentin im Sessel neben der Lampe sitzen. Er hatte die Beine übereinandergeschlagen und lächelte mich an, als wäre es das Normalste der Welt, mitten in der Nacht in einer fremden Wohnung aufzutauchen.

»Was zum Teufel machst du hier?«, fragte ich verwundert.

Er musterte mich eine Zeitlang, dabei entging mir nicht der bekümmerte Ausdruck auf seinem Gesicht. »Ich habe mir Sorgen gemacht. Ich habe dich seit Tagen nicht erreicht.« Er zog sein Handy aus der Hosentasche. »Und dann rufst du mich plötzlich aus dem Nichts an. Was ist passiert? Wo warst du?«

»Du hast dir Sorgen gemacht? Dann hättest du mir vielleicht sagen sollen, wie krank deine alten Freunde sind.« Wütend verschränkte ich die Arme vor der Brust.

»Natürlich habe ich das. Deshalb habe ich dir gesagt, du sollst es mit Neo versuchen. Er ist der Naivste von ihnen. Aber was ist denn überhaupt passiert?«

Meine Beine gaben nach und ich musste mich am Türrahmen festhalten. Ich war in den letzten Tagen über meine Grenzen hinausgegangen und so langsam forderte das seinen Tribut an meinem Körper. Eilig kam er auf mich zu und nahm mich in den Arm. Seine Wärme, die sonst immer tröstlich war, ließ mich diesmal kalt und ich erschauderte unter seiner Berührung.

»Ich will nicht darüber reden«, murmelte ich in den Stoff seines dunklen Hemdes.

Er schob mich eine Handbreit von sich weg, so dass er mir direkt ins Gesicht sehen konnte. »Aber hast du es geschafft? Bist du drin?«

Ich nickte kaum merklich. »Der Preis dafür war hoch. Ich weiß nicht, ob ich sein Vertrauen gewinnen kann, ob es überhaupt jemanden gibt, der dazu in der Lage ist. Du hattest Recht. Er ist verrückt. Er wollte mich umbringen.«

Valentins Gesichtsausdruck wurde weicher und die nächsten Worte kamen so sanft aus seinem Mund, als würde er mit einem Kind sprechen und nicht mit einer erwachsenen Frau. »Deshalb müssen wir ihn stoppen. Er ist eine Gefahr für jeden Bürger in Ashwick und Silverside und für Neo und Ryder. Er manipuliert, bedroht und tötet.«

»Ich habe Angst«, gestand ich und hörte, wie meine Stimme zitterte.

Der Gedanke, mehr Zeit mit Arjan zu verbringen, versetzte mich in Panik. Nicht nur, weil er ein unberechenbares Arschloch war, sondern auch, weil ich mir die seltsame Anziehungskraft zwischen uns nicht erklären konnte. Das Klügste wäre, ihn nie wiederzusehen und zu warten, bis die Erinnerungen verblasst waren.

»Ich weiß, aber wir haben keine andere Wahl.« Valentin strich mir über die Wange, lächelte kurz entschuldigend und setzte dann wieder einen ernsten Gesichtsausdruck auf. »Ich möchte, dass Ava bei der Modenschau deiner Mutter läuft.«

Ich blinzelte ungläubig. »Warum? Ich glaube nicht, dass Ava der Typ Frau ist, die mit der neuesten Mode über den Laufsteg läuft.«

Valentin lachte laut auf. »Du wärst überrascht, was für eine Frau Ava ist.«

Verwirrt über seine Aussage zog ich eine Augenbraue hoch. »Von mir aus. Ich kann es versuchen.«

Er nickte zufrieden, strich mir über den Kopf und setzte ein kleines, perfektes Lächeln auf, das ihm im Wahlkampf sicher viele Stimmen einbringen würde.

»Aber warum ich? Wieso muss ich das alles machen? Wir können immer noch zur Polizei gehen.«

Seine strahlend grünen Augen verdunkelten sich. »Weil er dich nicht kennt, Ria. Du bist die Einzige, die bei ihnen ohne Probleme ein und aus gehen kann. Und wegen der Polizei: Ich erinnere dich nur ungern an das Video und die Bedingungen, die sie stellen.« Er nahm meine Hand und flüsterte mir verschwörerisch zu: »Schau es dir noch einmal an, damit du nicht vergisst, warum du das alles auf dich nimmst.«

Ohne meine Antwort abzuwarten, hielt er mir sein Handy unter die Nase. Die Videodatei, die man uns beiden vor ein paar Wochen geschickt hatte, war schon geöffnet. In den letzten Tagen hatten mich die schrecklichen Bilder wieder bis in meine Träume verfolgt. Ich war nicht bereit, sie mir erneut anzusehen und dann wochenlang an nichts anderes mehr zu denken.

»Man sieht dir deine Zweifel an. Ich mache dir keinen Vorwurf. Es ist nicht leicht, diese Entscheidung zu treffen und diesen Weg zu gehen, aber ich bin hier an deiner Seite, um den Schmerz aufzufangen.« Er strich mir tröstend eine Haarsträhne hinters Ohr. »Vertrau mir. Er ist auch mein Freund. Ich zerbreche mir jeden Tag den Kopf, wie ich dir das ersparen kann, aber mir fällt nichts ein. Sein Netz ist schon zu verstrickt, um ihn anders aufzuhalten. Warum sollten sie sonst auf deinen Vater zurückgreifen?«

Ich erinnerte mich an unser erstes Gespräch. Valentin hatte mir damals erzählt, dass mein Vater ihn im Gefängnis gegen eine Gruppe von Schlägern verteidigt hatte. Seitdem waren sie Freunde. Das hatte sich auch nach Valentins Entlassung nicht geändert. Als das Video aufgetaucht war, hatte er sich sofort dazu berufen gefühlt, meinem Vater zu helfen. Im Gegensatz zu mir, die mit einem Besuchsverbot bestraft worden war, besuchte Valentin meinen Vater so oft er konnte und sprach ihm Mut zu, damit er durchhielt.

»Ich weiß, aber es ist so schrecklich.« Ich senkte den Blick und kämpfte mit den Tränen.

»Hey!« Zärtlich strich er mir mit dem Daumen über die Wange. »Ich bin hier. Ich weiß, wie schlimm es ist, aber es wird dir helfen, Kraft aus dem Schmerz zu schöpfen.«

Valentins Augen bekamen einen merkwürdigen Glanz. Ein seltsamer Ausdruck huschte über sein Gesicht. Aber so schnell, wie er gekommen war, war er auch wieder verschwunden. Vielleicht hatte ich ihn mir nur eingebildet.

»Sei wütend, und zwar auf das, was sie deinem Vater angetan haben, und auf den Mann, der dafür verantwortlich ist.« Er drückte meine Schulter und in der sanften Berührung lag eine Zuversicht, die mir auch den letzten Zweifel nahm.

Ich war nicht allein auf dieser selbstmörderischen Mission, er war an meiner Seite und würde mir helfen, wann immer ich ihn brauchte. Seufzend nahm ich sein Handy in die Hand.

»Kannst du es mit mir zusammen anschauen? Ich schaffe es nicht allein. Nicht nach dem, was Arjan mir angetan hat.«

»Natürlich.« Er beugte sich zu mir hinunter, verschränkte seine Finger mit meinen und stupste mich spielerisch gegen die Schulter. »Komm schon. Lass es uns ansehen. Für deinen Vater.«

Jedes Härchen auf meinem Arm stellte sich auf, als ich an die schmerzerfüllten Schreie dachte. Hastig schloss ich die Augen, weil ich die Bilder nicht ertragen konnte.

»Schau hin«, hauchte Valentin in mein Ohr. Diesmal fühlte sich seine Nähe wie eine warme Umarmung an.

Widerwillig öffnete ich die Lider und blickte auf das Handy, auf dessen Display gerade das Video lief, das mein Leben ein weiteres Mal ins Chaos gestürzt hatte – nach einer Zeit, in der ich das gar nicht mehr für möglich gehalten hatte.

Mein Vater saß an einem Tisch. Sein Blick wanderte panisch hin und her, und immer wieder drang ein schmerzerfülltes Stöhnen aus seiner Brust. Er schrie, weinte und versuchte in den Pausen, in denen ihn keine Schläge trafen, die Fesseln loszuwerden. Doch so sehr er auch rüttelte und zerrte, die Seile wollten sich nicht von der Stuhllehne lösen.

Für einen Moment trübten Tränen meine Sicht, denn ich wusste genau, was als Nächstes geschehen würde. Ich war fast dankbar, dass ich die folgenden Bilder, die an Grausamkeit kaum zu übertreffen waren, nicht klar sehen konnte. Obwohl mir die Brutalität des Angriffs erspart blieb, kannte ich die Szenen in- und auswendig, so dass sie sich zusammen mit dem Ton in meinem Kopf visualisierten. Sofort zerbrachen die kleinen Teile meiner Seele in noch winzigere Stücke. Ich blinzelte, und meine Sicht wurde wieder klarer. Tränen liefen mir über die Wangen, während laute Geräusche aus dem Telefon drangen. Panische Rufe, Knacken von Knochen, gefolgt von markerschütternden Schmerzensschreien. Mir wurde übel, aber ich zwang mich, das Geschehen auf dem Video weiter zu verfolgen.

Das Bild wackelte, dann trat ein Mann aus dem Schatten. Er wirkte groß und nicht besonders muskulös, sein Gesicht war hinter einer Sturmmaske verborgen. Er blickte von oben auf meinen Vater herab, und es schien, als könnte er jede Sekunde seiner Qualen in sich aufnehmen.

Die Schreie, das Stöhnen, das Blut, das sich unaufhörlich auf dem Tisch ausbreitete. Sanft wiegte sich der Mann mit der Maske hin und her, genoss das Leid, das sich ihm bot.

Dann gab er einem anderen ein Zeichen und der zog meinen Vater an den Haaren hoch.

Ich kannte diesen leeren Blick, mit dem er den Mann ansah, nur zu gut, denn er starrte mich jeden Morgen aus dem Spiegel an.

»Stimmt es, dass du die Beweise an die Masons verkauft hast?«

Der Maskierte beugte sich über den Tisch, griff nach der Hand meines Vaters, an der bereits der Zeigefinger fehlte, und legte seine Zange an den Mittelfinger.

Für den Bruchteil einer Sekunde blitzte etwas in den Augen meines Vaters auf und ein Ruck ging durch seinen Körper. Er straffte die Schultern, starrte den Fremden an und hob das Kinn. »Na und? Was hast du davon?«

Ein Lachen erfüllte den Raum. »Rache und Zerstörung.«

Mit diesen Worten trennte er den nächsten Finger von seiner Hand.

Das Video endete.

»Was sind das für Dokumente?«, fragte ich zum zigtausendsten Mal.

Valentin zuckte mit den Achseln. »Wenn ich das wüsste. Arjan muss sie auf jeden Fall haben.«

Als sie uns das Video geschickt hatten, war auch eine Nachricht dabei gewesen.

Wenn du nicht willst, dass deinem Vater noch mehr passiert, gib mir die Unterlagen aus ***seinem*** *Büro.*

Und das war meine Aufgabe: Ich musste Arjans Vertrauen gewinnen, um die Papiere zu stehlen, die diese Kerle wollten, damit sie meinen Vater am Leben ließen.

10

Am nächsten Morgen, nach einer heißen Dusche, sah die Welt schon ein bisschen besser aus. Zumindest redete ich mir das ein. Nachdem ich meine schwarzen Locken zu einem unordentlichen Zopf zusammengebunden hatte, schminkte ich mich ein wenig und griff mir wahllos etwas aus dem Kleiderschrank. Dunkle Jeans und ein grasgrüner Pullover würden mir in dem Gespräch mit Arjan sicher keine Pluspunkte einbringen, aber ich wollte nicht riskieren, ihm falsche Signale zu senden.

Er war nicht nur charakterlich ein Arschloch, sondern auch gefährlich und zu allem bereit. Das Letzte, was ich mir leisten konnte, war, meine Situation durch irgendeine blöde hormonelle Überreaktion zu verschlimmern, nur weil ich offensichtlich untervögelt war.

»Was machst du denn hier?«, fragte ich skeptisch, als ich die Wohnung verließ und Malio, meinen besten Freund, im Flur entdeckte.

Noch nie hatte er mich vor Unterrichtsbeginn abgeholt. Wir trafen uns immer an der Akademie.

»Ich hole dich ab.« Er ließ seinen Blick über meinen grünen Pullover und die dunkle Jeans schweifen. »Aber ich sehe, du hast andere Pläne.«

»Stimmt. Ich bin verabredet.« Ich ging an ihm vorbei und blieb am Fuß der Treppe stehen. »Bleibst du hier oder kommst du mit runter?«

Er sah mich streng an, rührte sich aber nicht.

»Gut, dann bleib hier. Du bekommst Ärger mit deinem Vater, wenn du noch mehr Stunden in der Akademie schwänzt.«

Ich hörte Schritte und im nächsten Moment hatte er mich eingeholt. »Was ist los mit dir, Ria?«

Im Stillen betete ich, dass Neo sich verspäten würde. Ich wollte nicht, dass sich die beiden begegneten.

Malio hasste Ashwick. Ich wusste nicht warum.

Wahrscheinlich war es eine alte Familientradition, denn auch Samael Dakarias, Malios Vater, verabscheute die Stadt und all ihre Bewohner. Umso mehr verwirrte es mich, dass er nun mit Valentin gemeinsame Sache machte.

»Verdammt«, fluchte ich leise, als ich Neo vor einem schwarzen Maserati warten sah.

Malio schob mich zur Seite und baute sich vor mir auf. Sein Gesicht war wutentbrannt. »Du triffst dich mit dem? Mit einem aus Ashwick?«

Bevor ich antworten konnte, stand Neo neben mir. »Gibt es ein Problem? Oh nein, was macht denn dieser Lackaffe hier?«

»Lackaffe?« Malio sah ihn bedrohlich an.

»Ein Lackaffe in Uniform.« Neo lachte amüsiert, als sein Blick über die grau-rote Uniform der Akademie glitt. Er klopfte sich übertrieben auf den Oberschenkel, als bekäme er vor Lachen keine Luft mehr, dann zückte er blitzschnell sein Handy. »Das muss ich fotografieren. Die schlechten Tage sind vorbei, endlich habe ich etwas, worüber ich mich immer amüsieren kann. Mann, siehst du gut aus«, lachte er wieder und wich Malios Faust geschickt aus.

»Malio!« Eilig trat ich zwischen die beiden, was ihn nur noch wütender machte.

»Du verteidigst ihn?«, polterte er in meine Richtung.

»Neo, hör du auch auf.« Genervt drehte ich mich zu ihm um.

Er machte hinter meinem Rücken beleidigende Gesten in Malios Richtung. War er zwölf? Oder hatte er eine übertriebene Todessehnsucht? Er musste doch wissen, wer da vor ihm stand!

»Geh mir aus dem Weg, Ria. Ich werde ihn umbringen.«

»Nein, das wirst du nicht.«

»Doch, das werde ich.« Malio zog seine Pistole und ich verdrehte genervt die Augen.

Seine Geduld war noch nie wirklich vorhanden gewesen.

»Oh, da hat er ja wieder sein kleines Spielzeug. Ob er es sich wohl auch in den Arsch schiebt?«

»Neo!« Im Nu wirbelte ich herum, doch es war schon zu spät.

Malio stieß mich unsanft zur Seite und versetzte Neo mit der Waffe einen so heftigen Schlag, dass er sofort von den Beinen gerissen wurde. Fluchend drückte er sich die Hand an die blutige Nase, doch das hielt Malio nicht davon ab, ihm weiter in die Seite zu treten. Nach zwei weiteren Tritten hörte er auf und baute sich über Neo auf.

»Weißt du, dass es Punkte in deinem Körper gibt, die bei der kleinsten Verletzung deine Körperfunktionen lahmlegen?« Er drückte den Lauf der Waffe auf eine bestimmte Stelle an Neos Oberschenkel. »Wenn ich dich hier treffe, wirst du nie wieder hart.« Er bewegte sie tiefer. »Und hier wirst du dich für den Rest deines Lebens einpissen.«

»Malio!« Ich zog verzweifelt an seinem Arm.

Wann war diese Situation so eskaliert?

»Na, dann zeig mal deine technischen Fähigkeiten, Doktor Schmalzlocke.«

Neo hatte offiziell den Verstand verloren! War der Kerl überhaupt noch zurechnungsfähig? Auch Malio schien perplex zu sein, denn er sah mich einen Moment lang verwirrt an. Ich konnte es ihm nicht verdenken, normalerweise wurde er angebettelt und nicht herausgefordert.

»Malio, bitte. Er ist mein Freund. Also ein Freund.«

Unbeeindruckt rappelte sich Neo wieder auf und drehte sich zu mir um. »Arjan wartet auf dich.« Beiläufig warf er mir seine Schlüssel zu. »Du musst fahren. Hat Spaß gemacht. Ciao, Schmalzlocke.«

»Wer ist Arjan? Ria, was soll das? Das sind Ashwicker. Warst du bei ihnen? Bist du in Schwierigkeiten? Rede mit mir.« Jetzt war ich wieder der uneingeschränkte Mittelpunkt von Malios Aufmerksamkeit.

Es interessierte ihn nicht einmal mehr, dass Neo uns stehen gelassen hatte und zu seinem Auto verschwunden war.

»Mir geht es gut. Ich melde mich bei dir.«

»Bist du dir da sicher?« Er hielt mich am Arm zurück.

»Malio, bitte. Ich bin erwachsen und weiß, was ich tue. Vertrau mir, es ist alles in Ordnung, und jetzt geh zur Akademie. Ich rufe dich an, wenn ich zurück bin.«

Ich hatte Neos Auto fast erreicht, als er mich wieder zurückhielt. »Bring den Spinner dazu, das Bild zu löschen. Ich will nicht die Wichsvorlage für diesen kleinen Pisser sein.«

Grinsend lehnte sich Neo aus dem Fenster. »Das lösche ich nie, Babygirl. Den Anblick nehme ich mit ins Grab.«

»Das lässt sich arrangieren.«

Schnell rutschte ich auf den Fahrersitz und startete den Wagen, ehe Malio noch auf die Idee kam, auf das Auto zu schießen.

»Musstest du ihn so provozieren?«, wollte ich von Neo wissen, nachdem wir die schmale Straße hinter uns gelassen hatten und auf den Highway in Richtung Brücke fuhren.

Neo, der sich gerade ein Taschentuch auf die Nase drückte, antwortete mit einer Gegenfrage: »Warum hast du nicht gesagt, dass du ihn kennst?«

»Warum sollte ich?« Nervös warf ich einen Blick in den Rückspiegel, in der Erwartung, dass Malios Wagen direkt hinter uns auftauchen würde, doch es war kein mattschwarzer Lamborghini in Sicht.

Ich atmete erleichtert aus, auch wenn das nichts daran änderte, dass er mir sicher die Hölle heiß machen würde.

»Weil er ein Arschloch ist.« Neo kramte im Handschuhfach, fluchte leise und warf eine Handvoll Kondome auf den Rücksitz. »Wo zum Teufel sind meine Taschentücher?« Mit einem triumphierenden Grinsen zog er eine weitere Packung aus dem Chaos. »Na bitte. Ich wusste doch, dass ich noch welche habe.«

»Hast du Angst, dein Auto vollzubluten?«, fragte ich und warf ihm einen kurzen Blick zu.

Er hielt mitten in der Bewegung inne und starrte mich empört an.

»Was? Es ist doch so. Das Leder dieser Sessel hat bestimmt schon viel Schlimmeres gesehen.«

Er schnaubte leise.

»Habe ich deine Gefühle verletzt?«

»Du passt besser auf, dass mein Baby am Ende der Fahrt keinen Kratzer hat, denn davon hängt dein Leben ab. Wenn ich nicht solche Schmerzen hätte, würde ich selbst fahren, aber ich sehe alles doppelt«, murrte er und schnippte beiläufig ein blutiges Taschentuch aus dem Fenster.

»Hey, lass das!«

»Mein Gott, das ist biologisch abbaubar, also heul nicht rum. Du kommst mir nicht wie eine Umweltaktivistin vor.«

»Warum?«

»Ist nur eine Vermutung und jetzt halt die Klappe«, schrieb er mir vor und ließ sich mit geschlossenen Augen tiefer in den Sitz sinken. »Ich habe Kopfschmerzen.«

Das wunderte mich nicht. Er hatte ganz schön was abbekommen. Er hätte Malio nicht so provozieren dürfen. Am Ende hatte er zwar eine blutige Nase und ein blaues Auge, im schlimmsten Fall auch ein paar geprellte Rippen, aber ich hatte ein echtes Problem: Wie in Gottes Namen sollte ich Malio das alles erklären, ohne mich zu verraten?

Der Streit zwischen ihnen hatte etwas Gutes: Ich hatte meine Angst vor der Brücke vergessen – zumindest bis wir auf ihr waren und sie mit einem Mal wieder zurückkehrte. Nur mein Ego hielt mich davon ab, den Wagen anzuhalten und Neo zu bitten weiterzufahren. Immerhin verspäteten wir uns kaum und kamen etwa 30 Minuten später bei den Mansons an.

Neo nahm direkt neben seinem Bruder auf dem Sofa Platz. Ava setzte sich neben mich auf das gegenüberliegende Sofa.

Ich hatte keine Ahnung, ob sie wusste, was letzte Nacht passiert war, aber die Art, wie sie Ryders Hand konsequent abschüttelte, ließ darauf schließen.

»Bist du immer noch sauer auf mich?«, brummte er. Wieder tastete er nach ihrer Hand, und ich sah, wie ihr Widerstand bröckelte. »Ich wusste nicht, dass er das tun würde. Neo und ich waren dagegen. Es tut mir leid, Baby.« Er legte seine Lippen auf ihre Wange, und ich rutschte verlegen zur Seite.

Arjan räusperte sich genervt, bevor er das Wort ergriff. »Es war eine Kurzschlussreaktion.« Das klang nicht gerade nach einer Entschuldigung, die an mich gerichtet war. »Also hört bitte auf.« Er deutete auf die beiden und verzog angewidert das Gesicht. »Bitte reißt euch nicht die Kleider vom Leib. Ich hänge an meinen Augen.«

Ryder lachte kehlig. Er hätte wohl nichts dagegen, jetzt über sie herzufallen. Ava hingegen lief puterrot an.

»Also, was willst du für deine Kontakte?«, wandte sich Arjan nun direkt an mich.

Ich schluckte.

Natürlich musste er gleich zur Sache kommen. Arjan war kein Mann der vielen Worte – das war mir schon aufgefallen. Aus seinem Mund kamen nur Drohungen, Befehle und Demütigungen. Es war erstaunlich, mit wie wenigen Worten er es schaffte, jemandem das Gefühl zu geben, nichts wert zu sein. Sicherlich hatten viele gebrochene Herzen seinen Weg gepflastert.

»Alles, was ich will, habe ich dir bereits gesagt«, entgegnete ich ruhig.

»Du brauchst also nur einen Gefallen?« Er sah mich skeptisch an.

»Genau.« Ich rang mich zu einem neutralen Gesichtsausdruck durch.

Ich vertraute Valentin, weil mein Vater es auch tat, aber eine zusätzliche Absicherung, falls er aus irgendeinem Grund die Wahl nicht gewinnen sollte, konnte nicht schaden.

»Und das sollen wir dir glauben?«

»Man will immer etwas«, meinte Ryder, der es endlich geschafft hatte, die Finger von seiner Freundin zu nehmen.

Ich knetete meine Hände im Schoß und zögerte eine Antwort hinaus. Vorsichtig wählte ich meine nächsten Worte. »Es kann nicht schaden, einen Gefallen bei dem zukünftigen Bürgermeister gutzuhaben. Ich helfe dir, du hilfst mir. So machen wir das in Silverside.«

Ich dachte an Mr. Dakarias, dessen Deals teuflisch waren. Wie schlimm könnte mich schon diese Vereinbarung treffen?

»Valentin hat die Unterstützung von Mr. Dakarias.« Ich sah Arjan einen Moment lang an. »Du wirst mich bei dieser Wahl brauchen.«

»Ich brauche niemanden.«

»Ich glaube, bei dieser Sache schon. Mr. Dakarias hat eine Menge Einfluss«, erwiderte ich

»Ich weiß, wer er ist, und es ist mir egal«, schnauzte Arjan und funkelte mich wütend an.

»Aber das sollte es nicht. So kannst du die Wahl nicht gewinnen. Das Einzige, was dir jetzt noch helfen kann, ist eine gute Presse. Und entschuldige, wenn ich das sage, aber ich glaube nicht, dass du weißt, wie so etwas funktioniert. Mit Druck, Gewalt und Drohungen kommst du diesmal nicht weiter. Du musst versuchen, das Vertrauen der Menschen zu gewinnen, das habe ich bei meinem Vater oft gesehen und auch meine Mutter hat mit ihren Wohltätigkeitsveranstaltungen viele Menschen begeistert. Ich weiß, worauf es ankommt, und ich versichere dir, dass du diese Wahl gewinnen kannst«, antwortete ich.

»Wer sind deine Eltern?«, fragte Neo neugierig, während Arjan eisern schwieg.

»James und Zara Hensley«, gab ich knapp zurück und hoffte, dass ihm dies als Antwort genügte.

Stille breitete sich im Raum aus, bis sie von einem leisen Miauen unterbrochen wurde. Eine kleine rote Katze schlich in das Zimmer, sprang auf die Lehne neben Arjan und kuschelte sich an seinen Arm. Ava kicherte hinter vorgehaltener Hand, während Arjan stöhnend zur Seite rutschte und Neo dabei fast vom Sofa stieß.

»Ava, was macht dein Vieh hier?« Die kleine Fellnase ließ sich nicht beirren und folgte Arjan, um sich wieder an ihn zu schmiegen. Ein lautes Schnurren erfüllte den Raum.

»Er scheint dich zu mögen«, stellte Ava mit einem Schmunzeln auf den Lippen fest.

»Ich ihn aber nicht«, vermeldete Arjan und stieß den Kater von sich, doch der schüttelte sich nur und kletterte munter auf seinen Schoß. »Ernsthaft? Wo ist Spike, wenn man ihn braucht?«

»Das kannst du vergessen.« Ryder beugte sich mit einem frechen Grinsen über den Tisch. »Er liebt ihn genauso wie du.«

»Ich mag diese Flohschleuder ganz bestimmt nicht«, sagte Arjan und warf seinem Freund einen vernichtenden Blick zu. Mit einem lauten Maunzen machte der Kater nun auf sich aufmerksam. »Ava!«, forderte Arjan jetzt mit strenger Stimme. »Ruf ihn zu dir.«

»Nein.« Amüsiert beobachtete sie, wie der Kater Arjan mit der Pfote anstupste.

»Ava!«

Sie seufzte. »Wenn du auf Rias Bedingung eingehst, überlege ich es mir vielleicht.«

»Ich kann ihm auch den Hals umdrehen.«

»Das will ich sehen!« Sie lehnte sich zurück und verschränkte die Arme vor der Brust.

Arjan schnalzte mit der Zunge und wandte sich zu mir: »Ich verzichte auf deine Hilfe. Du kannst gehen.«

»Aber ...« Wie erstarrt saß ich auf dem Sofa und konnte nicht fassen, dass er das Angebot nicht annahm.

»Verschwinde!«, donnerte er und deutete auf die Tür.

Laut fauchend sprang der Kater mit einem Satz von Arjans Schoß und schoss durch die Tür.

»Gut gemacht«, zischte Ava verärgert.

Doch Arjan beachtete sie nicht weiter. Sein Blick war immer noch auf mich gerichtet.

»Gib mir eine Woche. Ich überlege mir etwas. Und am Ende dieser Woche werden deine Umfragewerte gestiegen sein. Ich verspreche es. Komm schon, was hast du zu verlieren?«

Er musterte mich skeptisch und schüttelte den Kopf. »Nö.«

»Arjan, versuch es doch wenigstens. Ich meine, sie hat Recht. Was hast du schon zu verlieren?«, meldete sich Neo zu Wort.

»Niedriger als jetzt können die Umfragewerte ja kaum sinken, oder?«, erwiderte Ryder.

Arjan seufzte. »Also gut. Von mir aus. Wir werden sehen, ob du die Wahrheit sagst, aber bis dahin hast du mein Wort, dass ich dir als Bürgermeister einen Gefallen schulde.«

»Dein Wort?«, wiederholte ich belustigt.

Seine rechte Augenbraue zuckte bei meinem herablassenden Ton in die Höhe und Neo legte ihm schnell eine Hand auf die Schulter.

Er schüttelte sie sofort ab, beugte den Oberkörper vor, fast wie ein Tier, das zum Sprung ansetzte, und knurrte: »Warum klingt das aus deinem Mund wie eine Beleidigung?«

»Weil es eine ist. Dein Wort bedeutet mir nichts. Ich will es schriftlich.«

Eine Ader an seiner Stirn pulsierte. »Mein Wort muss dir genügen.«

»Nein, muss es nicht.«

Erschrocken starrte ich in seine grauen Augen, als er aufsprang und mich am Kragen meines Pullovers packte. »Sag noch einmal, dass mein Wort nichts wert ist, und du bekommst eine Kugel für dein freches Mundwerk.«

War er etwa wütend, weil ich sein Wort angezweifelt hatte? Wie herrisch konnte ein Mensch bitte sein?

»Und?« Er funkelte mich drohend an.

Nur widerwillig schluckte ich meinen Stolz hinunter, da ich mir im Moment keinen Machtkampf mit ihm leisten konnte. Ich gab es nur ungern zu, aber ich brauchte diesen Mistkerl und den Zugang zu diesem Haus.

»Na gut.« Ich legte meine Hände auf seine Brust, um ihn wegzuschieben, aber er rührte sich keinen Zentimeter. »Dein Wort also.«

Für einen unendlich langen Moment schien es, als würde er in meine Seele blicken und meine wahren Beweggründe erahnen. Ich verlor mich in dem wilden Sturm seiner Augen, nicht sicher, ob es die richtige Entscheidung war, mich darauf einzulassen.

Wie sollte man aus einem Orkan herauskommen, wenn man schon mittendrin war?

11

ARJAN

Womöglich war das alles hier ein riesiger Fehler. Nein, natürlich war es ein Fehler! Ich wollte ihre Hilfe nicht, aber ich musste diese Wahl gewinnen. Zu viel hing davon ab.

Mein Blick fiel auf ihre Hände, die immer noch auf meiner Brust lagen. Sie zitterten ein wenig. Wahrscheinlich weil es sie viel Beherrschung kostete, mir nicht gleich den Kopf abzureißen. Ihr Temperament würde dem kleinen Biest irgendwann noch einmal zum Verhängnis werden. Vielleicht schon in den nächsten Tagen.

»Willst du ihm nicht auch gleich verraten, wer dein Loverboy ist?« Ich stand immer noch vor ihr, richtete meinen Blick aber auf Neo.

Wie war er bloß wieder zu diesen Verletzungen im Gesicht gekommen? Sie war eine Furie, aber Neo hätte sich nie von ihr schlagen lassen. Er schien sie sogar zu mögen. Das war schlecht, denn das machte es schwieriger, sie am Ende wieder loszuwerden. Diese Frau war eine Bedrohung – vor allem für mich.

»Was meint er damit?« Als ich sie wieder ansah, verlor ich mich im Braun ihrer Augen. »Und nimm endlich deine Hände von mir.«

Die Hitze ihrer Berührung war unerträglich.

Nur kurz gelang es mir, die prickelnde Gänsehaut zu ignorieren, ehe sie jeden Millimeter meines Körpers in Brand setzte.

Ria schüttelte leicht den Kopf, als müsse auch sie sich von dem verhängnisvollen Bann befreien, der unsere Blicke ineinander verschränkte, und trat einen Schritt zurück.

»Malio ist …«

»Das ist nicht dein Ernst.« Ryder sprang von der Lehne und starrte sie fassungslos an.

Ich runzelte kurz die Stirn, da ich den Namen schon mal irgendwo gehört hatte, ihn aber nicht einordnen konnte.

»Du kennst ihn als Sinner of Silverside«, erklärte Ryder und schnaubte wütend. »Er hat sich letztes Jahr an Ava rangemacht. Der Typ ist ein Arschloch!«

Okay, das war ein Problem. Warum hatte mir niemand gesagt, dass sie etwas mit ihm zu tun hatte?

»Fuck. Ich hätte gestern abdrücken sollen«, murmelte ich geistesabwesend, während ich versuchte, die neue Information zu sortieren.

Vielleicht konnte ich es immer noch tun? Ich sollte sie hier und jetzt erschießen und mir etwas anderes einfallen lassen.

»Er wird nichts erfahren.«

»Er weiß es doch schon«, widersprach Neo.

»Ich werde mir etwas einfallen lassen«, konterte Ria und verschränkte die Arme trotzig vor der Brust.

»Hat er dich so zugerichtet?« Ich stellte die Frage direkt an Neo, der nur lächelnd mit den Schultern zuckte.

»Du müsstest ihn mal sehen«, gluckste er heiter.

»Er hat ihn provoziert. Ich glaube, dein Bruder hat ein Problem –«

Sofort schnellte meine Hand an Rias Hals.

»Mein Bruder hat kein Problem.« Ihre Augen weiteten sich und sie zappelte unbeholfen unter meinem Griff. »Du nimmst den Hund besser an die Leine oder ich kümmere mich um ihn.« Ängstlich wanderte ihr Blick zu Ava. Ich schüttelte sie leicht, damit sie mich wieder ansah. »Hast du mich verstanden, Bambi?«

Ein Keuchen entrang sich ihrer Kehle, als ich den Druck erhöhte.

»Arjan, bitte.« Natürlich kam Ava ihr zu Hilfe. »Siehst du nicht, dass sie Angst hat?«

Die Besorgnis in Avas Stimme ließ Ria erschauern. Vielleicht wurde ihr in diesem Moment klar, dass sie mit dem Teufel spielte.

»Hast du mich verstanden?«, wiederholte ich ungerührt.

»Ja. Ich halte meinen Mund.«

Ich ließ sie los und trat einen Schritt zurück. Worauf hatte ich mich bloß eingelassen?

»Sind wir jetzt fertig oder hast du noch etwas zu sagen? Ich halte deine erbärmliche Gesellschaft nicht mehr aus.«

Ria strich sich ein paar dunkle Locken, die sich aus ihrem Zopf gelöst hatten, aus dem Gesicht und nickte.

»Da ist wirklich noch etwas.« Ihre Stimme hatte wieder die gewohnte Kraft und ich konnte nicht anders, als ein wenig beeindruckt zu sein. »Am Wochenende findet eine Modenschau statt ...«

Ich zog irritiert eine Augenbraue hoch und unterbrach sie. »Sehe ich aus wie ein Model?«

Unbeirrt fuhr sie fort: »Ich möchte, dass ihr alle kommt. Und du, Ava, du wirst laufen. Die Organisatoren haben ein Model verloren, und es wäre eine gute Gelegenheit, deinen Fauxpas von der Beerdigung wiedergutzumachen.«

»Auf keinen Fall.«

»Bitte, Ava. Es ist wichtig. Tu es für Arjan«, fügte sie schnell hinzu. »Er braucht ein besseres Image.« Jetzt sah sie mich direkt an.

»Ich finde, mein Image ist hervorragend. Nein, danke«, erwiderte ich nüchtern und zündete mir eine Zigarette an.

»Du hast gesagt, du gibst mir eine Woche!«

»Tja, es wäre eine Lüge, wenn ich sagen würde, dass ich meine Entscheidung nicht schon jetzt bereue«, antwortete ich gelangweilt und verließ das Wohnzimmer.

12

RIA

»Sagst du uns jetzt endlich, wo du die letzten Tage warst?«, fragte Chantal.

»Wir haben uns Sorgen gemacht«, ergänzte Becca.

Seufzend legte ich mein Handy neben mich auf den Tisch. Arjan hatte die Gruppe schon wieder verlassen. Mein Handy piepte und auf dem Display erschien eine kurze Mitteilung.

NEO:
Meint er das ernst?

Im nächsten Moment war Arjan wieder in der Gruppe. So ging das schon den ganzen Vormittag. Neo lud Arjan in die Whatsapp-Gruppe ein, die er extra für den Wahlkampf gegründet hatte, und Arjan verließ sie wieder, sobald er online war.

»Hallo? Ria?« Chantal wedelte mit der Hand vor meinem Gesicht herum und katapultierte mich zurück zu unserem Treffen, das eigentlich ein Verhör meiner besten Freundinnen war.

Nachdem ich gestern Abend ihre unzähligen Nachrichten gelesen hatte, hatte ich mich mit ihnen auf einen Kaffee verabredet. Eine gute Ausrede hatte ich auch schon parat. Wir saßen an unserem Stammtisch in der hintersten Ecke, geschützt vor neugierigen Ohren. Der Duft von frischem Kaffee und Teegewürzen stieg mir in die Nase und für einen Moment sog ich den vertrauten Geruch tief ein. Ich war schon immer gerne hier gewesen. Der kleine Raum hatte seinen eigenen Charme. Die bunt zusammengewürfelten Tische und Stühle passten so gar nicht zu den alten Kronleuchtern, die mit LED-Kerzen von der Decke hingen, und den großen Bücherregalen, die sich an den Wänden entlangzogen.

»Tut mir leid, dass ich mich nicht gemeldet habe. Ich habe einen neuen Job, der mich ziemlich in Anspruch nimmt«, erzählte ich und nippte an meinem Americano – normalerweise nicht meine erste Wahl, aber heute brauchte ich etwas Starkes.

Die letzten Tage steckten mir noch in den Knochen. Ich war so müde wie schon lange nicht mehr.

»Einen Job?« Becca sah mich misstrauisch an. »Bist du jetzt Stripperin in so einem Edelschuppen? Du siehst echt beschissen aus.«

Verärgert verdrehte ich die Augen. »Nein, Becca.«

»Was dann?«

»Ich unterstütze jemanden im Marketing«, wiegelte ich ab.

»Aha. Und wen?« Sie ließ nicht locker.

»Becca, lass sie doch. Sie will offensichtlich nicht darüber reden«, mischte sich Chantal ein.

Becca warf ihr einen schiefen Seitenblick zu und zog eine ihrer schmalen Augenbrauen hoch, was ihrem Gesicht sofort etwas Überhebliches verlieh. »Es ist mir egal, ob sie darüber reden will. Ich will es wissen. Punkt.«

Chantal rollte mit den Augen. Seufzend trank ich noch einen Schluck Kaffee und gab mich schließlich geschlagen. »Arjan Mason.«

»Oh mein Gott. Das darf doch nicht wahr sein!«, schrie Becca aufgeregt und rutschte auf ihrem Stuhl hin und her.

Kichernd hielt sie sich die Hand vor den Mund, als sich die ersten Gäste nach uns umdrehten.

Während Becca also völlig aus dem Häuschen war, zeigte Chantals Gesicht tausend Fragezeichen. »Wer soll das sein?«

»Lebst du hinterm Mond, Chantal?« Becca griff nach ihrem Handy und hielt es ihr einen Augenblick später unter die Nase. »*Das* ist Arjan Mason!«

»Sieht ganz nett aus.«

»Nett?« Becca schüttelte ungläubig den Kopf. »Der Kellner ist nett. Ivan von mir aus auch. Aber Arjan ist scharf.«

»Lass das nicht Malio hören«, entfuhr es mir.

Ein verschmitztes Lächeln umspielte ihre Lippen. »Kannst du nicht dafür sorgen, dass sich die beiden kennen lernen?«

»Besser nicht«, antwortete ich schnell. »Ein aufgeblasenes Ego ist schon anstrengend genug.«

»Nun, ich hätte nichts dagegen, die beiden aufgeblasenen Egos in meinem Bett zu haben. Zusammen, versteht sich.« Beccas grüne Augen bekamen einen verträumten Glanz und selbst Chantals Blick driftete in die Ferne. Ich verschluckte mich prompt an meinem Kaffee, hustete und musste aufpassen, ihn nicht über den Tisch zu spucken. Angewidert verzog ich das Gesicht.

»Als ob du dir das nicht auch schon vorgestellt hättest. Erzähl mir nichts, Ria«, mokierte sich Becca.

Jetzt hielt sie mir das Handy unter die Nase. Ich konnte nur einen kurzen Blick auf das Foto von Arjan erhaschen, bevor sie es mir wieder wegnahm, um es noch einmal zu bewundern.

»Was zum Teufel …« Entsetzt riss ich es ihr aus der Hand. »Das kann doch nicht sein Ernst sein.«

Becca hatte ausgerechnet das Wahlplakat für die anstehende Bürgermeisterwahl auf ihrem Handy geöffnet, wenn man diesen Müll überhaupt als solches bezeichnen konnte.

»Ich find's lustig«, sagte Chantal und zuckte mit den Schultern.

»Lustig?« Erstaunt schaute ich sie an und las den Slogan laut vor. »*VOLL* zu Ihren Diensten.« Ich atmete hörbar aus und meinte dann: »Kein Wunder, dass die letzten Wahlumfragen so schlecht waren.« Mit ernster Miene hielt ich Becca und Chantal das Handy hin. »Was meint ihr, ist er betrunken?«

»Möglich«, gab Becca zu und trank ihren Latte macchiato aus.

»Vielleicht auch bekifft«, ergänzte Chantal, als ich bereits aufgesprungen war und meine Sachen zusammenpackte.

»Toll, wirklich toll!« Ich drückte beiden zum Abschied einen Kuss auf die Wange und stürmte aus dem Café, ehe sie mich aufhalten konnten.

Es gab nur einen Weg nach Ashwick und der führte geradewegs über die Brücke. Ich hasste den Gedanken, sie allein zu überqueren, aber ich konnte weder Neo bitten, mich abzuholen, noch traute ich mich, Malio zu fragen, ob er mich fahren würde. Natürlich hätte ich auch Chantal oder Becca fragen können, aber die Fangirls würde ich bestimmt nie wieder loswerden, wenn sie erst einmal auf Arjan trafen. Bevor ich die Brücke erreichte, hatte ich mir vorgenommen, sie so schnell wie möglich zu überqueren. Doch schon nach den ersten Metern gab ich meinen Plan panisch auf, klammerte mich am Lenkrad fest und fuhr wie eine Idiotin im Schneckentempo über die Straße. Hier und da erntete ich ein wütendes Hupen und den einen oder anderen Stinkefinger von vorbeifahrenden Autofahrern. Mir war alles egal, solange ich es in einem Stück auf die andere Seite schaffte. Sollten sich die anderen doch die Hälse abfahren.

Ich fragte mich, wieso mir die Plakate nicht schon früher aufgefallen waren. Jetzt schien es so, als würden sie mich von allen Seiten verspotten. Kurzerhand stoppte ich den Wagen, stieg aus und riss das Plakat von einem Laternenpfahl. Das wiederholte ich jedes Mal, wenn ich eines entdeckte, so dass sich nach kurzer Zeit ein Berg alter, verwitterter Pappe auf dem

Rücksitz türmte. Ich parkte das Auto in der Einfahrt, klemmte mir die Wahlplakate unter den Arm und eilte zur Haustür.

Ryder öffnete sie und sah mich genervt an. »Du schon wieder?«

»Wo ist Arjan?«, wollte ich wissen, ohne auf seinen unverschämten Ton einzugehen.

Er rollte mit den Augen und deutete hinter sich. »Im Wohnzimmer.«

Ich wartete nicht, bis er zur Seite trat, sondern drängte mich an ihm vorbei und steuerte direkt auf das Wohnzimmer zu. Bevor ich es erreichte, rutschte mir ein Plakat aus der Hand, und wie in Zeitlupe folgten die anderen und fielen klappernd zu Boden. Rasch versuchte ich, die blöden Dinger wieder einzusammeln, als ein Räuspern meine Aufmerksamkeit erregte.

Ich blickte auf, direkt in den wilden Sturm zweier amüsierter Augen. »Was soll das werden, wenn's fertig ist?«

Hitze stieg mir in die Wangen. Mit hochrotem Kopf schob ich die Plakate zusammen, sammelte so viele wie möglich ein und warf sie ihm an die Brust. Sie prallten ab und flogen in alle Richtungen.

Er zog überrascht eine Augenbraue hoch und sah mich mit einem Anflug von Ärger an. »Bist du mit dem Kindergarten fertig, oder willst du dich gleich auf den Boden werfen und heulen?«

»Was sind das für Plakate?« Ich richtete mich so elegant wie möglich auf.

»Schön, oder? Der Spruch und das Bild waren meine Idee!« Neo schaute grinsend an Arjan vorbei.

»Schön? Du siehst darauf aus, als wärst du high!«

Arjan zuckte gelassen mit den Schultern, während Ryder an mir vorbeischlenderte, grinsend einen Arm um ihn legte und ihm spielerisch auf die Brust schlug. »Wenn ich mich recht erinnere, warst du das doch auch, oder? In dieser Nacht haben wir doch diese Zwillinge gefickt. Weißt du das noch?«

»Ach, wirklich?«, fragte Ava, die inzwischen ebenfalls aus dem Wohnzimmer gekommen war.

Für den Bruchteil einer Sekunde riss Ryder erschrocken die Augen auf, dann hatte er sich wieder gefangen und drehte sich zu ihr um. Nachdenklich kratzte er sich am Kopf und stellte etwas zu hastig fest: »Warte, warte. Wenn ich nochmal darüber nachdenke, waren es nur Neo und Arjan.«

Ava schüttelte den Kopf über die offensichtliche Lüge, ließ sich dann aber zu einem leisen Lachen hinreißen, als er sie in seine Arme riss und ihr etwas ins Ohr flüsterte.

»Es ist mir egal, wer mit wem geschlafen hat. Wir brauchen neue Plakate, und zwar sofort! Ihr habt doch so einen Computertypen, wo ist der? Der soll hierherkommen und neue Plakate entwerfen.«

Arjan kam langsam auf mich zu. Er blieb erst stehen, als wir uns so nahe waren, dass ich den Kranz seiner dunklen Wimpern deutlich erkennen konnte.

»Ich glaube nicht, dass du hier etwas zu melden hast, Bambi. Schaff deinen Arsch aus meinem Haus. Und nimm deinen Müll mit.« Er deutete auf die verstreuten Plakate. »Oder ich verbrenne sie und stopfe dir damit dein vorlautes Maul.«

»Das kannst du ja ver…«

Gerade noch rechtzeitig besann ich mich eines Besseren und schluckte den Rest der Bemerkung hinunter, denn ich wusste genau, wie es enden würde, wenn ich Arjan provozierte.

»Hm? Was kann ich?«, versuchte er mir eine Antwort zu entlocken. »Sag es.«

Jetzt lag eine deutliche Drohung in seiner Stimme. Er griff mir in den Nacken, wickelte mein Haar um seine Faust und zog meinen Kopf näher an seinen.

Sein Blick glitt über mein Gesicht, verweilte einen Moment auf meinen Lippen, bevor er wieder nach oben wanderte und der unbändige Sturm in seinen Augen meinen aufkeimenden Protest im Keim erstickte.

»Ich sage es dir nur noch einmal: Pass in Zukunft auf, wie du mit mir redest. Wenn du das nicht schaffst, haben wir ein Problem, denn dann werde ich dich brechen. Ich werde jede Träne genießen, die ich dir entlocke, und jeden Funken deiner Wut. Ich habe dir gesagt, du sollst mein Haus verlassen, also was machst du jetzt, Bambi?«

»Fick dich«, hauchte ich.

Er ließ mich los, strich mir aber mit den Daumen über die zitternde Unterlippe.

»Falsche Antwort.« Seine Hand glitt an meinen Hals. »Was machst du jetzt?«, wiederholte er langsam seine Frage.

Mit jedem Wort drückte er meinen Hals zu, so dass ich nur in den kurzen Pausen, die er zwischen den Worten einlegte, atmen konnte. Mein Blick huschte an ihm vorbei direkt zu Ava, die ununterbrochen auf Ryder einredete. Aber er schüttelte nur den Kopf und hielt sie am Arm fest.

»Und?« Arjans warmer Atem streifte mein Ohr und seine Nase strich über meine Wange.

»Ich gehe.«

»Na also.« Er ließ mich los und trat einen Schritt zurück.

Das Lächeln auf seinen Lippen war wie ein Schlag ins Gesicht, denn es strahlte vor Triumph.

Ich drehte mich um und hatte den Flur schon zur Hälfte durchquert, als Arjan schnalzte. Nur widerwillig wandte ich mich ihm zu. In Gedanken zwang ich mich, weiterhin ruhig zu atmen.

»Du hast die Plakate vergessen.« Obwohl sich alles in mir sträubte, straffte ich die Schultern und ging zurück. So würdevoll wie möglich sammelte ich sie ein.

»Er meint es nicht so«, wisperte Ava, kniete sich neben mich und reichte mir die restlichen Plakate.

Ich schnaubte und sah ein letztes Mal zu den Lost Souls hinüber, die sich köstlich amüsierten.

13

ARJAN

Ich hatte keine Ahnung, wie sie es geschafft hatte, mich zu diesem bekloppten Event zu überreden. Es war absurd, und ich hatte mich noch nie in meinem Leben so fehl am Platz gefühlt wie heute.

Kein Wunder, dass mir die Begeisterung ins Gesicht geschrieben stand. Ungläubig schaute ich mich in der großen Lagerhalle um, die eigens für diesen Anlass mit einem riesigen Laufsteg ausgestattet worden war. Wie eine überdimensionale Schlange windete er sich durch die Mitte der Halle und endete hinter einem Vorhang, der den Backstagebereich vom Rest abtrennte.

»Das kann doch nicht ihr Ernst sein? Ich hasse alles hier«, brachte es Neo auf den Punkt, nachdem er sich ebenfalls in der Halle umgesehen hatte. »Ich muss kotzen.«

Ich verkniff mir einen Kommentar, denn es war sicher nicht angebracht, ihm in meiner Position als Bürgermeisterkandidat zuzustimmen.

Aber er hatte Recht: Alles hier war ein wahr gewordener Albtraum. Ria musste den Verstand verloren haben, wenn sie glaubte, wir würden es hier auch nur eine Sekunde aushalten, ohne wie ein bunter Hund zwischen den Reichen und Schönen aufzufallen.

»Was hat sie getan, um dich dazu zu überreden?«, fragte Ryder. Grinsend legte er einen Arm um Neo und mich. »Was auch immer es war, es muss verdammt gut gewesen sein.«

Ich konnte mir nicht vorstellen, dass Rias Argumente, die eigentlich nur darin bestanden hatten, mir vorzuwerfen, dass Valentin bestimmt auch hier sein würde, so verlockend waren wie die Dinge, die er getan hatte, um Ava dazu zu bringen, in diesen hässlich bunten Kleidern über den Laufsteg zu laufen.

»Ah, da ist sie ja.« Ryder deutete mit dem Kopf in Rias Richtung. »Und er ist auch da.«

»Wer?«

»*Er*«, antwortete Neo mit einem bissigen Unterton in der Stimme. »Malio!«

Gerade als ich mir das Arschloch genauer ansehen wollte, schaute Ria herüber. Lächelnd winkte sie uns zu sich. Als sich keiner von uns bewegte, verfinsterte sich ihr Gesichtsausdruck und ich konnte förmlich spüren, wie kleine Funken aus ihren Augen sprühten, während sie auf uns zukam.

Sie stieß mir den Ellbogen hart in die Rippen und zischte: »Reiß dich zusammen und guck nicht aus der Wäsche, als würde man dich zu deiner eigenen Hinrichtung bringen.«

»Aber genau so fühlt es sich an«, gab ich grimmig zurück.

Schweigend sah ich mich in der Halle um, musterte die vielen Menschen in den teuren Anzügen und Kleidern. Ich wechselte einen vielsagenden Blick mit Ryder, der unbeholfen an seiner Fliege nestelte. Er sah genauso albern aus, wie ich mich fühlte. Wir gehörten nicht in diese Welt.

»Hör auf!«

Ria schlug ihm auf die Hand, woraufhin er einen Schritt auf sie zu machte und leise drohte: »Mach das noch einmal und du wirst es bereuen. Ava mag dich vielleicht, aber das heißt nicht, dass du dir alles erlauben kannst. Du wirst deinen Job auch dann noch gut machen, wenn dir ein paar Finger fehlen.«

Sie wollte gerade etwas darauf erwidern, als sich jemand hinter ihr räusperte. »Willst du mir nicht deine Freunde vorstellen?«

Lächelnd drehte sie sich zu ihm um. »Natürlich. Das ist Malio. Ich weiß nicht, ob ihr euch kennt.«

»Ich kenne den Mistkerl«, kam Neo mir zuvor.

»Ich habe auch keine große Lust, deine hässliche Visage hier zu sehen. Was macht der Abschaum –«

»Malio!«, tadelte sie streng und für einen Moment wunderte ich mich über den vertrauten Klang in ihrer Stimme. Auch Ryder schien überrascht zu sein, zwischen seinen Augenbrauen bildete sich eine tiefe Falte. Nur Neo war wenig beeindruckt, er hatte die beiden ja längst zusammen gesehen.

»Schon gut, schon gut«, wiegelte er ab. »Ich bin doch nur wegen dir hier.« Behutsam streichelte er ihren Arm hinauf.

Ich nutzte den Moment und ließ meinen Blick über sie schweifen.

Sie trug ein langes, glitzerndes tiefblaues Kleid, das sich eng an ihren Körper schmiegte. Ihr dunkles Haar war geglättet und fiel ihr wie ein seidiger schwarzer Wasserfall über die Schultern bis tief in den Rücken. Ihr Make-up war dezent und betonte ihre rehbraunen Augen. Ich musste zugeben, dass sie hübsch war, aber das war die Hälfte der Leute hier.

Neo kommentierte Malios schleimige Antwort mit einem lauten Würgen. Mir gefiel diese Rivalität nicht. Er hatte schon genug Probleme, da brauchte er nicht noch einen aufgeblasenen Wichtigtuer an der Backe, der sich für den nächsten Paten hielt.

Ein Lächeln huschte über Malios Lippen, als sein Blick an Neos Nase hängen blieb. »So gefällt mir deine Nase viel besser. Wer sie dir verpasst hat, verdient einen Orden.«

Eilig drängte sich Ria zwischen die beiden und legte Malio beschwichtigend die Hände auf die Brust. »Ich bitte dich, lass es gut sein. Du weißt, wie wichtig dieser Tag für mich ist.«

Die Sanftheit in ihrer Stimme ließ mich unweigerlich erschaudern. Ich hatte sie noch nie in diesem Tonfall sprechen hören, was nicht verwunderlich war, wenn ich darüber nachdachte, schließlich hatte es nie eine Gelegenheit dazu gegeben.

Überrascht bemerkte ich, wie sich sein Gesicht entspannte.

Er seufzte. »Ich weiß. Es tut mir leid.«

Hatten die beiden etwas miteinander? Offenbar wusste er nichts von unserer kleinen Abmachung, sonst hätte sie ihn uns nicht so förmlich vorgestellt.

Würde Ria den Mut haben, mir ihre Hilfe anzubieten, wenn sie mit Dakarias' Sprössling zusammen wäre? Welchen Gefallen könnte sie von mir verlangen, den der Mann an ihrer Seite nicht erfüllen könnte?

»Ich will zu Ava!«, holte mich Ryders ungeduldige Stimme in die Gegenwart zurück.

»Darüber wollte ich sowieso mit euch reden. Es scheint Probleme mit einem anderen Model zu geben. Folgt mir bitte.«

Wir folgten ihr schweigend durch die Halle, vorbei an Leuten, die uns komisch anschauten. Niemand machte einen Hehl daraus, dass wir nicht hierhergehörten.

Schon von weitem hörten wir Avas aufgebrachte Stimme hinter dem Vorhang. »Warum hast du dich nicht gemeldet? Bitte sprich mit mir.«

Tränen glitzerten in ihren Augen und ruinierten ihre Schminke, was eine Schar von Frauen fast zur Weißglut brachte. Wie aufgescheuchte Hühner flatterten sie um sie herum, ohne eine Chance, an Ava heranzukommen. Jedes Mal, wenn sich ein Pinsel näherte, schlug sie die Hand energisch weg.

Zu meinem Bedauern erkannte ich die junge Frau auf dem Stuhl vor ihr sofort an ihren rotblonden Haaren, und wie zur Bestätigung schluchzte Ava: »Ich dachte, wir wären Freundinnen, Kat.«

»Deshalb tue ich das doch!«, rief Kat nicht weniger aufgebracht. »Ich beschütze dich nur. Es ist gefährlich, wenn wir

Kontakt haben.« Sie schob den Lippenstift zu und wollte ihn weglegen, wobei ihre Hände so sehr zitterten, dass er klappernd herunterfiel.

»Du musst mich nicht beschützen, ich habe die Jungs.«

Mir war sofort klar, dass Ava die falschen Worte gewählt hatte.

Ein verletzter Ausdruck huschte über Kats Gesicht. »Ich weiß.« Sie wollte noch mehr sagen, biss sich aber auf die Lippen und wandte den Blick ab. Als sie uns bemerkte, rutschte sie unruhig auf ihrem Stuhl hin und her und vermied es, Neo direkt anzusehen.

»Warum willst du mich dann nicht sehen und reagierst nicht auf meine Nachrichten?« Ich konnte Avas Verzweiflung spüren. »Kat, rede mit mir.«

»Wir brauchen deinen Schutz nicht«, mischte ich mich ohne Umschweife in das Gespräch der beiden ein. »Ich beschütze meine Familie!«

»Das überrascht mich nicht, alter Freund.«

Natürlich war er da. Konnte dieser Tag noch beschissener werden?

Valentin kam direkt auf uns zu, stellte sich schützend neben seine Schwester und legte ihr die Hand auf die Schulter. »Gibt es einen Grund, warum ihr meine Schwester belästigt? Sie will nicht mit euch reden.« Sein Blick blieb an Neo hängen. »Mit keinem von euch. Sie hat verstanden, wo sie hingehört.«

Neo stand mit geballten Fäusten neben mir, der Abstand zu Valentin war bedächtig kurz. Ich legte ihm ebenfalls eine Hand auf die Schulter, um ihn davon abzuhalten, einen Fehler zu machen.

Er schüttelte sie ab und knurrte: »Verpiss dich aus unserem Leben!«

Ria schien zu spüren, dass die Stimmung im Raum schlagartig kippte. Nervös schaute sie sich um, doch weit und breit war niemand zu sehen, der die Situation entschärfen könnte.

»Was machst du denn hier?« Ryder war ebenfalls vorgetreten, Ava stand immer noch neben Kat.

»Lass uns gehen«, flüsterte Kat ängstlich zu Valentin, doch in seine Augen hatte sich längst der Schalk geschlichen.

Grinsend ging er auf Ryder zu. »Wie geht's deiner Mama? Oh, warte, da war doch was. Sie ist tot. Muss hart für dich sein, als Versager in Erinnerung zu bleiben.«

Ich sah den Schlag, bevor er Valentin traf. Kat sprang schreiend auf, als sich sein Blut wie ein Schwall über ihr Kleid ergoss. Ria wich die Farbe aus dem Gesicht.

»Sorg dafür, dass sie aufhören«, murmelte sie zu mir und hielt sich schockiert die Hand vor den Mund.

Mir war nicht entgangen, dass sie den Tränen nahe war, aber ich musste auch zugeben, dass diese kleine Schlägerei mit Abstand das Aufregendste an diesem Abend war.

Ich zuckte amüsiert mit den Schultern.

»Du wolltest, dass wir kommen, also bring das in Ordnung. Ich bin weg. Ich habe Besseres zu tun, als mir anzuschauen, wie billige Schlampen wie du und Kat über einen lausigen Laufsteg marschieren.«

»Arjan!« Ria kam auf mich zu und hielt mich am Arm fest. »Wenn du einfach gehst, eskaliert alles und es fällt auf dich zurück.«

Nein, es würde nicht eskalieren. Wenn ich jetzt gehen würde, würde hier die verdammte Hölle losbrechen.

Ich blieb stehen und sah sie amüsiert an. »Nein, Ria. Es fällt auf dich zurück, weil du uns eingeladen hast. Du allein trägst die Verantwortung. Und ich muss sagen, ich liebe es, dich in den Flammen brennen zu sehen. Du hättest es wissen müssen. Wir ziehen das Chaos an. Wir alle. Weil wir so sind.«

»Du hast keine Ahnung, was mir das alles bedeutet. Es ist eine Erinnerung an –«

»Stimmt«, unterbrach ich sie schroff, »und es ist mir scheißegal!«

Was sollte ich sagen? Mir gefiel der Gedanke, sie auf diese Weise zu verletzen, zu wissen, dass sie vor dem Scherbenhaufen dieser todlangweiligen Veranstaltung stand. Und das Beste war: Sie wusste es auch, denn es war ihr deutlich ins Gesicht geschrieben.

14

Es fühlte sich falsch an, freiwillig wieder im Haus der Masons zu sein. Wie betäubt saß ich auf dem Bett in dem Zimmer, in dem ich noch vor wenigen Tagen gefangen gehalten worden war, und starrte auf die Nachricht.

CHANTAL:
Süße, geht es dir gut?
Was war da bitte los?

Arjan hatte Recht behalten. Der Streit war nach seinem Abgang völlig eskaliert. Nachdem Neo sich auf Valentin gestürzt hatte, hatten sie gemeinsam den Vorhang heruntergerissen und waren auf den Laufsteg gefallen. Die darauffolgende Massenpanik hatte Ryder ausgelöst, indem er eine Pistole zog.

Als wäre das alles nicht schon schlimm genug, erhielt ich eine weitere Nachricht von dem Unbekannten, in der er mit einem Uhr-Emoji deutlich machte, dass die Zeit meines Vaters langsam, aber sicher ablief. Das war auch der Grund, wieso ich jetzt hier war.

Es war nicht schwer herauszufinden, welche Tür zu Arjans Büro führte. Ich hatte Ava wie beiläufig danach gefragt, und sie hatte keinen Verdacht geschöpft und mir brühwarm alle

Informationen gegeben, die ich brauchte. Alles, was ich dafür tun musste, war, so lange wach zu bleiben, bis im Haus kein Geräusch mehr zu hören war.

Erstaunlicherweise war der Raum nicht verschlossen. Man könnte meinen, dass man sich um eine gewisse Sicherheit bemüht, wenn man so wichtige Papiere versteckt. Aber anscheinend war sich Arjan seiner Sache so sicher, dass er gar nicht auf die Idee kam, jemand könnte etwas stehlen. Ich hatte keine Ahnung, wo genau ich suchen sollte, aber ich musste alle Möglichkeiten in Betracht ziehen. Leise schlich ich an seinen Schreibtisch. Ob er sein Büro videoüberwacht? Das würde seine merkwürdige Sorglosigkeit erklären. Immerhin versteckte er – laut diesem unbekannten Typen – etwas von unschätzbarem Wert.

Gedankenverloren griff ich nach dem silbernen Brieföffner, der neben seinem Laptop lag und ließ ihn durch meine Hände gleiten. Mit wachsendem Interesse betrachtete ich die Gravur auf dem Griff. Es waren nur zwei Worte. *In Liebe.*

In Liebe? Wer zum Teufel schenkte einen Brieföffner mit dieser Widmung? War es ein Geschenk seines Bruders? Oder der Liebesbeweis einer Frau mit wenig Geschmack?

»Reiß dich zusammen, Ria. Es ist doch nur ein blöder Brieföffner, egal woher er ihn hat.«

»Dann leg ihn zurück. Und zwar sofort!«

Mit klopfendem Herzen wirbelte ich herum und sah gerade noch, wie Arjan die Tür hinter sich abschloss.

»Was soll das?«, fragte ich irritiert, als er unbeirrt auf mich zu marschierte und den Schlüssel in seiner Hosentasche verschwinden ließ.

»Bist du taub? Leg ihn zurück!«

Eine Gänsehaut breitete sich auf meinem Körper aus. Unsicher trat ich einen Schritt zurück und stieß gegen seinen Schreibtischstuhl.

»Was machst du in meinem Büro?«

»Ich habe etwas gesucht«, stieß ich nervös hervor.

»In meinem Büro?« Er zog skeptisch eine Augenbraue hoch und machte den letzten entscheidenden Schritt, der noch zwischen uns stand. Somit verringerte er den Abstand so weit, dass ich das wütende Gewitter in seinen grauen Augen sehen konnte.

Blitzschnell griff er nach meinem Kinn. »Hältst du mich für so dumm?!«

»Lass mich los«, verlangte ich laut und wollte seine Hand wegschlagen.

Sie rührte sich aber keinen Zentimeter. Selbstgefällig hielt er mich weiterhin fest und sah mir in die Augen. So intensiv und durchdringend, dass er mich noch wütender machte. Der Kerl war die pure Arroganz auf zwei Beinen.

»Lächerlich.« Ein spöttisches Lächeln umspielte seine Lippen. »Komm, versuch's noch mal.«

Meine Augen verengten sich zu Schlitzen und die Wut, die nur darauf gewartet hatte, ein Ventil zu finden, brach aus mir heraus. »Ich sagte, du sollst mich loslassen!«

Noch bevor mir das letzte Wort über die Lippen kam, wollte ich seine Hand mit aller Kraft aus meinem Gesicht schlagen, doch er packte mein Handgelenk mitten in der Bewegung.

»Was soll das, Bambi?«, knurrte er leise und seine Augen funkelten gefährlich.

Ohne nachzudenken, hielt ich ihm den Brieföffner an die Kehle. Als ob ich jemals die Kraft aufbringen könnte, ihm dieses stumpfe Ding in den Hals zu rammen.

»Lass mich los«, fauchte ich trotzdem, und ich klang so überzeugt, als hätte ich ein Messer in der Hand.

Seine Augen verengten sich gefährlich und seine Lippen kräuselten sich zu einem überheblichen Lächeln. »Sonst was?«

Er hatte mich durchschaut und ich war nicht in der Lage, ihm irgendwas entgegenzusetzen. Für solche Fälle hatte ich bisher immer Malio gehabt. Nur in meiner jetzigen Situation konnte ich ihn nicht um Hilfe bitten. Er würde nicht verstehen, warum ich das tat, was sie von mir verlangten, anstatt sie zu suchen und ihnen nacheinander die Kehle aufzuschlitzen. Deshalb war ich hier und jetzt auf mich allein gestellt, gefangen in einer Grube mit einer Königskobra, die nur darauf wartete, die Oberhand zu gewinnen. Aber keiner von uns gab nach, keiner bewegte sich auch nur einen Millimeter. Sekunden vergingen, die sich bald wie eine Ewigkeit anfühlten.

»Leg das Andenken an meinen verstorbenen Vater wieder auf den Tisch, Bambi.« Langsam ließ Arjan mein Handgelenk los, senkte seine Hand wie in Zeitlupe, ohne mich aus den Augen zu lassen.

Ich zögerte, rang mit mir, ob ich meinen einzigen Schutz einfach so aufgeben sollte.

Er machte einen Schritt auf mich zu, und das silberne Eisen in meinen Händen bohrte sich tiefer in seinen Hals. »Oder du stichst jetzt zu.«

Für einen Moment verlor ich die nötige Konzentration und Arjan bemerkte es. Mit einem Ruck riss er meine Hand von seinem Hals. Er packte mich an der Schulter, wirbelte mich herum und der Brieföffner fiel klirrend auf den Schreibtisch.

»Das war ein Fehler«, zischte er mir ins Ohr und schlang einen Arm um meine Brust, um mich zu fixieren.

Mein Brustkorb hob und senkte sich heftig, während ein Dutzend Gefühle in mir aufstiegen. Da war Wut auf mich selbst, weil ich so dumm gewesen war und durch meine Unvorsichtigkeit alles vermasselt hatte, und Scham, weil ich so naiv gewesen war, zu glauben, ich könnte es ohne einen vernünftigen Plan schaffen. Aber das beherrschendste Gefühl war ein abgrundtiefer Hass auf ihn.

Er brannte in jeder Faser meines Körpers, weil dieser skrupellose Bastard für alles verantwortlich war, was mir und meinem Vater in letzter Zeit widerfahren war. Dieser Gefühlscocktail nahm mich völlig ein und ich fühlte mich, als würde ich darin ertrinken. Wir waren verloren, wenn mir keine gute Ausrede einfiel. Ich spürte, wie meine Beine nachgaben. Instinktiv klammerte ich mich an seinen Arm, während mir Tränen über die Wangen liefen.

»Du hast auch mein Andenken mit Füßen getreten, als du mich heute in dieser katastrophalen Situation zurückgelassen hast.« Ohne es zu wollen, schrie ich den ganzen Schmerz der letzten Tage heraus. Vielleicht auch den, der schon lange in mir schlummerte.

»Hör auf zu heulen. Was soll das werden? Für wie dumm hältst du mich eigentlich? Sag mir sofort die Wahrheit!« Er griff nach dem Brieföffner, der auf dem Tisch lag. »Denn *ich* habe kein Problem damit, dir das Ding in den Hals zu rammen.«

Mein Kopf war wie leergefegt. Es gab nichts mehr, was ich als Lüge tarnen konnte. Jeder Gedanke war verschwunden.

»Ich dachte, wir könnten uns die aktuellen Umfragewerte ansehen.«

Das war eine faule Ausrede und das Schlimmste daran war: Wir wussten es beide.

Er hielt mir den Brieföffner an die Kehle. »Als ob du freiwillig Zeit mit mir verbringen würdest. Versuchen wir es noch einmal.«

»Es ist die Wahrheit.«

Er zog mich dichter zu sich. Ich spürte seinen Atem auf meiner Wange, als er langsam fragte: »Was hast du in meinem Büro gemacht?«

»Ich habe dich gesucht.«

»Mich?« Er wirkte überrascht. »Warum?«

»Na ja …« Meine Gedanken rasten.

Was sollte ich ihm sagen?

»Ich dachte, wir könnten etwas Spaß miteinander haben.« Am liebsten hätte ich mir mit der flachen Hand gegen die Stirn geschlagen.

Hatte ich das gerade wirklich gesagt? Ich war die schlechteste Lügnerin der Welt. Ich würde meinen Vater niemals retten können, denn mit meinen begrenzten Fähigkeiten würde ich früher oder später das Zeitliche segnen, bevor ich etwas Brauchbares gefunden hätte.

»Was?« Arjan trat einen Schritt zurück und sah mich entgeistert an. »Du musst mich wirklich für einen Idioten halten. Meinst du, ich weiß nicht, dass du mich verabscheust?«

Ich zuckte mit den Schultern und verschränkte meine zitternden Finger ineinander, damit er es nicht bemerkte.

»Hass und Leidenschaft liegen ziemlich nah beieinander«, wisperte ich und verlor mich immer mehr in meiner albernen Lüge.

Ich verringerte die Distanz, die er gerade aufgebaut hatte, und setzte alles auf eine Karte, indem ich verführerisch hauchte: »Tu nicht so, als hättest du noch nie darüber nachgedacht: Sex, angetrieben von purem Hass.«

»Willst du mich verarschen?«

»Warum sollte ich? Aber weißt du was, ich habe sowieso keine Lust mehr auf dich.«

Ich hatte mich erfolgreich aus seinem Griff gewunden, als er mich erneut am Arm festhielt.

Er überbrückte den Abstand wieder und stellte sich dicht hinter mich.

Der Brieföffner wanderte meinen Hals hinunter, während er mir ins Ohr raunte: »Ich würde dich nie anfassen. Du wärst die letzte Frau auf der Welt, die ich ficken würde.«

»Gut, denn ich will es auch nicht«, antwortete ich krächzend, weil er nicht aufhörte, den Brieföffner tiefer zu schieben.

»Ich will nicht wissen, wie du klingst, wenn du kommst.« Er schob meinen oversized Pullover hoch, so dass das kalte Metall des Brieföffners meinen nackten Bauch berührte. »Oder wie du schmeckst.« Seine Lippen lagen jetzt an meinem Hals. »Denn ich würde jeden gottverdammten Moment mit dir hassen.«

In seinem Atem hing der süße Geruch von Whisky. Mein Herz schlug schneller, je tiefer er seine Hand bewegte.

»Glaubst du etwa, ich will wissen, wie es ist, von dir berührt zu werden?«, nahm ich seine Formulierung auf, als die kalte Metallspitze den Bund meines Höschens streifte. »Oder wie es ist, von dir gefickt zu werden? Ganz bestimmt nicht, weil mich alles an dir anwidert.«

»Wirklich?« Seine freie Hand glitt an meiner Seite entlang, umfasste die Bänder meines Strings und zerriss den dünnen Stoff.

Ich sog scharf die Luft ein, als er den Brieföffner tiefer schob, direkt zwischen meine Schamlippen.

»Ich hasse dich«, keuchte ich heiser.

Er fuhr über meinen Kitzler, stöhnend warf ich den Kopf in den Nacken und hielt mich an der Schreibtischkante fest.

»Ich wusste es, du klingst schrecklich«, raunte er mir zu.

Automatisch rieb ich meinen Hintern an seinem Schwanz, dessen Härte ich durch die dünne Anzughose spürte.

»Weil es sich schrecklich anfühlt!«, stöhnte ich.

Sein feuchter Atem strich mir stoßweise über den Hals. Ich spürte, wie sich mein Inneres verkrampfte, spürte die Welle, die sich mit jeder weiteren Reibung in mir aufbaute, bereit, jeden Moment über mich hereinzubrechen. Mein Stöhnen wurde lauter, ungehaltener und ich hasste meinen Körper für die Reaktion, die er in mir auslöste.

»Los, zeig mir, wie schrecklich du klingst, wenn du kommst!« Seine Stimme war nur noch ein kaum verständliches Keuchen, als er den Brieföffner drehte und mit dem Griff in mich eindrang.

Meine Gefühle überwältigten mich augenblicklich. Lust, Scham, Hass wechselten sich in rasender Geschwindigkeit mit jedem Stoß ab, bis sie schließlich in einer gewaltigen Explosion endeten, die mir den letzten Sauerstoff aus den Lungen presste.

Ich klammerte mich haltsuchend an die Tischkante, doch Arjan zog mich zurück an seine Brust. »Sieh mich an. Zeig mir, wie sehr du es hasst, durch mich gekommen zu sein!«

Unsere Blicke trafen sich. Feurig heiß verfingen sie sich ineinander. Vorsichtig zog er den Brieföffner aus mir und führte ihn zu seinem Mund. Genüsslich leckte er meine Lust davon ab.

»Alles an dir ist widerlich. Wie du klingst, wie du aussiehst, wie du schmeckst. Es gibt kein Wort, das beschreibt, wie sehr ich das alles hasse.« Er ließ meinen Pullover wieder fallen. »Geh mir aus den Augen.«

15

Ich schämte mich für mein Verlangen, das schon beim bloßen Gedanken an die letzten Minuten wieder aufflammte. Meine Lust rann meine Schenkel hinunter und ich verfluchte meinen Körper für diese Reaktion. Es war völlig unangemessen. Arjan war ein Monster. Jemand, der es genoss, andere zu erniedrigend.

Es gibt kein Wort, das beschreibt, wie sehr ich das alles hasse.

Ich klammerte mich an seine Aussage und den Hass in seinen Augen. Selbst wenn eine tückische Stimme in meinem Kopf mir zuflüsterte, dass er hart gewesen war. Energisch schüttelte ich den Kopf und vertrieb jeden Gedanken an ihn. Weil meine Beine von der Intensität des Orgasmus noch immer zitterten, taumelte ich wie betrunken durch den Flur. Ich konnte keine Sekunde länger in diesem Haus bleiben. Zurück im Zimmer zog ich mir nur einen Mantel über und schlüpfte in meine Stiefel, obwohl ich mir meines fehlenden Höschens mehr als bewusst war. Vielleicht sollte ich anfangen, Unterwäsche zum Wechseln einzupacken, aber wer rechnete schon mit so etwas?

Ich klemmte mir das Kleid der Modenschau unter den Arm und rief noch auf der Treppe ein Taxi. Es würde nicht billig werden, aber die Alternative hieß: zu Fuß gehen oder bleiben. Letzteres kam für mich nicht in Frage. In Zukunft würde ich nur so viel Zeit in diesem Haus verbringen, wie ich musste. Wenn es überhaupt ein nächstes Mal gab. Ich hatte Arjans Frage nicht beantwortet, und etwas sagte mir, dass er mir jetzt noch mehr misstraute.

Es dämmerte, als ich zu Hause ankam, obwohl der Morgen längst angebrochen war. Der Geruch von Schnee lag in der Luft und mir wurde schmerzlich bewusst, wie sehr ich mich nach dem Frühling sehnte, nach wärmeren Temperaturen und dem Zwitschern der Vögel. Selbst wenn ich sie in der Gegend, in der ich wohnte, kaum hörte.

Seit mein Vater im Gefängnis war und wir alles verloren hatten, musste ich in einer kleinen Zweizimmerwohnung in einem heruntergekommenen Viertel leben. Davon gab es nicht viele in Silverside, aber selbst die hellste und schönste Stadt hatte ihre Schattenseiten und genau dort lebte ich nun.

Der Taxifahrer, der offenbar öfter seine Runden in Ashwick drehte, ließ mich an der falschen Straße aussteigen, so dass ich die letzten Meter zu Fuß zurücklegen musste. Ich lief durch eine dunkle Seitenstraße, als ich Schritte hinter mir hörte. Zuerst dachte ich mir nichts dabei, auch hier musste gearbeitet werden und viele kürzten ihren Weg durch die Gassen ab. Doch als die Schritte lauter wurden, wurde ich unruhig. Inzwischen waren sie ziemlich nah und machten nicht den Eindruck, als wollten sie unbemerkt bleiben. Die aufsteigende Panik schnürte mir die Kehle zu, aber ich beschloss, mir nichts anmerken zu lassen, denn ich war bereits am Ende der Gasse, nur noch wenige Schritte vom Bürgersteig entfernt. Erleichterung machte sich in mir breit. Fast hätte ich über mich selbst gelacht, weil ich so ängstlich war und in den harmlosesten Dingen eine Gefahr vermutete, obwohl nicht jeder Mensch eine Bedrohung war.

Gerade als ich um die Ecke treten wollte, um die Gasse mit all ihren dunklen Gestalten hinter mir zu lassen, wurde ich mit einem heftigen Ruck gegen die Steinmauer geschleudert. Der raue Backstein schürfte mir die Wange auf. Eine große Hand schob sich über meinen Mund, was völlig unnötig war, denn meine Stimmbänder schienen das Schreien verlernt zu haben.

Panisch erstarrte ich unter dem schweren Körper, der sich gegen meinen Rücken presste. Meine Augen weiteten sich und der Schreck fuhr mir tief in die Glieder, als ich eine fremde Stimme hörte.

»Hallo Ria. Schön, dich kennenzulernen.« Sein Atem kitzelte mein Ohr, während sein Griff fester wurde und er mein Gesicht noch härter gegen die Wand presste.

Endlich schrie ich. Ein schriller, panischer Schrei, voller Hoffnung, dass ihn jemand hören würde, auch wenn ich nicht daran glaubte.

In diesem Viertel schrie immer jemand, aber kaum jemand beachtete es. Ich spürte, wie mir das Blut über die Wange lief, als er meinen Kopf ein Stück zurückzog.

»Ich habe eine Nachricht für dich.« Bei jedem Wort drückte er mein Gesicht gegen die Wand, so dass es immer wieder an derselben Stelle rieb und meine Wange noch mehr aufkratzte.

Obwohl mir die Tränen die Sicht vernebelten, gelang es mir, einen Blick auf meinen Angreifer zu werfen. Er war größer als ich und nicht gerade von kräftiger Statur. Leider war das alles, was ich erkennen konnte, denn sein Gesicht war unter einer Sturmmaske verborgen, die ich nur zu gut kannte. Es war der Mann aus dem Video. Aber wie war das möglich? Er saß doch in Haft?

Das Brennen der Wunde und die Panik ließen jeden weiteren Gedankengang verstummen.

»Bitte … lass … mich … gehen …«, wimmerte ich mit einem weinerlichen Ton in der Stimme.

Eigentlich wollte ich stark wirken, aber ich brachte es nicht fertig, die Verzweiflung aus meiner Stimme zu nehmen.

»Beeil dich, sonst bekommst du bald ein Paket mit der Hand deines Vaters.« Erneut drückte er mein Gesicht gegen die Wand, um die Härte seiner Worte zu unterstreichen. »Hast du verstanden?«

Ich nickte panisch und schrie vor Schmerz, als er meinen Kopf wieder ein Stück von der Wand wegzog, um ihn dann erneut brutal gegen sie zu drücken.

»Ich habe dich nicht verstanden, Ria.«

»Ja!«, wimmerte ich mit letzter Kraft. »Ich bringe dir, was auch immer du brauchst. Aber bitte tu meinem Vater nichts.«

Als mein Handy leise klingelte, ließ er von mir ab. Im nächsten Moment hörte ich das laute Hallen von Schritten, die sich schnell durch die Gasse entfernten. Erleichtert atmete ich zitternd aus und rutschte weinend an der Wand zu Boden.

Wie lange ich auf dem staubigen und schmutzigen Asphalt hockte, konnte ich im Nachhinein gar nicht mehr sagen. Irgendwann versiegten die Tränen und der Schluckauf, der mich manchmal überkam, wenn ich mich in meiner Traurigkeit verlor, was zugegebenermaßen im Moment zu oft passierte. Diese ganze Situation mit dem Unbekannten im Nacken brachte mich völlig aus der Bahn.

Um mich herum war der Tag längst angebrochen, aber in der Gasse schien es, als wäre seit dem Überfall kaum eine Minute vergangen. Keine Menschenseele hatte sich hierher verirrt. Wenn man genauer darüber nachdachte, war das nicht wunderlich, sondern nur eine weitere Schattenseite von Silverside. Die meisten Menschen verschwanden schnell in ihren Löchern, wenn sie Zeuge eines Verbrechens zu werden drohten.

Hier gab es die Reichen und Schönen, die ihr Geld mehr oder weniger auf legale Weise verdienten und sich täglich mit

Abführmitteln schlank hielten. Es gab die Mittelschicht, die jeden einzelnen Tag hart für ihr Brot schuftete. Und dann gab es noch die Unterschicht, jene, die morgens gar nicht erst aufstanden, um ihr erbärmliches Leben auf die Reihe zu bekommen.

Eines hatten sie alle gemeinsam: Solange es nicht um ihr eigenes Leben ging, lebten sie so, als wären sie die Einzigen auf der Welt, jeder in seiner kleinen Blase.

»Ria?« Ich erstarrte und verfluchte meine Gedanken, die sich so sehr nach jemandem gesehnt hatten, der mir helfen würde.

An ihn hatte ich nicht gedacht. Er würde die Maske, die ich sorgfältig aufgesetzt hatte, sofort durchschauen.

»Was ist passiert?« Sofort war Malio bei mir.

Sanft strichen seine Finger über die Wunde an meiner Wange, die irgendwann in meinem Delirium aufgehört hatte zu bluten. Jetzt pochte dort nur noch ein Schmerz, der mich von dem in meinem Herzen ablenkte.

»Überfall«, krächzte ich mit rauer Stimme.

Er nahm mich kurz in seine Arme, dann versteifte er sich und schob mich vorsichtig eine Handbreit von sich weg, um meinen Körper nach Verletzungen absuchen zu können.

Ich spürte, wie mein Selbstschutz Stück für Stück bröckelte, und spielte mit dem Gedanken, ihm alles zu erzählen. Plötzlich erschien mir die Möglichkeit, diese Arschlöcher ans Messer zu liefern und sie von ihm suchen zu lassen, gar nicht mehr so falsch.

Er würde sie alle qualvoll umbringen, und ich brauchte nicht einmal ein schlechtes Gewissen zu haben, denn er würde einen Heidenspaß dabei haben. Ich hatte ihn nie gefragt, was es bedeutete, die rechte Hand seines Vaters zu sein, aber eines war sicher: Ich konnte förmlich sehen, wie das Licht aus seinen eisblauen Augen wich, je älter er wurde. Jetzt war da nur noch Kälte.

»Ich bringe dich nach Hause und dann erzählst du mir alles.«

Ich nickte.

Ich hatte mich in einen flauschigen Pyjama gehüllt und meine Haare zu einem unordentlichen Knoten hochgesteckt. Vor dem Spiegel untersuchte ich die Wunde an meiner Wange, die zum Glück nur oberflächlich zu sein schien. Vorsichtig schmierte ich eine entzündungshemmende Creme darauf und klebte ein Pflaster darüber. Währenddessen kochte Malio einen Tee und wartete im Wohnzimmer. Er stand am Fenster und starrte hinaus, als erwartete er, dass derjenige, der mich angegriffen hatte, zurückkommen würde, um zu Ende zu bringen, was er angefangen hatte.

»Danke für den Tee.« Ich ließ mich mit einer Decke auf dem smaragdgrünen Sofa nieder – es war eines der wenigen Dinge, die ich aus unserem Haus vor der Pfändung retten konnte. Es wirkte seltsam verloren in der kleinen Wohnung, so wie ich in dieser Gegend. Wir gehörten nicht auf diese Seite der Stadt, aber ich hatte keine Möglichkeit, das zu ändern.

»Erzählst du mir endlich, was passiert ist?«

Ich umklammerte die Tasse fester.

»Hat es etwas mit deinen neuen Freunden zu tun? Du weißt doch, was die für ein Gesindel sind.«

»Das hat dir dein Vater erzählt«, rutschte es mir heraus und ich war selbst überrascht, dass ich die Jungs in Schutz nahm.

Er zog überrascht eine Augenbraue hoch und musterte mich skeptisch. »Was ist los? Ich erkenne dich nicht wieder. Erpresst dich der Typ mit irgendwas?«

»Nein.«

Unwillkürlich kehrten meine Gedanken zu dem Vorfall in Arjans Büro zurück, zu dem Moment, als er mir für einen Augenblick alles genommen hatte. Jeder Schmerz, jede Sorge, einfach alles war in der Dunkelheit verschwunden, die sich in diesem Moment gar nicht mehr so schlimm angefühlt hatte.

Ich hasste mich für das Kribbeln in meinem Bauch, das auftrat, sobald ich an die Situation dachte. Es waren keine Schmetterlinge – Gott bewahre, so weit würde es nie kommen –, aber ich konnte diese verdammte Anziehungskraft zwischen uns nicht leugnen, von der ich wünschte, sie würde nicht existieren.

Wie sollte ich sein Vertrauen gewinnen, um ihn dann hinterrücks zu bestehlen und an die Typen auszuliefern, die meinen Vater folterten, wenn alles, woran ich denken konnte, seine Lippen auf meinem Hals waren?

16

ARJAN

Obwohl der Abend im Büro schon ein paar Tage her war und ich eigentlich froh sein sollte, weil ich Ria nicht mehr über den Weg gelaufen war, ging sie mir nicht mehr aus dem Kopf. Ihr Duft und ihre Nähe schienen immer noch an mir zu haften. Egal wie oft ich mich schrubbte oder Soela fickte, ihre Präsenz überlagerte alles andere. Energisch schüttelte ich die Gedanken an sie ab und konzentrierte mich wieder auf mein eigentliches Ziel.

Gedankenverloren trommelte ich auf dem Lenkrad herum, ohne das Haus auf der anderen Straßenseite aus den Augen zu lassen. Inzwischen brannten die Lichter nur noch in den Fenstern im dritten Stock, Rias Wohnung, der Rest des heruntergekommenen Mehrfamilienhauses war wie ausgestorben. Ich warf einen prüfenden Blick auf die Adresse auf dem kleinen Zettel in meinen Händen und verglich sie mit der auf dem Navi.

Mit hochgezogenen Augenbrauen ließ ich meinen Blick durch die dunkle Straße schweifen. Ich hätte schwören können, dass am Ende der Straße unter einer Laterne jemand Drogen an Obdachlose verkaufte. Damit hatte ich nicht gerechnet.

Kopfschüttelnd nahm ich mein Handy und schrieb Neo eine kurze Nachricht:

ICH:
Dein Schwanz treibt sich an komischen Orten herum. Pass auf, dass du dir nichts einfängst.

Als Antwort bekam ich den Mittelfinger-Emoji zurück. Ich lachte leise in mich hinein und hörte schon seine empörte Stimme, die beteuerte, dass er sie nicht angefasst hatte. Er nutzte jede Gelegenheit, um es allen wieder und wieder unter die Nase zu reiben, als hätte er einen Orden dafür verdient, dass er seinen Schwanz einmal nicht ausgepackt hatte. Seine Antwort lenkte meine Aufmerksamkeit wieder auf das Handy.

NEO:
Außerdem hat sie was mit diesem kriminellen Jüngling mit der Schmalzlocke auf dem Kopf!

Seine Vermutung war gar nicht mal so weit hergeholt. Vor einer Weile hatte ich gesehen, wie dieser polierte Bastard mit Ria im Schlepptau die Wohnung verließ, obwohl sie Ava gesagt hatte, sie habe die Grippe und müsse das Bett hüten. Eine interessante Art, sich von einer Grippe zu erholen. Als eine Stunde später noch immer keine Spur von seiner aufgeblasenen Angeberkiste zu sehen war, gab ich die Hoffnung auf ihre Rückkehr schon auf. Ich fragte mich, warum sie das Licht in ihrer Wohnung brennen ließ, wenn sie anscheinend länger weg war. Meine Zweifel an Ria wuchsen. Hatte sie etwas zu verbergen?

Meine Gedanken wurden jäh unterbrochen, als ich eine Bewegung am Ende der Straße bemerkte. Ein Schatten kam mit schnellen Schritten aus der Dunkelheit geschossen. Das spärliche Licht der Straßenlaterne warf einen diffusen Schein auf das dunkle Haar der jungen Frau, die ich in diesem Moment erkannte. Ria schob sich an der Hauswand entlang zur Haustür. Immer wieder warf sie panische Blicke über die Schulter, als würde sie verfolgt werden.

Mit einem Satz war ich aus dem Auto gesprungen. Sie zuckte zusammen, als sie hörte, wie ich die Tür zuschlug. Meine Schritte hallten in der Dunkelheit der Nacht über den Asphalt. Sofort sprintete sie zur Tür, doch bevor sie sie erreichen konnte, packte ich ihr Handgelenk und wirbelte sie herum. Ich hatte nicht mit dem Schlag gerechnet, den sie mir zielsicher und mit voller Wucht gegen den Kiefer versetzte.

»Verdammt. Bist du verrückt geworden?« Ich strich mir über die pochende Lippe, wenigstens blutete sie nicht. »Wieso schlägst du wie eine Furie um dich?« Überrascht hielt ich inne und betrachtete ihr Gesicht. Auf ihrer Wange waren noch die Spuren einer Wunde zu sehen. Sie war zwar größtenteils verheilt, aber bei genauerer Betrachtung konnte man den Schorf erkennen. »Was ist denn passiert?«

Nachdenklich strich sie sich über die Stelle. »Ach, das. Es ist nichts, ich bin nur ausgerutscht.«

»Ja klar, weil es draußen so kalt ist, dass einem der Boden unter den Füßen gefriert.«

Obwohl es tiefster Winter war, war es nicht besonders kalt. Wahrscheinlich würde der Frühling dieses Jahr früher kommen.

»Ich bin gestolpert. Über eine Flasche. Und jetzt geh«, forderte sie und zwängte sich an mir vorbei.

Für sie schien das Gespräch damit beendet zu sein – für mich sah das anders aus.

»Was soll das?« Leichte Panik ließ ihre Stimme zittern, als sie sich zu mir umdrehte und ich ihr in den Flur folgte.

»Das muss versorgt werden«, erwiderte ich gelassen.

»Es ist versorgt und fast verheilt. Also bitte.« Sie zeigte nach draußen. »Verschwinde einfach wieder.«

Als ich ihr weiter folgte, drehte sie sich erneut um. »Hast du nichts Besseres zu tun? Jemanden flachlegen zum Beispiel?«

»Wenn ich es nicht besser wüsste, könnte ich schwören, dass du eifersüchtig bist.« Ich konnte mir ein Grinsen nicht verkneifen, während Ria empört schnaubte.

»Ja«, fauchte sie. »Ich bin unglaublich eifersüchtig auf deinen goldenen Penis, der offensichtlich ein Geschenk an die Frauenwelt sein muss, wenn du davon ausgehst, dass jede Frau hinter dir her ist.«

Sie hatte eine verdammt große Klappe. Meine erste Einschätzung, sie wäre ein verwöhntes Gör, dem man alles in den Arsch geblasen hatte, musste ich wohl revidieren. War sie vielleicht doch mehr als eine freche, dumme Tussi mit einem hübschen Gesicht?

»Ich nehme an, du bist nicht mit hochgekommen, um zu sehen, ob ich es heil in meine Wohnung schaffe?«, sagte sie sarkastisch.

»Schlau, Bambi. Ich werde mir die Wunde mal genauer ansehen.«

»Fantastisch.« Sie schenkte mir ein falsches Lächeln, das vor Ironie nur so strotzte.

»Komm rein.« Sie breitete einladend die Hände aus und machte einen feierlichen Schritt zur Seite. »Mi casa es su casa!«

»Biete mir nicht deine Wohnung an, Bambi. Obwohl ich ja auf eng stehe und das ist es hier auf jeden Fall.«

»Das ist der Prinz natürlich nicht gewohnt. Ich bitte um Verzeihung, Hoheit.«

Grinsend ging ich auf sie zu, griff nach einer dunklen Haarsträhne, die sich aus dem unordentlichen Knoten gelöst hatte, und hauchte: »Ich bin kein Prinz.« Ich beugte mich langsam vor, bis mein Mund fast ihr Ohr berührte. »Ich bin der König, der dich auf die Knie zwingt.«

Ein Keuchen entwich ihr, so leise, dass ich es nicht gehört hätte, wenn wir nicht so dicht beieinandergestanden hätten.

Unwillkürlich sog ich ihre Nähe ein, stürzte mich in den Duft, der von ihr ausging. Nur für eine Sekunde ließ ich mich fallen, dann rief ich mich zur Besinnung und kehrte in die vertraute Distanz zurück.

Augenrollend legte sie ihre Handflächen auf meine Brust und schob mich energisch zurück. »Eingebildeter Mistkerl.«

Das letzte Wort war nur ein Hauch, als hätten ihre Worte beim Aussprechen an Überzeugung verloren.

»Gibt es einen Grund, warum du das Licht in deiner Wohnung angelassen hast, obwohl du gar nicht da bist?«, fragte ich neugierig und sah mich in der kleinen Wohnung um.

Die Wände mit der kitschigen Blümchentapete waren abgenutzt und das Holz des Fußbodens an den meisten Stellen gesplittert. Die wenigen Möbel sahen aus, als ob sie etwas taugten, und wirkten deshalb völlig fehl am Platz.

»Ja, das schreckt Einbrecher ab.«

»Ist das so?«

»Bisher hat es noch keiner versucht.«

»Vielleicht liegt es nicht am Licht, sondern an der Bruchbude selbst. Hier gibt's nichts zu holen – ein Drecksloch eben.«

Sie kniff die Augen zusammen und atmete tief durch. »Ich hole Verbandszeug, damit wir diese Tortur so schnell wie möglich hinter uns bringen können. Ich habe keine Lust, mehr Zeit als nötig mit dir zu verbringen.«

Die plötzliche Härte in ihrer Stimme erinnerte mich daran, dass uns nur diese fragile Vereinbarung verband und wir keineswegs Freunde waren. Ganz im Gegenteil. Wir waren wie Feuer und Benzin. Kein schöner, anziehender Gegensatz, sondern eine Konstellation, die eine vernichtende Verbindung schuf.

»Beeil dich lieber. Ich will nicht länger als nötig in diesem Loch bleiben«, warf ich ihr hinterher.

»Gut. Ich würde dir ja etwas anbieten, aber solche Gesten der Gastfreundschaft weckst du nicht in mir.«

Ich sah ihr nach, wie sie durch eine Tür verschwand. Nach einigen Minuten, die von einem lauten Klappern begleitet wurden, kehrte sie ins Wohnzimmer zurück. Unter dem Arm trug sie eine Erste-Hilfe-Tasche und eine kleine Desinfektionsflasche.

»Na, Dr. Schmollberg, dann zeig mal, was du kannst.« Mit einer lässigen Bewegung warf sie mir die Utensilien in den Schoß. Die Flasche mit dem Desinfektionsmittel verfehlte ihr Ziel nur um Millimeter und landete auf dem Boden.

»Guter Wurf«, zog ich sie auf und fischte die Lösung vom Boden. »Warte, was? Schmollberg?«

Sie zuckte mit den Schultern. »Das bist du. Ein schmollender Eisberg auf zwei Beinen.«

Es dauerte eine halbe Ewigkeit, bis sie sich dem Sofa näherte, als könnte sie jeden Schritt kaum ertragen.

»Du kannst noch gehen. Ich habe alles unter Kontrolle«, versuchte sie es ein letztes Mal.

Ich verkniff mir ein verschmitztes Lächeln und klopfte auf den freien Platz neben mir. Seufzend gab sie sich geschlagen und ließ sich neben mich auf das hässliche grüne Sofa sinken.

Schweigend öffnete ich die Tasche, suchte nach Kompressen und betupfte das weiche Material mit der Tinktur.

»Das könnte jetzt ein bisschen brennen.« Vorsichtig säuberte ich die oberflächliche Wunde und wiederholte diese Prozedur mit den Wunden an ihren Handflächen, die sie geschickt vor mir zu verbergen versucht hatte. Sie waren nicht so schlimm wie die im Gesicht, weshalb sie mir erst gar nicht aufgefallen waren.

»Erzählst du mir endlich, was passiert ist?«

»Das habe ich schon. Ich bin hingefallen. Es war dunkel und ich bin über eine Flasche vor der Tür gestolpert.« Sie zuckte mit den Schultern und verzog die Lippen zu einem kleinen, nachlässigen Lächeln. »Ich bin eben etwas ungeschickt.«

Eines musste man ihr lassen: Ihre Worte waren wohlüberlegt, aber dennoch eine Lüge.

Solche Verletzungen zog man sich nicht zu, wenn man über etwas stolperte. Ria versuchte, mich für dumm zu verkaufen, und das gefiel mir gar nicht. Einerseits konnte ich ihr Misstrauen mir gegenüber verstehen, schließlich hatte ich versucht, sie umzubringen, andererseits hatten wir uns auf einen Waffenstillstand geeinigt, und ich hatte keine Lust, noch mehr Zeit damit zu verschwenden, ihr nachzuspionieren.

»Geh endlich. Ich bin müde«, forderte sie ungeduldig, als ich einen Moment zu lange in meinen Gedanken versunken war.

»So ungeduldig, Bambi?« Langsam strich ich mit dem Daumen über ihre Unterlippe.

»Nenn mich nicht so.«

Ich ignorierte ihren Einwand und schmierte eine dicke Schicht Salbe auf die Wunde an ihrer Wange.

»Steht dir gut.«

»Ja, natürlich!« Mit einer Entrüstung, die mir unbeabsichtigt ein Lächeln ins Gesicht zauberte, blies sie sich eine Haarsträhne aus der Stirn. Sie flatterte eine Sekunde lang durch die Luft und landete prompt wieder vor ihren Augen. Ohne zu zögern, strich ich sie ihr hinters Ohr. Mein Handrücken streifte sekundenlang ihre Wange. Die zarte Berührung schickte einen Stromschlag durch meinen Körper und es kostete mich alle Kraft, meine Hand nicht zurückzuziehen.

Ihr Blick verfing sich in meinem, als sie mir überrascht den Kopf zuwandte. Irgendwie schaffte sie es jedes Mal, mich in ihren Bann zu ziehen, wenn ich mir erlaubte, sie länger als nötig anzusehen. Nur widerwillig löste ich meine Augen von ihren und sah stattdessen auf ihre Lippen, während sie ein Stück zu mir rutschte. Unsere Körper waren so nah, dass sich unsere Knie leicht berührten. Ich spürte, wie ihre Wärme durch den Stoff meiner Jeans drang und meinen Körper auf der Stelle in Flammen setzte. Obwohl sich keiner von uns bewegte, gab es eine Distanz zwischen uns, die nicht so einfach zu überwinden war. Es wäre ein Fehler, diesem Drang nachzugeben – zu viel stand auf dem Spiel.

Hastig, als könnte ich diese Nähe keine Sekunde länger ertragen, entfernte ich mich von ihr. In ihren Augen blitzte der Schmerz der Zurückweisung auf.

»Na gut«, stammelte sie verunsichert. »Jetzt kannst du gehen.«

Ich nickte, machte aber keine Anstalten, vom Sofa aufzustehen. »Oder ich bleibe hier.«

»Oder du gehst. Jetzt sofort.«

Ich legte den Kopf schief, als würde ich über ihre Worte nachdenken.

»Nein, ich bleibe. Aber keine Sorge«, fügte ich hinzu, als ich ihren schockierten Gesichtsausdruck bemerkte. »Ich schlafe auf dieser sehr bequemen Couch.«

»Warum kannst du nicht einfach gehen?« Sie klang alles andere als begeistert, was meinen Entschluss nur noch verstärkte.

Spöttisch verschränkte ich die Arme hinter dem Kopf. »Wenn du lieber möchtest, dass ich bei dir schlafe, könnte ich heute vielleicht eine Ausnahme machen. Etwas großzügiger sein, wenn du verstehst, was ich meine.« Ich strich ihr verschwörerisch über den Hals. »Erinnerst du dich, wie dein Körper auf meine Nähe reagiert hat?«

Wütend schlug sie meine Hand beiseite und funkelte mich zornig an. »Erinnere mich nicht daran. Ich bin immer noch angewidert von dir, also nein danke, heb dir deine Großzügigkeit für jemand anderen auf.«

»Du hast keine Ahnung, was du verpasst.«

»Doch, natürlich!« Sie sah mich hämisch an. »Du und dein Penis seid ein Geschenk Gottes. Verzeih mir, wenn ich nicht begierig auf etwas bin, das schon Tausende von Frauen vor mir ausgepackt haben.«

»Tausende?« Amüsiert zog ich eine Augenbraue hoch und beugte mich näher zu ihr. «Bambi, du hast hohe Erwartungen an mich.«

Sie stieß ein genervtes Stöhnen aus, sprang auf und eilte auf die einzige Tür zu, die sie bisher nicht beachtet hatte, was mich zu der Annahme veranlasste, dass sie zu ihrem Schlafzimmer führen musste.

Schwungvoll schlug sie die Tür hinter sich zu, öffnete sie wenige Minuten später wieder und warf mir ein Kopfkissen zu. »Gute Nacht.«

Ohne eine Antwort abzuwarten, schloss sie die Tür wieder.

Lachend bereitete ich mein Nachtlager vor und fragte mich, wann ich mich das letzte Mal so köstlich amüsiert hatte. Vielleicht sollte ich meine Strategie ändern und sie ins Bett kriegen – Frauen waren sehr gesprächig, wenn sie befriedigt waren. Vermutlich würde ich dann etwas mehr aus ihr herausbekommen. Schnell schüttelte ich den Kopf über diese dumme Idee. Uns verband eine Vergangenheit, deren Wahrheit besser nie ans Licht kommen sollte.

17

RIA

Ich konnte nicht glauben, dass dieser Kerl tatsächlich die Frechheit besaß, hier zu übernachten. Nach dem Überfall, der zwar schon ein paar Tage her war, mir aber immer noch in den Knochen steckte, sehnte ich mich nach Ruhe, nach etwas Beständigem, das mich daran erinnerte, dass ich immer noch die Kontrolle hatte. Denn langsam war ich mir dessen nicht mehr sicher.

In meinem törichten Eifer war ich davon ausgegangen, ich würde mich einfach als Neos neue Eroberung ausgeben, in das Anwesen der Masons marschieren und Arjan die Papiere stehlen. Es klang wie eine sichere Sache, eine Aufgabe von ein paar Minuten, wenn ich erst einmal das Haus auf den Kopf gestellt hatte – wie dumm ich doch gewesen war. Nie hätte ich mir vorstellen können, dass es so weit kommen und ich anfangen würde, etwas für Arjan zu empfinden.

Seufzend ließ ich mich auf dem Bett nieder und öffnete den Dutt. Mein Haar fiel mir in weichen Wellen über die Schultern bis tief in den Rücken. Ich holte eine Wolldecke aus dem Schrank und ging zurück ins Wohnzimmer, wo Arjan sich gerade sein Hemd auszog. Prompt segelte die Decke auf den Boden und mir schoss die Hitze in die Wangen.

»Verdammt, was machst du da?«

Er blickte auf und grinste verschmitzt. »Wonach sieht es denn aus? Ich lege mich hin.«

»Musst du dich dafür ausziehen?«

Nachdenklich legte er den Kopf schief und musterte mich einen Moment. »Wenn ich nicht wüsste, dass du mich verabscheust, würde ich fast sagen, du hast Interesse an mir, denn offensichtlich kannst du die Augen nicht von mir lassen.«

Seine Worte umfingen mich wie ein sanfter Windhauch und hinterließen eine zarte Gänsehaut auf meinen Armen.

»Es ist ein Reflex. Ich kann nicht wegsehen, weil es so schrecklich ist ...« Ich suchte nach den richtigen Worten und konnte meinen Blick immer noch nicht von seiner definierten, nackten und völlig tätowierten Brust abwenden. »Wie ein Unfall«, stammelte ich und fuhr mir mit den Fingern nervös durchs Haar.

Sein Grinsen wurde noch breiter und der Wunsch, ihm diese Arroganz aus dem Gesicht zu schlagen oder, noch besser, ihn zu küssen, wurde unerträglich.

»Ich kann weitermachen, wenn du willst.« Seine Hände glitten über seine Brust und legten sich um seine silberne Gürtelschnalle.

Schnell hob ich die Decke auf, machte einen Schritt auf ihn zu und pfefferte das Ding in seine Richtung. »Wage es ja nicht!«

Lachend fing er sie auf und warf sich der Länge nach aufs Sofa. »Geh schlafen, Bambi.«

Jetzt meinte er auch noch, mir Vorschriften machen zu können? Schnaubend drehte ich mich um und knallte die Tür hinter mir zu.

»Arschloch«, wisperte ich und ignorierte das verräterische Klopfen meines Herzens.

Seit wann brachte mich ein bisschen Haut so aus der Fassung?

Immer wieder wälzte ich mich von einer Seite auf die andere – aber an Schlaf war nicht zu denken.

Ich war unruhig, weil ich nicht wusste, wie es weitergehen sollte.

Müde schielte ich auf den kleinen Wecker, der neben mir auf dem Nachttisch stand. Es war jetzt 03:37 Uhr, bald würde sich das Schlafen nicht mehr lohnen. Mein Handy piepte und das Licht des Displays erhellte mein kleines Zimmer.

VALENTIN:
Du musst dich beeilen!

Das war wohl seine subtile Art, mir klarzumachen, dass meine Zeit ablief und ich mich langsam, aber sicher darauf konzentrieren sollte, diese blöden Papiere zu finden.

Einen Tag nach dem Überfall hatte ich ihn unter Tränen angerufen und ihm alles erzählt. Er hatte mir versprochen, seine Beziehungen zu den Leuten im Gefängnis spielen zu lassen, um herauszufinden, was dort vor sich ging. Eines hatte er in dem Gespräch aber ganz klar gesagt: Ich sollte zusehen, dass ich die Forderung dieser Schweine erfüllte.

Rasch schaute ich zur Zimmertür und spitzte die Ohren. Nichts war zu hören. Also war Arjan bestimmt eingeschlafen. Sollte ich rübergehen und mir seine Sachen genauer ansehen? Obwohl mir diese Möglichkeit sehr verlockend erschien, bezweifelte ich, dass Arjan irgendwelche Unterlagen mit sich herumschleppte oder sie als Kopie auf seinem Handy gespeichert hatte. Er war arrogant und überheblich, aber nicht dumm. Schade, es wäre so viel einfacher, wenn er ein Trottel wäre.

Vorsichtig stand ich auf, schlich auf Zehenspitzen zur Tür und öffnete sie einen Spalt. Nur so weit, dass ich einen Blick auf ihn werfen konnte.

Das Mondlicht fiel durch das Fenster und warf einen hellen Kegel auf den flauschigen Teppich in meinem Wohnzimmer. Der Anblick von Arjan, der friedlich auf dem Sofa lag und schlief, sollte mich eigentlich beunruhigen, befremden oder zumindest mit der nötigen Vorsicht erfüllen – aber nichts dergleichen geschah. Im Gegenteil, seine Anwesenheit löste bei mir eine Art Nervosität aus, die mein Herz schneller schlagen ließ. Eine ungünstige Art, die früher oder später zu Fehlern führen würde. Diese Fehler konnte ich mir nicht leisten. Es stand zu viel auf dem Spiel.

Noch einmal warf ich einen Blick zum Sofa, zögerte einen Moment und wog im Stillen das Für und Wider dieses Unterfangens ab.

»Ach, was soll's«, murmelte ich und schlüpfte so leise wie möglich durch die Tür.

Besonnen schlich ich zum Tisch, machte einen Ausfallschritt zur Seite, weil das Parkett an dieser Stelle knarrte, und stand Sekunden später direkt vor dem Sofa, auf dem Arjan immer noch schlief.

Neugierig betrachtete ich sein Gesicht. Er wirkte entspannt, fast friedlich – zwei Zustände, die ich eigentlich nicht mit ihm in Verbindung brachte.

Nur widerwillig riss ich meinen Blick von ihm los und suchte die Umgebung nach seinem Handy ab. Es lag auf dem Glastisch.

Ohne mich zu bewegen, beugte ich mich mit dem Oberkörper vor, bis ich es mit den Fingerspitzen berührte. Behutsam zog ich es vom Tisch und hielt es Arjan vors Gesicht.

Nichts.

Ich unterdrückte den Drang, wie ein kleines Kind mit dem Fuß aufzustampfen, und hockte mich stattdessen vor das Sofa.

Eine Weile lauschte ich seinem gleichmäßigen Atem. Er schien noch tief zu schlafen. Vorsichtig griff ich nach seiner Hand und schob das Handy unter seinen Daumen. Mein Herz schlug mir bis zum Hals. Die Aufregung war kaum auszuhalten. Mit jeder Sekunde, die das Display dunkel blieb, stieg die Angst in mir, erwischt zu werden.

»Komm schon«, entfuhr es mir voller Ungeduld.

Entsetzt schlug ich mir mit der freien Hand auf den Mund. Sofort wanderte mein Blick zu seinem Gesicht. Seine Augen waren immer noch geschlossen. Erleichtert atmete ich aus und wandte meine Aufmerksamkeit wieder dem Smartphone zu.

»Was soll das?« Panisch fuhr ich herum und verlor durch die schnelle Bewegung das Gleichgewicht. Blitzschnell griff er nach meinem Handgelenk, richtete sich im selben Moment auf und zog mich mit einer fließenden Bewegung zu sich herunter. Bevor ich etwas tun konnte, schlug ich mit dem Gesicht gegen seine harte Brust.

Sein Duft stieg mir in die Nase, und sofort hatte ich das Gefühl, in einer verregneten Sommernacht durch den Wald zu spazieren. Diese Mischung aus holziger Kiefer und nassem Moos umhüllte mich auf eine Weise, die mir den Kopf vernebelte.

Überrascht hob ich den Kopf. »Lass mich los!«

»Erst mal sagst du mir, was du da tust!« Mit einem Kopfnicken deutete er auf sein Handy, das ich immer noch in der Hand hielt. Verdammt! Warum hatte ich es nicht losgelassen?

»Es hat geklingelt«, log ich in der Hoffnung, dass ihn jemand angerufen hatte.

Amüsiert zog er die rechte Augenbraue hoch. »Ich habe nichts gehört.«

»Weil du geschlafen hast.« Tapfer hielt ich seinem Blick stand.

Glaubte er mir? Warum konnte ich nie etwas in diesem ausdruckslosen Gesicht lesen? Unruhig rutschte ich hin und her, versuchte, mich aus seinem Griff zu befreien. Es gelang mir nicht, stattdessen begannen meine Knie zu schmerzen, weil ich immer noch vor dem Sofa hockte.

Bei dem Versuch, mich loszureißen und gleichzeitig aufzustehen, verteilte ich meine Kräfte so ungünstig, dass ich ins Taumeln geriet und der Länge nach auf ihn fiel. Auch Arjan schien mit der Wucht des Aufpralls nicht gerechnet zu haben, denn es presste ihm die Luft aus der Lunge. Keuchend sackte er zusammen. Stöhnend hob ich den Kopf und sofort trafen sich unsere Blicke. Mit panisch klopfendem Herzen wurde mir bewusst, dass unsere Gesichter nur Millimeter voneinander entfernt waren. Es war, als könnte ich den Sturm in seinen Augen wüten sehen. Er fesselte mich mit einer Intensität, die mich erschütterte. Es war, als würde ein Tornado direkt über mein Inneres hinwegfegen, und ich war unfähig, dieser zerstörerischen Kraft etwas entgegenzusetzen.

Sein Blick erforschte jeden Zentimeter meines Gesichts und brannte wie eine leidenschaftliche Liebkosung auf meiner Haut. Unwillkürlich schnappte ich nach Luft, als seine intensive Musterung an meinen Lippen endete. Keiner von uns sagte ein Wort, aber das war auch nicht nötig, denn unsere Körper sprachen mehr als deutlich miteinander. Ich spürte, wie er sich unter mir bewegte, wie er sein Becken mit einem kräftigen Stoß gegen meine Mitte drückte. Zärtlich strichen seine Hände meine Seite entlang. Seine Wärme durchdrang den dünnen Stoff meines Schlafshirts. Er umfasste den Saum und zog ihn Stück für Stück nach oben. Sofort hielt ich den Atem an und wartete darauf, dass seine Finger mich weiter berührten. Sekunden vergingen, die mir in diesem Moment wie Stunden vorkamen. Ich wollte es. Ich wollte, dass er mich berührte.

Die Erkenntnis erschreckte mich und mein Inneres zog sich schmerzhaft zusammen. Etwas in mir schrie, dass ich damit alles nur noch schlimmer machte, dass ich es unterdrücken sollte.

Dieses Verlangen könnte mich alles kosten. Aber der Drang, ihn zu küssen, war so stark, dass ich ihm nicht widerstehen konnte. Ohne es zu merken, hatte sich mein Gesicht seinem genähert. Jetzt spürte ich seinen Atem auf meinen Lippen. Ein, zwei Sekunden vergingen, in denen wir beide zögerten. Ich wollte diese Grenze nicht überschreiten, nicht noch einmal und schon gar nicht mit ihm. Er war ein gnadenloses Arschloch und doch schloss ich im nächsten Moment die Augen, bereit, von ihm geküsst zu werden.

»Ria!«

Ein lautes Poltern an der Tür riss uns auseinander und wir fuhren erschrocken herum.

Ich landete auf dem Hintern, während Arjan auf die Beine sprang. Innerhalb eines Augenblicks hatte sich alles an ihm verändert. Seine Körperhaltung schien fokussiert und bereit, als würde hinter der Tür ein Gegner auf ihn warten, für den er alle Sinne beisammenhaben musste.

»Ria!«, ertönte erneut Malios Stimme von draußen.

Panisch riss ich die Augen auf und krabbelte kurzerhand zu seinem Hemd und der Lederjacke, die er über die Lehne des Sessels gelegt hatte. Während er ungerührt sein Handy in der Hosentasche verschwinden ließ, warf ich ihm seine Sachen vor die Füße.

»Du musst sofort gehen! Komm mit!« Noch bevor Arjan sich sein Hemd überziehen konnte, zog ich ihn zu meiner Schlafzimmertür.

Amüsiert wackelte er mit den Augenbrauen, als wir es betraten. Er deutete auf mein Bett und grinste frech.

»Hör auf damit!« Ich schlug ihm auf die Brust.

Den kläglichen Versuch, ihn in seine Schranken zu weisen, kommentierte er mit einem tiefen Lachen.

»Die Feuertreppe.« Ich zeigte zum Fenster.

»Meinst du das ernst?« Er sah mich ungläubig an.

»Hast du Höhenangst, oder was?« Unbeirrt schob ich ihn weiter zum Fenster.

»Willst du wirklich, dass ich da runterklettere?«

Er schien ernsthaft überrascht zu sein.

»Na klar! Und jetzt geh! Wenn Malio dich hier sieht, flippt er aus.«

Arjans Grinsen wurde noch breiter. Offensichtlich amüsierte ihn die Vorstellung.

Ich gab ihm einen weiteren Klaps auf den Oberarm. »Wag es ja nicht!« Als er das Fenster erreicht hatte, drehte er sich wieder um.

»Was wolltest du mit meinem Handy?« Seine Hand glitt in meinen Nacken und zog mich mit Leichtigkeit näher zu sich.

»Es hat geklingelt.« Meine Stimme war nur noch ein Hauch. Die Angst schwang deutlich mit und ich war mir sicher, dass sie meine Lüge verriet.

Er warf meinen Kopf in den Nacken und musterte mich mit zusammengekniffenen Augen. »Spielst du ein Spiel mit mir?«

Ich versuchte, den Kopf zu schütteln, aber sein Griff um meine Haare wurde nur noch fester.

»Arjan«, forderte ich ihn auf, mich loszulassen. Es war erstaunlich, wie schnell er seine Mauern wieder aufgebaut hatte. In seinen Augen lag nur noch Kälte. Der Funke Wärme, der eben noch so deutlich zu sehen gewesen war, war verschwunden – genauso wie das Verlangen. Er schob meinen Kopf zur Seite und drückte seine Lippen an meinen Hals.

»Du bist nicht gut im Lügen, Bambi. Ich bin gespannt, wie du ihm das erklären willst.« Arjans Lippen öffneten sich, glitten federleicht über meine Haut.

Im nächsten Augenblick spürte ich seine Zunge. Gemächlich fuhr sie meinen Hals hinauf, ehe er sich an der empfindlichen Stelle festsaugte. Überrascht schnappte ich nach Luft und stemmte panisch meine Hände gegen seine Brust, als ich begriff, was er vorhatte.

»Hör auf!« Es war lächerlich, selbst in meinen Ohren klang es nicht wie ein Protest. Immer fester saugte er die Haut zwischen seinen Lippen. Ein süßer Schmerz breitete sich in mir aus.

Diese Berührung war zu viel, zu intensiv, zu mächtig, als dass ich mich dagegen hätte wehren können. Ein sehnsüchtiges Keuchen entrang sich meinen Lippen, während sich mein

Unterleib an ihn schmiegte. Seine Hände wanderten an meinen Armen entlang, umfassten meine Handgelenke und schoben sie hinter meinen Rücken. Dort hielt er sie mit einer Hand fest und saugte noch doller an meinem Hals. Gleichzeitig fuhr seine Zunge über die geschundene Haut. Mit einem Ruck löste er sich von mir, den Mund zu einem drohenden Lächeln verzogen.

»Überleg dir gut, mit wem du spielen willst. Wenn du zu viele Einsätze hast und sie nicht bezahlen kannst, verlierst du vielleicht irgendwann deinen hübschen Kopf.« Sein Daumen fuhr an meiner Unterlippe entlang. »Und das wäre zu schade.«

18

ARJAN

Wütend stieß sie mich aus dem Fenster, direkt auf das schmale Gitter der Feuertreppe.

»Spinnst du?«, schnaubte sie entrüstet und strich sich über die Haut an ihrem Hals, die sich bereits dunkelviolett färbte.

»Ein kleines Geschenk, damit das Arschloch merkt, was für ein Mensch du bist.«

Sie hängte ihren Oberkörper aus dem Fenster und hielt mich an meinem Hemd fest, dessen letzten Knopf ich gerade schloss. »Ich würde dich am liebsten runterstoßen. Weißt du warum? Weil du ein arrogantes Arschloch bist, das niemand vermissen würde.«

»Ich mag dich auch, Bambi.« Ich warf ihr einen Luftkuss zu, während ich die Treppe hinunterging.

»Ich hasse dich, Arjan Mason!«, rief sie mir nach.

Ich hob die Hand zum Gruß. »Er muss verdammt schlecht im Bett sein, wenn du schon bei meinem Anblick fast kommst. Weiß der Arme, dass er ein Versager ist? Nein, so mutig bist du nicht. Das sag ich ihm auf der Gala.« Ich drehte mich wieder zu ihr um. Da ich jetzt auf der unteren Treppe stand, musste ich zu ihr hochschauen. »Denn das Spiel fängt gerade erst an. Solange du mir nicht die ganze Wahrheit sagst, werde ich dafür sorgen, dass du Stück für Stück alles verlierst. Und weißt du was? Du kannst nichts dagegen tun, denn du scheinst so sehr von meiner Gunst abhängig zu sein, dass du dir alles gefallen lässt.«

Sie kniff die Augen zusammen und verschränkte die Arme vor der Brust.

»Ich habe es mir anders überlegt. Der Tod durch einen Sturz von dieser Treppe wäre zu unspektakulär für dich. Ich habe eine bessere Idee.«

»Wirklich, Bambi?«

»Ja, so ist es. Mir ist gerade etwas eingefallen, das dich viel langsamer und schmerzvoller töten wird.«

Ich sah sie überrascht an. »Das ist eine ganz neue Seite von dir.«

»Und du wirst sie hassen!«

Ich lächelte verführerisch. »Versprich nichts, was du vielleicht nicht halten kannst.«

Sie schnaubte verächtlich. »Du solltest morgen Nachmittag zu der Adresse kommen, die ich dir –«

»Ich habe deine Nummer blockiert«, unterbrach ich sie beiläufig.

Sie schluckte und atmete tief durch. »Dann solltest du sie besser wieder freischalten, denn die Adresse ist wichtig für deinen Wahlkampf. Da du heute hier aufgetaucht bist, nehme ich an, dass du weiterhin meine Hilfe in Anspruch nehmen willst?«

»Ich hatte bei dieser Entscheidung leider kein Mitspracherecht. Die Jungs haben mich überboten.«

»Was für ein Glück für mich. Sei pünktlich!« Mit einem Ruck schlug sie das Fenster zu.

Ich sprintete den Rest der Treppe hinunter und brach mir auf der letzten Stufe fast die Knochen, weil ich unglücklicherweise auf einer Kaugummiverpackung ausrutschte. Als ich mit den Füßen stolpernd auf dem Asphalt landete, kam mir der Gedanke, dass sie sie vielleicht dort platziert hatte, um mich wirklich aus dem Weg zu räumen. Zuzutrauen wäre es dem kleinen Biest allemal.

Mit schnellen Schritten überquerte ich die Straße und lief direkt auf mein Auto zu, das auf der anderen Straßenseite gegenüber von ihrem Haus stand, direkt neben einem mattschwarzen Lamborghini, der viel zu nah geparkt hatte. Es gab keinen Zweifel, dass es das Auto dieses Spinners war.

Einen Moment lang spielte ich mit dem Gedanken, ihm in die verdammte Stoßstange zu treten, aber das hätte meinem Ruf als verantwortungsbewusster Bürgermeister sicher geschadet, und so setzte ich mich lieber ans Steuer meines Wagens. Ich warf einen letzten Blick auf das Haus gegenüber. Im Treppenhaus brannte Licht. Ob sie gerade an der Tür stand und ihn hereinließ?

Ich umgriff das Lenkrad fester. Warum interessierte mich das? Ich brauchte sie nur, um die Wahl zu gewinnen. Alles andere wäre Selbstmord – sie würde mich wirklich hassen, wenn sie die Wahrheit wüsste. Dann wäre der kleine Funken Zuneigung verschwunden, der immer wieder in ihren Augen aufleuchtete.

Statt nach Hause zu fahren, mit den Jungs zu frühstücken und den Sonntagvormittag so zu verbringen, wie wir es immer getan hatten, mit Dorothees frisch gebackenen Pfannkuchen, Videospielen und einer Spritztour mit unseren Motorrädern, beschloss ich, mich mal wieder vor dem Haus des Wichsers auf die Lauer zu legen.

»Was zum Teufel ist das?« Ich sah Ria an, die grinsend vor einer Tür stand, über der ein Schild mit der Aufschrift »Suppenküche« hing.

»Das wird dein Image aufpolieren.«

»Auf keinen Fall.« Ich verschränkte die Arme vor der Brust. »Auf keinen Fall werde ich Pennern Suppe ausgeben.«

Ria stemmte die Hände in die Hüften und sah mich empört an. »Arjan! Reiß dich zusammen. Dadrin sind nicht nur Obdachlose, sondern –«

»Sehe ich aus, als würde mich das in irgendeiner Weise interessieren? Jetzt ernsthaft? Ich habe Besseres zu tun, als meine Zeit damit zu verschwenden.«

»Ach ja, womit denn?« Sie deutete zur Tür. »Es ist wichtig. Nicht nur für deinen Wahlkampf, sondern auch für die Menschen und Kinder, die ein bisschen Sicherheit und Geborgenheit brauchen. Es tut mir leid, dass du das nicht verstehst, denn dein Mitgefühl ist so klein wie ein Teelöffel!«

»Soll das eine Beleidigung sein?« Ich sah sie herausfordernd an. »Ich hätte etwas mehr Leidenschaft erwartet!«

»Ich flehe dich an, Arjan. Ich komme seit Jahren hierher, um den Mitarbeitern zu helfen. Reiß dich für die nächsten zwei Stunden zusammen, mach einen guten Eindruck und dann kannst du wieder das Arschloch sein, das wir alle hassen.«

Gelangweilt zuckte ich mit den Schultern. »Zwei Stunden, nicht mehr. Und ich werde niemandem einen Teller bringen und Smalltalk gibt's auch nicht, verstanden?«

»Ich frage mich wirklich, warum du Bürgermeister werden willst, wenn du die ganze Welt hasst. Das ergibt für mich keinen Sinn.«

Ich ging auf sie zu, schob mich an ihr vorbei und griff nach der Türklinke.

»Gut, dass dich meine Angelegenheiten nichts angehen, Bambi. Übrigens, schönes Halstuch.« Ohne sie weiter zu beachten, stieß ich die Tür auf und trat ein.

Ein kurzer Gang führte direkt in einen großen Raum, in dem drei lange Tische aufgebaut waren. An einigen hatten bereits Männer und Frauen aller Altersgruppen Platz genommen.

Hier und da saßen auch Kinder vor ihren Heften und brüteten über ihren Hausaufgaben oder unterhielten sich lautstark mit ihren Sitznachbarn.

Ria stellte sich neben mich, völlig unbeeindruckt von der kleinen Anspielung und sah sich um.

»Wir sind spät dran. Komm, zieh das an und geh hinter die Theke!« Sie drückte mir eine Schürze in die Hand und schob mich ans Ende des Raumes, direkt zu einer großen Essensausgabe, hinter der eine Frau stand, die summend in einem großen Suppentopf rührte.

»Warte, das habe ich vergessen!« Die Freude in Rias Stimme war kaum zu überhören, und als ich mich zu ihr umdrehte, sah ich den Grund dafür. Sie wedelte mit einem Haarnetz vor meinem Gesicht herum.

»Das ist ein Witz, oder?«, fragte ich ungläubig.

»Nein, wir haben hohe Hygienestandards. Und du wolltest doch unbedingt hinter die Theke.«

Ihr Grinsen wurde noch breiter, als sie mir das Haarnetz entgegenstreckte.

»Das wirst du bereuen, Bambi«, sagte ich drohend und nahm es ihr ab.

»Ganz bestimmt.«

Sie erwiderte meinen bissigen Blick und erst die Stimme der Dame unterbrach unser Blickduell. »Ihr beiden seid aber süß zusammen. Ein großartiges Paar!«

Sofort färbten sich Rias Wangen rot und sie trat nervös von einem Bein auf das andere. »Sel, wir sind nicht zusammen. Ich habe dir doch gesagt, dass ich jemanden mitbringe. Das ist Arjan Mason, ein Kandidat für das Bürgermeisteramt in Ashwick.«

Die ältere Dame legte die Kelle zur Seite und musterte mich ungeniert von oben bis unten. »Gefällt mir! Kind, du hast einen guten Geschmack. Komm her, Junge. Ich werde dir alles zeigen.«

Ich warf Ria einen letzten vernichtenden Blick zu, bevor ich mich in mein Schicksal fügte und zu der Dame hinter der Theke ging.

Es dauerte nicht lange, da hatte Sel mich in die Abläufe der Essensausgabe eingeweiht, und ehe ich mich versah, schöpfte ich Erbsensuppe in Plastikschalen.

Ria wuselte mit einem Tablett durch den Raum und bediente die Leute, die nicht in der Schlange standen. Eigentlich war das nicht üblich, wie Sel mir schmunzelnd erzählte, aber Ria konnte nicht anders, als jedem so schnell wie möglich etwas zu essen zu bringen.

Ich ertappte mich dabei, wie mein Blick viel zu oft zu ihr glitt. Ab und zu hielt sie am Tisch inne und führte ein kurzes Gespräch. Manchmal hörte ich sie sogar lachen. Das war eine Seite an Ria, die ich so nicht kannte, und zu meinem eigenen Erstaunen mochte ich diese fröhliche, hilfsbereite und freundliche Seite an ihr. Als mir dieser Gedanke bewusst wurde, hätte ich beinahe die Suppenkelle fallen lassen. Den Rest der Zeit verbrachte ich damit, die Suppe in die Schüsseln zu verteilen.

»Puh, ich bin total kaputt!«, hörte ich Rias Stimme, als sie sich kurz an den Tresen lehnte.

Ich schaute in ihr verschwitztes Gesicht und senkte sofort wieder den Blick. »Selbst schuld. Du hättest die Faulenzer ihre Suppe selbst holen lassen können.«

»Aber dann hätten wir keine Sicht auf diesen wohlgeformten geilen Arsch! Was für ein Prachtexemplar diese Frau doch ist!«, mischte sich ein Mann ein, der direkt hinter Ria aufgetaucht war.

Er war einer von der üblen Sorte. Er roch genauso wie er aussah: wie eine verwesende Ratte. Sein Haar hing ihm in fettigen Strähnen um das ausgemergelte, spitze Gesicht. Haare und Haut waren mit demselben Schmutz verklebt, der auch an seinen Kleidern haftete.

Ria ignorierte die Bemerkung und wandte sich an Sel: »Ich würde sagen, ich fange an, die Reste einzusammeln. Ich will heute pünktlich raus.«

»Du kannst zu mir kommen, Baby«, gluckste der Kerl.

»Das reicht, Bob, lass das Mädchen in Ruhe!«, warnte Sel und funkelte ihn wütend an.

»Entspann dich, Sel, du kannst gerne mitkommen. Ich stehe auf deine Rundungen, du heißer Feger«, meinte er und langte nach ihren Brüsten. »So fest für dein Alter!«

Ich schob seine Hand mit einer schnellen Bewegung beiseite und beugte mich zu ihm hinüber. »Du solltest an deinen Manieren arbeiten. Wenn dir jemand sagt, dass du dich verpissen sollst, dann verpisst du dich!«

»Und wer bist du?«

»Der Typ, der dir die Fresse poliert, wenn du nicht verschwindest. Ich habe nicht so viel Geduld wie die beiden Damen.«

Der Typ lachte und riss seinen Arm aus meinem Griff.

»Arjan, lass das«, versuchte Ria zu schlichten.

»Hör auf deine kleine Freundin«, grunzte Bob und schlug Ria auf den Hintern.

»Es ist mir egal, was du mit ihr machst«, antwortete ich gleichgültig, stapelte ein paar Schüsseln ineinander und drehte mich um, um sie in der Spüle zu waschen. »Aber Sel lässt du in Zukunft in Ruhe!«

Ria schnappte laut nach Luft und trat einen Schritt zurück, dicht gefolgt von Bob, der wieder versuchte, ihr an den Arsch zu fassen. »Arjan!«

»Wenn du dich begrapschen lässt, ist das nicht mein Problem, Bambi. Nächstes Mal solltest du bei der Partnerwahl besser aufpassen.«

Bob lachte noch etwas lauter und seine Augen funkelten gefährlich, als er Ria musterte wie ein wildes Tier seine Beute. »Ich weiß, dass du sonst immer den Bus nimmst, Schätzchen.

Heute werden wir Spaß haben.« Er hauchte ihr einen Handkuss zu und ging zur Tür. Dort lehnte er sich mit dem Rücken an die Wand und ließ sie keine Sekunde aus den Augen.

»Danke für deine Hilfe«, schimpfte sie und warf das Tablett über die Theke. Es landete scheppernd vor meinen Füßen.

»Warum sollte ich dir helfen? Du bist nicht mein Problem. Aber wenn du nett ›bitte, bitte‹ sagst, bringe ich dich vielleicht nach Hause.«

»Womit habe ich denn so viel Freundlichkeit verdient?«, schnaubte sie und verschränkte die Arme vor der Brust.

»Ich weiß nicht, ich fühle mich heute einfach so.«

»Na dann«, murmelte sie und nestelte am Knoten ihrer Schürze, womit das Gespräch wohl beendet war.

Es dauerte noch einmal eine Stunde, bis wir alles geputzt und in den Schränken verstaut hatten. Ich konnte nicht gerade behaupten, dass das meine Laune verbesserte.

»Macht's gut, ihr zwei. Ihr seid wirklich süß«, verabschiedete sich Sel, nahm Ria in den Arm und zu meinem Leidwesen versuchte sie es auch bei mir. Ich schaffte es in letzter Sekunde, mich umzudrehen und ihrer übertriebenen Zuneigung zu entkommen.

Schweigend folgte mir Ria zum Auto. Bevor sie einstieg, blickte sie schnell zurück, aber Bob war uns nicht gefolgt.

»Ich muss noch mal kurz rein, ich habe was vergessen. Es dauert nicht lange«, versicherte ich ihr und schloss die Tür, ehe sie noch auf die Idee kam, mir zu folgen.

Eilig kehrte ich zur Suppenküche zurück. Bob lehnte immer noch an der Wand neben der Tür, als wäre er eine Art Inventar des Hauses.

»Na, hast du was vergessen?«

Ich baute mich vor ihm auf und sah ihm direkt in die Augen. »Ja, das habe ich tatsächlich.«

Er neigte verwirrt den Kopf zur Seite, doch meine Faust hatte sich bereits in sein Gesicht gebohrt.

»Fass sie nie wieder an!« Mein Schlag traf ihn an der Schläfe. Stöhnend sackte er zu Boden. Ich zog ihn am Kragen hoch, drückte ihn gegen die Wand und verpasste ihm zwei weitere Schläge. Blut tropfte aus seiner Nase und sein Auge schwoll binnen Sekunden zu. »Wenn du sie noch einmal ansiehst, werde ich dir Schlimmeres antun. Die Welt trauert nicht um ein Arschloch wie dich!«

»Okay, okay, Mann. Ich hab's kapiert. Lass mich in Ruhe.«

Ich schlug ihm noch einmal mit der Faust auf die Nase und ließ ihn dann los. »Du merkst dir diese Warnung besser.« Um meinen Worten Nachdruck zu verleihen, trat ich ihm in den Magen und ging vor ihm in die Hocke. »Sel wird dich im Auge behalten. Ein Blick oder eine Berührung und du bist ein toter Mann.« Grinsend stand ich wieder auf. »Obwohl ›Mann‹ das falsche Wort ist für einen Abschaum wie dich.« Ich tippte ihm mit dem Schuh gegen das Kinn. »Hast du mich verstanden?«

Er nickte und quengelte wie ein kleines Baby. »Ja!«

»Von wegen, sie ist dir egal!«, rief Sel begeistert durch den Raum. »Ihr seid so süß zusammen.«

Ich schüttelte grinsend den Kopf und verließ die Suppenküche.

Als ich beim Auto ankam und mich auf den Fahrersitz setzte, sah Ria mich skeptisch an. »Was hast du gemacht?«

»Nichts«, antwortete ich gleichgültig und warf einen Blick auf mein Handy. »Boah, kann der kleine Pisser endlich aufhören, mich ständig in diese verfickte Gruppe einzuladen?!«

Mit einem Klick verließ ich die Gruppe und warf das Handy auf den Rücksitz.

»Was?«, blaffte ich Ria an, die mich mit hochgezogenen Augenbrauen beobachtete.

»Du könntest doch einfach in der Gruppe bleiben«, schlug sie vor.

Ich lachte laut auf und schüttelte den Kopf. »Ich könnte ihn auch verprügeln, damit er es endlich begreift.«

»Das ist wohl Geschwisterliebe.« Sie wollte gerade wegsehen, als sie die aufgeschürften Knöchel meiner Hand sah. »Oh mein Gott, was hast du getan?«

»Nichts.«

Sie stöhnte frustriert auf und riss meine Hände vom Lenkrad, um die Knöchel besser sehen zu können. Hitze durchströmte mich, als sie vorsichtig mit dem Zeigefinger über die Wunden strich.

»Ähm, was soll das?«

»Hast du dich geprügelt?« Sie musterte mich streng und zog ein Taschentuch aus ihrer Handtasche.

»Wie kommst du denn darauf?« Ich grinste und riss meine Hände weg. »Ich will nach Hause, lass den Scheiß!«

»Arjan, das muss versorgt werden!«

»Arjan, das muss versorgt werden«, äffte ich sie nach und schüttelte den Kopf. »Wer bist du, meine Mutter?«

»Du bist wirklich ein Arschloch«, schnaubte sie.

Ich lenkte den Wagen auf die Hauptstraße und schaltete das Radio ein. »Erzähl mir was, was ich nicht schon weiß, Bambi.«

Ja, ich war ein Arschloch, fand sie nervig und hatte trotzdem gerade dem Typen, der sie begrapscht hatte, die Seele aus dem Leib geprügelt. Mein Leben nahm Züge an, die mir nicht gefielen, und sie war der verdammte Grund dafür.

19

ARJAN

Das dunkle Haus lag verlassen am Ende der Straße. Längst waren auch die letzten Lichter erloschen. Die Welt schlief, während ich wie ein hungriger Löwe auf der Lauer lag und keine Ruhe fand. Es war die dritte Nacht in Folge, die ich im Schatten einer riesigen Trauerweide verbrachte, fern von den neugierigen Blicken der Nachbarn. Niemand würde merken, was heute Nacht geschehen würde. Ich atmete ein letztes Mal die kalte Nachtluft ein und trat aus der Dunkelheit, die mich verbarg. Eilig überquerte ich die Straße und achtete darauf, dem diffusen Licht der vereinzelten Straßenlaternen auszuweichen. Die alte Holzveranda knarrte unter meinen schweren Schritten. Ich ging direkt auf den alten Blumenkübel zu, unter dem der Türschlüssel versteckt war. Mit meiner behandschuhten Hand fischte ich ihn aus der alten, modrigen Erde. Jeder Idiot hätte dieses Versteck finden können, denn der Rest der weißen Außenanlage war tadellos in Ordnung. Auf der Hollywoodschaukel lag eine rosa Wolldecke und auf dem Tischchen neben der Tür stand sogar eine Vase mit frischen Blumen. Niemand würde in diesem Haus ein Monster vermuten.

Leise öffnete ich die Tür und trat ein. Sage hatte die Alarmanlage schon ausgeschaltet. Manchmal hatte ich ein schlechtes Gewissen, weil ich ihn in meine Rachepläne mit einbezogen hatte. Irgendwann würde der Tag kommen, an dem er sich für seine Mitwisserschaft verantworten müsste. Vielleicht nicht unter Eid vor Gericht, aber ganz sicher vor dem Jüngsten Gericht. Dessen war er sich bewusst gewesen, als er zu uns gekommen war.

Wir waren keine Anwärter auf den Himmel, wir waren Ausgeburten der Hölle, die nur darauf warteten, in dieses dunkle Loch zurückzukehren.

Wir hatten herausgefunden, dass er in dieser Nacht allein war. Seine Frau war mit den Kindern zu ihren Eltern gefahren. Ich war ein Ungeheuer, aber nicht so grausam, Frau und Kinder mit ansehen zu lassen, wie ich ihnen Mann und Vater nahm. Sie hatten mit seinen schrecklichen Taten nichts zu tun. Obwohl ich mich manchmal fragte, ob sie wusste, was für einen Mann sie in ihr Bett gelassen hatte. Ich wollte mir darüber nicht den Kopf zerbrechen, zum einen weil es meine Konzentration störte und heute Nacht nichts schiefgehen durfte, zum anderen weil es mich vor die Frage stellte, was ich mit ihr machen würde, wenn es so wäre. Und dieser Gedanke machte mir Angst. Ich wollte nie jemand werden, der vielleicht unschuldige Menschen tötete, weil er vor Rachegelüsten den Bezug zur Realität verlor.

Das Arschloch war auf dem Sofa eingeschlafen. Auf dem Tisch standen leere Bierflaschen und überall lagen Chips herum. Er machte einen erbärmlichen Eindruck, aber das hatte ich auch nicht anders erwartet bei jemandem, der diese Schuld jahrelang mit sich herumtrug. Man sah ihm den Verfall seiner Existenz förmlich an. Es war fast ein Geschenk, ihm heute das Leben zu nehmen.

Dieses Haus war ein Spiegelbild seiner Seele. Von außen deutete nichts auf den verrotteten Zustand im Innern hin.

Ich gab mir keine Mühe mehr, das Geräusch meiner Schritte auf dem schmutzigen Boden zu dämpfen, und trat über ein paar geöffnete Pizzakartons an die Vorderseite des Sofas. Es wunderte mich nicht mehr, dass seine Frau die Flucht ergriffen hatte. Mit einem gezielten Faustschlag ins Gesicht weckte ich den Bastard. »Steh auf!«

»Wer bist du und was machst du in meinem Haus?« Mit einem Satz kam er taumelnd auf die Beine.

Sein lächerlicher Versuch, mir in seinem Rausch ebenfalls einen Faustschlag zu versetzen, scheiterte kläglich. Er stolperte über seine eigenen Füße und landete der Länge nach auf dem schmutzigen Teppich.

»Das musst du noch mal üben. Beim nächsten Mal würde ich den ganzen Alkohol weglassen. Oh, warte! Es wird kein nächstes Mal geben.«

Ich hielt ihm die Pistole an den Kopf. Eine unbändige Wut breitete sich in mir aus und gleichzeitig wurde mir übel bei dem Gedanken, was ich gleich tun würde. Selbst nach all den Jahren und den Leichen, die meinen Weg säumten, fiel es mir jedes Mal schwer abzudrücken.

Bei Avas krankem Stalker war das anders gewesen. Vielleicht weil er mich im Gegensatz zu diesen Männern nicht mit dem Albtraum meiner Vergangenheit konfrontiert hatte, dem ich nie entkommen konnte, so sehr ich es auch versuchte. Der Grund meiner verrotteten Seele. Er war ein ewiger Teil von mir, der immer da sein würde, selbst wenn ich sie eines Tages alle aufgespürt und getötet hätte.

Schreckliche Bilder blitzten vor meinen Augen auf, meine Haut kribbelte und ich schmeckte Blut auf meiner Zunge. Obwohl ich wusste, dass es meine Erinnerung war, versetzte es mich in Panik.

Ich atmete tief durch, um das Zittern meiner Hände unter Kontrolle zu bringen. Ich war diesen Weg schon viele Male gegangen, aber ich war nicht so stark, dass er mich völlig kalt ließ, dafür waren die Narben zu tief, zu schmerzhaft, zu real.

»Erinnerst du dich nicht an mich?« Er schüttelte den Kopf und sah mich mit zusammengekniffenen Augen an.

»Willst du Geld?« Hastig zog er sein Portemonnaie aus der Tasche. »Du kannst alles haben, aber bitte tu mir nichts. Ich bin Vater!«

»Das hat dich damals auch nicht davon abgehalten, mir das anzutun!« Die Wut kehrte in meinen Körper zurück und half mir, mich wieder auf meine Aufgabe zu konzentrieren.

Langsam ließ ich die Waffe an seiner Schläfe entlangwandern, bis sie zwischen seinen Augen zum Stehen kam. Er stieß ein lautes Wimmern aus, das in Verzweiflung überging, als ich sie entsicherte.

»Warum?«, schrie er, griff nach meinem Hosenbein und klammerte sich panisch daran fest.

Angewidert schüttelte ich ihn ab. Seine Berührung schnürte mir die Kehle zu. Ich schnappte nach Luft, doch die Wände des Zimmers kamen immer näher. Schwankend hielt ich mich an der Sofalehne fest und trat dem Kerl in den Magen.

»Fass mich nicht mit deinen dreckigen Fingern an!« Ein weiterer Tritt traf ihn in die Seite und er sackte japsend zu Boden. Sofort richtete ich die Waffe wieder auf ihn.

»Heute ist dein Zahltag.« Mit diesen Worten drückte ich ab.

Einmal.
Zweimal.
Dreimal.
Viermal.

Erst der fünfte Schuss löste die Wut, in der ich mich für einen Moment verloren hatte.

Wie bei den Morden zuvor stellte sich keine Erleichterung in mir ein.

Ich starrte in das zerschossene Gesicht des Mannes und fühlte mich nicht besser. Er war nur ein weiterer Blutfleck auf meiner schwarzen Seele. Ein weiteres Gespenst, das mich nachts heimsuchte.

Als ich das Haus verließ, bemerkte ich sofort das Auto an der Straßenecke.

Seufzend setzte ich mich auf den Beifahrersitz. »Warum bist du hier, Sage?«

Ich zwang meine Stimme zu einem vorwurfsvollen Ton, dennoch war ich insgeheim froh, dass er unsere stille Übereinkunft nicht gebrochen hatte. Seit ich mich vor ein paar Monaten durchgerungen hatte, ihn um Hilfe zu bitten, war er mir in diesen Nächten gefolgt. Er wartete immer in der Nähe der Häuser, nahm mir die Waffe aus den zitternden Händen und fuhr mich nach Hause.

»Hast du es wie einen Überfall aussehen lassen?«, fragte er auf dem Weg zurück nach Ashwick.

Ich ließ mich tiefer in den Sitz sinken und schüttelte zähneknirschend den Kopf. Fünf Schüsse hatten nichts mehr mit einem einfachen Überfall zu tun. Ich hatte die Nerven verloren, sowas durfte nicht wieder vorkommen.

»Wie viele?«

»Fünf.«

Sage sog scharf die Luft ein und sah mich entgeistert an.

»Was? Er hat mich angefasst. Ich rede mit Enrico. Der Kerl war so dicht, dass er sicherlich in irgendwelche krummen Geschäfte verwickelt war, um seine Sucht zu finanzieren.«

Er sah mich weiter streng an. Ein Glück, dass es mitten in der Nacht war und die Straßen wie ausgestorben waren.

»Was ist?«

»Du wirkst ungehaltener, seitdem Valentin wieder da ist. Vielleicht solltest du Ryder und Neo einweihen. Sie können dir helfen.«

Ich schüttelte heftig den Kopf. Allein bei dem Gedanken, ihnen auch nur einen Teil meiner Geschichte anzuvertrauen, krampfte sich mir der Magen zusammen. Sage wusste nur einen Bruchteil von dem, was mir wirklich zugestoßen war, und gab sich damit zufrieden. Er stellte keine Fragen, drängte mich nicht und versuchte auch nicht, etwas über die Männer herauszufinden, solange ich ihn nicht darum bat. Weder Neo noch Ryder würden sich mit so wenig Informationen abspeisen lassen. Sie würden alles wissen wollen und das konnte ich ihnen nicht einmal verdenken, denn eigentlich hatten wir keine Geheimnisse voreinander, sondern miteinander. Vielleicht machte mich mein Schweigen zu einem Schwächling. Aber mit Sicherheit machte es mich zu einem Heuchler, denn während ich mein Geheimnis wie ein Feigling hütete, sorgte ich dafür, dass niemand in meiner Umgebung seine Geheimnisse behielt. Ich kannte sie alle und bewahrte sie wie einen kostbaren Schatz, bereit, jeden zu töten, der sie mir stehlen wollte.

20

RIA

Valentin hatte dafür gesorgt, dass die Leute in Ashwick ihn mochten. Nun, mit Arjan als Gegner war das nicht so schwer. Ihm war sein Wahlkampf nach wie vor scheißegal, weshalb es mich überraschte, dass er meine Hilfe überhaupt noch in Anspruch nahm, obwohl die Woche längst vorbei war. Wenigstens hatte er mich bis jetzt nicht zum Teufel gejagt, wenn wir uns über den Weg liefen, was zugegebenermaßen nicht oft vorkam, da er die meiste Zeit mit Sage, dem Hacker, verbrachte. Ein Teil von mir ahnte, dass es an mir lag, dass er mir absichtlich aus dem Weg ging, und eigentlich sollte ich ihm dafür dankbar sein. Trotzdem wurde es von Tag zu Tag frustrierender, ihn nicht zu sehen. Zu sehr erinnerte ich mich an seine Hände, seine Lippen und das Gefühl, das seine Nähe in mir auslöste, an die Freiheit, die er mir gab. Nach so langer Zeit zeigte mir ausgerechnet ein arroganter Mistkerl wie er, wie es war, sich wieder lebendig zu fühlen, etwas zu erleben, sich einem Rausch aus Gefahr und Lust hinzugeben, bis man in einem Meer aus purer Ekstase versank.

»Gewonnen!« Neo sprang triumphierend auf und stieß eine Faust in die Luft. Meine abschweifenden Gedanken hatten dafür gesorgt, dass ich sang- und klanglos im Mario Kart unterging.

Ryder musterte mich kritisch. Selbst er war in letzter Zeit freundlicher. »Gott, bist du schlecht!« Manchmal jedenfalls.

Ich zuckte mit den Schultern, legte den Joy-Con auf den Tisch und griff nach dem Sektglas. »Scheint nicht mein Tag zu sein.«

Er trank einen Schluck aus seiner Bierflasche, massierte geistesabwesend Avas Füße, die sie auf seinen Schoß gelegt hatte, und sah mich einen Moment lang an.

»Das scheint in letzter Zeit häufiger der Fall zu sein«, antwortete Ava, ohne den Blick von ihrem Buch zu nehmen. Der lockende Klang ihrer Stimme machte deutlich, dass sie mir kein Wort glaubte. »Man könnte fast meinen, du bist mit deinen Gedanken woanders.« Sie zwinkerte mir zu, und mir lief ein eiskalter Schauer über den Rücken. Hatte sie etwas von meiner dummen Schwärmerei mitbekommen? Oder noch schlimmer: Ahnte sie etwas von meinem falschen Spiel?

»Wahrscheinlich vermisst sie ihren Liebsten«, vermutete Neo. Ich verschluckte mich an meinem Getränk, schnaufte und hatte alle Hände voll zu tun, es nicht über den ganzen Tisch zu verteilen. »Die Schmalzlocke ist bestimmt schon auf Entzug, weil du die ganze Zeit hier rumhängst«, fuhr er fort, und die Schadenfreude in seiner Stimme war kaum zu überhören.

Offenbar gefiel ihm der Gedanke, dass Malio auf Sexentzug sein könnte. Ich verkniff mir den Kommentar, dass wir nur Freunde waren und er sicher nie in die Bredouille käme, keinen Sex mehr zu haben, weil er an jedem Finger fünf verschiedene Frauen hatte.

Hustend stellte ich das Glas, dessen Inhalt sich längst über meine Hand ergossen hatte, zurück auf den Tisch und hielt mir die andere vor den Mund. Ich hörte den Schlüssel im Schloss und dann ein Kichern aus dem Flur.

Ryder zog fragend eine Augenbraue hoch und selbst Neo schien sichtlich verwirrt.

»Er bringt sie schon wieder mit?«, stieß er genervt aus und warf seinem Freund einen kurzen Blick zu, als könnten sie sich so verständigen.

»Offensichtlich.« Ryder grinste über beide Ohren und lehnte sich zurück. »Jetzt wird es spannend.« Sein Blick wanderte zu mir. »Soela ist sehr besitzergreifend.«

»Was habe ich damit zu tun?« Es ging mich offiziell nichts an, mit wem Arjan seine Nächte verbrachte. Und es interessierte mich auch nicht. Zumindest redete ich mir das ein.

Kaum eine Minute später betraten Arjan und Soela das Wohnzimmer. Als ich die dunkle Jacke bemerkte, die lässig über ihren Schultern hing und offensichtlich nicht ihr gehörte, machte sich Unwohlsein in mir breit. Ich schluckte ein paarmal und konnte meine Augen nicht von den beiden abwenden, obwohl ich doch wusste, dass zwischen ihnen etwas lief.

Arjan strich ihr sanft über den Arm, als ihr Blick an mir hängen blieb. Angewidert verzog sie das Gesicht und musterte mich ungeniert. Ich hatte ihre herablassende Art gegenüber anderen schon immer gehasst. Für wen hielt sie sich? Für die Königin, die einer ihrer unwürdigen Untertaninnen begegnet war und sich nun über deren erbärmliches Aussehen echauffierte?

Unauffällig schaute ich an mir herunter. Ich trug eine alte schwarze Jogginghose, die mir zu groß war, und ein graues T-Shirt mit einem weißen Aufdruck, der vom häufigen Waschen nicht mehr zu lesen war. Neo hatte mir die Sachen gegeben, nachdem er mir im Eifer des Spiels sein Bier übergeschüttet hatte. Jetzt bereute ich, dass ich sie angenommen und die Zeit aus den Augen verloren hatte. Normalerweise war ich längst weg, wenn Arjan hier auftauchte. Warum war ich nicht einfach nach Hause gefahren, wie ich es ursprünglich geplant hatte? Wieso sehnte ich mich ausgerechnet heute nach der Gesellschaft dieser Menschen?

Alles in mir sträubte sich dagegen, Arjan anzusehen. Allein der Gedanke daran ließ die Stelle an meinem Hals pulsieren, die er mit Zähnen, Zunge und Lippen bearbeitet hatte. Seine bloße Anwesenheit sorgte bereits dafür, dass mir die Erinnerung an die Nacht in meiner Wohnung unter die Haut ging. Dabei hatte es mich so viel Mühe und Nerven gekostet, sie zu vergessen.

Malio machte es dabei nicht besser. Vor Chantal und Becca hielt sich die Klatschtante zurück, damit ich ihnen nicht erzählen musste, woher der Knutschfleck stammte. Aber wenn wir allein waren, machte er deutlich, wie herrlich amüsant er es fand, dass ich mich von Arjan tyrannisieren ließ. Von seiner anfänglichen Besorgnis war nicht mehr viel übrig. Offenbar schienen die Lost Souls für ihn keine Bedrohung mehr darzustellen.

»Was macht sie schon wieder hier?« Soelas Stimme war weich und melodisch, wie ein leises Lied im Wind. Ich hasste sie, aber noch mehr hasste ich die Eifersucht, die in mir aufstieg.

»Keine Ahnung«, antwortete Arjan mit einer harten, kalten Stimme, die mich innerlich erstarren ließ.

Die Erinnerungen an seine Berührungen verblassten und hinterließen ein unangenehmes, dumpfes Gefühl in meiner Brust. Das war der Anstoß, den ich brauchte, um endlich den Mut aufzubringen, ihn anzusehen. Er trug eine Anzughose, die sich perfekt um seine muskulösen Beine schmiegte, und ein weißes Hemd, das so dünn war, dass seine schwarzen Tätowierungen durchschimmerten. Die Ärmel hatte er lässig bis zu den Ellbogen hochgekrempelt. Sein Haar war ordentlich nach hinten gekämmt, aber ein paar Strähnen fielen ihm in die Stirn und vervollständigten den umwerfenden Look. Ich musste mich zwingen, meinen Blick von ihm abzuwenden und gleichzeitig ruhig zu atmen, denn sein Anblick ließ mein verräterisches Herz schneller schlagen.

»Schatz, du bist zu nett. Ich wusste gar nicht, dass Ria jetzt bei euch arbeitet«, säuselte sie und legte ihre schlanken Finger auf seinen Arm.

Schatz? Mir klappte die Kinnlade herunter. Ich schob meine Reaktion auf den anderen Teil ihrer Aussage. Mir fielen viele Worte ein, um Arjan zu beschreiben, aber »nett« war keines davon. Vielleicht grausam, machthungrig oder verboten sexy, aber ganz sicher nicht nett. Um das zu sein, müsste er so etwas wie ein Herz haben, aber an dieser Stelle klaffte nur ein tiefes, dunkles Loch.

»Ja, so in etwa«, antwortete er knapp und vermied es, mich anzusehen.

Hatte er mich gerade ernsthaft vor ihr als Angestellte ausgegeben? Mein Herz krampfte sich zusammen und der Zweig der Eifersucht durchbohrte das lästige Organ, bevor ich mich gegen den Schmerz in meiner Brust wappnen konnte. Ich hörte Neo neben mir scharf einatmen und sah aus den Augenwinkeln, wie Ava das Buch zur Seite legte. Ich spürte ihren Blick auf mir.

Arjan kniff die Augen zusammen, als sein Blick über mein T-Shirt glitt und einen Moment zu lange auf der Schrift verweilte. Auch Soela bemerkte es.

»Du weißt also, dass sie keine Familie hat, und lässt sie deshalb mit deiner rumhängen?«

Sie versuchte gar nicht erst, ihre offensichtliche Spitze gegen mich mit Freundlichkeit zu tarnen.

Ich war kurz davor, ihr das überhebliche Grinsen aus dem Gesicht zu schlagen. Doch im letzten Moment überlegte ich es mir anders.

Für gewöhnlich war ich nicht so leicht zu reizen. Seitdem mein Vater im Gefängnis war, musste ich mir den Spott der Leute anhören und ihre abschätzigen Blicke ertragen, weil ich mich plötzlich am Ende der Nahrungskette befand. Aber keine dieser Personen stand neben einem Mann, der mich auf eine Weise faszinierte, die mir Angst machte – auf eine Art, die sich so falsch und gleichzeitig so richtig anfühlte.

»Wenn du etwas anderes tun würdest, als die Beine breit zu machen, wüsstest du, dass sie Arjan beim Wahlkampf hilft«, erklärte Ryder, was mich noch mehr verwirrte. Er hatte bisher noch nie für mich Partei ergriffen. Ich war mir nicht einmal sicher, ob wir außerhalb dieser Abende, in denen wir eigentlich nur die Umfragewerte besprachen, jemals mehr als ein oder zwei Worte miteinander gewechselt hatten.

»Ihr übertreibt. Sie ist nur jemand, den ich für ihre Dienste bezahle. Wie eine Hure«, antwortete Arjan kalt.

Ich schnappte nach Luft, während er mir ein entwaffnendes Lächeln schenkte und mir einmal mehr zeigte, warum es besser war, ihn zu hassen. Er war brutal – nicht nur mit seinen Gesten, sondern auch mit seinen Worten.

»Ich wollte sowieso gerade gehen«, warf ich ein und stand wie mechanisch auf.

Sofort sah ich den Sieg in seinen Augen aufblitzen.

Für einen Moment dachte ich, diese Demütigung würde ihm genügen und er wäre zufrieden, wenn ich nach Hause gehen und diese Abende in Zukunft vermeiden würde, aber ich hätte es besser wissen müssen.

Als ich mich unbeholfen an ihm vorbeischieben wollte, packte er mein Handgelenk. Irritiert schaute ich zuerst in sein Gesicht und dann auf die Stelle, an der er mich festhielt. Sanft zeichnete sein Daumen kleine Kreise.

Mit einem süffisanten Grinsen deutete er auf die unzähligen Bier- und Sektflaschen auf dem Tisch. »Du hast getrunken. Du musst hierbleiben. Ich bringe dich nach oben. Soela, Liebes, ich bin gleich wieder da.«

Er sprach so leise mit ihr, dass mir eine Gänsehaut über den Rücken lief. Bestimmt spürte er meinen rasenden Puls unter seinen Fingern.

»Ich habe nichts getrunken«, stieß ich umgehend hervor.

Dieses eine Glas Sekt hatte mich bestimmt nicht fahruntüchtig gemacht.

Er schüttelte den Kopf. »Du fährst auf keinen Fall. Mein Ruf hängt davon ab.«

Ohne meine Antwort abzuwarten, zog er mich aus dem Wohnzimmer, das Foyer entlang in das mir bekannte Zimmer im ersten Stock, genau neben seinem.

»Nein!«, rief ich und zerrte an seiner Hand.

Ich würde es keine Sekunde in diesem Zimmer aushalten, während er nebenan mit diesem Model schlief.

»Was?«, fragte er herausfordernd. »Erst bin ich dir zu unhöflich, und jetzt, wo ich mir Sorgen um dein Wohlbefinden mache, bin ich dir zu nett?«

Ich schüttelte ungläubig den Kopf und starrte ihn streng an.

»Ich will euch nicht hören!«, fauchte ich und bereute es im nächsten Moment.

Warum konnte ich nicht einfach die Klappe halten? Er schob mich in mein Zimmer, während er im Türrahmen stehen blieb. Dass ich es überhaupt *mein Zimmer* nannte, zeigte, wie tief ich in der Scheiße saß.

Ich hatte nur eine Aufgabe zu erledigen und die bestand nicht darin, mich zum größten Arschloch der Welt hingezogen zu fühlen.

»Warum?«

»Weil ich in Ruhe schlafen möchte«

»Lügnerin!« Mit einer einzigen geschmeidigen Bewegung stieß er sich vom Rahmen ab und knallte die Tür hinter sich zu.

Mein Herz schlug mit jedem Schritt, den er auf mich zukam, schneller.

»Ich lüge nicht«, beharrte ich und verschränkte die Arme vor der Brust. »Es ist halt laut. Daran kann ich mich noch gut erinnern.«

Das Grinsen auf seinem Gesicht wurde breiter und er streckte seine Hand nach mir aus. Sanft strich er mir über die Wange.

»Du warst neulich auch laut in meinem Büro. Weißt du noch, wie feucht du warst?«

Ich verdrehte die Augen und sah ihn wieder wütend an. »Erinnere mich nicht daran. Es war schrecklich!«

»Mhm.«

Zu meinem Entsetzen musste ich feststellen, dass ich einen Schritt auf ihn zugegangen war.

Ich sah ihn so herablassend an, wie es mir in dieser unerträglichen Nähe möglich war, und meinte: »Es ist mir egal, ob du mir glaubst oder nicht.«

»Sag etwas und ich schicke sie weg.«

Seine Worte kamen so unerwartet, dass ich ungläubig den Mund öffnete, ihn wieder schloss und dann wieder öffnete, ohne etwas zu sagen. Kein Wort kam über meine Lippen. Es musste eine Falle sein. Wenn ich ihn bitten würde, heute Nacht nicht mit ihr zu schlafen, wäre das ein Eingeständnis, das ich mir absolut nicht leisten konnte. Er würde erkennen, dass mir dieser verdammte Moment in seinem Büro etwas bedeutet hatte.

»Vergiss das Kondom nicht. Du willst doch niemanden mit deiner Seuche anstecken. Bei dem Frauenkonsum ...« Bevor ich den Satz beenden konnte, packte er meine Schultern und drückte mich gegen die Wand.

Seine Hand lag an meinem Hals. Er drückte nicht zu, aber die stille Warnung, dass er es jederzeit tun könnte, schwebte zwischen uns.

»Pass auf, was du sagst, Bambi.«

»Oh, habe ich einen Nerv getroffen?« Sein Griff wurde fester und ich kämpfte gegen den Drang, mich zu wehren.

»Was ist los? Wo ist dein Widerstand?« Er wirkte überrascht.

»Brauchst du das, um hart zu werden? Schaffst du es nicht anders, du Weichei?«

Ein tiefes Lachen rollte über seine Lippen. »Du wärst überrascht, zu was ich in der Lage bin. Ich könnte dich zum Stöhnen,

Schreien und Singen bringen und am Ende der Nacht hätte ich dich so ruiniert, dass du nie wieder einen anderen Schwanz in dir haben willst. Du würdest für immer das Gefühl vermissen, wie ich dich ausfülle.«

Jetzt war es an mir, laut zu lachen. »Sagst du das zu jeder deiner Eroberungen? Oder nur zu denen, die nicht auf dich reinfallen?«

Der Druck auf meinen Hals wurde stärker, das Atmen fiel mir schwer, aber ich zwang mich, ruhig zu bleiben. Denn genau das wollte er: die Panik in meinen Augen sehen. Er brauchte dieses perverse Gefühl, jemanden völlig unter Kontrolle zu haben und ihn seine Macht spüren zu lassen.

»Ich hätte dich töten sollen«, murmelte er.

»Warum tust du es dann nicht jetzt, wenn ich dich so störe?«

Die Kälte in seinen Augen wurde noch ein wenig eisiger, als würde sich eine weitere Schneeschicht über den längst gefrorenen Boden legen. »Bring mich nicht in Versuchung.«

Jetzt ergriff ich seine Hände und drückte sie fester um meinen Hals. »Tu es.« In meiner dummen Schwärmerei für ihn musste sein Wahnsinn irgendwann auf mich übergegangen sein, anders konnte ich mir mein irrationales Handeln nicht erklären.

Zum ersten Mal bröckelte seine kalte, emotionslose Maske. Sie glitt von seinem Gesicht, als er mich mit weit aufgerissenen Augen ansah. Er nahm seine Hand von meinem Hals, wich zurück, nur um mir im nächsten Moment ein Messer an die Kehle zu setzen. Ich hatte nicht einmal bemerkt, wie er es aus seiner Hosentasche gezogen hatte.

»Ich brauche dich nicht.« Seine Worte klangen nicht so, als wollte er mich überzeugen.

Ein Brennen breitete sich von meinem Hals ausgehend in meinem ganzen Körper aus. Ich spürte, wie etwas Warmes meinen Hals hinunterlief. Blut. Der Wichser hatte mich wirklich geschnitten!

»Genauso wenig, wie ich dich brauche«, erwiderte ich scharf und stieß ihn von mir weg. Gerade als ich mir das Blut vom Hals wischen wollte, hielt er meine Hand fest.

Seine Augen glühten, die Pupillen waren so geweitet, dass man nur noch einen schmalen Kreis der grauen Iris erkennen konnte.

»Fass mich nicht an, du kranker Bastard!« Ich entriss ihm meine Hand und schlug mit der anderen zu.

Die Ohrfeige traf ihn hart. Sein Kopf schnellte zur Seite, und als er sich wieder zu mir umdrehte, blutete seine Lippe.

Er führte das Messer an seinen Mund und leckte etwas von meinem Blut von dem kalten Metall. Dabei ließ er mich nicht aus den Augen. Ich war schockiert und fasziniert von der zerstörerischen Kraft, mit der seine Augen mich gefangen hielten. Die Luft vibrierte, als gäbe es ein Band zwischen uns, das im Begriff war, zu zerreißen und alles mit sich in den Abgrund zu ziehen.

»Du schmeckst süß«, hauchte er atemlos.

Im nächsten Moment presste er seine Lippen, an denen unser gemeinsames Blut klebte, auf meinen Mund. Überrascht schnappte ich nach Luft, was er gnadenlos ausnutzte, um seine Zunge erbarmungslos in meinen Mund zu schieben. Die Welt um mich herum flackerte, explodierte und versank in einer Dunkelheit, die mein Inneres erhellte und mein Herz schneller schlagen ließ. Arjan drückte mich fester gegen die Wand, während meine Finger in sein weiches dunkles Haar glitten. Ich stöhnte und drängte mich ihm entgegen, wollte mehr, so viel mehr.

Ich wollte ihn. Kompromisslos, wild und roh. Es war ein zerstörerischer Tanz unserer geschundenen Seelen. So musste sich Eva gefühlt haben, als sie der verbotenen Frucht vom Baum der Erkenntnis nicht länger widerstehen konnte und sich eigenhändig in die Verdammnis stürzte. Er schmeckte süß und gefährlich, sinnlich und rau. Alles an ihm war widersprüchlich, und jede Faser meines Körpers war bereit, sich in seinem Chaos zu verlieren.

Arjans Hände wanderten an meinem Körper entlang, als würden sie genau dort hingehören. Ich verbrannte unter seinen Berührungen und sehnte mich gleichzeitig nach mehr. Es war zu wenig und zugleich kaum auszuhalten. Seine Zunge stieß gegen meine, rau und wild umkreisten sie sich, kämpften und verschmolzen in einem endlosen Spiel. Seine Härte drückte fordernd gegen meine Mitte, als er mich auf seine Hüften hob.

»Sag mir, dass ich aufhören soll«, keuchte er an meinen Lippen.

Seine Stimme zitterte vor Verlangen und schickte kleine Stromschläge durch meinen glühenden Körper. »Bitte, sag es!«, fügte er flehend hinzu, die Verzweiflung war jetzt deutlich hörbar.

Mit diesen Worten bettelte er mich an, es zu beenden. Er ertrug mich nicht und konnte gleichzeitig nicht die Kraft aufbringen, sich von mir zu lösen.

»Mach weiter!«, forderte ich und zerstörte damit seine Hoffnung, dass ich ihn hasste und seine Nähe mich anwiderte.

Er stöhnte gequält auf, als er die Tragweite meiner Worte begriff.

»Hass mich ... bitte«, flehte er und seine Lippen strichen meinen Kiefer entlang, glitten tiefer über meinen Hals, bis sie plötzlich innehielten.

Ich öffnete die Augen. Er starrte auf den Schnitt an meinem Hals. Seine Hände ballten sich zu Fäusten, während sein Blick sich klärte und er seine eisige Maske wieder aufsetzte.

»Runter!«, befahl er atemlos.

Ich blinzelte. Ich war unsicher, ob er es ernst meinte.

»Runter!«, wiederholte er etwas schärfer, und als ich seiner Aufforderung immer noch nicht nachkam, weil ich viel zu verwirrt war, um die Worte zu erfassen, die er mir entgegenspuckte, stieß er mich von sich.

Ich landete mit dem Hintern auf dem Boden und sah ihn verwirrt an.

Er fuhr sich wütend durch die Haare. Es hätte nicht viel gefehlt und ich wäre zu Asche zerfallen, so sehr brannte sein entsetzter Blick auf meiner Haut. »Tu das nie wieder!«

Ich erwiderte seinen Blick, nicht weniger entsetzt. »Du hast mich geküsst.«

»Und das war ein Fehler!« Er machte einen Schritt auf mich zu, und ein Teil von mir dachte, er würde nach mir treten wie nach einem tollwütigen Streuner. »Du widerst mich an. Alles an dir! Hör auf, dich mir so billig an den Hals zu werfen. Ich finde dich abstoßend. Selbst wenn du die letzte Frau auf der Welt wärst, würde ich für den Rest meines Lebens Hand anlegen, anstatt dich auch nur ein einziges Mal zu ficken.«

Gleichgültig ging er an mir vorbei, als hätte er mich nicht gerade mit seinen Worten zutiefst verletzt.

»Warum dauert das so lange?« Soelas Stimme wehte durch den Flur und versetzte mir einen weiteren Stich.

Natürlich war sie noch da. In den letzten Minuten hatte ich sie völlig vergessen.

Gelassen öffnete er die Tür. »Baby, geh schon mal in mein Zimmer. Ich muss noch ins Bad.«

Die Sanftheit in seiner Stimme war noch schlimmer als die fürchterlichen Worte, die er zu mir gesagt hatte. Ich hörte, wie eine Tür geschlossen wurde, als er sich nochmal zu mir hockte.

Er packte mich am Nacken, zog mich dicht an sein Gesicht. »Du verschwindest aus meinem Haus!«

»Es ist mitten in der Nacht!«

»Das ist mir egal. Anstatt Soela jetzt zu ficken, muss ich ins Bad und mir deinen Gestank vom Körper waschen. Ich muss mir die Zähne putzen, weil ich immer noch deinen widerlichen Geschmack auf der Zunge habe. Du schmeckst wie der Tod!«

»So hat es sich nicht –«

Er packte meinen Kiefer und drückte meine Wangen zusammen. »Wenn du noch ein Wort sagst, bringe ich dich um. Hier und jetzt. Das kommt nie wieder vor, hörst du? Sonst kannst du unsere Abmachung vergessen! Und jetzt verschwinde aus meinem Haus. Wenn ich zurückkomme, bist du weg, oder ich sorge dafür, indem ich dich eigenhändig rausschmeiße!«

Tränen trübten meine Sicht, aber ich sah, wie der dunkle, verschwommene Fleck, der sein Kopf war, verschwand. Wütend wischte ich mir über die feuchten Wangen. Wie dumm konnte ich sein? Warum fiel ich immer wieder auf ihn herein, wenn es ihm doch nur darum ging, mir das Leben zur Hölle zu machen? Er liebte es, Macht über Menschen zu haben und sie bis ins Mark zu demütigen. Der Schmerz in meiner Brust tat mehr weh, als er sollte.

Ich hatte gedacht, ich hätte alles unter Kontrolle, hätte meine seltsamen Gefühle für ihn tief in eine Schublade gesteckt und den Schlüssel weggeworfen. Dabei hatte ich längst verloren. Meine Gefühle und die Aufgabe, meinen Vater zu befreien, waren mir in dem wilden Sturm, den Arjan Mason in mein Leben gebracht hatte, aus den Händen gerissen worden.

21

ARJAN

Ich eilte in das Badezimmer, das am weitesten entfernt von ihrem Zimmer war, um genug Abstand zwischen uns zu bringen. Schwer atmend stützte ich mich mit den Händen am Waschbecken ab.

Warum hatte ich sie geküsst? Wütend schlug ich mit meiner Faust auf den Spiegel ein. Das Glas zersplitterte unter der Wucht der Schläge und verzerrte mein gequältes Spiegelbild immer mehr. Ich war nicht mehr der Mann mit dem hübschen Gesicht, sondern das Monster mit der Fratze, vor dem sich alle fürchten sollten. In meinen Augen lag der Wahnsinn, der vor einigen Jahren in mich gefahren war. Ich war ein Sadist, ein verdammter Mörder. Jemand, den man nicht in seiner Nähe haben wollte, weil man ihn auf Dauer nicht ertragen konnte. Ich war ein durchgeknalltes Arschloch, das alles zerstörte, was es berührte. Hastig, als würde Säure an ihnen kleben, riss ich mir meine Klamotten vom Leib und ging unter die Dusche.

Rias Duft haftete an mir, als hätte sie mich gebrandmarkt. Meine Selbstbeherrschung bröckelte, verlor sich Stück für Stück in der Erinnerung an den Kuss. Ich schloss die Augen und stellte mir vor, wie ihre kleinen, schlanken Finger meinen Schwanz massierten, wie ihre vollen Lippen mich umschlossen und ich sie mit harten Stößen in den Mund fickte. Frustriert ballte ich die Hand, aus deren Knöcheln das Blut tropfte, zur Faust und schlug gegen die Wand, was die Wunden noch mehr aufriss. Ich spürte das Brennen kaum, so stark war das Verlangen nach ihr. Stöhnend schloss ich die Augen und sofort tauchte ihr Bild vor mir auf. Immer schneller ließ ich meine Hand auf und ab gleiten, während warme Wassertropfen meine verkrampften Muskeln lockerten. Ich öffnete meinen Mund und spülte ihn mehrmals aus, aber ihr Geschmack ließ sich nicht so leicht abwaschen wie ihr Duft.

»Du Idiot!« Am liebsten hätte ich mir selbst eine runtergehauen. Verdient hätte ich es. Sie sollte mir nicht so unter die Haut gehen.

Mein Schwanz pulsierte und meine Eier zogen sich zusammen, während ich es nicht schaffte, ihr Gesicht gegen ein anderes zu tauschen. Warmes Sperma vermischte sich mit dem Wasser, das über meine Hände rann. Eine innere Ruhe breitete sich in mir aus und alle Anspannung fiel von mir ab. Ich ließ meinen Kopf kreisen, strich über die vielen Erhebungen auf meiner Brust und genoss trotz der Kälte, die diese Berührung sofort in mir auslöste, den kurzen Moment der absoluten Zufriedenheit. Dann drehte ich die Dusche ab, nahm das Handtuch von der Stange und schlang es mir um die Hüften. Ich strich mir die nassen Haare aus der Stirn und verließ das Bad.

Im Haus war Ruhe eingekehrt. Ryder und Ava hatten sich sicher ins Poolhaus zurückgezogen. Und Neo? Das wusste man nie so genau. Wahrscheinlich zog er mit Winston um die Häuser, sicherte sich eine willige Frau für die Nacht oder griff auf eine seiner unzähligen Affären zurück. Ich hoffte nur, dass er nicht bei einem dieser verfickten Autorennen war oder sich in irgendeiner Bar so betrank, dass er nicht mehr wusste, was er tat.

Als ich an Rias Zimmer vorbeiging, lauschte ich in die Stille. Ein leises Wimmern war zu hören. War sie noch da? Welches meiner Worte hatte sie nicht verstanden? Mit Schwung öffnete ich die Tür und fand sie tatsächlich dort, wo ich sie zurückgelassen hatte. Wie ein Häufchen Elend saß sie da. Als sie mich sah und zu mir aufblickte, wischte sie sich rasch die Tränen aus dem Gesicht.

»Du bist immer noch hier!«, stellte ich gereizt fest.

»Das kannst du nicht ernst gemeint haben. Draußen ist es saukalt und es regnet. Ich kann nicht fahren, ich habe getrunken und die anderen können mich –«

»Das ist mir alles scheißegal.«

Mit einem Satz war ich bei ihr und zog sie auf die Füße. Sie schrie mir wüste Beschimpfungen entgegen, weinte und schlug mir auf die Brust. Als sie meine nackte Haut berührte, erschauderte ich und trat einen Schritt zurück.

Sie blieb überrascht stehen und starrte auf die Narben. »Was … was ist das?«

Ich ignorierte ihre Frage, packte sie an der Taille und trug sie die Treppe hinunter zur Haustür, erst da erwachte sie aus ihrer Starre und hob den Kopf, um mich direkt anzusehen. Unsere Blicke trafen sich und verhakten sich wie zwei passende Puzzleteile.

»Arjan, ich kann nicht nach Hause laufen!«

Sie biss sich auf die Lippen, als wollte sie verhindern, dass ihr ein unpassender Kommentar herausrutschte. Diese kleine Geste ließ meinen Schwanz sofort wieder hart werden. Ich löste eine Hand von ihrem Körper, öffnete die Tür und stellte sie auf die Schwelle, bevor ich es mir anders überlegen und sie gegen die Wand ficken würde.

22

RIA

Ungläubig blickte ich in sein gleichgültiges Gesicht. »Das kann doch nicht dein Ernst sein!«

Ich war so wütend, dass ich wie ein kleines Kind aufstampfte, woraufhin er den Kopf schüttelte und mir mit den Worten »Verpiss dich« die Tür vor der Nase zuknallte.

Ängstlich schaute ich über die Schulter. Riesige dunkle Pfützen hatten sich auf dem Weg gebildet, während es von oben weiter wie aus Eimern schüttete. Der Wind zerrte an meiner Kleidung.

Noch immer trug ich nur die dünne Hose und das verwaschene T-Shirt. Ich würde erfrieren, bevor ich es nach Hause schaffte.

Wie eine Furie klopfte ich an die Tür. »Arjan! Das kannst du nicht machen!«

Mit einem Ruck öffnete er die Tür, warf mir eine Jacke in die Arme und schnauzte: »Runter von meinem Grundstück!«

Jetzt war er wirklich wütend. Die Ader an seinem Hals pulsierte und sein Gesicht nahm einen gefährlichen Ausdruck an.

»Du ... du ...« Ich suchte nach einem Schimpfwort, das meine Wut annähernd in Worte fassen konnte. Mir fiel keins ein, das aussagekräftig genug war, und so schrie ich nur: »Du Arschloch!«

Ohne mit der Wimper zu zucken, schlug er die Tür wieder zu und öffnete sie erneut nach wenigen Sekunden. Entsetzt stolperte ich einen Schritt zurück, weil ich direkt in den Lauf einer Pistole sah. Wo hatte er die denn so schnell aufgegabelt? Im Ernst? Deponierte er überall Waffen im Haus, um jederzeit eine zur Hand zu haben? Zuzutrauen wäre es ihm.

»Ich sagte ...« Das Klicken beim Entsichern der Waffe klang so laut in meinen Ohren, dass ich erschrocken zurückwich. »DU SOLLST VERSCHWINDEN!«

Schockiert schnappte ich nach Luft, denn seine Worte waren kälter als der Wind, der an mir zerrte und auf meiner Haut brannte. Ängstlich trat ich noch einen Schritt zurück, ohne den Blick von der schwarzen Mündung zu nehmen. Ich stolperte über meine eigenen Füße und fiel in eine Pfütze. Der Regen schlug mir ins Gesicht und durchnässte meine Kleider innerhalb kürzester Zeit. Ich zitterte, aber nicht vor Kälte, sondern vor Angst.

Wie hatte ich ihn so unterschätzen und glauben können, in ihm ein Licht zu finden? Dieser Kerl war in einer Finsternis gefangen, die alles um ihn herum in den Abgrund zog. Vielleicht gab es den Teufel wirklich und er war der Hölle überdrüssig geworden und weilte nun in Gestalt dieses Mannes hier auf Erden.

Zitternd rappelte ich mich auf, warf ihm einen letzten vernichtenden Blick zu, den er im stärker werdenden Regen sicher nicht mehr erkennen konnte, und stapfte auf das riesige gusseiserne Tor zu. Wäre es nicht Arjan gewesen, der mich vor die Tür gesetzt hatte, hätte ich erwartet, dass mir jemand folgen würde, aber so blieb mir nichts anderes übrig, als die verlassene Straße entlangzulaufen. Ich zog mein Handy aus der Tasche. Der Akku war leer. Frustriert stöhnte ich auf. Warum musste ausgerechnet mir das alles passieren?

Seufzend schlang ich die Jacke fester um meinen Körper und sofort stieg mir Arjans Geruch in die Nase.

»Das kann doch nicht sein Ernst sein!«, rief ich empört und noch mehr Wut kochte in mir hoch. Dieser Bastard hatte mir nicht irgendein Kleidungsstück zugeworfen, es war seine verdammte Jacke, damit ich nicht vergaß, wer der Grund für diese ganze Scheiße war.

Hastig trat ich an den Straßenrand, denn ich hatte keine Lust, von einem Auto überfahren zu werden, nur weil der kaltherzige Mistkerl meinte, mich mitten in der Nacht vor die Tür setzen zu müssen. Der Wind zerrte an meinen Kleidern und Haaren und die Tränen, die der eisige Wind auf meinen Wangen gefrieren ließ, brannten wie Feuer auf meiner Haut. Ich zitterte am ganzen Körper und zog die Jacke fester um mich.

Arjans Duft klebte schon jetzt wie ein Tattoo an mir, obwohl ich noch nicht einmal weit gekommen war. Ich hasste es, auf diese Weise an ihn erinnert zu werden. Er war grausam, ein Monster, und mein Verstand riet mir ununterbrochen, mich von ihm fernzuhalten.

Vorsichtig tastete ich nach der kleinen Wunde an meinem Hals. Sie blutete zwar nicht mehr, brannte aber wie Feuer. Er war ein Verrückter, und obwohl ich das nur zu gut wusste und es mir immer wieder vor Augen führte, konnte ich etwas nicht leugnen: diese tiefe Anziehungskraft, die ich so noch nie zuvor gespürt hatte.

Von meinen eigenen absurden Gedanken und verwirrenden Gefühlen genervt, hörte ich das Hupen hinter mir gar nicht. Erst als zusätzlich die Lichthupe die Dunkelheit um mich herum zerriss, bemerkte ich das Auto. Langsam kam es näher. Das Fenster wurde heruntergekurbelt und ich sah Ryder auf dem Beifahrersitz, Neo am Steuer und Ava auf dem Rücksitz.

»Wollt ihr mich verarschen oder warum seid ihr hier?« Meine Stimme hatte einen scharfen Unterton angenommen, der zeigte, wie viel mir diese Nacht schon abverlangt hatte. Zum ersten Mal bemerkte ich die Erschöpfung, die mir in den Knochen steckte.

»Steig ein«, forderte Ryder und lehnte sich in den Wagen zurück, weil ihm eine heftige Windbö Regen ins Gesicht blies. Angewidert wischte er sich mit dem Ärmel über die Stirn und fügte knurrend hinzu: »Und zwar sofort!«

»Wie nett von euch, dass ihr den Anstand habt, mich nach Hause zu fahren«, brummelte ich beleidigt und öffnete die Tür, als der Wagen zum Stehen kam.

Ich rutschte auf den freien Sitz neben Ava und verschränkte schmollend die Arme vor der Brust. Niemand sagte etwas, stattdessen gab Neo Gas und wendete den Wagen in einem riskanten Manöver.

Entsetzt riss ich die Augen auf und beugte mich über die Mittelkonsole, als ich sah, in welche Richtung er fuhr. »Was soll das?«

»Du schläfst heute Nacht bei uns«, antwortete Ryder knapp.

»Ganz bestimmt nicht!« Kopfschüttelnd ließ ich mich zurücksinken. »Bring mich sofort nach Hause, Neo!«

»Es ist zu stürmisch«, versuchte Ava mir klarzumachen.

»Der einzige Sturm, der auf mich wartet, ist der Typ dadrin, der denkt, ihm würde die Welt gehören! Neo, fahr mich nach Hause!« Wütend drehte ich mich von ihr weg.

»Sorry, das ist eine Anweisung von ihm. Ich soll dich zurückbringen«, entgegnete Neo und trat das Gaspedal durch.

»Was macht ihr dann hier?«, wollte ich von Ava und Ryder wissen.

»Sie versucht, die Situation zu entschärfen«, erklärte Neo und erntete dafür einen warnenden Blick von Ava. »Und er.« Er deutete auf Ryder. »Er ist einfach dramageil.«

»Was soll ich sagen?«, erwiderte Ryder grinsend. »Ich mag Drama, solange es nicht meins ist. Also, wenn es nach mir ginge, könntest du ihn ruhig noch mehr provozieren.«

»Wenn es ihm so wichtig ist, warum ist er dann nicht selbst hier? Warum muss alles nach seiner Pfeife tanzen? Seid ihr seine Lakaien?« Verzweifelt versuchte ich, an ihrem Stolz zu kratzen, damit sie mich nach Hause fuhren oder wütend wurden und mich wieder rauswarfen.

Den Rückweg zu laufen, erschien mir nun um einiges verlockender. Nicht nur, weil Arjan mich gedemütigt und verletzt hatte und es mir unsagbar peinlich sein würde, ihm erneut unter die Augen zu treten, sondern auch, weil ich schon jetzt das verräterische Kribbeln auf meiner Haut spürte, das allein die Erinnerung an seine Nähe in mir auslöste. Selbst wenn wir uns in verschiedenen Räumen befanden, schien es mir, als könnte ich seine Anwesenheit spüren. Jeder rationale Gedanke verflüchtigte sich und hinterließ ein Gefühl, das mich langsam zu Boden drückte und mir die Luft zum Atem nahm.

»Wunderbar.« Ich verschränkte die Arme vor der Brust und starrte aus dem Fenster. Dieser Kampf war verloren.

Als wir die Einfahrt hochfuhren, bemerkte ich einen Schatten vor der Tür. Ich hatte nicht damit gerechnet, dass er hier auftauchen und auf uns warten würde, schließlich war er ja in Begleitung von Soela.

»Da ist dein verirrtes Reh«, neckte Neo mit einem frechen Grinsen auf den Lippen. »Ich bin dann mal weg!« Er warf sich lässig die Kapuze seines Hoodies über den Kopf, sprintete zum Auto und fuhr mit quietschenden Reifen aus der Einfahrt.

Ava und Ryder verabschiedeten sich und schlichen dicht an die Wand gedrückt um das Haus herum. Arjans sturmgraue Augen funkelten gefährlich, als er eine Antwort nuschelte, die ich nicht verstand, und sein Blick wie beiläufig auf mich fiel. Für einen Moment schien es, als würde er meinen Körper nach möglichen Verletzungen absuchen, doch bis auf meinen angekratzten Stolz war ich unversehrt. Durchnässt und unterkühlt, aber unverletzt.

»Ich habe dir ein Bad eingelassen«, murmelte er, ohne mich anzusehen.

»Hast du nichts Besseres zu tun? Soela ficken, oder sowas?«, fragte ich schnippischer als beabsichtigt.

Jetzt sah er mich mit einem überheblichen Ausdruck im Gesicht an. »Ja, das hätte ich tatsächlich, wenn nicht ein Parasit die ganze Zeit in meinem Haus herumlungern würde.«

»Parasit? Wir haben einen Deal!«

Er lachte laut und schüttelte amüsiert den Kopf. »Aber das beinhaltet keine kostenlosen Aufenthalte. Ich verstehe, dass du lieber in diesem Haus bist als in dem Loch, in dem du wohnst. Aber das ist kein Hotel.«

Ich verschränkte die Arme vor der Brust. »Das ist lustig, denn du warst gerade derjenige, der mich zurück in sein Haus gerufen hat. Was erwartest du jetzt? Dass ich dir auf Knien danke, weil du mich bei diesem Wetter nicht draußen schlafen lässt? Ich kann mir ein Taxi rufen oder Malio fragen, wenn meine Anwesenheit dich so beim Vögeln stört.«

»Soela ist gefahren. Könntest du jetzt –«

»Oh nein, wie schade«, entfuhr es mir spöttisch.

Arjan verengte die Augen zu schmalen Schlitzen, weil ich ihn so unverschämt unterbrochen hatte.

»Du hast fünf Sekunden, um in das verfickte Haus zu kommen, sonst trage ich dich rein!«

»Ich will ein anderes Zimmer.« Arjan verzog keine Miene. »So weit weg von deinem Zimmer wie möglich.«

Ich wich seinem Blick aus und ging an ihm vorbei ins Foyer.

»Das ist nicht nötig«, erwiderte er und schloss die Haustür hinter uns.

»Ich will ein anderes Zimmer oder ich gehe sofort!«

»Hast du Angst, dass ich mich in dein Zimmer schleiche?« Obwohl er versuchte, seine Stimme ruhig zu halten, hörte ich ein leichtes Zittern darin.

Offenbar kostete es ihn eine Menge Überwindung, nicht direkt wieder auszuflippen, weil ich ihm widersprach.

Ich stieß einen leisen frustrierten Schrei aus und drehte mich langsam zu ihm um. »Ja, wenn du es so sehen willst: Ich habe Angst vor dir!«

Ein seltsamer Ausdruck huschte über sein Gesicht. War es Bedauern, Mitleid oder nur ein kurzes ungläubiges Blinzeln?

»Ja, ich habe Angst, dass du dich nachts in mein Zimmer schleichst und mir die Kehle durchschneidest!«

»Hör zu, das mit dem –«

Sofort schüttelte ich den Kopf und hinderte ihn daran, den Satz zu beenden.

»Ich will das nicht hören, Arjan. Lass mich dich hassen. Es ist schon kompliziert genug, mach es mir nicht noch schwerer, indem du anfängst, dich zu entschuldigen. Ich will dich nicht in meiner Nähe haben. Ich will nicht einmal mit dir im selben Haus sein. Du bist gefährlich. Es ist nicht nur diese Dunkelheit, die dich umgibt ...« Ich fuchtelte mit meinen klammen Armen vor ihm herum. »... und nur darauf wartet, ihre Opfer in die Tiefe zu ziehen. Ich will mich nicht fragen, ob es unter all dieser schrecklichen Grausamkeit einen Menschen gibt, der es wert ist, um ihn zu kämpfen. Ich will nicht, dass du meine Welt aus den Angeln hebst, nur um sie im nächsten Moment wieder zu zerstören. Halte dich von mir fern.«

Es war erleichternd, mir das alles von der Seele zu reden. Auch wenn ich damit ein Stück weit zugab, dass er mir mittlerweile etwas bedeutete und dass mir diese Gefühle Angst machten.

»Wenn du das willst.« Seine Antwort fiel kurz aus, aber das war mir egal. Ich straffte die Schultern und nickte.

»In ein oder zwei Monaten brauchst du mich nicht mehr, du gewinnst die Wahl und wir müssen uns nie wieder sehen.« Ich wollte schon gehen, weil das Gespräch für mich beendet war, als er mich am Handgelenk zurückhielt.

Seine Berührung schickte eine Welle von Impulsen durch meinen Körper: einen warmen Schauer, ein Kribbeln, ein Ziehen im Unterleib.

»Du kannst das Zimmer am Ende des Flurs haben«, sagte er und schaute auf einen Punkt hinter mir.

Ich nickte stumm, aber er machte keine Anstalten, mich loszulassen. Sein Daumen fuhr in kleinen Kreisen über meine feuchte Haut. Wärme schlug mir entgegen, als er sich dicht zu mir stellte.

»Es tut mir leid«, hauchte er so leise, dass ich ihn erst gar nicht verstand.

»Was denn? Dass du mich gedemütigt hast? Mich verletzt? Oder mir jeden klaren Gedanken raubst?« Seine Ehrlichkeit hatte auf mich abgefärbt und ich hasste mich dafür.

»Alles.« Sein Atem strich über meinen Nacken und hinterließ ein Kribbeln in meinem Körper.

Ich sog scharf die Luft ein und flüsterte in die aufgeladene Atmosphäre zwischen uns: »Manchmal ist ein ›Es tut mir leid‹ nicht genug.«

»Ich weiß.«

»Manchmal reicht es nicht, die Schuld zu begleichen.«

Das Gesicht meines Vaters tauchte vor mir auf. Ich erinnerte mich an die unzähligen Entschuldigungen, die ich ihm per Post gesendet hatte, an die vielen Zettel, die ich Valentin mitgegeben hatte, an die unausgesprochenen Worte, die ich ihm in Gedanken geschickt hatte. Nichts davon hatte ausgereicht. Absolut nichts.

»Ich weiß«, antwortete er wieder, als wüsste er genau, woran ich dachte. »Aber es wird besser werden. Eines Tages.« Er räusperte sich, streichelte mir ein letztes Mal über die Finger, bevor er mein Handgelenk wieder freigab. »Gute Nacht, Ria.«

Es war das erste Mal, dass er mich Ria nannte, und so, wie er es sagte, voller Traurigkeit und Bedauern, wünschte ich mir, er hätte es nicht getan.

23

ARJAN

Es war stockdunkel. Ein modriger Geruch stieg mir in die Nase und ließ mich würgen.

Etwas drückte auf mein Gesicht. Ich versuchte zu atmen, aber der Stoff über Mund und Nase machte es mir fast unmöglich. Ich stieß einen röchelnden Laut aus, Wasser lief meine Kehle hinunter.

»Na, bist du wach?«, sagte eine kalte Stimme ganz nah an meinem Ohr.

Panisch riss ich die Augen auf, doch unter dem Stofffetzen konnte ich nur verschwommene Umrisse erkennen.

»Wo bin ich?« Die Frage kam kaum über meine Lippen. Unruhig rutschte ich hin und her und spürte, wie der raue Stoff meiner Jeans an der glatten Oberfläche rieb. Wenigstens trug ich noch eine Hose und war nicht völlig entblößt. »Was wollen Sie von mir?«

In meinem Kopf herrschte ein nebliges Chaos, das die vergangenen Stunden verschwimmen ließ. Etwas Kaltes und Hartes strich über meinen Oberkörper.

»Mal sehen, was du ihm wert bist.« Die Stimme war seltsam verzerrt und ich konnte sie nicht einordnen.

Plötzlich durchfuhr mich ein stechender Schmerz, Flüssigkeit rann meinen Arm hinunter und der Fremde riss mir den stinkenden Fetzen vom Gesicht. Ich brauchte einen Moment, um mich an die grelle Lichtquelle über mir zu gewöhnen. Das Licht stammte von einer einzigen nackten Glühbirne. Langsam versuchte ich, den Kopf zu drehen, hielt aber inne, als ich Stimmen aus der gegenüberliegenden Ecke hörte. Mein Herz raste. Wut verdrängte die Angst.

»Bitte!«, flehte eine mir vertraute Frauenstimme.

»NEIN!«, schrie ich panisch und bekam als Antwort einen weiteren Schnitt in die Haut. Mein Oberkörper blutete bereits an einigen Stellen, doch der Schmerz war wie betäubt, als ich ihr Gesicht erkannte.

»LASS SIE GEHEN! BITTE LASS SIE GEHEN!« Meine verzweifelte Stimme vermischte sich mit dem eisigen Lachen, und beides hallte wie unheimliche Musik von den dunklen Wänden wider.

Panisch schlug ich die Augen auf. Mein Blick irrte durch die Dunkelheit, bis ich erkannte, wo ich war. Langsam nahmen die Schatten des Zimmers wieder Gestalt an. Aus den schwarzen Umrissen wurden allmählich der Kleiderschrank, das Bücherregal und der kleine Tisch am Fenster. Alles vertraute Gegenstände, die mir in meiner Paranoia jedoch völlig fremd vorkamen, ganz im Gegensatz zu der Person über mir. Die großen braunen Augen leuchteten selbst in der Dunkelheit wie ein Anker in der stürmischen See. Rias Mund stand vor Überraschung offen und ihr Blick wanderte immer wieder von meinem schmerzverzerrten Gesicht zu meiner Hand, die ihr Handgelenk fest umschlossen hatte. Sie schwebte nur wenige Millimeter über mir.

»Was machst du denn hier?«, knurrte ich sie an.

Meine Brust hob und senkte sich heftig. Ich hatte offensichtlich noch mit den Nachwirkungen des Albtraums zu kämpfen.

»Ich habe dich schreien gehört«, antwortete sie leise, sichtlich geschockt von meinem schlechten Zustand. »Geht es dir gut?«

»Natürlich geht es mir gut!«, stieß ich hervor.

»Das hat sich aber nicht so angehört!«

Ein gefährliches Knurren drang aus meiner Brust und ich zog sie näher zu mir herunter. »Raus aus meinem Zimmer!«

Meine Stimme war ruhig und drohend. Nichts war von der inneren Zerrissenheit zu hören, in die mich die Träume immer wieder stürzten. »Raus hier!«

»Nein!«

»Was?« Blitzschnell richtete ich mich auf.

»Dir geht es offensichtlich nicht gut!« Sie verschränkte die Arme vor der Brust und fixierte mich mit einem Blick, der keine Widerrede zuließ.

»Du bleibst ganz sicher nicht hier, und ich werde dir ganz sicher nichts erzählen. Schwing deinen Arsch hier raus, ich bin müde.«

»Dann leg dich hin.«

»Bist du schwer von Begriff? Du legst dich nicht in mein Bett, sonst muss ich es hinterher verbrennen!«

Das war nicht einmal gelogen, auch wenn sie die Worte anders auffasste. An der Art, wie sie zusammenzuckte, erkannte ich, dass sie es als Beleidigung verstand und dachte, der Gedanke würde mich anwidern. Aber darum ging es gar nicht. Wenn sich ihr Duft erst einmal hier festgesetzt hätte, würde sie mir für den Rest meines Lebens den Schlaf rauben.

»Wie kann man nur so unausstehlich sein? Ich will nicht neben dir liegen. Stell dir vor, du bist nicht der Einzige, dem dieser Gedanke zuwider ist. Ich kann hier sitzen bleiben«, sagte sie aufgebracht und starrte mich unentwegt an.

»Nein!« Kurzerhand trat ich sie von der Bettkante und sie landete mit dem Hintern auf dem Boden.

»Gute Nacht, Bambi! Da ist die Tür und an deiner Stelle würde ich jetzt gehen, bevor du herausfindest, ob ich ein Messer unter meinem Kopfkissen versteckt habe«, entgegnete ich nüchtern und drehte mich auf die andere Seite.

Ich hörte keine Schritte, stattdessen zog sie mir ein Kissen unter dem Kopf weg.

»Du musst wirklich Todessehnsucht haben!«, murmelte ich wütend und drehte mich zu ihr um.

Sie warf mir einen giftigen Blick zu, klopfte sich das Kopfkissen zurecht und rollte sich mit dem Rücken zu mir neben meinem Bett zusammen.

»Na gut, von mir aus. Schlaf auf dem Boden, wie der Abschaum, der du bist!«

»Gute Nacht, Arjan«, wisperte sie und zog ihre Beine noch ein Stückchen höher.

Ich schüttelte den Kopf über ihre Sturheit und legte mich wieder auf die Seite.

Stille trat ein, und ich wusste nicht, wie lange wir so verharrten, bis sie die Ruhe durchbrach. »Ich weiß, wie es ist, Albträume zu haben, und mir hat es immer am besten geholfen, wenn ich wusste, dass ich nicht allein bin.«

Ich erinnerte mich an die Nacht im Wintergarten, als sie plötzlich da gewesen war. Hatte sie da einen Albtraum gehabt und war deshalb durchs Haus geirrt? Leise drehte ich mich wieder zu ihr um, aber sie lag immer noch mit dem Rücken zu mir.

»Bambi?« Es dauerte einen Moment, bis ich ein leises Murmeln hörte. »Dreh dich um.«

Sie schüttelte den Kopf und wischte sich über das Gesicht. Wie konnte sie so leise weinen? Ich hätte es gar nicht bemerkt, wenn ich sie nicht angesprochen hätte.

»Ria, sieh mich an.«

Ihre Schultern zuckten heftiger, und ich sah, wie sie sich die Hand vor den Mund presste. Wieder schüttelte sie den Kopf. Ich zögerte, unsicher, ob ich den nächsten Schritt wagen sollte. Vorsichtig streckte ich meine Hand nach ihr aus, berührte sanft ihre Schulter und zog sie vorsichtig herum. Tränen standen in ihren Augen.

»Warum hast du Albträume?«

»Ich ... bitte ... zwing mich nicht, mich daran zu erinnern. Ich will es vergessen«, nuschelte sie mit verstopfter Nase.

Meine Hand wanderte langsam ihre Schulter hinauf, glitt über ihren Hals und wischte schließlich eine Träne von ihrer Wange. »Ich würde es nicht gegen dich verwenden.«

»Doch.« Sie schluckte und schmiegte sich fester an meine Hand. »Du würdest mich das wieder und wieder durchmachen lassen, weil es dir Spaß macht, mich zu quälen.«

Ich hielt mitten in der Bewegung inne. Sie schloss die Augen, wahrscheinlich weil sie es nicht mehr aushielt, mir in die Augen zu sehen. Wieder lief ihr eine stumme Träne über die Wange. Auch diese wischte ich mit dem Daumen weg.

»Es tut mir leid.« So oft wie heute bei ihr hatte ich mich noch nie bei jemandem entschuldigt.

Ich fühlte mich verantwortlich für den Schmerz, den sie erleiden musste. Sachte zog ich meine Hand zurück und sie öffnete ihre tränenverschleierten Augen. Unsere Blicke trafen sich. Mir wurde heiß, aber es gelang mir nicht wegzusehen. Langsam richtete ich mich auf, griff nach der Bettdecke und breitete sie über ihr aus. Dann legte ich mich wieder hin, nahm mir die Tagesdecke rüber und tastete nach ihrer Hand. Sie reagierte nicht, aber nach ein paar Sekunden strich ihr Daumen über meine Haut. Es dauerte nicht lange und ich schlief ein. Diesmal träumte ich von ihr.

24

RIA

Als ich am nächsten Tag aufwachte, fühlte ich mich so ausgeruht wie schon lange nicht mehr. Ich hatte tief und fest geschlafen. Kein einziger Albtraum hatte mich in dieser Nacht verfolgt. Verschlafen sah ich zum Bett hinüber. Es war gemacht und von Arjan fehlte jede Spur. Nur die Fenster waren geöffnet und eine frische Brise wehte hinein. Ich stand auf, faltete die Decke zusammen und legte sie mit dem Kissen ans Fußende des Bettes, dann ging ich zurück ins Zimmer am Ende des Flurs.

Ich nahm das Handy, das zum Aufladen auf dem Nachttisch lag, von der Steckdose und warf einen Blick auf das Display. Malio hatte mir geschrieben, ebenso Becca und Chantal, und Arjan hatte den Gruppenchat schon wieder verlassen. Wahrscheinlich würde es nicht lange dauern, bis Neo es bemerkte und ihn wieder hinzufügte. Ich war gespannt, wer von beiden diesen Kampf gewinnen würde. Gerade als ich Malio antworten wollte, rief jemand an.

»Chantal!«, begrüßte ich sie überschwänglich. »Was für ein Zufall, ich wollte dir gerade schreiben!«

»Ach, wirklich? Das ist ja lustig. Soweit ich mich erinnere, waren wir verabredet.« An ihrem Tonfall hörte ich, dass sie meine Ausrede sofort durchschaut hatte.

»Natürlich, das weiß ich doch.« Blitzschnell schälte ich mich aus dem Schlafshirt, das Ava mir gestern gegeben hatte, und schlüpfte in meine Sachen, die Dee frisch gewaschen und gefaltet auf den Tisch gelegt hatte. »Ich habe verschlafen und verspäte mich wohl um ein paar Minuten.«

»Wirklich? Das ist interessant, weißt du. Ich stehe nämlich gerade vor deiner Wohnungstür und stell dir vor, selbst nach mehrmaligem Klingeln machst du einfach nicht auf.« Ich konnte das Grinsen in ihrer Stimme hören.

Entsetzt glitt mir das Handy aus der Hand und ich konnte es gerade noch auffangen, bevor es auf den Boden fiel.

»Meine Klingel ist kaputt!«, beteuerte ich schnell.

»Komisch, ich habe auch geklopft. Wo bist du denn? Hast du bei ihm übernachtet? Läuft da was?« Ihre Stimme wurde immer schriller und überschlug sich am Ende fast.

»Nein!«, antwortete ich viel zu schnell.

»O GOTT!«, schrie sie aufgeregt. »Erzähl mir alles!«

»Chantal, ich kann jetzt wirklich nicht!« Verzweifelt suchte ich nach einer Möglichkeit, das Gespräch schnellstmöglich zu beenden. Da mir nichts Besseres einfiel, ahmte ich ein Störgeräusch nach. »Chantal? Hallo? Ich glaube, mein Telefon ist kaputt. Ich muss mich dringend darum kümmern. Am besten verschieben wir unser Treffen. Entschuldige, ich schreibe dir!«

»Verarsch mich nicht, Ria. Leg jetzt bloß nicht auf! Ich will alles wissen! RIA!«

»Was? Ich kann dich nicht hören!« Ich legte auf und atmete tief durch.

Sofort erhielt ich eine Nachricht.

CHANTAL:

So leicht kommst du nicht davon!
Ich will alles wissen!

Ich:
Ich habe absolut keine Ahnung, was du meinst.

Chantal:
Natürlich nicht, du kleine Bitch.
Ist er nicht sowas wie dein Chef?
Du steckst in Schwierigkeiten, meine Süße!

Ich:
Hör auf damit!
Ich habe nichts getan und stecke nicht in Schwierigkeiten und jetzt lass mich in Ruhe!

Ich schrieb Malio und Becca zurück und steckte dann das Handy in die Tasche, ohne auf die neue Nachricht von Chantal zu reagieren. Für sie würde ich mir eine bessere Ausrede einfallen lassen müssen. Darüber konnte ich mir aber später noch Gedanken machen.

Ich wollte gerade das Haus verlassen, als Neo mich ins Wohnzimmer rief. Zusammen mit den anderen saß er am Tisch und diskutierte die neuesten Umfrageergebnisse. Wie erwartet lag Valentin in Führung. Arjan hatte immerhin ein paar Stimmen dazugewonnen, trotzdem würde es ein hartes Stück Arbeit werden, die Wahl zu gewinnen.

Das schien ihn aber nicht sonderlich zu stören, denn er legte das Handy, auf dem er gerade noch getippt hatte, frustriert zur Seite und sagte: »Dieser Wichser hat meine Stadt angegriffen!«

»Du spielst doch nicht ernsthaft dieses blöde Spiel, während wir hier darüber diskutieren, was wir tun können, damit deine Stimmen weiter steigen?«, giftete ihn Neo an.

Arjan zuckte mit den Schultern und streckte sich auf seinem Stuhl. »Es ist mir egal, was diese Zwischenergebnisse sagen. Am Ende werden die Leute mich sowieso wählen. Und wenn wir sie dazu zwingen müssen.«

»Klar«, stichelte Ava. »Wenn es gar nicht anders geht, wendest du eben Gewalt an.«

Sein Blick glitt zu ihr und er fragte herausfordernd: »Und? Hast du damit ein Problem?«

Sie verschränkte die Arme vor der Brust und hielt seinem kalten Blick stand. »Du könntest versuchen, nett zu sein.«

Arjan lachte laut und schüttelte den Kopf. »Kein Interesse. So bin ich nicht. Noch mehr Vorschläge, die ich nicht beherzige, oder besserwisserische Einwände? Nein? Gut.« Er nahm das Handy vom Tisch und sah sich um. »Ich muss eine Stadt zurückgewinnen. Mit den Mitteln, die ich kenne.« Arjans Blick blieb an mir hängen. »Diesen Kampf kann nur einer gewinnen.«

Ein kalter Schauer lief mir über den Rücken. Meine Kehle war auf einmal ganz trocken. Ich schluckte mehrmals, aber das Reibeisengefühl wollte einfach nicht verschwinden.

Gemächlich stand er auf, kam zu mir herüber und beugte sich ganz dicht zu mir herunter. Die nächsten Worte raunte er direkt in mein Ohr: »Ich werde für niemanden fallen.«

25

RIA

Trotz Arjans Worten, die in meinen Ohren wie eine Drohung klangen, blieb mir nichts anderes übrig, als mich weiter im Haus umzusehen. Bisher ohne Erfolg. Ich hatte absolut keine Ahnung, wo er diese wichtigen Papiere versteckt hatte. Aber eines war sicher: Sie würden nicht einfach irgendwo herumliegen.

Frustriert lehnte ich mich zurück, stützte die Hände auf die kalten Steine der Terrasse und ließ die Beine im Wasser des beheizten Pools kreisen. Mein Blick fiel auf das Tor, das das weitläufige Gelände vom angrenzenden Wald trennte. Eine dunkle Silhouette schälte sich aus dem Dickicht und Sekunden später tauchte Arjan mit Spike aus dem Schatten der Bäume auf. Ich beobachtete, wie er einen dünnen Ast vom Boden nahm und mit Spike zu spielen begann. Wie wild ließ er den Stock durch die Luft wirbeln, während der Pitbull aufgeregt hin und her sprang, um ihn aus der Hand zu schnappen.

Mein Herz schlug schneller und in meinem Bauch kribbelte es verdächtig. Beides war ein Warnsignal dafür, dass ich jetzt meine Sachen packen und so schnell wie möglich nach Hause fahren sollte. Aber anstatt mich vor etwas zu schützen, das mich noch tiefer in etwas hineinziehen und mit Sicherheit in Tränen enden würde, starrte ich weiter auf das Bild, das sich mir bot. Er wirkte so anders, irgendwie befreit, als würde für einen Moment nicht mehr die ganze Verantwortung auf seinen Schultern lasten.

Als er langsam auf das Haus zuging, wandte ich schnell den Blick ab, damit er nicht merkte, dass ich ihn schon eine halbe Ewigkeit beobachtete. Spike trottete auf mich zu, stupste mich mit seiner feuchten Nase an und versuchte, mir über die Wange zu lecken.

»Was machst du denn die ganze Zeit hier, Bambi? Beobachtest du mich etwa?«

Mir blieb fast die Luft weg, als er mich ansprach. Ich tat so, als hätte ich ihn erst jetzt bemerkt, und richtete meinen Blick auf ihn. Er hatte sich auf einen der Liegestühle direkt hinter mir gesetzt. Die hinter ihm untergehende Sonne, die den Himmel in ein warmes Orangerot tauchte, ließ mich ein paarmal blinzeln, so dass ich meinen Blick schnell wieder abwandte. Es war ohnehin besser, ihn nicht so oft anzusehen. Eine reine Vorsichtsmaßnahme.

»Bilde dir nichts ein. Hier kann ich am besten nachdenken«, antwortete ich knapp.

»Und worüber musst du nachdenken?«

»Über viele Dinge. Schließlich habe ich die schwere Aufgabe, dir zum Wahlsieg zu verhelfen.«

»Warum habe ich dann das Gefühl, dass du meine Nähe genießt?«

Plötzlich war seine Stimme nah an meinem Ohr. Sein Atem strich über meine empfindliche Haut und weckte den Schmetterlingsschwarm in meinem Bauch, bei dem ich mir immer noch einredete, dass er nicht existierte. Ich täuschte ein genervtes Stöhnen vor, damit er nicht merkte, dass mir die Worte für eine schnippische Antwort auf seine verfängliche Frage fehlten.

Kaum merklich schüttelte ich den Kopf, um mich aus seinem Bann zu befreien, der viel zu schnell über mich gekommen war. »Träum weiter. Wir haben eine Abmachung. Nicht mehr und nicht weniger.« Abrupt stand ich auf, was Spike, der seinen Kopf auf meinen Schoß gelegt hatte, ein leises Knurren entlockte. »Denk an die Gala morgen. Sie darf nicht so ein Desaster werden wie die Modenschau vor ein paar Wochen.«

»Solche Veranstaltungen sind nichts für mich«, erwiderte er und schob die Hände lässig in die Taschen seiner Jeans.

»Warum hast du dich dann zur Wahl aufstellen lassen, wenn du eigentlich keine Lust darauf hast?«

Er ging zurück und ließ sich wieder in den Liegestuhl sinken. »Weil ich darum gebeten wurde.«

Ich runzelte die Stirn. Arjan wirkte auf mich nicht wie jemand, der sich etwas vorschreiben ließ. Wer auch immer ihn mit dieser Aufgabe betraut hatte, musste ihm entweder viel bedeuten oder eine Heidenangst einjagen.

Er schien meine Gedanken lesen zu können, denn er fügte hinzu: »Ich habe es damals meinem Vater versprochen, als er auf dem Sterbebett lag.«

Sein Gesicht verzog sich schmerzlich. Ich fragte mich, was das zu bedeuten hatte. Hatte ich nun wieder diese andere Seite von Arjan gesehen, die er sonst so sorgfältig unter Verschluss hielt?

»Es sieht nicht so aus, als wäre es ein großer Traum gewesen.« Einen Moment lang herrschte Stille, dann zuckte er mit den Schultern und klopfte sich auf den Oberschenkel. Sofort lief Spike an seine Seite, damit Arjan ihn gedankenverloren hinter den Ohren kraulen konnte.

»Hast du noch nie etwas getan, was du eigentlich nicht tun wolltest?«, durchbrach er die Stille nach einer Weile.

Fast wäre mir ein Wort über meine missliche Lage herausgerutscht, doch in letzter Sekunde konnte ich mich zurückhalten. War ich verrückt geworden? Was zum Teufel war los mit mir? Warum schaffte er es, mich auf eine Weise zu berühren, die ich nicht kontrollieren konnte?

Ich verzog das Gesicht zu einem amüsierten Grinsen. »Das fragst du mich? Ich bin diejenige, die ihrem potenziellen Mörder zu seinem Ziel verhilft. Ich denke, das sagt alles.«

»Touché.« Seine Miene verfinsterte sich. »Aber Ria, ich ...«

Es fühlte sich seltsam an, wenn er mich mit meinem Namen ansprach, was in letzter Zeit öfter vorkam. Ein Teil von mir wollte, dass er mich Bambi nannte. Es war etwas Einzigartiges. Etwas, das nur mir gehörte und das er mit niemandem sonst teilte.

»Arjan? Was wolltest du sagen?«, drängte ich ihn zum Weiterreden, denn ich konnte das angespannte Schweigen zwischen uns nicht länger ertragen.

Sein Blick wanderte langsam über jeden Zentimeter meines Gesichts, bis er an meinen Lippen hängen blieb. Gemächlich erhob er sich wieder und kam auf mich zu geschlendert.

Die Welt um uns herum schien zu verblassen, die Geräusche verstummten. Das Einzige, was ich noch hörte, war mein eigener Herzschlag und das Blut, das mit jedem seiner Schritte lauter in meinen Ohren rauschte. Seine Augen waren immer noch auf meine Lippen gerichtet, als er direkt vor mir stehen blieb. Ich spürte seine Wärme, so nah war er mir, und schon wischte er alle Gedanken und Zweifel aus meinem Kopf. Vorsichtig streckte er seine Hand nach einer Haarsträhne aus, die sich aus meinem lockeren Knoten gelöst hatte. Dabei strichen seine Fingerspitzen sanft über meine Wange und schickten ein heißes Kribbeln durch meinen Körper. Seine plötzliche Nähe ließ mich erstarren. Unwillkürlich schnappte ich nach Luft, klammerte mich an alles andere als an den Gedanken, ihn zu küssen. Aber da war nichts anderes in meinem Kopf.

Verzweifelt versuchte ich, mich an Dinge zu erinnern, die er gesagt oder getan hatte, doch sie verblassten allmählich neben seiner einnehmenden Aura, die mich mit einem Mal erfüllte. Sie kitzelte an meinem letzten Widerstand, wie eine

Aufforderung, sie loszulassen. Plötzlich riss er seinen Blick von mir los und Unsicherheit blitzte in seinen sturmgrauen Augen auf.

Räuspernd trat er einen Schritt zurück. »Du solltest jetzt gehen!«

Innerhalb von Sekunden war er wieder der undurchschaubare, gleichgültige Mistkerl, den er der Welt zu gerne präsentierte. Von der Nähe und dem Gefühl der Verbundenheit war nichts mehr übrig. Zwischen uns herrschte wieder eisige Kälte, die dem aufkommenden Wind nichts entgegenzusetzen hatte.

26

RIA

Immer wieder wanderte mein Blick zwischen der Uhr auf dem Armaturenbrett und der Landschaft, die am Fenster vorbeizog, hin und her. Wäre ich nicht so angespannt gewesen, hätte ich sogar den Sonnenuntergang über den Baumwipfeln genießen können. Aber so machte mich die schöne Aussicht nur noch nervöser.

»Können Sie nicht ein bisschen schneller fahren?«, drängte ich den Taxifahrer, der leise das Lied aus dem Radio mitsummte.

Er warf mir einen flüchtigen Blick durch den Innenspiegel zu und schaute dann wieder auf die Straße.

Erst als das Lied zu Ende war, beantwortete er meine Frage. »Ich halte mich an die Verkehrsregeln, Miss.«

Ich verdrehte die Augen und verschränkte die Arme vor der Brust. »Soweit ich sehen kann …« Ich deutete mit dem Kopf auf ein Schild am Straßenrand. »… fahren sie noch nicht einmal die angegebene Geschwindigkeitsbegrenzung.«

»Sind Sie die Fahrerin oder ich?«

»Ich habe einen wirklich dringenden Termin«, erklärte ich und deutete mit dem Kopf auf das glitzernde schwarze Kleid.

»Dann sollten Sie vielleicht das nächste Mal früher losfahren«, erwiderte er mit vorwurfsvoller Stimme, bevor er das

Radio lauter drehte und mir etwas in die Ohren dröhnte, das nach indischem Metal klang.

Ich atmete tief durch, ehe ich Arjan eine Nachricht schrieb:

ICH:
Findest du das etwa lustig?
Ich dachte, wir hätten diese Spielchen hinter uns gelassen …
Tja, ich schätze, ein Arschloch bleibt ein Arschloch.

Schließlich hielt das Taxi in einer langen Einfahrt. Der Anblick verschlug mir für den Bruchteil einer Sekunde den Atem. Das gusseiserne Tor war mit einer eisblauen Lichterkette geschmückt. Im fahlen Licht funkelte der schneeweiße Kies wie Diamanten in der Nacht. Die von Scheinwerfern angestrahlte Villa hob sich wie ein leuchtendes Gemälde von der Dunkelheit ab. Der Taxifahrer räusperte sich und ich kramte ein paar lose Geldscheine aus der Handtasche. Mit einem kurzen Kopfschütteln verzichtete ich auf das Wechselgeld und stieg aus. Ich raffte das lange Kleid, so gut es ging, hoch und eilte mit schnellen Schritten die Auffahrt hinauf. Glasvasen mit riesigen weiß-blauen Blumenarrangements säumten den Weg. Um die Chrysanthemen waren ebenfalls kleine, feine Lichterketten gewickelt, die den Weg ein wenig erhellten.

An der Eingangstür standen zwei Männer. Einer von ihnen trug eine Sonnenbrille.

»Einen Moment, bitte.« Ich holte die Einladung heraus und hielt sie ihm unter die Nase.

Er warf einen kurzen Blick darauf, nickte und öffnete die Tür. »Viel Spaß!«

Ich steckte die Karte wieder ein und durchquerte die Eingangshalle.

Die Einrichtung strahlte von allen Seiten in Weiß und Silber. Der helle Marmorboden war auf Hochglanz poliert und vor den bodentiefen Fenstern hingen lange silberne Vorhänge

Ein kleiner Pfeil an der Wand wies mir den Weg zu einem riesigen Saal. Zum zweiten Mal an diesem Abend stockte mir der Atem, als ich ihn betrat. Überwältigt von dem Anblick sah ich mich um. Hunderte von Glühbirnen hingen an glänzenden Drähten von der Decke. Auf den vielen runden Tischen standen Kerzenleuchter mit silbernen Kerzen. Sie waren von dem gleichen weiß-blauen Blumenschmuck umgeben, der sich auch in den Blumenvasen wiederfand. Doch das eigentliche Highlight war der Schwan aus Eis, der in der Mitte des Raumes wie von Zauberhand hellblau leuchtete.

Der Erste, den ich in der Menge erkannte, war Arjan. Lässig stützte er seinen Arm auf den winzigen Stehtisch und nippte gleichgültig an seinem Wein, was ihm die Ausstrahlung eines arroganten Herrschers verlieh. Er trug einen engen schwarzen Smoking, der seinen muskulösen Körper perfekt zur Geltung brachte. Ryder stand direkt neben ihm und unterhielt sich mit Neo, der alles andere als begeistert wirkte. Ich entdeckte auch Ava, die im Gegensatz zu den Lost Souls Mr. Dakarias gebannt zuhörte. Sie sah umwerfend aus in ihrem engen blauen Kleid, das mit einer kleinen Schleppe endete, und so wunderte es mich nicht, dass sie die Aufmerksamkeit vieler Männer auf sich zog. Auch Ryder schien das nicht entgangen zu sein, denn er warf jedem von ihnen einen tödlichen Blick zu und legte seine Hand besitzergreifend um ihre Taille, um sie näher zu sich zu ziehen.

Malio und Ivan, einer seiner besten Freunde, saßen mit Chantal und Becca an einem Tisch am anderen Ende des Raumes. Bis auf Malio, der etwas auf seinem Handy tippte, schienen auch sie gebannt an den Lippen von Mr. Dakarias zu hängen. Das war schon immer so gewesen. Er hatte die Fähigkeit, alle in seinen Bann zu ziehen.

Im nächsten Moment vibrierte mein Handy in der Tasche und Malio blickte auf. Er verzog das Gesicht zu einer Grimasse, formte seine Hand zu einer Pistole und hielt sie sich an die

Schläfe. Ich schüttelte lächelnd den Kopf. Dann holte ich mein Handy aus der Tasche.

MALIO:

Ivan hat was. Wenn du diese langweilige Veranstaltung auflockern willst, komm an unseren Tisch.

ICH:

Klingt verlockend. Aber ich kann nicht. Im Gegensatz zu dir muss ich heute arbeiten.

MALIO:

Ich auch! Erst mit Becca, dann mit Chantal. Und vielleicht noch mit beiden zusammen. So als krönenden Abschluss.

Er grinste anzüglich und flüsterte Becca etwas ins Ohr, worauf sie mit einem Strahlen auf den Lippen nickte. Angewidert wandte ich den Blick ab und entdeckte Soela in der Menge. Natürlich sah sie wieder umwerfend aus in ihrem pompösen roten Kleid, das unter der engen glitzernden Korsage in tonnenweise Tüll überging. Zielstrebig trat sie neben Arjan. Er begrüßte sie mit einem Kuss auf die Wange. Sofort zerrte sie an seinem Arm und deutete auf die Tanzfläche, doch er schüttelte den Kopf. Verärgert verzog sie den Mund und schmiegte sich enger an ihn. Unauffällig wischte ich mir die verschwitzten Hände an meinem schwarzen Kleid ab und ging auf sie zu, doch bevor ich sie erreichen konnte, stellte sich mir jemand in den Weg.

»Darf ich?« Valentin sah mich direkt an.

Nicht gerade die Art und Weise, die ich als diskret bezeichnen würde, aber er ließ sich von meiner Verwirrung nicht beirren und streckte mir die Hand entgegen. »Einen Tanz. Mehr will ich nicht.«

Ich wandte mich unauffällig Arjans Tisch zu. »Hältst du das für eine gute Idee? Er wird uns sehen.«

Valentin grinste verschmitzt. »Das ist der Sinn der Sache, meine liebe Ria.«

Wie auf Kommando verließ Mr. Dakarias die Bühne und die sanften Klänge eines klassischen Stückes setzten ein. Ehe ich etwas erwidern konnte, zog mich Valentin in die Mitte des Raumes. Wie selbstverständlich legte er eine Hand in meine und die andere auf meine Hüfte.

Ich kicherte leise. »So vornehm?«

»Das ist ein förmlicher Anlass! Da kann ich dich nicht herumwirbeln, wie ich will, liebe Ria. Hier sind Augen auf uns gerichtet.« Er zog mich noch ein Stückchen näher zu sich heran. »Aber das heißt nicht, dass ich *das* nicht mit dir machen kann.«

Seine Hand glitt an meiner Hüfte hinunter, fuhr am Schlitz meines engen Kleides entlang. Sanft strich er mit den Fingerspitzen über meinen Oberschenkel. Ich erschauerte, aber nicht auf die erregende, heiße und verführerische Art, die Arjans Berührungen in mir auslösten, sondern auf eine unangenehme Weise. Valentins Hände auf meinem Körper fühlten sich an wie eine Schlinge um meinen Hals, die sich immer fester zuzog. Unweigerlich trat ich einen Schritt zurück. Doch der Abstand war bei weitem nicht groß genug, um das Gefühl der Enge abzuschütteln.

»Mache ich dir Angst?«, fragte er mit einem amüsierten Grinsen.

Ja, schrie es aus allen Ecken meines Verstandes, aber ich brachte die Worte nicht über die Lippen, sondern schüttelte den Kopf. »Ach, Quatsch. Das ist nur die Atmosphäre. Sie schüchtert mich ein wenig ein. Alles ist so pompös und dann noch die vielen Leute.«

Unweigerlich ließ ich meinen Blick über die mächtigsten Menschen in diesem Raum schweifen. Dakarias, Lost Souls, La Cruz. Wenn nur einer von ihnen einen Tropfen Alkohol zu viel trinken würde, wären wir alle tot. Ich spürte die Spannung, die sich aufgrund dieser unterdrückten Macht wie eine dunkle, bedrohliche Decke über den Raum legte.

»Niemand wird dir etwas tun«, versprach Valentin.

Vielleicht nicht heute. Vielleicht nicht morgen. Aber spätestens, wenn Arjan von dem Spiel erfuhr, in dem die Maskierten mich zu ihrer Spielfigur gemacht hatten.

Jemand tippte mir auf die Schulter. Ich brauchte mich nicht umzudrehen, um zu sehen, wer es war, denn der frische Geruch nach Wald und Regen drang tief in meine Nase. Ich spürte auch seine Aura, wie eine warme Umarmung. Eine dunkle Präsenz, die mein Herz schneller schlagen ließ. Eigentlich hätte mich sein plötzliches Auftauchen genauso erschrecken müssen wie Valentins Nähe. Doch die Gänsehaut, die sich nun kribbelnd auf meinem Körper ausbreitete, kam nicht von dieser Angst, sondern von der Art und Weise, wie allein seine Anwesenheit meinen Puls in die Höhe trieb.

Arjans Nähe hatte eine stille Rebellion in mir ausgelöst, einen Aufstand, dem ich nichts entgegenzusetzen hatte. Da war ein Funke, ein winziges Licht, das mich hoffen ließ, in ihm mehr zu finden als diese einnehmende Dunkelheit, die jede Faser seines Körpers durchdrang.

Diese dumme Hoffnung weckte in mir den Wunsch, die Splitter meiner Seele aufzusammeln und sie mit seinen zerbrochenen Überresten zu etwas Neuem und Schönem zusammenzufügen.

»Ich glaube, du hast dir den falschen Partner ausgesucht.« Arjans Stimme war tief und rau.

Instinktiv wusste ich, dass ihr drohender Klang diesmal nicht mir galt, sondern dem Mann in meinen Armen.

Auch Valentin bemerkte es, denn er warf ihm über meine Schulter hinweg ein herausforderndes Lächeln zu. »Siehst du nicht, dass du störst, alter Freund?«

»Ich glaube, du bist derjenige, der stört. Niemand will dich hier haben«, erwiderte Arjan kühl.

Inzwischen hatten sich einige Gäste zu uns umgedreht und verfolgten gespannt das Spektakel. Ich entdeckte Malio, der sein Glas bereits abgestellt hatte und aufgestanden war. Rasch schüttelte ich den Kopf und bedeutete ihm damit, dort zu bleiben. Chantal fing meinen besorgten Blick auf und hielt ihn am Arm fest.

»Neidische Kinder werden so oft zu Egoisten, Arjan«, säuselte Valentin währenddessen.

»Besser ein Egoist als ein Psychopath. Ich weiß, wer du bist, Valentin, und ich weiß, was du getan hast. Dein Theater ist peinlich und du kommst damit nicht durch.« Arjans Blick fiel auf mich. »Ich möchte mit dir tanzen.«

Valentin lachte auf eine Art, wie ich es noch nie bei ihm erlebt hatte. Laut und grausam.

»Arjan Mason fordert jemanden zum Tanz auf? Sind dir die Frauen ausgegangen oder wirst du auf deine alten Tage sentimental? Oder ist es der Neid, dass ich jemanden ficken werde, der sich nicht für den reichen, gutaussehenden Arjan interessiert? Denn das tut sie nicht, und das wird sie auch nie tun. Du bist ein Monster, Arjan. Niemand hält es lange in deiner Nähe aus. Du saugst die Menschen um dich herum aus, weil du dich selbst hasst.«

Hatte er den Verstand verloren? Mit dieser Aussage verriet er gnadenlos, dass wir uns näher kannten, als es im Moment den Anschein hatte. Das würde mir nicht nur Ärger mit den Lost Souls einbringen, sondern die ganze Mission gefährden.

»Ich könnte jede Frau in diesem Raum haben.« Arjans verächtlicher Blick traf mich. »Bei ihr müsste ich mich nicht einmal anstrengen. Sie läuft schon aus, wenn sie mich nur ansieht. Wenn du sie heute ficken würdest, mein alter Freund, würdest du mir sogar einen Gefallen tun. Auch wenn sie dabei nur an mich denkt. Was glaubst du, warum sie mit dir tanzt? Um mich eifersüchtig zu machen. Aber ich kann dich beruhigen. Selbst wenn die Welt unterginge und eine Nacht mit ihr alles retten könnte, würde ich lieber jeden auf diesem Planeten in die Dunkelheit verdammen. Nicht einmal dann würde ich sie anfassen. Fick sie heute, hart und dreckig, wie es die Hure verdient. Es ist mir egal.«

Die Hitze schoss mir ins Gesicht und ich schnappte hörbar nach Luft. In diesem Moment war ich froh, dass ich immer noch mit dem Rücken zu ihm stand, so konnte er nicht sehen, wie sehr mich seine Worte verletzt hatten.

»So einen Schwachsinn habe ich dich noch nie sagen hören.« Valentin lachte laut los und schüttelte ungläubig den Kopf. Als er sich einigermaßen beruhigt hatte, fuhr er fort: »Du hast während meiner Abwesenheit nichts gelernt. Du bist immer noch der kleine ängstliche Junge, der sich nicht traut zu kämpfen. Aber ich habe viel gelernt.« Sein Blick wanderte zu Kat, die unbeholfen an der Wand lehnte, dann zu Neo, der jede ihrer Bewegungen verfolgte. »So viel.«

»Wag es ja nicht!«, zischte Arjan, der den Wink offenbar verstanden hatte. »Lass meinen Bruder da raus!«

Valentin fuhr mit seiner Hand meinen Arm auf und ab. Obwohl die Berührung nur federleicht war, brannte sie wie Feuer und nahm mir die Luft zum Atmen.

»Das werde ich. Aber er wird es nicht tun. Er wird zu mir kommen«, verkündete er voller Überzeugung.

Nervös tippelte ich in kleinen Schritten zur Seite und versuchte mich unauffällig von ihm zu entfernen, denn ich hielt es in seiner Nähe nicht mehr aus. Etwas Furchtbares lag in seinen Augen, etwas Unaufhaltsames und Endgültiges. Etwas, das so offensichtlich nach Rache gierte, dass man es selbst jetzt, wo er es so gut zu verbergen versuchte, in jeder Faser seines Körpers sehen konnte. Er hatte mir zwar erzählt, dass er die Jungs abgrundtief hasste, aber ich hatte keine Ahnung, wie tief dieses Gefühl in ihm verankert war.

»Weißt du auch warum?« Valentin machte einen Schritt auf Arjan zu. »Ich werde es dir sagen, um der alten Zeiten willen. Er ist nicht wie ihr. Seine Abgründe sind viel dunkler als eure. Er ist wie ich. Ich kann mich guten Gewissens von ihm fernhalten, denn der Tag wird kommen, an dem er ganz von allein zu mir kommt.«

Endlich ließ Valentin von mir ab und machte einen großen Schritt zur Seite. »Hier. Für den Anfang kannst du mein kleines williges Spielzeug haben.«

Ungläubig starrte ich ihn an. Ich fragte mich, wie viel von diesem Gespräch von ihm geplant war. Er wollte Arjan provozieren, das hatte er gesagt, aber warum fühlte ich mich jetzt wie ein Bauer, den man vor den König gestellt hatte? Eine unbedeutende Schachfigur, die man bereitwillig opferte, um zu gewinnen ...

Ehe ich weiter darüber nachdenken konnte, packte Arjan mich an der Taille und wirbelte mich herum. Ich stieß einen überraschten Schrei aus, der in der lauten Musik unterging. Meine Hände landeten auf seiner harten Brust.

»Du bist zu spät!« Das war nicht unbedingt das Erste, was ich aus seinem Mund erwartet hätte.

Ich spürte seinen missbilligenden Blick auf mir, also vermied ich es konsequent, ihm ins Gesicht zu sehen.

»Ach, wirklich?«, entgegnete ich nicht minder verärgert. »Das habe ich ja gar nicht gemerkt. Ich war wohl zu beschäftigt damit, darauf zu warten, dass du mich abholst!«

Jetzt entschied ich mich doch, ihm direkt in die Augen zu sehen.

Er erwiderte den Blick und hauchte: »Tanz mit mir.«

Ich war so verblüfft über seine Aufforderung, dass ich mich nicht wehrte, als er uns in Position brachte. Seine rechte Hand ruhte in meiner, seine linke locker auf meiner Hüfte.

»Lass mich los!«, zischte ich leise.

Er lächelte nur matt und führte mich mit einer Sicherheit, die ihresgleichen suchte. Er war ein verdammt guter Tänzer.

»Wieso kannst du das?«, fragte ich erstaunt.

»Was?« Seine Lippen kräuselten sich zu einem kleinen Lächeln. »Tanzen? Dachtest du, nur weil ich ein Arschloch bin, würde ich dir wie ein Neandertaler auf die Füße treten?«

Am liebsten hätte ich ihm eine schlagfertige Antwort gegeben, aber der Tanz nahm an Intensität zu, so dass ich nicht mehr klar denken konnte. Meine Hände glitten über seine Schultern, streichelten seine Oberarme. Bei jeder Berührung spannten sich seine Muskeln unter dem Anzug an. Mit einem Ruck zog er mich enger an sich. Die Distanz, die diesen Tanz so ungezwungen gemacht hatte, war verschwunden. Jetzt fühlte sich die entstandene Nähe verboten an. Gleichzeitig weckte sie in mir das Gefühl, ihm noch näher zu kommen, in jede Faser seines Körpers einzudringen und mich in seinem Duft zu verlieren.

Sein Atem streifte meinen Hals, streichelte zärtlich mein Ohr. »Am Ende dieses Tanzes brauchst du ein neues Höschen, denn du wirst triefen vor Verlangen nach mir.«

Ich schluckte, während seine Augen gefährlich aufblitzten. Er wechselte den Rhythmus, schob eines seiner Beine zwischen meine Schenkel und drückte in einer viel zu verführerischen Bewegung sein Becken gegen meines. Ein Hitzeblitz durchfuhr meinen Körper und entlockte mir einen Laut, den ich noch nie zuvor gehört hatte. Die Welt um mich herum verschwamm. Alles verblasste, bis nur noch Arjan das Zentrum meines Augenblicks war.

»Beweg deine Hüften zum Rhythmus«, forderte er atemlos.

Mein Widerstand bröckelte, löste sich Stück für Stück auf, bis ich seiner Aufforderung schließlich nachkam. Er schob mein linkes Bein über seine Hüfte. Seine Finger ruhten auf meinem nackten Oberschenkel. Sein Blick verdunkelte sich vor Lust, und ich konnte nur ahnen, dass sich dieser Ausdruck auch in meinem Gesicht spiegelte. Es knisterte gefährlich zwischen uns und es würde nicht aufhören, bis wir dem Verlangen nachgaben oder den Funken im Keim erstickten. Eine Nacht mit ihm würde die Welt in Brand setzen, Mauern einreißen und in mir ein Chaos anrichten.

Ich musste es beenden. Aber wie?

27

ARJAN

Die Ohrfeige traf mich unerwartet, mit einer Wucht, die mein Ohr zum Klingeln brachte. Für einen Moment erstarrte ich. Die Musik verstummte, und ich spürte die Blicke der anderen Gäste auf uns ruhen.

»Staubtrocken. Du bringst mich nur dazu, nie wieder mit einem Mann schlafen zu wollen!«, bemerkte sie scharf, riss sich von mir los und richtete ihr Kleid, ehe sie von der Tanzfläche stolzierte.

Mein Plan, sie erst heißzumachen und ihr dann Informationen zu ihrer offensichtlichen Bekanntschaft mit Valentin zu entlocken, war gescheitert. Also blieb mir nur die altbewährte harte Tour. Schnell hatte ich sie eingeholt, ich packte ihr Handgelenk und zog sie aus dem Saal.

»Du hast wohl vergessen, wer hier das Sagen hat, Bambi!« Meine Stimme zitterte vor Wut und ich musste mich zusammenreißen, um nicht die Beherrschung zu verlieren.

Ein Mord vor so vielen Zeugen würde sich sicher nicht so gut für die Bürgermeisterwahl machen. Zielsicher öffnete ich die kleine Tür, die auf die riesige Terrasse führte. Ria schien noch so abgelenkt von den letzten Minuten, dass sie sich nur halbherzig gegen meinen festen Griff wehrte. Salzige Seeluft schlug uns entgegen, als wir die Plattform betraten, die direkt an der angrenzenden Klippe lag, auf der das Haus errichtet worden war. Lichterketten hingen an der eisernen Brüstung und erhellten zusammen mit dem Vollmond über uns spärlich die riesige Veranda. Sie blieb abrupt stehen, als ich sie zum Geländer zog.

»Woher kennst du Valentin?«, kam ich gleich zur Sache.

»Was?« Ria tat überrascht, aber ich ließ mich nicht mehr täuschen.

»Da du offenbar schwer von Begriff bist, mache ich es noch deutlicher: Was hast du mit Valentin zu schaffen? Was verschweigst du mir? Und ich rate dir, keine Spielchen zu spielen, ich bin sehr schlecht gelaunt.«

Unwillkürlich trat sie einen Schritt zurück. Da sie aber schon mit dem Rücken zur Brüstung stand, blieb ihr keine Fluchtmöglichkeit, als ich mich direkt vor ihr aufbaute.

»Er wollte nur tanzen.« Ihre Stimme zitterte, so dass es nicht schwer war, ihre Worte als Lüge zu entlarven.

Inzwischen hatte ich ein Gespür dafür entwickelt, wann sie mir ins Gesicht log. Blitzschnell schoss meine Hand hervor, packte sie am Hals und drückte sie über die Brüstung.

»Arjan!«, schrie sie ängstlich. Der peitschende Wind blies ihr die Haare ins Gesicht. »Lass mich los!«

Ich packte sie fester und schob sie weiter mit dem Oberkörper über die Brüstung. Mit wachsender Panik trat sie mir gegen das Schienbein, doch ich ignorierte den Schmerz, der durch meinen Körper fuhr.

»Die Wahrheit!«, drängte ich.

Eine Träne löste sich aus ihrem Augenwinkel, lief über ihre Wange und landete auf meiner Hand.

Ein kaltes Lächeln umspielte meine Lippen, als ich mich über sie beugte.

»Willst du hier sterben? Man wird deine Leiche nie finden. Deine Familie und Freunde werden nie einen Ort haben, an dem sie um dich trauern können.«

»Du Arschloch!«, hauchte sie, doch der Wind entriss ihr die Worte.

Ich genoss das Gefühl, sie endlich zu beherrschen. Es war so intensiv, dass es fast einem Orgasmus gleichkam.

»Er kennt meinen Vater!«, stieß sie keuchend und weinend hervor. Ihr Körper sackte nach einem letzten Aufbäumen in sich zusammen. Ihr Widerstand war gebrochen. Alle Zuversicht wich aus ihrem Blick. »Tu es. Los, tu es. Wirf mich von der Klippe. Dann bist du mich endlich los. Willst du das nicht?«

Mit der freien Hand fuhr ich die glänzenden Linien nach, die die Tränen in ihrem Gesicht hinterlassen hatten. War es das, was ich wollte? Sie loswerden? Sie zitterte und ein klägliches Wimmern drang aus ihrer Brust. Es traf mich mitten ins Herz. In den Muskel, der schwarz sein sollte, ohne jede Bewegung.

Ich merkte nicht, wie ich die Hand sinken ließ. Zitternd sank sie zu Boden und griff sich keuchend an den Hals. Ein lautes herzzerreißendes Schluchzen mischte sich in das schreckliche Pfeifen ihrer Lunge. Warum war ich zurückgewichen und hatte es nicht zu Ende gebracht?

»Ich hasse dich«, flüsterte sie und fuhr sich mit dem Handrücken über die tränenfeuchten Augen. »Und ich hasse es noch mehr, dass selbst solche Taten nichts an meinen Gefühlen ändern. Ich glaube, es gibt einen Menschen, den ich noch mehr hasse als dich: mich!«

Ihre Worte trafen mich auf eine Weise, die ich nicht kannte. Eine eiserne Faust schloss sich um mein Herz und zermalmte es mit jedem ihrer schmerzhaften Schluchzer.

»Ich will nach Hause.« Sie holte tief Luft, rappelte sich auf und strich ihr Kleid glatt. »Scheiß auf den Deal. Ich bin draußen. Sieh zu, wie du diese verdammte Wahl gewinnst.«

Als sie sich an mir vorbeischob, erwachte ich aus meiner Starre. Sofort packte ich ihr Handgelenk und hielt sie auf, bevor sie die Terrasse verlassen konnte. »Es tut mir leid.«

Ich konnte sie nicht gehen lassen. Sie hatte Kontakt zu Valentin. Obwohl sich meine schlimmsten Befürchtungen bewahrheitet hatten, war das Bedürfnis, sie vor ihm zu beschützen, noch größer.

»Spar dir das. Ich will nichts mehr mit dir zu tun haben!«

Sie war sauer auf mich, und ich konnte es ihr nicht verübeln. Es hätte nicht viel gefehlt und ich hätte sie umgebracht. Schon wieder. Ich konnte es nicht ertragen, dass sie mir so unter die Haut ging. Sie war etwas Besonderes, sie hielt mir stand, ertrug mich und meine Launen und die Dunkelheit in mir, die sie verschlingen wollte.

Ich ließ sie los.

»Es tut mir leid, Bambi.« Selbst mir war nicht entgangen, wie ehrlich und verzweifelt diese Worte aus meinem Mund klangen. »Ich kann es nicht ertragen, dass du hier bist, aber ich kann es auch nicht ertragen, wenn du gehst.«

Damit gab ich etwas von meinen verwirrten Gefühlen preis. Nur einen Bruchteil von dem, was ich eigentlich sagen wollte.

»Wenn ich bleibe«, entgegnete sie, ohne sich umzudrehen, »wirst du mich eines Tages zerstören. Ich habe Angst vor diesem Tag.«

Sie zitterte, aber ich wagte es nicht, sie zu berühren, obwohl etwas tief in mir die Hand nach ihr ausstrecken wollte. Der Wind frischte auf, das tosende Wasser brach unter uns und wirbelte kleine Wasserspritzer in unsere Gesichter. Ein erneutes Zittern durchfuhr ihren Körper.

»Ich will nicht hier sein.« Entschlossen sah sie mir in die Augen.

Ich konnte nicht anders, als auf ihren Hals zu starren, auf dem sich rote Flecken bildeten.

Daran bist du schuld, schrie mich eine hasserfüllte Stimme in meinem Kopf an.

Vorsichtig streichelte ich über ihre Haut und sie erschauerte unter meiner Berührung.

»Das dürfen wir nicht«, hauchte sie leise. »Es ist falsch und verstößt gegen jede Regel, die ich mir je auferlegt habe. Ich muss damit aufhören, bevor ich mich verliere.«

Ich wusste nicht, warum wir gerade jetzt so ehrlich zueinander waren. War es der Alkohol oder die Situation, die uns zwang, unsere Gefühle zu offenbaren?

Stimmen, nicht weit von uns entfernt, ersparten mir vorerst eine Erwiderung auf ihre Worte.

Ich erkannte sie sofort, denn sie brannten zu Hunderten auf meiner Haut, auf jeder kleinen Wunde, die ich davongetragen hatte. Unwillkürlich taumelte ich ein paar Schritte vorwärts und stützte mich schwer atmend auf der Brüstung ab.

»Arjan?« Ich konnte Rias Stimme kaum noch hören. Die Stimmen übertönten jedes andere Geräusch.

Meine Hände zitterten. Bitte nicht jetzt, nicht hier, nicht vor ihr. Ich blickte mich um, aber in der Dunkelheit der Nacht konnte ich nicht weiter als ein paar Meter sehen. Die Terrasse verlief einmal um das ganze Haus herum und führte an einer Seite über eine steile Treppe hinunter zum Meer.

»Ja, ja, ich weiß.« Ich hörte die Stimmen so deutlich, als wären sie direkt neben mir. Ich erschauerte. Jede Faser meines Körpers erstarrte.

»Arjan!«

»Hörst du das?«, krächzte ich und spürte im nächsten Moment Rias Hand auf meiner Schulter.

»Es sind nur Gäste«, versuchte sie, mich zu beruhigen.

Ich schüttelte heftig den Kopf.

Nein, es sind nicht nur Gäste ...

Sie hatte sich vor mich geschoben, mein Blick wanderte über ihr Gesicht, aber ich war kaum bei der Sache, denn ich lauschte in die Stille hinein. Wieso tauchten sie nach all den Jahren ausgerechnet jetzt hier auf? Waren sie zurückgekommen, um zu beenden, was sie begonnen hatten? Ich begann zu zittern. Mein ganzer Körper bebte und ich konnte nichts dagegen tun.

»Arjan, sieh mich an!« Ria klang noch erschrockener als vor ein paar Minuten und ich konnte es ihr nicht verübeln.

Es musste ein furchtbarer Anblick sein. Seit Jahren hatte ich keine Panikattacke mehr gehabt.

Zärtlich strich sie mir die Haare aus der verschwitzten Stirn.

»Beruhige dich!«, hauchte sie mir zu.

Sanft fuhr ich mit dem Finger über ihren Nacken. »Warum hilfst du mir? Ich dachte, du hasst mich. Wäre es nicht befriedigender, mich zusammenbrechen zu sehen? «

Ich hörte, wie sie die Luft einsog, bevor sie den Kopf schüttelte. »Nein. Ich hasse dich nicht.«

Sie stieß die Luft wieder aus, als ihre Finger sanft über meine Wange glitten. Zum zweiten Mal an diesem Abend waren wir zu ehrlich.

»Küss mich, Bambi!« Ich konnte sehen, wie sich ihre Brust in schnellem Rhythmus hob und senkte. Unsere Blicke trafen sich und die Welt um uns herum schien zu verschwimmen.

»Ich weiß nicht ...« Ihre Stimme brach und sie biss sich auf die Unterlippe, was in mir ein Verlangen weckte, das ich kaum in Worte fassen konnte.

»Küss mich, damit wir uns wieder hassen können«, drängte ich, weil ich dieses Verlangen nach ihr so gerne loswerden und ihm gleichzeitig endlich nachgeben wollte.

Ihre Lippen trafen hart auf meine. Es war kein zärtlicher Kuss, keine vorsichtige Annäherung. Es war, als würden Welten aufeinanderprallen und zu Staub zerfallen.

Meine rechte Hand griff grob in ihren Nacken, um sie noch enger an mich zu ziehen, während die andere Hand ihre Hüfte hinabwanderte und ihren Oberschenkel umfasste, um ihr Bein an meine Hüfte zu schieben. Wie automatisch schlang sie es um mein Becken und mein Schwanz wurde steinhart. Ich verschaffte mir gewaltsam Zugang zu ihrem Mund, und als sich unsere Zungen trafen, stöhnte sie in den Kuss hinein. Meine Hand glitt von ihrem Oberschenkel unter ihr Kleid und schob sich Zentimeter für Zentimeter unter den dünnen Stoff ihres Höschens. Ich spürte die Feuchtigkeit, als ich über ihre Pussy strich, was ihr ein sehnsüchtiges Stöhnen entlockte. Gierig biss Ria in meine Unterlippe und drückte ihr Becken näher an meine Hand.

»Du bist so feucht. Fuck, Ria.« Meine Worte wurden von einem Keuchen unterbrochen, als sie meinen harten Schwanz streichelte.

»Arjan«, stöhnte sie, während ich ihre Spalte entlangfuhr.

Es war nicht meine Absicht, sie auf der Terrasse zu vögeln, und doch konnte ich mich kaum beherrschen, meinen Blick keine Sekunde von ihren rot geschwollenen Lippen nehmen. Immer wieder biss sie sich auf die Unterlippe, um ihre Lust zu unterdrücken.

»Zieh das aus«, forderte ich und zerrte am Stoff ihres Höschens.

Ihre Wangen färbten sich noch dunkler, als sie unter ihr Kleid griff und den schwarzen String herunterzog. Schließlich lag er um ihre Knöchel und sie sah mich erwartungsvoll an. Ich kniete mich vor sie, umfasste ihre rechte Wade und bedeutete ihr mit leichtem Druck, das Bein etwas anzuheben. Vorsichtig fädelte ich den dünnen Stoff heraus, wiederholte das Gleiche mit dem anderen Bein und verharrte in dieser Position. Ich näherte mich ihrem Oberschenkel, küsste die weiche Haut.

»Leg ein Bein über meine Schulter«, forderte ich sie auf, während ich das Kleid über ihren Po schob.

Ich würde sie zwar hier nicht ficken, aber ich konnte nicht widerstehen, sie zu schmecken. Ihr Atem ging stoßweise, als ich mich ihrer empfindlichsten Stelle näherte. Als meine Zunge auf ihre feuchte Pussy traf, umfasste ich ihre Hüften und drückte sie näher an mein Gesicht. Ich hörte sie laut aufstöhnen, als ich ihre feuchte Spalte ganz leckte und dann ihre Klitoris mit dem Mund umschloss, um sie mit der Zunge zu massieren. Sie schmeckte köstlich.

»ARJAN«, schrie sie, während ihre Hände in mein Haar griffen.

»Du schmeckst so gut«, raunte ich, und das Vibrieren meiner Stimme ließ sie schwer keuchen, aber ich ließ sie nicht kommen – vorerst zumindest nicht.

Kurz bevor ihr Orgasmus über sie hereinbrach, zog ich mich zurück und richtete mich auf, wobei ihr dunkles Höschen in meiner Jackentasche verschwand. Ich würde mir eine verdammte Sammlung zulegen. Solange sie nur von ihr waren. Vielleicht war ich doch ein Creep.

»Lass uns gehen!«

Sie sah mich überrascht an, wirkte aber auch frustriert, weil ich sie um ihren Orgasmus gebracht hatte. Ich bemerkte, wie sie ihr Kleid zurechtrückte und einen sehnsüchtigen Blick auf meine Jackentasche warf.

»Bekomme ich den wenigstens wieder?«

Ich schüttelte den Kopf.

»Arjan, ich brauche ihn.«

»Bist du so feucht?« Wieder griff ich unter ihr Kleid, während ich sie kurz küsste.

Oh ja, sie war feucht. Sehr sogar. Ich zog ihre Unterlippe in meinen Mund und verlor mich einen Moment zu lange in diesem leidenschaftlichen Kuss.

»Du bekommst ihn nicht zurück«, murmelte ich gegen ihre Lippen, als wir uns wieder lösten. Meine Hand, die eben noch mit zwei Fingern in ihrer feuchten Pussy war, legte sich auf ihren Mund. »Leck sie ab. Schmeck selbst, wie geil du bist.«

Gehorsam öffnete Ria ihren Mund und umschloss meinen Zeige- und Mittelfinger mit ihren Lippen. Ihr Blick wanderte zu mir, als sie langsam, aber aufreizend daran zu saugen begann.

»Scheiße«, keuchte ich und zog hastig meine Finger aus ihrem Mund, bevor ich noch allein von dieser Geste und dem Gefühl ihrer Lippen kommen würde.

Natürlich bemerkte sie ihren kleinen Sieg und leckte sich triumphierend über die Lippen.

»Das mit dem Slip wirst du noch bereuen.« Selbstbewusst griff sie nach meiner Krawatte und zog mich damit zurück in den Gang. »Ich habe noch einen weiteren Deal für dich.«

Ich zog eine Augenbraue hoch und wartete gespannt auf ihr Angebot.

Sie räusperte sich. »Einmal Sex und danach hassen wir uns wieder.«

Meine Augenbraue wanderte noch ein Stückchen weiter nach oben.

»Abgemacht.«

Wir wussten beide, dass das keine gute Idee war ...

28

ARJAN

Ich ahnte, wie unangenehm Ria die Situation war, denn sie rutschte immer wieder auf dem Leder des Taxis hin und her und warf mir finstere Blicke zu. Grinsend zog ich den dünnen Stoff ihres Strings ein Stück aus der Jackentasche. Ihre Augen blitzten und sie verzog verärgert das Gesicht. Bis zu diesem Moment dachte ich, ich hätte alles im Griff.

Doch als sie plötzlich nach meiner Hand griff, um sie auf ihren nackten Oberschenkel zu legen, war ich es, der scharf die Luft einsog. Ihr Grinsen wurde frecher, fast teuflisch, als sie den Stoff ihres Kleides ein wenig anhob. Nur einen Millimeter, aber das reichte, um mich auf der Stelle hart werden zu lassen.

»Hör auf!«, zischte ich und sah den Taxifahrer an.

Ich wollte nicht, dass er mitbekam, was hier vor sich ging.

»Angst, Schmollberg?«, fragte sie verführerisch, beugte sich zu mir, warf ihr Haar zur Seite und fasste mir ungeniert in den Schritt.

Wieder warf ich einen Blick über ihre Schulter, doch der Taxifahrer achtete weiterhin nur auf die Straße und faselte etwas von Verkehrsregeln.

»Du spielst mit dem Feuer, Bambi!« Ich umfasste ihr Kinn und presste meinen Mund auf ihren.

Wie alles zwischen uns eskalierte auch dieser Kuss viel zu schnell, viel zu heftig. Ich ließ mich gehen und spürte, dass sie es auch tat. Ob es am Alkohol lag, wusste ich nicht. Was immer es war, es zeigte, worauf es hinauslaufen würde. Wahrscheinlich würden wir beide diese Nacht am nächsten Morgen bereuen, aber vielleicht würden wir dann wieder normal miteinander umgehen können.

Bei mir gab es keine großen Gefühle, kein Feuerwerk und schon gar keine Verliebtheit. Ich war so besessen von Sex und dem damit verbundenen Machtgefühl, dass ich nicht zweimal mit derselben Frau schlafen konnte. Die einzige Ausnahme war Soela. Obwohl mich ihre Gegenwart schon lange langweilte, verbrachte ich die meisten Nächte immer noch mit ihr, um sie mir warmzuhalten.

Das Taxi hielt und riss mich damit aus meinen Gedanken. Ich griff in meine Tasche und zog ein Bündel Geldscheine heraus. Ungeduldig zählte ich das Fahrgeld ab und gab noch ein ordentliches Trinkgeld dazu.

Eilig schloss ich die Haustür auf und noch bevor sie ins Schloss fiel, hinderte Ria mich daran, den Lichtschalter zu betätigen. Ihre Arme schlangen sich um meinen Hals, ihre Lippen drückten sich gierig auf meine. Sie schmeckte nach Alkohol und verbotener Lust – eine gefährliche Mischung, die mir sofort zu Kopf stieg.

Wir prallten gegen die Wand, küssten uns immer wilder, bis sie sich von mir löste, meine Hand ergriff und mich durch das dunkle Foyer zog. Sie sah so verdammt sexy aus, wie sie die Treppe zum ersten Stock hinaufstieg, wie ihr praller Arsch in dem engen Kleid, das ihrem Körper unglaublich schmeichelte, von einer Seite zur anderen wippte. Mit einem Satz war ich hinter ihr, drückte sie gegen die Wand zwischen dem ersten und zweiten Stock. Sanft schob ich ihr Haar zur Seite und begann, ihren Hals zu küssen. Sofort bildete sich eine Gänsehaut auf ihrer Haut. Zärtlich strich ich über ihre Arme, über ihre Hüften bis zum Saum ihres Kleides. Überrascht ließ sie ihre Handtasche fallen, als meine Hand zwischen ihre Beine griff. Unbeholfen versuchte sie, sie aufzuheben, doch ich drückte ihren Oberkörper noch fester gegen die Wand.

»Lass sie liegen«, flüsterte ich ihr ins Ohr, während ich mit zwei Fingern ihren Kitzler umfasste und leicht zudrückte, woraufhin sie laut aufstöhnte.

Kurz drang ich in sie ein, um dann mit kreisenden Bewegungen die Feuchtigkeit auf ihrer Pussy zu verteilen. Mit der freien Hand öffnete ich meinen Gürtel.

»Ich ziehe ihn raus, okay?« Ich konnte nicht glauben, dass ich mich zu so etwas hinreißen ließ, aber sie war zu verlockend, ich hielt es keinen Schritt mehr aus. Ich musste sie jetzt ficken. Es war unverantwortlich, aber das war mir egal. Ria nickte kaum merklich und biss sich auf die Unterlippe, als sie ihren Kopf zu mir drehte. In ihren Augen sah ich Zweifel.

»Ich ziehe ihn raus, versprochen!« Ich küsste sie sanft auf die Stirn und griff nach ihrer Hand, um sie zwischen ihre Beine zu führen. »Mach weiter, während ich mich ausziehe.« Sie keuchte, gehorchte aber bereitwillig. »Braves Mädchen!«

Einen Moment lang genoss ich den Anblick und ließ mich ganz von dem Gefühl, das ihr Arsch an meinem Schwanz hinterließ, gefangen nehmen. Ich lauschte den Geräuschen, die leise aus ihrem Mund drangen, während sie sich fingerte. Allein das hätte gereicht, um mich auf der Stelle kommen zu lassen.

Augenblicklich öffnete ich meine Hose und zog meine Boxershorts herunter. Meine Hand schnellte auf ihre Arschbacke und der Schlag hallte von den Wänden des Hauses wider. Mein Schwanz war steinhart, als ich ihn durch ihre feuchte Mitte gleiten ließ. Ich liebte es, dass sie so feucht war und dass sie diese Situation genauso anmachte wie mich. Keuchend führte ich meine Eichel an ihren Eingang und drückte fordernd dagegen, während sie weiter mit kreisenden Bewegungen über ihre Klit strich.

»Bitte!« Ihr Flehen drang durch die Stille.

Ihr Arsch drückte sich fordernd gegen mein Becken, verlangte nach mehr. Mit einem einzigen tiefen Stoß trieb ich mich in sie. Ria keuchte überrascht auf und ihre freie Hand stemmte sich reflexartig gegen die Wand, um die Wucht meiner Stöße abzufangen. Ich umfasste grob ihre Hüften und zog sie näher zu mir. Bereitwillig senkte sie ihren Oberkörper, um mich noch tiefer in sich aufzunehmen.

»Scheiße, du bist so eng«, stöhnte ich erregt und begann, sie hart zu ficken, bis mich das Geräusch von klimpernden Schlüsseln innehalten ließ.

Sofort legte sich meine Hand um ihren Mund, als ich hörte, wie die Tür aufgeschlossen wurde. Avas Kichern schallte die Treppe hinauf. »Ryder, warte! Ich hole uns was zu trinken.«

Ich spürte, wie Aufregung und Adrenalin durch meine Adern schossen, doch ich ließ mich unbeirrt weiter in sie hineingleiten. Rias heißer Atem traf meine Handfläche, während sich ihre Lippen zu einem Stöhnen öffneten, das unter meinem eisernen Griff versiegte. Ich spürte, wie sich ihre Muskeln um meinen Schwanz zusammenzogen.

In letzter Sekunde zog ich mich aus ihr zurück. Ihr protestierendes Stöhnen ließ mich kurz lächeln. Mit einer Hand umfasste ich meinen pulsierenden Schwanz, mit der anderen ihre geschwollene Klit. Sie presste ihre eigenen Hände auf ihren Mund, um ihren Schrei zu dämpfen, als sie unter mir zitterte und ich im selben Moment auf ihren Arsch abspritzte.

29

Ich krallte meine Finger in die Wand und versuchte, nicht unter der Intensität des Orgasmus zusammenzubrechen. Meine Beine zitterten und mein Herz schlug wie wild.

Arjan schob seine Hand um meine Taille und mumelte mir ins Ohr: »Machst du etwa schon schlapp? Ich bin noch nicht fertig mit dir.«

Ich kicherte leise. Jeder Zweifel war aus meinem Kopf gefegt. Selbst wenn er gesagt hätte, dass er mich im Keller an die Wand ketten würde, hätte ich es in diesem Augenblick, ohne zu zögern, zugelassen. Ich war wie hypnotisiert von diesem Mann und den Dingen, die er mit mir gemacht hatte.

»Ich bin bereit für eine zweite Runde.« Ich drehte den Kopf zu ihm. Seine Lippen glitten sanft über meine Wange. »Aber nicht hier.«

»So unersättlich, Bambi?« Etwas blitzte in seinen grauen Augen auf, bevor er sich von mir entfernte. Beschwingt schob ich mein Kleid nach unten und strich mir die Haare zurück. Schließlich könnte uns hier jemand begegnen, und ich hatte keine Lust, in dieser Situation überrascht zu werden.

Arjan kam wieder zu mir, legte mir sein schwarzes Jackett über die Schultern und beugte sich zu mir herunter. »Wenn du jetzt nicht mitkommst, muss ich dich wieder gegen diese

Wand ficken.« Er schaute auf seine große silberne Armbanduhr. »Und das wäre echt peinlich für dich, denn Neo kommt bestimmt gleich.« Er machte noch einen Schritt auf mich zu. »Und im Gegensatz zu Ava und Ryder muss er an uns vorbei. Oder stehst du etwa auf Zuschauer, Bambi?«

»Natürlich nicht.« Ich hob meine Tasche auf und eilte die Treppe hinauf.

»Worauf wartest du?«, rief ich ihm zu, woraufhin er mir nachlief.

Kurz vor seinem Zimmer packte er mich. Er wirbelte mich herum, drückte mich gegen seine Zimmertür und presste seinen Körper an meinen. Unsere Blicke trafen sich.

»Wir sollten das nicht tun«, flüsterte er.

»Ich weiß.« Ich leckte mir über die Lippen und sein Blick glitt zu ihnen.

»Wir sollten uns voneinander fernhalten.«

»Ich weiß«, antwortete ich erneut und schaffte es nicht, meinen Blick von seinem perfekten Gesicht abzuwenden.

Jeder Zentimeter wirkte wie gemeißelt, als stünde mir ein griechischer Gott gegenüber. Meine Kehle wurde trocken, als er noch näher kam. Unsere Nasenspitzen berührten sich.

Er atmete tief ein. »Du solltest gehen.«

»Warum?« Sein Blick glitt von meinen Lippen und er sah mich wieder an. »Weil ich dich hasse. Ich wollte dich nur vor Valentin ficken.«

Seine Worte waren wie ein Schlag, der mich so unerwartet traf, dass ich unweigerlich nach Luft schnappte.

»Was?« Ungläubig sah ich ihn an.

Er verzog das Gesicht zu einem kalten Lächeln. »Siehst du das denn nicht? Du bist der Spieleinsatz. Es wird ihn so abfucken, dass ich dich zuerst hatte.« Sein Daumen strich an meiner Unterlippe entlang. »Außerdem wird es lustig sein, wenn du dich in Zukunft nach mir verzehrst, weil kein anderer Kerl dich jemals so vögeln wird.« Seine Lippen wanderten zu meinem

Ohr. Dort biss er mir kurz ins Ohrläppchen, bevor er raunte: »Du wirst ewig auf der Suche nach jemandem sein, der dich so fühlen lässt, wie ich es gerade getan habe. Aber du wirst ihn nicht finden. Du wirst jedes Mal an mich denken, wenn ein anderer dich fickt. Das macht dich nur noch erbärmlicher. Sieh dich an, du könntest mir nie genügen. Und jetzt verschwinde aus meinem Haus, Bambi!«

»Es war gar nicht so gut.« Er lachte laut auf.

»Du bist die schlechteste Lügnerin, die ich kenne.« Grinsend trat er zur Seite.

Ich nahm den Rest meiner Würde zusammen und hob das Kinn. »Du hast keine Ahnung, wer ich bin.«

Entschlossen ging ich auf die Treppe zu und kämpfte gegen den Impuls an, mich nochmal umzudrehen. Der Schmerz, der in mir wütete, war mit nichts zu vergleichen. Ich fühlte mich benutzt, gedemütigt und dumm, weil ich mich wieder einmal von ihm hatte täuschen lassen.

Wie oft musste er mich noch verletzen, bevor ich begriff, was für ein Mensch er war? Aber nun hatte er es geschafft. Nie wieder würde ich ihm vertrauen.

»Ich hasse dich, Arjan«, sagte ich mit zitternder Stimme und stieg die Stufen hinunter.

Von oben ertönte ein lautes Rumpeln. Überrascht blieb ich stehen und zögerte einen Moment, dann atmete ich tief durch, schüttelte den Kopf und setzte meinen Weg fort. Am Fuß der Treppe wehten mir zwei aufgebrachte Stimmen aus dem Foyer entgegen.

»Bitte, du musst mir helfen.« Ich erkannte die Stimme, obwohl ich sie noch nicht so oft gehört hatte. Es war Kat. Sie klang aufgeregt, fast verzweifelt.

»Warum sollte ich?« Überrascht hielt ich inne. Mit Neo hatte ich nicht gerechnet.

»Bitte. Du weißt doch, wie er ist«, antwortete Kat und Verzweiflung schwang deutlich in ihrer Stimme mit.

Auf Zehenspitzen schlich ich über den glänzenden Marmor auf sie zu.

»Das ist mir egal. Wir hatten eine Abmachung. Also verschwinde.« Ich hatte Neo selten so wütend erlebt.

»Neo ...«

»Halt die Klappe, Kat.«

Ich schaute um die Ecke und entdeckte die beiden an der offenen Haustür. Kat hatte gerade nach seiner Hand gegriffen, aber er schlug sie sofort weg.

»Du hast es versprochen, weißt du nicht mehr?«, flehte sie jetzt und sah ihn direkt an.

»Hör auf damit.« Etwas in seiner Stimme veränderte sich.

Ich hätte schwören können, dass sie sanfter wurde.

»Bitte. Er wird mich umbringen.«

Neo trat einen Schritt zurück und fuhr sich mit der Hand durch sein dunkles Haar. »Verschwinde, Kat.«

»Nein!« Die Verzweiflung stand ihr ins Gesicht geschrieben. Panisch griff sie wieder nach seiner Hand. »Bitte, Neo. Ich flehe dich an.«

»Ich sagte ...« Mit einem Ruck drückte er sie gegen die Tür. »Ich will, dass du verschwindest. Ich schulde dir nichts, und das weißt du.«

»Du hast gesagt ...«

»Sei still!«, brüllte er.

»Du hast gesagt, du würdest immer ...«, begann sie wieder, doch er schüttelte nur den Kopf.

Seine Hand schnellte an ihren Hals und er zog ihr Gesicht dicht an seins. »Wag es nicht, diese Worte zu wiederholen.«

Trotzig erwiderte sie seinen Blick.

Sollte ich dazwischengehen? Im Moment traute ich ihm sogar zu, sie ernsthaft zu verletzen. Er war wie ausgewechselt. In Neo schlummerte eine Seite, die ich noch nie gesehen hatte. Sie schien genau so zu sein, wie Valentin sie beschrieben hatte. Mir lief ein kalter Schauer über den Rücken. Er hatte gesagt, Neo wäre wie er. Hatte er auch diese Seite? Nein, das konnte nicht sein. Ich konnte mich unmöglich so in einem Menschen täuschen! Und mein Vater auch nicht. Seine Menschenkenntnis war außergewöhnlich gut. Wenn mit Valentin etwas nicht stimmen würde, dann hätte er es gemerkt.

Neo stieß ein Schnauben aus, das mich aus meinem Gedankenkarussell riss. Sein wütender Blick fiel auf Kats kirschrote Lippen.

»Neo …«, flüsterte sie kaum hörbar.

Gerade als ich den Mut aufbringen wollte, dazwischenzugehen, küsste er sie. Ich hielt mitten in der Bewegung inne, blinzelte, aber das Bild blieb dasselbe. Neo küsste Kat. Und sie erwiderte den Kuss. Ihre Hände glitten in sein dunkles Haar, während er sie fester gegen die Tür drückte. Was passierte hier gerade? Verwirrt trat ich einen Schritt zurück, tänzelte um eine Vase herum, die fast zu Boden fiel.

»Fuck! Das hätte nicht passieren dürfen. Du musst gehen!«, hörte ich Neos atemlose Stimme.

Sie war tief und erregt. Kat ließ ihn definitiv nicht so kalt, wie er die ganze Zeit behauptet hatte.

»Neo …«

»VERSCHWINDE!«

Die nächste Entscheidung traf ich binnen Sekunden. Hastig ging ich um die Ecke, direkt auf die beiden zu.

Ich winkte so beiläufig, wie ich konnte, und setzte zur Begrüßung ein unverfängliches Lächeln auf. »Oh, was macht ihr denn hier?«

Neo trat einen Schritt zurück. »Kat wollte Ava sehen, aber weder Arjan noch ich wollen sie im Haus haben.«

»Ich brauche die Hilfe der Jungs«, sagte Kat ohne Umschweife.

Neo warf ihr einen warnenden Blick zu. »Wir werden dir nicht helfen.«

»Sollten das nicht alle entscheiden?«, warf ich ein.

»Ich weiß nicht, was dich das angeht«, blaffte er.

Ich stemmte die Hände in die Hüften. »Ich dachte, das gehört zu eurem Kodex oder so.«

Eigentlich wollte ich mich gar nicht einmischen, sondern nur an den beiden vorbeigehen und verschwinden. Aber aus irgendeinem Grund hatte ich das Bedürfnis, Kat zu helfen. Vielleicht weil sie in diesem Moment mein zerbrochenes Inneres so gut widerspiegelte und ich mir insgeheim jemanden wünschte, der sich in einer solchen Situation auch für mich einsetzen würde.

»Du denkst zu viel, Mädchen. Das solltest du lieber lassen. Das passt nicht zu deinem hübschen Gesicht«, bemerkte Neo mit kalter Stimme zu mir.

Das war also ein erster Vorgeschmack auf seine gefürchtete andere Seite, von der alle sprachen. Sie war wirklich liebreizend. Ich verstand, wieso jeder sie hasste.

»Was ist hier los?« Arjan tauchte direkt hinter mir auf.

Er hatte sich umgezogen und trug nun eine lässige Jogginghose und ein T-Shirt. Mir wurde heiß und kalt, als ich seine Kleidung erkannte. Es waren die gleichen Sachen, die ich an dem Abend getragen hatte, als wir uns geküsst hatten und er mich danach eiskalt aus dem Haus geworfen hatte. Hatte mir Neo etwa Arjans Klamotten zum Anziehen gegeben? War er deswegen so ausgeflippt?

»Kat braucht eure Hilfe«, verkündete ich und versuchte, mich nicht von seinem Anblick ablenken zu lassen.

Seine bloße Anwesenheit stürzte mich in ein Gefühlschaos. Ich wollte ihn küssen, schlagen, anschreien, umarmen – und das alles gleichzeitig.

»Kann sie vergessen«, antwortete er knapp.

»Hört euch wenigstens an, was sie zu sagen hat. Ihr könntet wirklich anfangen, den Menschen zu helfen.«

»Vielleicht morgen, vielleicht in einer Woche, vielleicht nie. Neo, wirf sie raus«, wandte er sich an seinen Bruder.

»Warte.« Neo sah Kat an. »Du willst also unsere Hilfe.«

Etwas an der Art, wie er das sagte, machte mir Angst. Eine Gänsehaut breitete sich auf mir aus. Kat nickte vorsichtig. Auch ihr war der Ton in seiner Stimme nicht entgangen. Es war wie ein kalter Wind, der jedes seiner Worte begleitete.

»Neo, was soll das werden?«, erkundigte sich Arjan verärgert.

»Wir sind doch keine Unmenschen, Arjan. Denk an dein Karma.« Neos Worte klangen alles andere als freundlich.

Ein Teil von mir ahnte, dass uns etwas Schlimmes bevorstand. Es waren die Kälte in seiner Stimme und die Leere in seinen Augen, die mich erschauern ließen. So etwas hatte ich noch nie erlebt. Ich wusste nicht, warum ich Arjan hilfesuchend ansah. Ich konnte nicht anders. Was auch geschah, er musste es aufhalten.

Er fing meinen Blick auf, und es schien, als könne er meine Gedanken lesen, denn er sagte ruhig: »Neo, lass es gut sein. Es ist genug.«

Neo schüttelte den Kopf, drehte sich langsam zu Arjan um und ließ die Hände in die Taschen seines Anzugs gleiten. »Ich setze meinen Joker.«

Joker? Was zum Teufel sollte das bedeuten?

Ich sah Kat an, aber sie schien genauso verwirrt zu sein wie ich.

Stille breitete sich im Foyer aus.

Irritiert blickte ich zu Arjan. Sein Gesicht war ausdruckslos. Er starrte Neo nur an.

»Du willst also unsere Hilfe«, wandte sich Neo nach einigen stummen Sekunden wieder an Kat. »Das wird dich etwas kosten.«

»Ich habe etwas gespart –«

Neos schallendes Gelächter erfüllte die Eingangshalle und brachte Kat augenblicklich zum Schweigen. Wieder lief mir ein kalter Schauer über den Rücken.

Arjan räusperte sich und richtete seine nächsten Worte an mich: »Du solltest besser gehen, Bambi.«

»Oh nein«, mischte sich Neo ein, bevor ich etwas erwidern konnte. »Sie bleibt. Ruf Ryder an, er soll Ava mitbringen.«

»Bist du dir sicher?«, hakte Arjan nach.

»Ich war mir noch nie einer Sache so sicher, Arjan. Ruf auch Sage an.«

»Wenn du kein Geld willst«, schaltete sich Kat ein, »was willst du dann?«

»Deine Würde«, antwortete Neo mit einem teuflischen Lächeln auf den Lippen. »Ich will deine verdammte Würde, *Kittykat.*«

Mir wurde kalt, so unglaublich kalt bei seinem Anblick. Etwas schlummerte in diesem Mann, das selbst den Teufel in den Schatten stellen würde.

30

RIA

Von der Nähe, die noch vor wenigen Sekunden zwischen den beiden geherrscht hatte, war nichts mehr übrig. Da war wieder diese Kälte, die ich nur zu gut kannte. So oft hatte ich sie schon bei Arjan gespürt. Es war fast unheimlich, wie gut die Jungs ihre Gefühle verbergen konnten. Wobei ich mir nicht einmal sicher war, ob sie sie wirklich verbargen oder nur auf Knopfdruck auslöschten, um sie dann ab und zu wie durch einen kleinen Systemfehler wieder aufblitzen zu lassen. Wut war schließlich auch ein Gefühl. Und das stand Neo deutlich ins Gesicht geschrieben. Es schien jede Faser seines Körpers zu durchströmen.

»Kommt mit!«, forderte er uns auf und deutete auf die alte Treppe, die in den Keller hinunterführte.

Mein Unbehagen wuchs. Ich war noch nie in diesem Teil des Hauses gewesen, und ich wurde das Gefühl nicht los, dass es dafür auch einen guten Grund gab. Modriger Geruch schlug uns entgegen, als wir die Treppe hinuntergingen. Neo führte uns einen dunklen Flur entlang und öffnete am Ende eines schmalen Weges eine massive Holztür. Arjan folgte uns schweigend.

Unterwegs hatte ich ihn kurz telefonieren hören. Dem vertrauten, leicht sarkastischen Ton nach zu urteilen, hatte er

Ryder mitgeteilt, wo wir uns befanden. Neo stieß die Tür auf und setzte sich mit einem beängstigenden Lächeln an den Kopf eines langen Tisches.

»Ria, Arjan, nehmt Platz.« Mit einer ausladenden Geste wies er auf eine Reihe freier Stühle und eine Bank.

»Bevor alle guten Plätze weg sind. Oh nein, du nicht. Du, Kittykat, bleibst, wo du bist«, gluckste er süffisant und verschränkte die Arme vor der Brust.

Mit zusammengekniffenen Augen beobachtete er, wie sie am Eingang von einem Bein auf das andere trat. Ich konnte es ihr nicht verübeln. Auch ich wurde von Minute zu Minute nervöser.

Das beunruhigende Lächeln auf Neos Lippen verhieß nichts Gutes und gab mir immer mehr das Gefühl, Kat hätte einen Pakt mit dem Teufel geschlossen. Ich wollte nicht mit ansehen, wie sie ihre Seele verkaufen musste, um zu bekommen, was sie wollte.

Wir saßen eine Weile schweigend am Tisch. Ich wusste nicht, wohin mit meinem Blick, und so richtete ich ihn auf Arjan, der an der Tür lehnte und auf die anderen wartete. Selbst er wirkte angespannt, was meine aufsteigende Nervosität fast in Panik umschlagen ließ. Wenn er seinen Bruder so ansah, erwartete uns und vor allem Kat etwas Schreckliches.

Nach ein paar Minuten kamen Ryder und Ava dazu. Ava sah genauso verloren aus wie ich. Ihr fragender Blick richtete sich auf mich, aber ich zuckte nur mit den Schultern, weil ich keine Antwort auf die Fragen hatte, die ihr so deutlich ins Gesicht geschrieben standen.

»Setzt euch. Los, los!«

In Neos Stimme hatte sich eine Freude gemischt, die mir die Nackenhaare aufstellte und mir einen Schauer über den Rücken jagte.

Eine unangenehme Gänsehaut breitete sich auf meinen Armen aus.

»Was ist los? Warum sind wir hier?« Ava war die Erste, die ihre Frage direkt an Neo richtete.

Doch ihn schien das wenig zu interessieren, geflissentlich ignorierte er ihre Worte und sah sich in der kleinen Runde um.

Ohne zu zögern, holte er sein Handy aus der Tasche und rief jemanden an. »Kommst du in den Konferenzraum im Keller? Und bring mir eine Flasche Whisky mit. Ja, Arjan weiß Bescheid«, fügte er hinzu und legte auf. »Jetzt warten wir nur noch auf Sage.«

Kurz darauf kam Sage mit der gewünschten Flasche Whisky. Er reichte sie Neo und setzte sich auf den freien Stuhl, der der Tür am nächsten war. Ich hatte Sage, den unscheinbaren Hacker der Gruppe, noch nicht oft getroffen, aber er war mir auf Anhieb sympathisch, weil er das genaue Gegenteil der Jungs war. Nachdem er Neo gefragt hatte, ob er wieder gehen dürfe, was dieser mit einem bösen Lachen abgetan hatte, begann er, nervös auf seinem Stuhl hin und her zu rutschen. Das machte ihn noch sympathischer, denn ihm schien die Situation genauso unangenehm zu sein wie mir.

»Also, was soll das Theater?«, fragte Ryder ungeduldig.

Er stand immer noch neben der Bank, auf der Ava und ich saßen. Beide waren nur leicht bekleidet, was darauf schließen ließ, dass Arjan sie aus dem Bett geklingelt hatte. Sage trug eine dunkle Jeans und einen weiten Pullover.

»Schau genau hin«, meinte Arjan, nachdem er sich einen Stuhl an meine Seite gezogen hatte.

Lässig lehnte er sich zurück und verschränkte die Arme hinter dem Kopf.

»Ich habe meinen Joker eingesetzt. Wir werden Kittykat helfen, aber der Preis dafür ist hoch«, erklärte Neo.

Inzwischen hatte er sein Handy in der einen und die Whiskyflasche in der anderen Hand.

»Oh, muss das sein?« Ryder ließ sich mit einem frustrierten Stöhnen neben Ava auf die Bank fallen.

»Ja, Ryder. Es muss sein«, behauptete Neo. »Wir sind doch keine Unmenschen. Wenn man uns um Hilfe bittet, helfen wir auch.«

Er warf Ryder einen Blick zu, der jeden weiteren Einwand im Keim erstickte. Noch nie hatten sie so vor ihm gekuscht.

»Da wir nun vollzählig sind ...« Neo wandte seine Aufmerksamkeit wieder Kat zu. »Tanz!«

Im selben Moment ertönte Musik aus seinem Smartphone. Kat rührte sich nicht von der Stelle. Sie schien wie erstarrt.

»Beweg dich oder verpiss dich und such dir jemand anderen, der dir hilft!«, stieß Neo hart hervor.

Kat gab einen leisen Laut von sich. Ob es ein Versuch war, sich seinem Befehl zu widersetzen, oder eine registrierte Kapitulation, war nicht zu erkennen. Neo beobachtete sie genau. Seine Lippen verzogen sich zu einem schmalen Strich, als sie sekundenlang keine Anstalten machte, sich zu rühren.

»Ich sagte ...« Ich keuchte entsetzt auf, als er eine Pistole zog. »Beweg dich oder verpiss dich! Entscheide dich. Und zwar sofort. Meine Geduld ist am Ende.«

Diese Seite von Neo war mir völlig unbekannt. Ich hatte ihn immer für den Vernünftigsten der Gruppe gehalten und wurde nun brutal eines Besseren belehrt. Sie waren alle durch und durch böse, besessen von ihrer Dunkelheit, die sie nach und nach von innen heraus vergiftete.

Kat senkte den Kopf. Ich erwartete, dass sie sich auf der Stelle umdrehen und den Raum verlassen würde. Das könnte ihr niemand verdenken. Neo strahlte etwas Dunkles aus. Es floss durch seine Adern, durch seinen ganzen Körper. Es war eine Gefahr, die greifbar in der Luft lag. Ich spürte sie auf meiner Haut kribbeln. Ja, an Kats Stelle hätte ich die Beine in die Hand genommen und wäre so schnell wie möglich davongelaufen.

Zu meinem Entsetzen begann sie in diesem Moment zu tanzen. Sie musste wirklich in Schwierigkeiten stecken, warum sonst würde sie sich auf so etwas einlassen?

»Komm schon, das kannst du besser«, drängte Neo.

Kats Unterlippe zitterte. Ich sah, wie sie schluckte, dann ließ sie ihre Hüften in einer aufreizenden Bewegung kreisen. Aber das reichte Neo noch nicht.

»Zieh dich aus«, verlangte er und fuchtelte bedrohlich mit der Waffe herum.

Entsetzt sah ich ihn an. Das konnte nicht sein Ernst sein!

»Aber ...«, begann Kat, doch Neo hob die Hand mit der Waffe und zielte direkt auf ihren Oberkörper, was Kat sofort verstummen ließ.

»Zieh dich aus oder geh.«

In diesem Moment hasste ich ihn. Entsetzt warf ich einen Blick zu Ava, die nicht weniger fassungslos wirkte.

»Ist das wirklich nötig?«, fragte ich vorsichtig und hoffte, irgendwie den Neo zu erreichen, den ich kannte, den Neo, der mein Leben gerettet hatte.

Sein Blick traf mich eiskalt. Ich hatte das Gefühl, direkt auf einen Eisberg zuzufahren.

»Sei still, sonst bist du die Nächste«, drohte er.

Empört schnappte ich nach Luft.

Arjan beugte sich zu mir, bevor ich auf diese Unverschämtheit antworten konnte. »Halt dich da raus, Bambi. Du willst doch die Bestie nicht aufwecken.«

Fassungslos schaute ich ihm in die Augen. Er zuckte gelangweilt mit den Schultern, als wäre es das Normalste der Welt, eine Frau so zu behandeln. Wahrscheinlich war es das für ihn auch. Schließlich war er mit mir auch so umgegangen.

Ich versuchte aufzustehen, doch Arjan drückte mich entschlossen auf meinen Platz zurück. »Wage es nicht, aufzustehen.« Sein Blick brannte sich in meine Seele. Ein silbernes Aufblitzen lenkte meine Aufmerksamkeit auf seine Hand. Mit einer schwungvollen Bewegung klappte er das Messer auf und setzte es mir an die Kehle. »Oder ich werde dich zwingen müssen. Du wirst zusehen und den Mund halten, ist das klar?«

Die stumpfe Rückseite der Messerklinge kratzte an meiner Kehle.

»Arjan!«, tadelte Ava ihn.

Doch bevor ich ihr für ihre Hilfe danken konnte, riss Ryder ihr Gesicht herum. »Du auch, Baby.«

Die plötzliche Kälte im Raum schien nicht nur mir aufzufallen. Ava rutschte nervös auf ihrem Platz hin und her. Ihre Hand suchte meine – eine stille Übereinkunft, dass wir das gemeinsam durchstehen würden.

»Sie ist meine Freundin«, wisperte sie leise.

»Im Moment ist sie nichts weiter als Neos Beute«, antwortete Ryder.

»Er wird ihr wehtun.«

Arjan lachte leise. »Er wird ihr nicht wehtun. Er wird sie zerstören. Das passiert, wenn man uns verrät.«

»Ruhe!«, unterbrach Neo unser leises Geplänkel.

»Und du ...« Wieder deutete er mit der Waffe auf Kat. »Zeig uns, was du zu bieten hast.«

Eine einzelne Träne löste sich aus ihrem rechten Augenwinkel, doch sie wischte sie hastig weg. Sie straffte die Schultern und begann, ihre schwarze Bluse aufzuknöpfen. Ich senkte den Blick und atmete gegen die Wut an, die sich unaufhörlich in mir ausbreitete. Ich spürte, wie Arjan mir ins Haar griff, und im nächsten Moment riss er meinen Kopf hoch.

»Ich sagte, sieh es dir an.« Ich hatte gar nicht gemerkt, dass er näher gekommen war.

Aus Avas Richtung hörte ich ein entsetztes Stöhnen. Vorsichtig drehte ich mich zu ihr um. Ryder hatte ihr Kinn gepackt und zwang sie, ebenfalls hinzusehen. Er wandte zwar nicht so viel Kraft an wie Arjan, aber es war klar, dass er ihr eine Weigerung nicht durchgehen lassen würde.

Arjan zog an meinen Haaren, riss meinen Kopf herum und zischte: »Wo solltest du hinschauen, Bambi? Strapaziere meine Geduld nicht.«

Widerwillig sah ich wieder zu Kat. Sie hatte mittlerweile ihre Bluse ausgezogen. Unaufhörlich drehte und wiegte sie sich im Rhythmus der Musik. Ich wünschte mir nichts sehnlicher, als dass sie endlich damit aufhören würde.

»Jetzt den Rock. Aber schön langsam«, verlangte Neo und trank einen großen Schluck Whisky.

Wieder erstarrte Kat. »Bitte, Neo.«

Es war das erste Mal, dass sie ihn anflehte aufzuhören. Ein paar Sekunden vergingen, in denen sie nur sein furchterregendes Grinsen sah, das dem Teufel Konkurrenz machte.

»Zieh dich aus.« Seine Aufforderung prallte an den nackten Wänden ab.

Kat schnappte hörbar nach Luft, als hätte er ihr eine heftige Ohrfeige verpasst. Ihre Wangen färbten sich rosa. Für einen Moment schloss sie die Augen und atmete tief durch. Ihre Hände wanderten zum Bund ihres kurzen Rockes, und mit einer eleganten Bewegung zog sie ihn von den Hüften. Ein Funkeln trat in Neos Augen. Sein Blick verweilte einen Moment zu lange auf dem roten Spitzenhöschen. Prompt trank er noch einen Schluck, bevor er ihr wieder ins Gesicht sah. Mit einer Handbewegung forderte er sie auf weiterzumachen.

»Es reicht!«, rief ich empört und spürte, wie Ava meine Hand drückte. »Du hast sie genug gedemütigt.«

Wieder traf mich Neos kalter Blick. Sofort zuckte ich zusammen unter der Härte, mit der er mich musterte.

»Arjan«, ermahnte er ihn. »Sieh zu, dass sie den Mund hält. Oder ich werde es tun.«

»Halt den Mund!«, knurrte Arjan und das Messer fuhr tiefer. Er beugte sich noch weiter vor, so dass nur ich seine nächsten Worte hören konnte. »Oder ich werde mit diesem Messer dasselbe tun, was ich mit dem Brieföffner getan habe.« Unwillkürlich presste ich die Schenkel zusammen. Die Vibration seines Lachens traf meine Haut und schickte ein sehnsüchtiges Kribbeln direkt in meine Mitte. »Du bist verdorben, Bambi.«

Er hauchte einen Kuss auf meinen rasenden Puls. »Wirklich verdorben.«

»Träum weiter!« Ich versuchte, mich von ihm zu lösen und den nötigen Abstand zwischen uns zu bringen, den ich brauchte, um wieder klar denken zu können.

Seine Lippen, die immer noch auf meiner Haut lagen, verzogen sich zu einem Lächeln. »Du kannst mir nicht entkommen, Bambi.« Mit einer fast sanften Berührung schob er mein Kinn zurück, damit mir nichts von diesem schrecklichen Anblick entging. »Nicht, solange ich das nicht will.«

Kats Hände wanderten währenddessen zum Verschluss ihres BHs. Mein Herz krampfte sich zusammen, weil ich das Gefühl hatte, in ihrer Haut zu stecken, und gleichzeitig war mir klar, dass es für sie noch tausendmal schlimmer sein musste.

»Hör auf!«, unterbrach sie Neo in letzter Sekunde.

Sie hielt inne. Ihre Finger verweilten auf dem BH-Verschluss.

»Ich hasse dich«, hauchte sie so leise, dass es kaum zu verstehen war.

Sein Grinsen wurde noch breiter.

»Kittykat, Kittykat. Glaubst du, das war schon alles? Komm her.«

Sie zögerte, schien wirklich darüber nachzudenken, dem Ganzen endlich ein Ende zu setzen. Ich wünschte, sie würde es tun.

Aber anstatt den Raum zu verlassen, ging sie auf Neo zu. »Was willst du?«

»Auf die Knie!« Neo deutete mit der Waffe auf den Boden vor seinen Füßen.

Sie starrte ihn ungläubig an. »LOS!«, brüllte er und die Whiskyflasche zerschellte mit einem lauten Knall an der gegenüberliegenden Wand.

Das Geräusch fuhr mir durch Mark und Bein. Ava klammerte sich mit einer Hand an mich und mit der anderen an

Ryder, während sie Neo mit weit aufgerissenen Augen anstarrte. Wenn Kat Angst hatte, ließ sie es sich nicht so anmerken wie wir.

Anmutig sank sie auf die Knie und sah ihn an. »Und jetzt?«

»Jetzt zeigst du mir, was du kannst. Mach den Mund auf. Komm schon, lass uns weitermachen.« Mit einem kalten Grinsen schob er ihr den Lauf der Pistole in den Mund. »Los, lutsch sie, als wär's der Schwanz deiner Bastarde.«

Ihre Augen weiteten sich und fixierten ihn mit einem vernichtenden Blick. Als sie sich weigerte, entsicherte er die Waffe.

»Lutsch sie!«, forderte er energischer.

Ryder räusperte sich, aber Neo ignorierte seinen Freund und lieferte sich ein Blickduell mit Kat.

Als sie begann, den Mund auf und ab zu bewegen, tätschelte er ihr die Wange. »Braves Mädchen.« Sie zuckte unter seiner Berührung zusammen, und er lachte leise.

»Ja, verabscheue mich«, flüsterte er ihr fast zärtlich zu. Speichel tropfte ihr aus dem Mund, als er ihr die Waffe tiefer in den Hals schob. »Vergiss nie, was du jetzt fühlst, Kittykat.«

Tränen liefen ihr über das Gesicht und sie schüttelte kaum merklich den Kopf. Ihre Hände ballten sich zu Fäusten und ihr Körper spannte sich an. Panisch schloss ich die Augen und atmete viel zu hektisch. Ein Stoß von Arjan zwang mich, sie wieder zu öffnen.

Kats Finger griffen nach einem kleinen Anhänger, der um ihren Hals hing. Neo hatte die Bewegung bemerkt. Er schnaubte verächtlich und zog ihr die Waffe aus dem Mund. Mit einem Ruck riss er ihr die Kette vom Hals. Sein Blick versank in ihrem. Die Spannung, die sich zwischen ihnen aufbaute, war mit den Händen zu greifen. Angewidert schaute er auf den Anhänger.

»Nein!« Ihre Stimme brach, und ein Stöhnen kam aus ihrer Kehle, als er ihn zu Boden warf und mit dem Schuh zertrampelte.

Er zersplitterte. Kat schrie auf und Neo lachte. Kalt blickte er auf sie herab.

Ich dachte, er hätte längst eine Grenze überschritten, aber erst jetzt wurde mir klar, dass er ihr gerade etwas angetan hatte, das schlimmer war als jede Demütigung … Er hatte sie gebrochen.

Lächelnd trat er einen Schritt zurück und sie brach schluchzend zusammen, ohne den Blick von dem zerstörten Anhänger zu nehmen.

Ava riss sich los, stieß Ryder zur Seite und eilte zu Kat. Schützend schlang sie die Arme um sie und suchte mit den Augen den Raum nach der Bluse ab, die sie ihr über die entblößten Schultern legte. Während Ava ihr beruhigend über den Rücken strich, starrte Kat Neo wütend an.

»Ich hasse dich, ich hasse dich«, wiederholte sie immer wieder leise.

Mit zitternden Fingern fischte sie das getrocknete Gänseblümchen vom Boden. Neo hockte sich mit einem kalten Lächeln vor sie und nahm ihr das Blümchen aus den Händen.

»Nein. Bitte! Nein!« Kats Schluchzen zerriss mir fast das Herz, selbst Ava konnte sie nicht beruhigen. »Tu das nicht! Bitte!«

Wenn das überhaupt möglich war, wurde sein Lächeln noch kälter. Er folgte ihrem Blick, der immer wieder auf seine Hand fiel. Plötzlich zerdrückte er das kleine Gänseblümchen. Staub rieselte zu Boden. Die Überreste warf er ihr ins Gesicht.

»Du bist ein Monster. Ich hasse dich abgrundtief«, schluchzte Kat.

Sie schrie und weinte, stieß Ava immer wieder von sich, um verzweifelt über den Boden zu wischen.

»Vergiss das nie!« Er stand auf, überließ sie sich selbst und verließ wortlos den Raum.

31

ARJAN

Mit strengem Blick musterte ich die Lagerhalle, die in völliger Dunkelheit vor uns lag.

»Warum machen wir das nochmal?« Genervt blickte ich zu Neo, der sich gerade sein schwarzes Bandana über die Nase zog.

»Was?«, fragte er herausfordernd, als ich eine Augenbraue hob.

»Ist das wirklich nötig?« Ich schüttelte den Kopf.

Früher waren wir immer so um die Häuser gezogen, damit man uns nicht erkannte, aber inzwischen wusste jeder in der Gegend, wer wir waren. Wir schämten uns nicht mehr für unsere Taten, sondern schmückten uns mit der Angst der Menschen.

»Weckt das nicht Erinnerungen? Ich habe auch welche für euch.« Er zog zwei weitere Tücher aus der Tasche und reichte sie Ryder und mir.

»Was meinst du?« Durch den Innenspiegel meines Wagens trafen sich Ryders und mein Blick.

Er grinste und zuckte mit den Schultern. Einen Moment lang ließ er das Tuch gedankenverloren durch seine Hände gleiten.

»Ein letztes Mal?« Er sah mich an, dann Neo. »Dann hören wir endlich auf mit dem Scheiß.«

Neo lachte laut los. »Wer hätte gedacht, dass unser kleiner Streetfighter mal solche Worte sagt?«

Ich stimmte in sein Lachen ein. »Liebe muss schön sein.«

Neo griff sich an die Brust. »Er will ein besserer Mensch werden. Mein Herz! Ach, wie schön!«

»Haltet die Klappe!«, schimpfte Ryder und band sich das Tuch um.

Ich hielt es weiter in den Händen. Es weckte Erinnerungen. Nicht nur schlechte, auch solche, in denen wir nachts einfach nur rumgehangen hatten.

»Komm schon. Ich glaube, als wir das letzte Mal so viel Spaß hatten, hattest du diesen Bürgermeisterkram noch nicht im Kopf«, erwähnte Ryder und machte damit noch einmal deutlich, wie sehr er meine Entscheidung missbilligte.

Ich wusste, dass er die Zeit vermisste, in der wir stundenlang vor der Playstation hockten, uns die Nächte in irgendwelchen Clubs um die Ohren schlugen oder unsere Maschinen ausfuhren. Dafür war jetzt kaum noch Zeit.

Schon seit Tagen merkte ich, wie ich mein Leben immer mehr in Frage stellte. Die Möglichkeiten, die uns das Amt des Bürgermeisters bot, waren wichtig, aber nicht notwendig. Es wäre aber einfacher, die Leute an gewisse Gefälligkeiten zu erinnern, wenn man ein Amt innehätte, das einem Macht verlieh. Unsere Westen waren nicht weiß, es war wichtig, die schmutzigen Geheimnisse unter allen Umständen unter Verschluss zu halten. Dafür war ich bereit, meine Freiheit ein Stück weit zu opfern.

»Du weißt, warum ich das tue«, erinnerte ich ihn.

Dass auch Avas Sicherheit auf dem Spiel stand, sagte ich ihm nicht. Wenn er wüsste, unter welcher Bedingung ihre Unversehrtheit stand, würde er mir eigenhändig ein Wahlplakat basteln.

»Du wolltest nie so werden.« Neo spielte damit auf meine Worte an, die schon eine halbe Ewigkeit zurücklagen.

»Tja, Neo. Es gibt Dinge, die einem keine andere Wahl lassen, als das zu werden, was man nie werden wollte.« Ich zog mir mein Bandana über den Mund.

»Ryder?« Ich hielt ihn noch einmal zurück, bevor er aus dem Auto steigen konnte.

Ich zog den Schlüssel aus meiner Hosentasche und warf ihn ihm in die Hände.

»Was soll das? Arjan?«, fragte er ungläubig.

Natürlich erkannte er ihn. Schließlich waren wir unzählige Male zusammen unterwegs gewesen.

»Ich schenke sie dir.«

»Das ist deine Harley!«, rief er fassungslos.

»Jetzt nicht mehr.«

»Das kann ich nicht annehmen.« Ryders Oberkörper tauchte über der Mittelkonsole auf, wo er versuchte, mir die Schlüssel wieder in die Hand zu drücken.

Mit einem Satz war ich aus dem Auto. »Wenn du sie nicht nimmst, muss ich sie verkaufen.«

»Du hast doch auch einen Bruder«, meldete sich Neo zu Wort, der ebenfalls ausgestiegen war.

Ich sah ihn über den Wagen hinweg an. »Nein.«

»Du willst mir deine Harley nicht geben?«

»Richtig, Neo.«

Er sah mich irritiert an und verschränkte die Arme vor der Brust, während er um das Auto herumging. »Warum nicht?«

Ryder war ganz still geworden. Er saß immer noch auf dem Rücksitz des Wagens und starrte auf die Schlüssel in seinen Händen. »Weil du schon genug schnelle Spielzeuge hast und nur einen Wimpernschlag davon entfernt bist, eines davon vor einen Baum zu setzen. Ich will nicht, dass es meine Harley wird.«

Jetzt schnaubte er frustriert. »Wow. Du machst dir mehr Sorgen um die Maschine als um deinen kleinen Bruder, wenn es zu einem Unfall kommt? Ich bin so enttäuscht.«

»Apropos enttäuscht«, ließ Ryder aus dem Wageninneren verlauten. Sekunden später stieg auch er aus und gesellte sich zu uns. »Was sollte diese Show mit Kat? War das nicht ein bisschen viel?«

»Das geht dich nichts an. Ich habe auch nichts gesagt, als du Ava vor ihrem Haus aufgelauert oder ihre Tür eingetreten oder ihr Date mit Doyle sabotiert hast«, entgegnete Neo mit eisiger Stimme.

Sein Körper verkrampfte sich sofort, so wie er es immer tat, wenn es um Kat ging. Ich wusste nicht, was zwischen den beiden vorgefallen war, er hatte nie mit uns darüber gesprochen. Nach seiner Reaktion zu urteilen, waren sie bestimmt miteinander im Bett gewesen und einer hatte den anderen abserviert – wahrscheinlich Kat Neo, weil er nicht in die Familienpläne ihres Vaters passte. Valentin hatte mir mal erzählt, dass er plante, Kat mit einem einflussreichen Mann zu verheiraten. Ob er diese Pläne immer noch verfolgte, wusste ich nicht. Valentin hatte um sie gekämpft. Wir alle hatten es getan. Und Neo am meisten.

Ryder antwortete nicht auf Neos Worte, die sein Verhalten in den letzten Monaten perfekt zusammenfassten, sondern blickte auf das verlassene Lagerhaus vor uns. »Bist du sicher, dass Kat diesen Ort meint? Was hat sie denn so Wichtiges verloren, dass sie uns um Hilfe bittet?«

Neo hatte uns auf dem Weg hierher nur das Nötigste erklärt. Nach seiner kleinen Show waren wir sofort losgefahren, denn die Sache schien seiner Meinung nach dringend zu sein.

»Sie hat mir die Adresse geschickt. Sage hat die Kameras schon ausgeschaltet. Mal sehen, wo wir das Paket finden.«

»Paket?« Ryder wechselte einen Blick mit mir, dann sahen wir beide Neo an. »Verkauft sie jetzt Drogen?«

Er schüttelte den Kopf. »Sie sagt, es sind keine Drogen.«

Ich fuhr mir durch die Haare und sah zum Lagerraum hinüber.

»Das klingt nach einer Falle. Weißt du noch, was Valentin uns vorgeworfen hat?«

»Wir sollen ihm Drogen untergeschoben haben«, antwortete Ryder und folgte meinem Blick. »Aber das haben wir nicht.«

Nein, das hatten wir nicht. Es stimmte zwar, dass wir uns von ihm abgewandt hatten, aber das hatte einen ganz anderen Grund.

»Ich weiß. Aber das wäre doch eine gute Rache, oder?« Ich sah sie nacheinander an.

Neo stöhnte und ging an uns vorbei. »Das wissen wir erst, wenn wir drinnen sind. Ich glaube nicht, dass Kat uns angelogen hat.«

Ich war mir nicht sicher, ob er sich nicht selbst etwas vormachte. So wie er Kat behandelt hatte, nicht nur heute, sondern schon seit längerer Zeit, würde es mich nicht wundern, wenn sie sich an ihm rächen wollte. Langsam näherten wir uns dem Lagerhaus. Weit und breit war nichts zu sehen und kein Mucks zu hören. Es schien, als sei an diesem gottverfluchten Ort mitten im Nirgendwo nicht eine Menschenseele zu finden.

»Was hatte sie noch mal gesagt? Irgendwas kommt mir komisch vor«, sprach Ryder meine Gedanken laut aus.

Neo seufzte. »Sie wurde in einer Seitengasse von drei Typen überfallen. Anscheinend hat Valentin nicht nur mit uns ein Problem.«

Ryder runzelte die Stirn. »Dafür schien sie ziemlich tough zu sein. War sie schon immer so?«

Wir kannten Kat genauso lange wie Valentin, und sie war uns nicht weniger ein Rätsel als er. Obwohl sie wusste, was für ein Monster er war, blieb sie bei ihm, als wäre sie durch eine krankhafte Abhängigkeit an ihn gebunden. Ich hatte nie ein besonders gutes Verhältnis zu ihr gehabt, sie war nur die kleine Schwester meines besten Freundes gewesen.

Bei Neo war das anders. Die beiden schienen mehr als ein Geheimnis zu teilen. Das gefiel mir nicht. Ich hatte das Gefühl, dass sie die Bombe in Valentins Händen war, die uns alle zerstören konnte.

»Glaubst du, sie hat mich angelogen?« Neos Stimme klang anklagend.

Offenbar konnte er sich das nicht vorstellen. Dabei musste er doch am besten wissen, wozu Geschwister fähig waren. Wir würden füreinander töten.

»Wir sollten sie im Auge behalten«, sagte Ryder, der ihr offensichtlich auch nicht glaubte. Augenzwinkernd drängte er sich an mir vorbei und marschierte schnurstracks in die Lagerhalle.

»Ausnahmsweise stimme ich Ryder zu.« Ich folgte ihm in die baufällige Halle.

»Leute, hier ist nichts. Die Halle ist leer«, rief er kurz danach aus dem Gebäude. »Sie hat dich verarscht!«

»Das glaube ich nicht.« Die Überzeugung, mit der Neo Kat gerade noch verteidigt hatte, begann zu bröckeln. »Warum sollte sie das tun?«

Ryder riss die Augen auf.

»Das fragst du dich wirklich?«

»Vielleicht sollte sie uns aus dem Haus schaffen?«, überlegte ich laut.

Plötzlich ertönte hinter uns ein fürchterliches Geräusch. Metall kratzte über Stein, dann rief jemand: »Applaus, Applaus. Die Blitzbirne hat es geschnallt.«

Ich wirbelte herum. Fünf riesige Männer mit Baseballschlägern in den Händen versperrten uns den Weg nach draußen.

»Wir dachten schon, ihr wollt im Auto noch einen Kaffee trinken«, gluckste der in der Mitte.

»Ist das ...« Ryder sah uns abwechselnd an. »... eine Falle?«

Neo schüttelte ungläubig den Kopf. »Das würde sie nicht tun.«

»Was murmelst du da, Junge?« Der linke der fünf Männer deutete auf Neo. »Ach, du musst Neo sein. Der, der am meisten verletzt aussieht.« Er lachte und deutete mit dem Baseballschläger auf ihn. »Der Boss hat eine Botschaft für dich: Du kannst sie nicht retten, solange du bei ihnen bist.«

32

RIA

Erst als die Jungs weg waren, schlich ich mich in Arjans Zimmer, um mein Höschen aus seiner Jackentasche zu holen und das lange Kleid gegen Leggings und einen flauschigen Pullover von Ava zu tauschen. Als ich ins Wohnzimmer zurückkam, bemerkte ich, dass sie es geschafft hatte, die völlig aufgewühlte Kat zu einem Tee zu überreden. Man konnte ihr deutlich ansehen, wie schlecht es ihr ging. Ihre Finger zitterten und ihre Augen waren gerötet. Die ganze Zeit starrte sie auf die Scherben ihres Anhängers, die Ava ihr in ein Taschentuch gewickelt auf den Tisch gelegt hatte. Wenigstens weinte sie nicht mehr.

»Kat, was ist los?« Ava griff nach der Hand ihrer Freundin, doch die zuckte sofort zusammen und riss sie weg, als könnte sie die Berührung nicht ertragen.

Zwischen den jungen Frauen schien eine Mauer zu stehen, die von Sekunde zu Sekunde wuchs. Die Distanz ging eindeutig von Kat aus. Dorothee betrat den Raum mit einem Tablett, auf dem drei dampfende Tassen Tee standen. Sie reichte jedem von uns eine und sah Kat besorgt an. »Kind, du siehst schlecht aus. Auf deinen Schultern muss viel lasten.«

Sanft klopfte sie ihr auf die Schulter, bevor sie sich an Ava wandte: »Ich werde mich jetzt zurückziehen. Gute Nacht.«

Das Haus, in dem Dorothee wohnte, lag nur wenige Kilometer entfernt am Ende des Grundstücks. Bei schönem Wetter ging sie die gute Viertelstunde zu Fuß, bei schlechtem benutzte sie den kleinen Golfcart, den einer der Jungs höchstwahrscheinlich gestohlen hatte. Da das Wappen von Silverside die grüne Spitze des Wagens zierte, mussten sie ihn von unserem Golfplatz haben. Ich glaubte mich sogar daran zu erinnern, dass ich in den Aufzeichnungen meines Vaters etwas über diesen Vorfall gelesen hatte.

»Kat, was ist los? Bitte sprich mit mir«, drängte Ava ihre Freundin.

Kat seufzte und starrte auf ihren Tee. »Kann ich dich um etwas bitten, Ava?«

»Natürlich. Alles.«

»Bitte überrede die Jungs, die Stadt zu verlassen. Zieht nach Silverside oder sonst wohin, aber bitte geht.«

Ava schüttelte energisch den Kopf. »Ich werde dich nicht einfach so zurücklassen.«

»Diese Freundschaft ist zum Scheitern verurteilt, Ava. Versteh das endlich.«

»Sie wäre es nicht, wenn du endlich anfangen würdest, mit mir zu reden. Glaubst du nicht, dass Ryder und die anderen in der Lage wären, dir zu helfen?« Avas Stimme hatte einen scharfen Unterton angenommen.

»Lass es gut sein, Ava«, seufzte Kat resigniert. Ihr erschöpfter Blick wanderte zu mir. »Du bist Ria, richtig?« Mein Schweigen nahm sie als Bestätigung. »Du musst Ava und die anderen überzeugen. Bitte.«

Sie klang verzweifelt, was kein gutes Zeichen war.

»Wieso? Hat Valentin irgendwas vor?«, fragte Ava sofort.

»Es gibt einen Verräter unter euch. Jemanden, der Arjan ausspioniert«, erklärte Kat.

Verdammt. Mir lief ein eiskalter Schauer über den Rücken. Wie viel wusste sie? Hatte Valentin ihr von mir erzählt?

»Ich habe ihn vorgestern am Telefon gehört. Er ist wütend, sehr wütend.« Sie strich sich gedankenverloren über die Handgelenke. Erst jetzt fiel mir die leichte Rötung dort auf. »Er hat mich gesehen und sofort aufgelegt. Ich konnte nichts machen. Es tut mir so leid, das musst du mir glauben, Ava!«

»Was meinst du damit?«

Tränen sammelten sich in Kats Augenwinkeln. »Es ist eine Falle.«

Unruhig rutschte ich hin und her. Mit einem mulmigen Gefühl in der Brust zog ich mein Handy aus der Hosentasche und warf einen Blick auf die letzten Nachrichten.

VALENTIN:
Sind sie endlich weg?

ICH:
Ja, sie sind gerade aufgebrochen.

33

ARJAN

»Das sieht nicht gut aus«, sagte Ryder.

Das war noch untertrieben – wir waren an einem Ort, den wir nicht kannten, mit dem Rücken zur Wand und fünf Typen mit Baseballschlägern vor uns.

»Meinst du?« Ich versuchte, meine Besorgnis mit Ironie zu überspielen. »Ich habe ein Messer!«

»Wow, das ist eine verlockende Aussicht gegen einen Haufen Neandertaler mit Baseballschlägern«, rief er und zog sein eigenes aus der Tasche.

Er trug es immer bei sich.

»Ich habe eine Knarre.« Neos Stimme durchbrach unser albernes Geplänkel.

»Was?« Ich sah ihn schockiert an. Seit wann lief er mit einer verdammten Knarre herum?

»Warum?«

»Weil ich Valentin keinen Meter über den Weg traue«, erklärte er.

»Warum hast du das dann mit Kat gemacht?«, wollte Ryder wissen.

»Weil ich es tun musste. Also wollen wir uns hier rausschlagen und Valentin eine Nachricht überbringen?«

»Wie in alten Zeiten?«, fragte Ryder grinsend.

»Wie in alten Zeiten«, stimmte ich ihm zu und klappte das Messer auf.

Diese Schwachköpfe waren keine Gegner für uns. Wir hatten schon Schlimmeres überstanden. Bedrohlicheres.

»Ich nehme die beiden links, Neo den in der Mitte und Ryder die letzten beiden rechts«, erläuterte ich kurz den Plan. Beide nickten und langsam näherten wir uns der Gruppe. »Und Neo? Lass dich von denen bloß nicht vollquatschen.«

Ich hätte ahnen müssen, dass Valentin ihn wollte. Er hatte es mir selbst gesagt. Er hatte Neo immer gehasst, ihn verabscheut und versucht, mir einzureden, dass er ein schlechter Mensch sei. War das sein Plan? Uns auseinanderzubringen? Dann war er noch dümmer, als ich dachte. Neo war mein Bruder, meine Familie. Ich würde alles tun, um ihn vor diesem Mann zu beschützen. Niemals würde ich zulassen, dass er zu dem Monster wurde, zu dem Valentin geworden war.

Abrupt blieb ich stehen. »Gib mir die Waffe, Neo.«

Er zögerte. »Das brauchst du nicht tun, Arjan. Ich bin bereit!«

Meine Brust zog sich bei seinen Worten schmerzhaft zusammen.

Ich schüttelte heftig den Kopf. »Gib sie mir.«

Nach einem weiteren Moment des Zögerns übergab er sie mir zähneknirschend. Ich starrte die Glock in meiner Hand an. Schwer lag sie da, als ahnte sie, was sie mir abverlangte.

»Ihr könnt jetzt gehen, und wir vergessen diese unangenehme Angelegenheit. Ich werde keinen von euch töten. Wenn ihr bleibt, werdet ihr alle der Reihe nach für etwas Dummes sterben, das euch direkt in die Hölle bringt.«

Einer der Männer neigte den Kopf, legte die freie Hand unter das Kinn und tat so, als würde er über mein Angebot nachdenken.

»Keine –« Bevor er den Satz beenden konnte, schoss ich ihm zwischen die Augen.

Es war nicht schwer, nicht fremd. Das Geräusch, als der leblose Körper zu Boden krachte. Das Leben, das innerhalb von Sekunden aus seinem Körper wich. Das war mir so vertraut, dass ich nicht einmal mit der Wimper zuckte, während Neo neben mir zusammenfuhr.

Die Männer lachten. Sie lachten!

Es waren eindeutig Valentins Männer – genauso verwirrt wie er.

»Tja, Slade, das war's dann wohl für dich, alter Freund«, gluckste einer von ihnen und blickte auf die Leiche, unter der sich eine immer größer werdende Blutlache bildete.

Ich richtete die Waffe auf ihn. »Mein Angebot steht noch.«

Ein schrilles Piepen zerriss die Stille.

War das ein Timer? Irritiert wechselte ich einen Blick mit Neo und Ryder. Sie schienen genauso ratlos wie ich, während Neo weiterhin abwechselnd zu dem leblosen Körper am Boden und zu mir sah.

Der Mann schaute auf seine Armbanduhr. »Sie sind da. Gehen wir, Jungs.«

»Von wem redest du?«, fragte ich perplex.

Er grinste mich breit an und zeigte eine Reihe gelber Zähne. »Von den Männern in deinem Haus.«

34

Ein Geräusch ließ mich aufschrecken. »Was war das? Habt ihr das gehört?«

Der Rest Farbe, der noch in Kats Gesicht war, verschwand und sie riss die Augen auf. »Nein.«

Mit einem Satz stand sie auf und sprintete zur Wohnzimmertür.

»Was hat sie denn?«, fragte Ava irritiert.

Hastig folgte ich Kat. »Das ist die Falle? Sie sind hier?« Ich packte sie an den Schultern und hielt sie zurück. »Was bist du für ein Mensch? Sie ist deine Freundin!«

Kat sah mich fassungslos an und Tränen liefen ihr über die Wangen. Immer wieder schüttelte sie den Kopf und stammelte unverständliche Worte.

»Rede gefälligst!«, schrie ich wütend.

»Das wollte ich nicht. Das war nicht geplant.« Sie rang um Fassung und vielleicht war es das Geräusch von splitterndem Glas, das sie wieder klar denken ließ. Plötzlich griff sie nach meinen Händen. »Lauf. Ich werde ihn aufhalten. Schnell!« Sie schob mich in den Flur und wandte sich hektisch an Ava. »Geht durch den Personalgang.«

»Was? Den Gang kenne ich nicht. Was ist denn überhaupt los?«, fragte Ava irritiert.

»Deine Freundin scheint dich verraten zu haben. Er ist hier«, erklärte ich ihr und starrte Kat wütend an.

»Er ist nicht hier. Seine Männer sind hier«, verbesserte sie mich.

»Und das macht einen Unterschied?«, gab ich gereizt zurück. »Was für ein Spiel spielst du eigentlich? Glaubst du, du kannst auf beiden Seiten tanzen? Das funktioniert nicht, Süße!«

Ich hatte es selbst versucht und war gescheitert. Wie es schien, spielte Valentin nicht – er war im Krieg. Gegen alles und jeden, der ihm in die Quere kam. Offenbar stellte da auch seine Schwester keine Ausnahme dar.

»Ich tanze nicht auf beiden Seiten, du dumme Kuh. Ich versuche nur, mein Leben zu retten«, fauchte sie mich an und fuhr sich nervös durch ihr rotblondes Haar.

»Was meinst du damit? Kat, was hast du getan? Steckst du in Schwierigkeiten?«, fragte Ava und trat einen Schritt auf sie zu.

Selbst in dieser Situation war Ava mehr um das Wohl ihrer ehemals besten Freundin besorgt als um ihr eigenes.

Kat schüttelte den Kopf. »Vergiss es. Dafür haben wir jetzt keine Zeit.«

Das Fenster hinter Kat zerbrach. Wegen des Streits hatten wir nicht bemerkt, wie sich jemand durch den Garten bis zur Terrassentür geschlichen hatte.

»Sie haben das Haus umstellt, um uns an der Flucht zu hindern?«, mutmaßte ich und sah zu Kat.

Sie bestätigte meine Befürchtung mit folgenden Worten: »Lauft! Ihr müsst euch in einem Zimmer einschließen. Ruft die Jungs an. Sie müssen so schnell wie möglich zurückkommen!«

Mutig stellte sie sich vor den fremden, maskierten Mann, der gerade durch das bodentiefe Fenster direkt ins Wohnzimmer kletterte. Etwas blitzte in seiner Hand auf und ich schnappte erschrocken nach Luft. Ein Messer.

»Kat, Kat, Kat«, sagte der Fremde.

Ava zuckte zusammen und erstarrte. Auch mir kam die Stimme irgendwie bekannt vor, aber ich konnte sie keinem Gesicht zuordnen.

»Ich muss sagen, dich hier zu sehen, gibt dem Ganzen eine andere Würze«, feixte er gutgelaunt.

»Lass sie gehen!«, verlangte Kat und trat näher auf ihn zu. »Ich bitte dich, lass sie gehen! Sie haben doch nichts damit zu tun.«

»Was gibst du mir dafür? Noch sind wir allein. Solange die anderen nicht durch die Haustür kommen, bin ich bereit, mir dein Angebot anzuhören.« Er fasste sich grinsend in den Schritt. »Obwohl du sicher weißt, was ich von dir will.«

Ich zerrte an Avas Arm, aber sie blieb wie versteinert stehen.

»Ava!« Ich versuchte, zu ihr durchzudringen.

»Das kann nicht sein«, murmelte sie.

Kat setzte währenddessen ihr Gespräch mit dem Typen fort. »Er würde dich umbringen, das weißt du.«

»Nur wenn er es herausfindet.« Er griff nach einer ihrer Haarsträhnen und ließ sie durch seine behandschuhten Finger gleiten. »Du bist alles, was ich will.«

Blitzschnell erwachte Ava aus ihrer Schockstarre und stellte sich schützend vor Kat. »Wenn du es wagst, sie anzufassen, bringe ich dich um!«

Der Kerl ließ das Messer sinken und deutete auf den Gang. »Wenn das so ist und du nicht bereit bist, mir zu geben, was ich will, Kat, dann solltet ihr besser rennen.«

Ava packte mich mit einer Hand, Kat mit der anderen und zog uns zusammen in den Flur. Ich konnte meinen Blick nicht von dem Mann im Wohnzimmer abwenden, der gelassen auf seine Armbanduhr schaute und seelenruhig verkündete: »Ich gebe euch einen kleinen Vorsprung. Lauft, meine Vögelchen.«

In diesem Moment wurde die Haustür aufgestoßen und zwei weitere maskierte Männer drängten sich in den Flur. Auch sie hielten Messer in den Händen. Ava griff nach dem nächstbesten Gegenstand und warf eine Blumenvase nach ihnen. Das schwere Porzellan traf einen von ihnen am Kopf und riss ihn zu Boden.

Hinter uns ertönte ein unerträgliches Geräusch, das mir augenblicklich das Blut in den Adern gefrieren ließ. Panisch drehte ich mich um. Der Fremde, der mir irgendwie bekannt vorkam, schlenderte den Gang entlang und zog mit dem Messer eine Linie in die Wand. Ein eisiger Schauer lief mir über den Rücken. Mir standen die Haare zu Berge und ich keuchte atemlos, obwohl wir uns noch keinen Meter bewegt hatten. Die Angst lähmte mich und ließ mich wie ein aufgescheuchtes Kaninchen zurück. Ich konnte nicht atmen, nicht laufen, nicht einmal ein Schrei kam aus meiner Kehle.

Ängstlich warf ich Ava einen Blick zu. »Was machen wir jetzt?«

Sie sah abwechselnd zu dem maskierten Mann hinter uns und zu denen vor uns. Für mich war die Situation klar: Eine Flucht würde das Unvermeidliche nur hinauszögern, wenn wir überhaupt weit kamen. Die Tür war versperrt, genauso wie der Weg über die Terrasse.

»Alles – nur nicht aufgeben«, sagte sie entschlossen.

»Genug geredet«, meldete sich der Kerl hinter uns zu Wort.

Er klang so maßlos begeistert, dass mir schlecht wurde. Was immer uns in den nächsten Minuten erwartete, es würde schrecklich werden. Mit einem Nicken gab er den anderen Typen ein Zeichen und öffnete damit die Pforte zur Hölle.

Die beiden vor uns traten zur Seite und eine weitere Person betrat das Haus. An der Art, wie er ging, erkannte ich sofort, dass er ein Mann war. Er war groß und schlank und verbarg die Hälfte seines Gesichts hinter einer »Phantom der Oper«-Maske. Ich schluckte und wich unbemerkt einen Schritt zurück, denn er strahlte etwas aus, das mir Angst machte und gleichzeitig vertraut war.

»Guten Tag, meine Damen«, begrüßte er uns höflich.

Als er zu sprechen begann, wusste ich, wer er war. Das Handy in meiner Hosentasche fühlte sich schwer an. Es schien mich zu verhöhnen und zog meinen letzten Kampfgeist mit sich nach unten. Verzweifelt versuchte ich, gegen die Panik anzukämpfen, die mit der Erkenntnis kam, dass ich ihn hierhergelockt und diese Situation heraufbeschworen hatte.

Auch Kat schien ihren Bruder sofort erkannt zu haben, denn sie lehnte sich Halt suchend an die Wand. »Was machst du denn hier?«

Ihre zitternde Stimme versetzte mich in Panik. Wenn sie solche Angst vor ihrem Bruder hatte, wie weit würde er dann gehen?

»Halt sie fest! Und wehe, du krümmst ihr auch nur ein Haar«, wandte er sich unbeeindruckt von ihrer Frage an den Mann hinter uns.

Blitzschnell trat dieser vor, packte Kat um die Taille und zog sie von uns weg.

»Lauft!«, rief sie, doch weder Ava noch ich rührten uns von der Stelle.

So sehr ich es auch versuchte, meine Beine wollten sich nicht bewegen und Ava schien es genauso zu gehen. Langsam begriff sie die Zusammenhänge und wirbelte herum.

Wütend funkelte sie Kat an. »Du hast uns verraten?«,

Der Schmerz verzerrte jedes Wort und traf mich mitten ins Herz. Wie musste sich Kat erst fühlen?

»Wie kannst du mir das antun? Ich dachte, wir sind Freundinnen!« Tränen schimmerten in Avas Augen und anstatt endlich nach oben zu laufen, folgte sie Kat und dem Fremden zurück ins Wohnzimmer. »Ich hätte alles für dich getan!«

Ich zögerte einen Moment, überlegte, ob ich nicht versuchen sollte, allein zu fliehen. Aber war ich wirklich in Gefahr? Valentin war nicht hinter mir her. Er würde mich sicher gehen lassen. Der Gedanke, jetzt zu verschwinden, war verlockend, doch ich brachte es nicht übers Herz, Ava ihrem Schicksal zu überlassen, von dem ich mir nicht einmal vorstellen konnte, wie es aussehen würde.

»Ich wusste es nicht. Bitte glaub mir, Ava. Ich habe alles getan, um euch zu beschützen«, rief sie Ava zu.

Valentin beobachtete mich mit zur Seite geneigtem Kopf und wartete gebannt auf meine Reaktion. Plötzlich huschte ein düsteres Lächeln über sein Gesicht, als könnte er meine Entscheidung an meiner Miene ablesen. Ohne weiter über die Konsequenzen nachzudenken, rannte ich ins Wohnzimmer, wo Ava sich gerade auf den Kerl stürzte, der Kat in die Ecke zum Heizkörper drängte.

»Ava, lass das! Wir müssen hier weg!« Nur widerwillig ließ sie von ihm ab.

»Hör auf, dich zu wehren, sonst muss ich dir wehtun!«, presste er energisch hervor, stieß Kat zu Boden und warf einen schnellen Blick über die Schulter, um sich zu vergewissern, dass wir allein waren, und ihr einen Tritt in die Seite zu verpassen.

Erst jetzt bemerkte ich, dass uns weder Valentin noch seine beiden Handlanger gefolgt waren. Wollte sie uns einen Vorsprung geben, um die Jagd spannender zu gestalten?

Kat keuchte, und der Kerl nutzte ihre kurze Wehrlosigkeit, um sie mit den Handschellen, die er gerade aus der Tasche gezogen hatte, an die Heizung zu ketten.

»Du bist so hübsch!« Er strich ihr zärtlich über die Wange.

Sie zerrte an ihren Fesseln, das leise Klimpern der Handschellen wehte durch den Raum.

»Fass sie nicht mit deinen dreckigen Pfoten an, sonst muss ich sie dir abschneiden«, donnerte Valentins Stimme durch den Raum.

Er ging direkt auf Kat zu.

Einen Moment lang war ich hin- und hergerissen zwischen der Neugier, was er seiner Schwester sagen würde, und dem

Drang, endlich zu verschwinden. Ich entschied mich für die Flucht und zog Ava mit aller Kraft zum Fenster. Sie wehrte sich zunächst, weil sie immer noch auf eine Antwort von Kat hoffte. Ihr verzweifelter Gesichtsausdruck verriet, dass sie den Verrat ihrer Freundin nicht glauben wollte. Irgendwie lag sie auch richtig, denn es war nicht Kats Verrat, sondern meiner. Aber ich würde einen Teufel tun und die Sache aufklären. Sollte doch Kat der verdammte Sündenbock sein!

»Warum tust du das?«, hörte ich Kat ihren Bruder fragen.

Ava hatte es bereits geschafft, an mir vorbei auf die Terrasse zu kommen, ohne dass einer der Männer ihrem Fluchtversuch viel Beachtung schenkte. Vielleicht war das aber auch der Plan: uns erst in Sicherheit wiegen, um uns dann mit einem Schlag die Hoffnung zu nehmen. Ich nutzte den kurzen Augenblick und warf einen Blick über die Schulter.

Valentin strich Kat sanft eine Träne von der Wange. »Schhh. Weine nicht. Sie haben es verdient und das weißt du auch.«

»Sie ist meine Freundin!«, weinte Kat. »Tu es bitte nicht. Ich flehe dich an, Valentin!«

»Deine Freundin? Bist du dir sicher?« Seine Stimme wurde mit jedem Wort kälter. »Eine Freundin, die nicht um dich kämpft. Auf solche Freunde kannst du verzichten.« Wieder streichelte er ihre Wange. »Du hast mich. Und deshalb werde ich dafür sorgen, dass sie dir in Zukunft nicht mehr wehtun kann. Keiner von ihnen.«

»Nein!« Kat schüttelte wie wild den Kopf. »Bitte, lass uns einfach gehen. Ich brauche sie nicht, da hast du Recht.« Die Worte sprudelten so schnell aus ihrem Mund, dass ich Mühe hatte, ihnen zu folgen. In diesem Moment riss ich mich von der Szenerie los und sprintete zu Ava.

»Lauf!«, rief ich ihr zu und deutete auf das Tor, das auf den Weg zum Wald führte. »Wir können uns da irgendwo verstecken. Renn einfach und schau dich nicht um. Dreh dich nicht um. Hörst du, Ava? Egal was passiert.«

Ich hatte die Terrasse noch nicht verlassen, als mich jemand zu Boden riss. Ein schwerer Körper begrub mich unter sich. Keuchend vor Anstrengung kämpfte ich gegen das Gewicht meines Gegners an, der mich mit Leichtigkeit am Boden hielt. Schreie ließen mich in meinem aussichtslosen Kampf kurz innehalten. Angst mischte sich mit Panik.

»Ava?«, krächzte ich, weil mir das Atmen immer schwerer fiel.

Ich schlug um mich, trat wie verrückt in alle Richtungen. Irgendwann, als ich immer mehr spürte, wie mir die Kraft ausging, traf ich meinen Gegner mit dem Knie genau zwischen den Beinen. Er schrie vor Schmerzen und rollte sich zur Seite. Ich brauchte einen Moment, um die Situation zu erfassen. Der gläserne Terrassentisch war zerbrochen und die Platte lag in tausend Scherben auf den Steinen. Ava, die eine der Glasscherben genommen hatte, hielt sie schützend vor sich, um einen anderen Typen von sich fernzuhalten. In Panik griff ich nach einer großen, spitzen Scherbe, die mir am nächsten lag, und schlug zu, als der Kerl wieder auf mich losging.

Blut tropfte über mein Gesicht, das Glas blieb in seinem Hals stecken. Entsetzt riss er die Augen auf, sein Schrei blieb ihm in der Kehle hängen und er sackte zu Boden. Verzweifelt kroch ich zurück und schnitt mir die Hände an den herumliegenden Glasscherben auf. Den Schmerz spürte ich nicht. Er folgte mir mit den Augen, formte die Lippen zu einem stummen Schrei und streckte keuchend die Hand nach mir aus. Ich wimmerte leise, als das Leben aus seinen Augen wich. Mein Körper zitterte und meine Zähne schlugen aufeinander.

»Lauf!«, ertönte von irgendwoher Avas Stimme, aber ich konnte nichts anderes mehr wahrnehmen als den leblosen Körper vor meinen Füßen.

Ich hatte ihn getötet. Verzweifelt presste ich die Hände vor den Mund, weil ich das laute Wimmern nicht unterdrücken konnte. Jemand zog mich an den Haaren nach vorne, sofort wurde ich wieder in die Gegenwart katapultiert. Mit letzter Kraft stemmte ich mich gegen den Angreifer. Aber es nützte nichts. Ohne Mühe schleifte er mich zum Pool. Meine Augen weiteten sich vor Angst.

»Nein!« Meine Bewegungen wurden unkontrollierter, je näher wir dem Pool kamen.

Vor der Kante zwang er mich auf die Knie. Er war viel stärker als ich, aber es gelang mir, mich aus seinem Griff zu befreien. Er seufzte frustriert und trat mir die Beine weg. Der Sturz kam so unvorbereitet, dass ich ihn nicht mehr mit den Armen abfangen konnte. Mit voller Wucht landete ich auf der Seite. Sterne tanzten für einen Moment vor meinen Augen und ich wäre froh gewesen, dieser Tortur so entkommen zu können. Die dunkle Ungewissheit wäre besser gewesen als alles, was noch kommen sollte. Doch so viel Glück hatte ich nicht. Ich blinzelte mir die Tränen des Schocks aus den Augen und bemerkte Valentin vor mir. Er griff mir beherzt ins Haar, zog meinen Kopf über den Pool und verharrte in dieser Position.

»Nein, nein. Bitte, ich –« Die restlichen Buchstaben gingen in einem Blubbern unter, als er meinen Kopf unter Wasser drückte.

Mein Mund füllte sich rasch mit Wasser, weil ich nicht aufhören konnte zu schreien. Die Angst und das Gefühl, mich wieder in den Tiefen des Meeres zu verlieren, machten jeden rationalen Gedanken zunichte. Nach einigen Sekunden, die mir wie Minuten vorkamen, zog er meinen Kopf wieder an die Oberfläche. Keuchend schnappte ich nach Luft, doch bevor ich meine Lunge mit genügend Sauerstoff versorgen konnte, drückte er mich erneut unter Wasser.

Mein Herz raste, aber diesmal hatte ich mich so weit unter Kontrolle, dass ich nicht schrie. Leider ging mir nach wenigen Augenblicken die Luft aus, weil ich sie nicht lange genug anhalten konnte. Mein Kopf schmerzte und ich presste die Augen noch fester zusammen. Panisch schossen meine Hände hinauf, tasteten blindlings nach seinen, während vor meinem inneren Auge schwarze Punkte tanzten. Ich schaffte es nicht länger, die Luft anzuhalten. Der vermeintliche rettende Atemzug, nach dem mein Körper verlangte, spülte mir nur einen Schwall Wasser in den Mund.

Wieder wurde mein Kopf aus dem Pool gezogen. Prustend spuckte ich Wasser auf den Boden und Sterne tanzten vor meinen Augen. Mein Körper erschlaffte. Es war ein nüchterner Gedanke, der sich in diesem Moment in meinem Kopf festsetzte: Ich würde sterben. In dieser Hoffnungslosigkeit schien mir das Loslassen leicht und schwer zugleich – wie das tragische Ende eines traurigen Films, das man sich zwar sehnlichst herbeiwünschte, aber gleichzeitig verfluchte, weil es das schreckliche Gefühl zurückließ, dass die eigene heile Welt zerstört wurde.

»Warum tust du das?«, fragte ich mit rauer Stimme.

Ich spürte seinen Atem auf meiner nassen Wange. Tränen mischten sich mit dem Poolwasser. Das Chlor brannte in meinen Augen. Jedes Blinzeln machte es schlimmer.

»In meiner Welt nennt man das Kollateralschaden. Du hattest nur eine Aufgabe und hast sie nicht erledigt. Dann werde ich eben Arjans Untergang herbeiführen und dabei deinen Vater retten. Du bist nutzlos. Kein Wunder, dass er dich nicht um Hilfe gebeten hat.«

Ich rechnete damit, dass er jeden Moment meinen Kopf wieder unter Wasser drücken würde, doch als er es nicht tat, wurden mir seine Worte erst richtig bewusst.

»Er wollte nicht, dass ich ihm helfe …« Hustend brach ich ab und kämpfte gegen den Brechreiz an, den das Wasser in mir auslöste.

»Weil du eine Versagerin bist. Jemand, der sich wie eine Zecke an Menschen klammert, die ihm überlegen sind, um mit ihnen seine eigenen Defizite auszugleichen. Du dachtest, dein einziges Problem wäre die Gruppe, die deinen Vater bedroht.

Falsch, Ria. Du gehörst mir, weil ich dich in der Hand habe. Du tust, was ich dir sage, oder ich sorge dafür, dass Arjan erfährt, warum du dich so für seine Wahl interessierst, und glaube mir, wenn ich dir sage, dass er dich dann töten wird.«

Er zog mich näher an sein Gesicht. Meine Kopfhaut kribbelte unter seinem Griff. »Du bist meine Puppe. Du tust, was ich dir sage, und vielleicht verschönere ich dich später, wenn du deine Arbeit gut machst. Besorg die verdammten Papiere.«

Er drehte meinen Kopf so, dass ich Ava ansehen konnte. Sie lag auf dem Boden, einer der Männer machte sich gerade an ihrer Hose zu schaffen, der andere hielt ihr die Hände über den Kopf. »Das ist alles deine Schuld. Aber du wirst es Kat in die Schuhe schieben, haben wir uns verstanden?«

Wie konnte ich mich so in ihm täuschen? Ich hatte dem Teufel vertraut, ihn sogar in mein Leben gelassen, und nun forderte er mehr als meine Seele.

»Lass sie in Ruhe!« Angewidert spuckte ich ihm ins Gesicht. »Ava, du musst dich wehren.« Meine Stimmbänder brannten, aber ich schrie jedes Wort, als hinge mein Leben davon ab.

Sie drehte ihren Kopf in meine Richtung. Tränen schimmerten in ihren Augen, aber sie hielt sie tapfer zurück. Ich streckte die Hand nach ihr aus, konnte mich aber nicht bewegen, weil Valentin mich immer noch an den Haaren festhielt.

»Ava!«

Diese innere Verzweiflung war kaum auszuhalten, sie zerriss mich. Ich fühlte mich leer, besiegt, dem Tod überlassen. Wieder bäumte ich mich auf, und diesmal ließ Valentin mich los und stieß mich in ihre Richtung. Ein Schmerz durchfuhr meinen Körper, als ich direkt in die Scherben fiel. Mit aller Kraft kroch ich hindurch. Kleine Splitter bohrten sich in meine Hände und in den dünnen Stoff meiner Kleidung. Doch ich spürte den Schmerz kaum, nur den Drang, schnell zu ihr zu kommen.

»Lasst sie los!«, rief ich verzweifelt.

Das widerliche Lachen der Männer hallte in meinen Ohren wider. Ava starrte mich mit ihren eisblauen Augen an. Jetzt lösten sich Tränen aus ihren Wimpern.

»Wehr dich!« Ich wollte ihr die Worte entgegenschleudern, doch alles, was mir über die Lippen kam, war ein leises Flüstern.

Mit jeder Träne, die ihr über die Wange lief, sah ich in ihren Augen ein Stück ihrer Seele brechen. Ich hatte sie fast erreicht, als sich jemand an meiner eigenen Hose zu schaffen machte. Alles in mir schrie danach, mich zu wehren, so wie ich es Ava befohlen hatte, aber ich hatte nicht mehr die Kraft dazu. Irgendwie hatte Ava eine Hand frei bekommen und streckte sie mir entgegen. Unsere Fingerspitzen berührten sich fast, aber die letzten Zentimeter fehlten und machten das, was uns bevorstand, noch unerträglicher. Wir waren allein, aber wir sahen das Leid der anderen in den Augen.

Ich spürte, wie jeder Funken Hoffnung in der Dunkelheit verschwand, die sich über mich ergoss. Eigentlich hatte ich immer geglaubt, dass meine Seele längst zerbrochen war, aber ich hatte keine Ahnung, dass selbst ihre Einzelteile noch einmal zu Staub zerfallen könnten. Es fühlte sich endgültig an, als gäbe es keinen Ausweg mehr aus dieser Finsternis. Kalte Finger strichen an meinen Oberschenkeln entlang. Ich wollte meinen Blick von Ava abwenden, in deren Augen sich dasselbe Leid abspielte, aber ich konnte sie nicht allein durch dieses dunkle Tal der Hoffnungslosigkeit gehen lassen. Alles um mich herum verstummte, hüllte mich in eine Blase, in der ich die schweren Atemgeräusche der Männer nicht mehr hören konnte. Ich hatte einen unerträglichen Schmerz erwartet, der mich innerlich zerreißen würde, aber es passiert nichts. Gar nichts.

Mit einer Brutalität, die mich aufschreien ließ, drangen die Geräusche der Welt wieder in mein Ohr. Schreie, Flüche, ein tiefes Knurren und ein herzzerreißendes Schluchzen aus meiner eigenen Kehle, wie ich nach einigen Sekunden bemerkte.

»Dieser verdammte Köter! Tötet ihn!«, schrie jemand wütend.

Mit letzter Kraft kämpfte ich mich auf die Knie und drückte dabei die Glassplitter tiefer in meine nackten Beine. Der Schmerz brachte mich wieder zur Besinnung. Ich brauchte einen Moment, um mich in dem Chaos zurechtzufinden.

Spike hatte sich auf die Männer gestürzt, zwei von ihnen traten wie wild auf ihn ein und Valentin griff nach einer der Scherben, bereit, zuzustechen, falls der Hund auf ihn zukommen würde. Schnell überbrückte ich die Distanz zu Ava und zog sie in meine Arme.

»Geht es dir gut?« Ich hoffte inständig, dass Spike sie rechtzeitig von ihr weggezogen hatte. »Ava!« Ich drückte sie fester in meine Arme. Doch sie machte immer noch keine Anstalten, mir zu antworten, und ich wagte nicht, sie genauer anzusehen. »Wir müssen hier weg.«

Ich nahm ihr Gesicht in meine Hände, doch meine Worte schienen nicht zu ihr durchzudringen.

Spike heulte vor Schmerz auf. Sofort sah ich zu ihm. Er lag in der Nähe des Pools, unter seinem schlaffen Körper breitete sich eine Blutlache aus, die von einer riesigen Schnittwunde am Bauch zeugte. Mein Herz blieb stehen und Ava wimmerte leise. Jetzt würden sie dort weitermachen, wo sie aufgehört hatten.

»Sie kommen zurück. Wir müssen gehen.« Die Worte, die Valentin seinen Männern zurief, klangen wie eine lang ersehnte Erlösung. »Nehmt sie mit!«

Einer der Männer stürzte auf mich zu, griff in mein Haar und schleuderte mich weg, um Ava zu packen.

»Nein!« Ich trat und schlug um mich, aber er wich all meinen Bemühungen aus und trat mir in den Magen. Meine Sicht war verschwommen und das Blut rauschte in meinen Ohren. Dunkelheit breitete sich um mich herum aus, als mein Körper nach und nach seinen Dienst verweigerte.

»Nein, nicht jetzt …« Ich zwang mich, bei Bewusstsein zu bleiben. »Ava!«

Ein weiterer Tritt traf meinen Kopf, ich keuchte und Sterne tanzten vor meinen Augen. Schwärze zerrte an meinem Sehvermögen.

»Denk daran, was ich dir gesagt habe. Es war Kats schuld. Und der Typ, der Ava entführt hat, war Winston.«

Valentins Stimme war das Letzte, was ich hörte, bevor ich das Bewusstsein verlor.

35

ARJAN

Der Anblick, der sich mir bot, zeugte von purer Zerstörung. Überall Glas und Blut. Bevor ich mir ein genaues Bild von der Situation machen konnte, fiel mein Blick auf Ria, die nur wenige Schritte entfernt in einem Meer von Scherben kauerte. Ihr bitteres Schluchzen war das einzige Geräusch in der furchtbaren Stille der Nacht. Sie war nur mit einem weiten Pullover bedeckt, ihre nackten Beine waren mit kleinen Schnittwunden übersät.

In diesem Moment setzte mein Verstand aus. Ohne nachzudenken, stürzte ich mich auf sie, fiel auf die Knie und nahm ihr Gesicht in meine zitternden Hände. Die Splitter, die sich durch meine Jeans in meine Haut bohrten, verursachten dank des Adrenalins, das durch meinen Körper pumpte, keinen Schmerz.

»Geht es dir gut?« Ich musterte sie besorgt.

Wenn ihr jemand etwas angetan hatte, würde ich ihn in Stücke reißen. Ich würde die Welt in Schutt und Asche legen und zusehen, wie sie verbrennt. Diese furchtbare Erkenntnis traf mich härter als die Angst um sie. Wann war sie mir so wichtig geworden? Warum hatte ich es nicht früher erkannt? Dann hätte ich etwas dagegen tun können. Jetzt war ich völlig verloren in der überwältigenden Angst, sie zu verlieren.

»Geht es dir gut? Ria, sag doch was!« Meine Stimme wurde lauter und die Welt um uns herum verschwand. In diesem Augenblick gab es nur sie und mich.

»Es tut mir leid, Arjan!« Tränen rannen über ihre Wange. »Es tut mir so leid.« Ihre blutenden, zitternden Finger schlossen sich fest um meine Hand.

Zuerst wusste ich nicht, was sie meinte, dann folgte ich ihrem Blick zum Pool. Mein Herz, das schon bei ihrem Anblick schmerzte, setzte für einen Moment aus und drohte mir im nächsten aus der Brust zu springen.

Spike winselte gequält. Dieser Laut drang wie ein Vorschlaghammer in mein Gehirn.

Ich war hin- und hergerissen. Einerseits wollte ich Ria nicht allein lassen, weil ich das Gefühl hatte, sie würde innerlich zerbrechen, wenn ich ihr meine Nähe entriss, andererseits musste ich wissen, was mit meinem treuen Gefährten geschehen war.

Obwohl ihre Unterlippe so heftig zitterte, dass ich befürchtete, sie würde keinen klaren Satz mehr herausbringen, sagte sie deutlich: »Geh, er braucht dich. Bitte rette ihn!«

Einen Moment zögerte ich, dann stand ich auf und eilte zu Spike.

Neo hockte schon vor ihm, hielt die klaffende Wunde am Bauch zu und sah mich besorgt an. »Sie ist tief. Es tut mir leid, Arjan.«

»Wo ist Ava?« Ryders Stimme wurde lauter und lauter. »Wo zum Teufel ist sie?«

Widerwillig schaute ich zu ihm rüber. Er stand vor Ria, hatte sie an den Schultern gepackt und schüttelte sie, als könnte er so eine Antwort aus ihr herausbekommen. Verdammt! Ich holte tief Luft und zwang mich, ruhig zu bleiben. Ich musste endlich Ordnung in dieses Chaos bringen.

»Neo, nimm Spike und fahr sofort zur Klinik.« Er kannte nicht nur die entlegensten Straßen der Stadt, er war auch der

Schnellste von uns. Er würde es sicher rechtzeitig schaffen. »Ryder, erst kümmern wir uns um die Leiche, dann suchen wir Ava!« Mein Blick fiel auf Kat, die im Wohnzimmer an den Heizkörper gekettet war. »Wir wissen alle, wer hinter dieser Tat steckt. Dieses Miststück wird uns sagen, wo sie Ava hingebracht haben.«

»Willst du mich verarschen? Was interessiert mich dieses tote Arschloch? Ich muss Ava finden!«, rief er wütend und wandte sich wieder Ria zu. »Es ist mir egal, was mit dir passiert ist. Es ist mir egal, dass du völlig am Ende bist, denn dein Schmerz, dein Leid wird nur ein Bruchteil von dem sein, was sie Ava antun werden.« Sein Griff wurde fester und er zog sie auf die Beine. »Du wirst jetzt nicht zusammenbrechen, hörst du?«

Ohne zu zögern, ging ich auf ihn zu. »Lass sie in Ruhe und tu, was ich dir sage!« Als er keine Anstalten machte, sie loszulassen, stieß ich ihn von ihr weg. »Ich habe dir gesagt, du sollst sie loslassen und tun, was ich dir sage!«

»Übertreib es nicht, Arjan!«, entgegnete Ryder und baute sich vor mir auf. »Übertreib es einfach nicht!«

»Leute!« Neo machte mit einem besorgten Gesichtsausdruck einen Schritt auf uns zu.

Wütend wirbelte ich herum und warf ihm einen strengen Blick zu. »Was machst du denn noch hier?! Du hast einen verdammten Auftrag!«

Er nickte, schob seine Hände unter Spike und nahm ihn auf den Arm, dann lief er an uns vorbei und verschwand durch die Terrassentür.

»Du bist ein verdammtes Arschloch. Ich werde hier nicht den Müll vergraben, während diese Kerle mit Ava sonst was machen. Ich brauche deine verschissene Hilfe nicht. Ich suche sie alleine.« Ryder warf mir einen letzten vernichtenden Blick zu, ehe er vor Rias Füße spuckte, sich umdrehte und ebenfalls verschwand.

Erst spät in der Nacht waren wir alle wieder im Wohnzimmer versammelt. Ryder saß mir gegenüber im Sessel. Sein Fuß wippte nervös auf und ab. Er hatte Ava nicht gefunden. Es hatte mich einige unverschämte Drohungen gekostet, ihn von einer erneuten, völlig sinnlosen Suche abzuhalten. Neo ging ungeduldig im Zimmer auf und ab. Er war erst vor wenigen Minuten aus der Klinik zurückgekehrt.

Spike musste wegen der Schwere seiner Verletzungen in ein künstliches Koma versetzt werden. Die nächsten Tage würden über sein weiteres Leben entscheiden. Ich versuchte, nicht an die Möglichkeit und die Folgen seines Verlustes zu denken. Er würde durchkommen.

Das wusste ich.

Ria war nicht bei uns. Ich hielt es für besser, sie aus dem weiteren Geschehen herauszuhalten. Ihr Anblick machte mir Angst. In der Vergangenheit hatte ich sie auf das Schlimmste gedemütigt, aber noch nie hatten ihre Augen so leer ausgesehen wie jetzt. So sah nur jemand aus, wenn er aufgegeben hatte – eine Resignation vor dem Leben.

»Arjan, bist du bereit?« Neo deutete auf die geschlossene Küchentür.

»Natürlich. Wenn ich mich recht erinnere, warst du derjenige, der uns gezwungen hat, uns zu beruhigen, bevor wir sie anhören«, zischte ich.

»Ich dachte, lebendig wäre sie nützlicher«, antwortete er und schob die Hände in die Hosentaschen.

»Wirklich?« In Ryders Stimme schwang eine deutliche Ironie mit. »Das hat natürlich nichts damit zu tun, dass du sie beschützen willst.«

Neo drehte sich zu Ryder um und kniff die Augen zusammen. »Warum sollte ich sie schützen wollen? Mach dich nicht lächerlich. Es ist nicht meine Schuld, dass du Ava nicht gefunden hast.«

Bevor Ryder etwas erwidern oder sich auf Neo stürzen konnte, ging ich dazwischen: »Also gut, gehen wir zu ihr.«

Kat saß auf einem der Stühle und starrte teilnahmslos auf die weißen Fliesen. Sie sah nicht einmal auf, als wir nacheinander die Küche betraten.

Neo stieß mich zur Seite, eilte zum Tisch, stützte die Handflächen auf die Tischplatte und beugte sich zu Kat hinunter. »Was ist passiert?«

Langsam, als wäre es Schwerstarbeit, drehte sie den Kopf in seine Richtung. Eine Millisekunde lang starrten sie sich an, dann wandte sie den Blick wieder ab. »Kat!« Neo beugte sich noch näher zu ihr. »Warum tust du uns das an? Wir waren doch nie deine Feinde.«

Sie wischte sich eine Träne von der Wange und hielt den Blick konsequent auf die Fliesen gerichtet. Diese Schlange war eine wirklich gute Schauspielerin. Sie verdiente einen verdammten Oscar für diese erbärmliche Vorstellung. Es kotzte mich an, dass sie immer noch versuchte, das Opfer zu spielen.

»Es tut mir leid!«, flüsterte sie.

»Es tut dir leid? ES TUT DIR LEID?« Mit jedem Wort schwoll Ryders Stimme an, bis sie in einem wütenden Brüllen endete. »Fahr zur Hölle, du verdammte Schlampe. Wenn jemand Ava auch nur ein Haar krümmt, bringe ich dich um.«

Ich schlenderte auf den Tisch zu und griff nach ihrem Kinn. Grob zog ich es zu mir, damit sie mich ansehen musste. »Hältst du mich für so blöd? Ich scheiße auf deine Entschuldigung. Was will er von Ava?«

»Ich weiß es nicht.«

Sie schnappte erschrocken nach Luft, als mein Griff noch stärker wurde.

»Provozier mich nicht, Kat.«

»Arjan …«

»Halt deine verdammte Fresse«, unterbrach ich sie barsch und zog sie weiter über den Tisch. »Bist du nur hergekommen, um uns aus dem Haus zu kriegen?«

Sie schüttelte den Kopf und neue Tränen bildeten sich in ihren Augen. »Nein! Wie kannst du so etwas sagen? Ava ist –«

»Wag es nicht, ihren Namen noch einmal in den Mund zu nehmen, oder ich schneide dir hier und jetzt die Kehle durch.« Ryder hatte sich an mir vorbeigeschoben und hielt Kat sein Messer an die Kehle.

»Ryder.« Neo trat einen Schritt vor. Vorsichtig streckte er die Hand nach ihm aus, um ihn sanft an der Schulter zu berühren. »Beruhige dich.«

»Warum sollte ich, Neo? Sie ist an allem schuld. Schon immer. Und wenn ich mich recht erinnere, wolltest du sie auch fertigmachen. Also nimm deine verdammten Finger von mir!«, verlangte er wütend.

»Wir sollten versuchen, eine Lösung zu finden. Sie hier umzubringen, macht die Sache nicht einfacher.« Neo versuchte offenbar, die Situation diplomatisch zu klären.

Ryder schnaubte verächtlich und wandte sich nun mit einem herablassenden Gesichtsausdruck an Neo: »Du solltest dich endlich entscheiden, ob du sie ficken oder töten willst. Ich gebe dir einen Tipp: Du hältst sowieso nicht viel von Moral, also nimm beides. Nimm dir erst ihre widerliche Pussy und dann tu uns allen den Gefallen und bring sie um.«

»Ryder, das reicht jetzt. Was will Valentin mit Ava?«, wandte ich mich wieder an Kat.

Ein klägliches Wimmern drang aus ihrer Brust.

»Rede endlich.« Meine Faust schlug auf das dunkle Holz des Tisches. Wut kochte in mir hoch. Und alles nur wegen ihr. Damals wie heute trug sie die Schuld an all dem Schmerz, an jeder Wunde, die niemals heilen würde.

»Arjan!« Ich hörte Neos überraschte Stimme mit einem Anflug von Panik kaum durch den Schleier der Wut hindurch. »Nimm die Waffe runter.«

»Du hast es gewusst, oder? Darum bist du hierhergekommen?« Damit fasste ich das Offensichtliche zusammen. Sie hatte den Mut, mir mit einem Kopfschütteln ins Gesicht zu lügen, obwohl sie direkt in den Lauf einer Waffe blickte. »Du bist noch schlimmer als er. Er hält mit seinem Hass nicht hinterm Berg, aber du spielst uns was vor, schleichst dich in mein Haus und glaubst, ich lasse dich noch einmal meine Familie zerstören?« Ich entsicherte die Pistole und drückte sie ihr an die Stirn. »Ich sage dir jetzt, wie wir es machen. Wir bezahlen Schmerz mit Schmerz. Wie sehr würde es wehtun, die eigene Schwester zu verlieren?«

»Arjan, lass den Scheiß«, bat Neo und ich hätte schwören können, dass eine Spur von Panik in seiner Stimme lag.

»Keinen Schritt weiter, Neo. Oder ich puste ihr das Hirn aus dem Schädel. Ich habe die Schnauze voll und diese Spielchen satt. Er will Krieg? Er will uns vernichten? Dann ist es Zeit, die letzte Schlacht zu schlagen. Denn vor mir sitzt die Spielfigur, die den Möchtegernkönig zu Fall bringen wird.«

»Arjan, bitte!« Obwohl Kat mich direkt ansprach, wanderte ihr Blick zu Neo, der immer noch neben mir stand, aber meiner Aufforderung gefolgt war und sich nicht rührte.

»Oh, eine Hinrichtung«, ertönte es amüsiert hinter mir.

»Bist du verrückt, Arjan?« Ria durchquerte mit schnellen Schritten den Raum, doch bevor sie mich erreichte, schwang ich die Waffe in ihre Richtung.

Ihre Hand blieb in der Luft stehen und sie keuchte hörbar auf.

»Nicht anfassen«, knurrte ich und drückte ihr den Lauf an die Stirn.

»Du nimmst besser die Knarre runter.« Mein Blick glitt an ihr vorbei zu der Person an der Tür.

»Was macht der in meinem Haus?«, fragte ich wütend.

Malio grinste amüsiert und entsicherte die Waffe, die er gerade gezogen und auf mich gerichtet hatte. »Wenn du endlich deine billige Glock weglegst, sage ich es dir vielleicht, bevor ich dich töte.«

»Niemand tötet hier irgendjemanden. Ich habe ihn angerufen, Arjan«, sagte Ria ohne einen Anflug von Panik.

Wenn das kalte Metall auf ihrer Stirn ihr Angst machte, zeigte sie es nicht. »Er kann uns helfen«, fügte sie ruhig hinzu.

»Wobei?«

»Ich bin gut darin, Menschen zu foltern«, warf Malio grinsend ein.

»Wir sollen Kat foltern?« Ryder sah ihn mit einem Anflug von Begeisterung an. Ein hässliches Grinsen breitete sich auf seinem Gesicht aus. »Die Idee gefällt mir.«

Kat stieß einen verzweifelten Laut aus, der an ein getretenes Tier erinnerte. »Ich habe ihm nichts gesagt. Ich tue alles, um euch zu beschützen!«

»Was meinst du mit ›alles‹?« Neo sah sie fragend an.

Aber weder ich noch Malio beachteten sie.

Seine Aufmerksamkeit galt nur mir und Ria. »Lass die Waffe fallen, oder wir haben ein großes Problem.«

»Malio, ist schon in Ordnung«, redete Ria beschwichtigend auf ihn ein, ehe sie sich wieder mir zuwandte. »Er ist hier, weil er uns die Antworten geben kann, die ihr braucht.«

»Was meinst du damit, Kat?«, wollte Neo inzwischen von Kat wissen.

Langsam fiel es mir schwer, mich auf ein Gespräch zu konzentrieren, da ich immer wieder Bruchstücke von beiden aufschnappte.

»Du weißt genau, was ich meine«, zischte sie ihn an.

»Ruhe!«, brüllte ich laut.

Ein Schmerz in meiner Schläfe machte sich bemerkbar und zeigte mir, wie sehr mich die letzten Stunden gefordert hatten.

»Warum sollte er uns helfen können, Ria?«, fragte ich sie und griff mir an die Nasenwurzel.

»Ich habe jemanden erkannt«, sagte sie und alle Augenpaare im Raum richteten sich auf sie.

Sogar Kat sah sie nun an. Unbeirrt trat Ria einen Schritt auf mich zu und presste sich somit die Waffe noch fester an die Stirn. Meine Hand zitterte, denn wieder einmal überraschte sie mich mit ihrer Willensstärke. Ihre Kraft war bemerkenswert. Ich hatte sie für schwach gehalten. Aber jetzt erkannte ich die Stärke, die in ihr schlummerte. Man hatte sie in den letzten Stunden durch die Hölle geschickt, immer wieder in die Flammen geworfen, doch diese Frau hatte gelernt, im Feuer zu überleben.

Sie hob das Kinn, sah jeden von uns einzeln an und verkündete dann mit fester Stimme: »Ich habe Winston erkannt.« Ihr Blick glitt zu Neo. »Es tut mir leid, dein Freund scheint ein Verräter zu sein. Wenn wir ihn finden, finden wir auch Ava.«

36

Winston war verloren. Ein weiterer Toter, der auf mein Konto ging. Dann waren es schon zwei. Heute hatte ich einen Menschen getötet. Seit Stunden dachte ich nur noch daran. Sein Gesicht und das Geräusch seines letzten Atemzuges gingen mir nicht mehr aus dem Kopf. Und ich war müde, so verdammt müde.

Verzweifelt wälzte ich mich hin und her, doch die Erinnerung machte es mir unmöglich, auch nur einen Moment der Ruhe zu finden. Die Stille um mich herum war noch schlimmer. Es schien, als würde sie mir vorwerfen, was ich getan hatte. Meine Kehle war wie zugeschnürt, als mich die Bilder überwältigten. Ich spürte seine Hände auf meinem Körper, schmeckte das Chlor auf meiner Zunge und hörte sein schmutziges Lachen in meinen Ohren. Weinend richtete ich mich auf, zupfte die Bettdecke von meinem zitternden Körper und schlang die Arme noch fester um meine Beine. Ich schnappte nach Luft und drohte in den dunklen Erinnerungen zu ertrinken. Vielleicht hätte ich dieses verdammte Zimmer, dieses ganze Anwesen nie lebend verlassen dürfen.

Ich schlug mit der flachen Hand auf die Matratze neben meinem Kopf, immer wieder, als ob das den Schmerz lindern könnte. Aber es half nicht. Es schien, als könnte nichts das

Chaos in mir besänftigen. Dieses abartige Gefühl, nur eine Marionette zu sein, das sich wie ein großer dunkler Stempel auf meine Seele gedrückt hatte. Ich zwang mein geschundenes Inneres zur Ruhe, doch so sehr ich auch ein- und ausatmete, der Chlorgeruch des Pools, die Schmerzen in Armen und Beinen und sein Atem auf meiner Haut hafteten an mir wie ein Brandmal. Minutenlang stand ich unter der Dusche, versuchte, mich von dem Geruch und den Erinnerungen zu befreien, und riss dabei die unzähligen kleinen Wunden wieder auf. Jetzt tropfte das Blut auf das weiße Laken.

»Ria?« Arjans kalte Stimme drang durch die geschlossene Zimmertür.

Sofort presste ich mir die Hand vor den Mund, weil ich nicht mit ihm reden wollte. Als ich nicht antwortete, räusperte er sich und öffnete die Tür. Er trat ein und betätigte den Lichtschalter.

»Du schuldest uns noch ein paar Antworten, also komm …« Er hielt inne, als ich zu ihm schaute.

In seinen grauen Augen blitzte etwas auf, das ich nicht einordnen konnte. Sein Blick wanderte über das blutverschmierte Laken und blieb schließlich an meinen nackten Beinen hängen.

Er biss die Zähne zusammen, schloss die Augen, öffnete sie wieder und sagte: »Ich kümmere mich darum.«

Kurz darauf verschwand er aus der Tür und kam einige Minuten später mit einer Tinktur und einer Menge Verbandsmaterial zurück. Beides landete mit einem perfekten Wurf neben mir auf der Matratze, dann ging er ins Bad und kam mit einem nassen Waschlappen zurück. Schweigend sahen wir uns an, bevor er sich vor das Bett hockte.

»Du hast doch sicher Wichtigeres zu tun. Winston finden oder so. Ich bekomme das schon alleine hin«, stammelte ich.

Mein Herz begann zu rasen, als er mich mit einem Blick ansah, der mich augenblicklich verstummen ließ und mich buchstäblich fesselte. Ich schaffte es nicht, ihn aufzuhalten oder meinen Blick von ihm abzuwenden, als seine Hände meine Schenkel umfassten und sie langsam, aber bestimmt auseinanderdrückten.

»Hat er dich ...«, fragte er vorsichtig, während sein Blick über die vielen Kratzer wanderte.

Ich schüttelte den Kopf und wischte mir die Tränen von den Wangen. »Spike hat mich gerettet.«

Er nickte kaum merklich und griff nach dem Waschlappen, mit dem er sanft über meine Innenschenkel strich.

»Es tut mir so leid!«, flüsterte ich mit erstickter Stimme.

»Hör auf, dich zu entschuldigen.«

Ungeachtet seiner Worte fuhr ich fort: »Er ist nur wegen mir –«

»RIA!«, donnerte er und atmete ein paarmal tief durch. »Schon gut.«

Blind griff er nach der Tinktur, ohne den Blickkontakt zwischen uns zu unterbrechen.

»Das könnte ein bisschen brennen«, warnte er mich, während er den Wattebausch mit der durchsichtigen Flüssigkeit tränkte.

Es brannte, aber bei weitem nicht so stark wie die Leere in mir. Ich schloss die Augen und versuchte, seine Nähe zu ignorieren. Als seine Fingerspitzen sanft meine Haut berührten, jagten elektrisierende Blitze durch meinen Körper und ich zog scharf die Luft ein.

Vorsichtig verband er die verletzten Stellen, die zarte Berührung ließ mich die eingesogene Luft wieder ausstoßen, was ihm ein kaum merkliches Lächeln auf die Lippen zauberte.

Ich musste die Kontrolle über meine Gefühle zurückgewinnen, die nicht widersprüchlicher sein könnten. Da waren immer noch der Ekel wegen der Tat, die Verzweiflung über das Wissen um die Entführung und die Tatsache, dass wir noch kein Wort über unsere gemeinsame Nacht gesprochen hatten. Und doch war da noch etwas anderes: ein kleiner Funke, ein

Kribbeln, ausgelöst durch die zärtlichen Berührungen dieses Mannes, vor dem ich mich am meisten fürchten sollte, es aber absolut nicht tat.

»Tu ich dir weh?« Ich konnte mir seine plötzliche Fürsorge kaum erklären.

Er hatte sich nie dafür interessiert, wie es mir ging, nie danach gefragt, weder nach den Demütigungen noch nach den unzähligen Beleidigungen, mit denen er mir klargemacht hatte, welche Rolle ich in seinem Leben spielte – nämlich keine. Warum interessierte er sich ausgerechnet jetzt dafür?

Ich versuchte, das Thema zu wechseln. »Ist schon gut. Was ist mit Kat?«

»Sie ist gegangen«, gab er knapp zurück.

»Du hast sie gehen lassen?« Überrascht sah ich ihn an, weil ich damit gerechnet hatte, dass er sie einsperren und als Druckmittel gegen Valentin benutzen würde.

»War nicht meine Idee. Aber das geht dich nichts an. Es hatte einen Grund, dass wir dich vorhin aus der Küche geschickt haben. Es ist besser, wenn du nicht weißt, was wir planen. So, ich bin fertig.«

Er stand wieder auf, sammelte die Verpackungsreste vom Bett und warf sie achtlos in den kleinen schwarzen Papierkorb, der unter dem Tisch neben dem Fenster stand. Ich legte den Waschlappen auf den Nachttisch und zog mir die Decke über die Beine.

»Arjan?« Er antwortete nicht, sondern brummte, was ich als Bestätigung dafür sah, dass ich weiterreden konnte und seine Aufmerksamkeit hatte. »Kannst du heute Nacht hierbleiben?«

Noch bevor ich wusste, was ich tat, war die Frage ausgesprochen. Eine Weile hing sie unbeantwortet in der Luft.

Mit der Frage »Warum sollte ich?« durchbrach er schließlich die Stille zwischen uns.

Er legte den Kopf schief und wartete auf meine Antwort, auf den Grund, warum ausgerechnet ich ihn bei mir haben wollte. Ich kannte ihn nicht einmal, aber gerade fühlte ich mich bei ihm nicht nur geborgen, sondern auf unerklärliche Weise auch sicher.

»Ich habe Angst«, gestand ich, und es war fast paradox, dass ich gerade vor allem und jedem Angst hatte, nur nicht vor ihm, der mich schon zweimal töten wollte.

Er runzelte die Stirn, als ob er über meine Bitte nachdenken würde. Dann setzte er sich plötzlich in Bewegung. Er ging auf die Zimmertür zu, dann hörte ich das vertraute Klicken des Schlosses. Mein Herz wurde schwer. Dummes Herz. Was hatte ich erwartet? Dass er bleiben würde, weil ich es wollte? Er hasste mich, und jede Sekunde, die er mit mir verbringen musste, schürte diesen Hass noch mehr. Daran änderte auch der Sex nichts. Überrascht zuckte ich zusammen, als ich ihn aus dem Schatten der Ecke treten sah.

»Bilde dir ja nichts darauf ein. Du lässt mich in Ruhe und rührst mich nicht an. Haben wir uns verstanden?« Seine Stimme hatte einen drohenden Unterton angenommen.

Ich nickte erleichtert, weil ich diese Nacht nicht allein verbringen musste, auch wenn er darauf bestand, so viel Abstand wie möglich zwischen uns zu halten.

»Rutsch rüber.« Er deutete auf das andere Ende des Bettes, bevor er sich sein graues T-Shirt über den Kopf zog.

Auf seiner Brust zeichneten sich schwarze Linien und Bilder ab, die im fahlen Licht der Schreibtischlampe wie gemeißelt wirkten. Ein Schlüssel baumelte an einer feinen silbernen Kette um seinen Hals. Schnell wandte ich den Blick ab, bevor er unwillkürlich tiefer glitt, über seine definierten Bauchmuskeln, an der V-Linie vorbei, bis zu seinem …

Hastig schüttelte ich den Kopf, um die Erinnerung an seinen großen Penis zu verbannen. Ich hatte mir bisher nicht erlaubt, daran zu denken, wie gut er sich in mir angefühlt hatte, aus Furcht, dass niemand dieses Gefühl je wieder in mir wecken könnte. Ich schob es auf die Einsamkeit der letzten Monate und auf die Angst vor dem Alleinsein. Jeder Grund war mir recht, solange ich mir nicht eingestehen musste, dass ich mich zu ihm hingezogen fühlte. Schweigend tat ich, was er mir befohlen hatte, und rutschte ans andere Ende des Bettes, wo ich mich mit dem Rücken zu ihm legte.

Mein Herz klopfte unheilvoll, als ich das leise Ächzen der Matratze hörte und die Wärme seines Körpers bis zu mir spürte. Ich warf einen verstohlenen Blick über die Schulter. Er saß dort, wo ich gerade noch gesessen hatte, die Arme vor der Brust verschränkt und immer noch mit seiner Hose bekleidet.

Als er meinen Blick bemerkte, verdrehte er genervt die Augen.

Ich fragte mich, ob er die ganze Nacht in dieser Position verharren wollte. Halb sitzend, halb liegend, nicht zugedeckt, den Blick auf die gegenüberliegende Wand gerichtet.

Er seufzte ärgerlich. »Was ist?«

Erst jetzt fiel mir auf, dass ich ihn die ganze Zeit angestarrt hatte. »Nichts, tut mir leid.«

Ich legte meinen Kopf wieder auf das Kissen.

»Dann schlaf jetzt.«

»Ich habe heute einen Mann getötet.« Es auszusprechen machte es nicht besser.

»Ich weiß«, antwortete er.

Eine Weile herrschte Stille zwischen uns, dann sagte er: »Er hat es verdient. Es wird besser werden. Irgendwann wird es besser werden.«

Ich spürte, wie er mir die Decke weiter hochzog. Die Anspannung, die meinen Körper völlig unter Strom gesetzt hatte, fiel langsam von mir ab. Meine Knochen wurden schwerer und die Müdigkeit kroch in sie hinein und machte alles noch anstrengender: das Atmen, das Denken, das Fühlen. Immer weiter zog sie mich in ihre Tiefen, bis ich mich schließlich geschlagen gab und ihre Hand ergriff, um mich in einen unruhigen Schlaf ziehen zu lassen.

Ich fiel und fiel und fiel.

Der Schrei blieb mir in der Kehle stecken. In Panik griff ich nach der Hand meiner besten Freundin. Kaltes Wasser drang in meinen Mund, in meine Nase und durchnässte meine Kleider. Der Stoff klebte an meiner Haut. Verzweifelt schlug ich gegen die Fensterscheibe, während sich das Innere des Wagens weiter mit Wasser füllte.

»Schnall dich ab, Ria!«, drang die Stimme meines Vaters durch das tosende Wasser, das durch jeden Spalt des Autos drang.

Schreie rissen mich aus meinem Albtraum. Es waren meine verzweifelten Schreie, wie ich im nächsten Moment begriff. Meine Arme und Beine zuckten unkontrolliert. Tränen brannten in meinem kalten Gesicht und liefen mir unaufhörlich über die Wangen. Aber ich lebte, im Hier und Jetzt. Trotzdem musste Arjan seine Hände um meine Handgelenke legen und sich halb auf meinen Körper werfen, damit diese Tatsache auch in meinen Verstand drang. Mein Atem ging immer noch viel zu schnell und mir lief der kalte Schweiß über die Stirn.

»Beruhige dich. Es war nur ein Traum!« Seine Stimme klang rau und angespannt, als hätte ich auch ihn aus dem Schlaf gerissen.

»Lass mich los!«, stöhnte ich unter seinem Gewicht.

»Du hast um dich geschlagen und mich fast getroffen«, motzte er.

Langsam ließ er mich los und lehnte sich keuchend zurück.

»Was machst du da?«, fragte er irritiert, als ich auf seinen Schoß krabbelte.

»Vergessen«, hauchte ich, bevor ich meine Lippen auf seine legte und seinen halbherzigen Protest im Keim erstickte.

Sofort schob er seine Hände in mein Haar, während seine Zunge sich zwischen meine Lippen, in meinen Mund drängte.

Ich stöhnte in den Kuss hinein und ließ meine Hände ebenfalls in sein Haar gleiten.

Als er sich von mir löste, lag ein Feuer in seinen Augen. Seine Lippen waren leicht gerötet und geschwollen von meinem heftigen Kuss.

»Ich wollte nicht –«

»Psst. Nimm dir, was du brauchst«, unterbrach er mich rau. Mit festerer Stimme fügte er hinzu: »Nur noch dieses eine Mal.«

Meine Hände glitten über seine nackte Brust, fuhren über die unzähligen Narben auf seiner Haut. Wenn man sie nicht berührte, konnte man sie unter all den Tätowierungen gar nicht sehen.

»Was ist dir passiert?«, fragte ich flüsternd.

»Das willst du nicht wissen«, erwiderte er leise und knabberte an meiner Unterlippe.

»Und wenn doch?« Wieder sah ich ihm in die Augen.

Das stahlharte Grau war heller geworden, die Lust war verschwunden und durch tiefen Schmerz ersetzt worden.

»Dann würde ich dich über jede einzelne Narbe an meinem Körper anlügen, weil ich es nicht ertragen könnte, wenn du mich mit diesem bemitleidenswerten Blick ansehen würdest.«

»Warum willst du alles mit dir selbst ausmachen, Arjan?«

»Weil es der einzige Weg ist, den ich kenne«, entgegnete er ernst.

Meine Finger strichen sanft über eine größere Erhebung auf seiner linken Brust und wanderten schließlich wieder hinauf zu der Kette um seinen Hals. Gedankenverloren spielte ich mit dem kleinen Schlüssel.

»Wird sich das jemals ändern?«

»Nein.«

Ich seufzte und sah ihm wieder in die Augen. »Was machen wir hier eigentlich?«

»Es ist nur Sex.«

Seine Worte sorgten dafür, dass sich eine eiserne Hand um mein Herz legte.

Es fühlte sich nicht so an. Nicht für mich. Ich hatte so viele Fragen an ihn, angefangen bei jedem noch so unwichtigen Detail seiner Vergangenheit, seinen Ängsten und Wünschen. Ich wollte ihn so sehr verstehen und hinter seine Fassade blicken, aber ich schluckte sie alle hinunter. Arjan war ein Mann ohne Gefühle. Das hatte er mir schon so oft bewiesen, trotzdem wollte ich heute Nacht noch einmal egoistisch sein. Morgen könnte ich meine Entscheidung immer noch bereuen.

Vorsichtig glitten meine Finger über seine Brust und seinen Bauch und öffneten den Knopf seiner Jeans. Er kam mir mit der Hüfte entgegen, damit ich ihm die Hose und die Boxershorts ausziehen konnte. Wegen der Wunden trug ich nur ein dünnes Schlafshirt, das bereits an meiner Haut klebte und nichts mehr der Phantasie überließ. Ich zog meinen Slip aus und führte seinen harten Schwanz zu meinem Eingang.

»Bist du bereit? Ich werde dir wehtun, wenn du nicht feucht genug bist.«

»Ich will, dass es wehtut.«

Ich ließ mich auf ihn sinken. Nicht vorsichtig, wie ich es getan hätte, um mich an seine Größe zu gewöhnen, sondern mit einem Ruck stieß ich ihn bis zum Anschlag in mich hinein. Ein Schmerz durchfuhr mich, doch alles, was ich fühlte, war das Verlangen, das noch stärker in mir tobte und alle verzweifelten Gedanken in mir vertrieb. Alles löste sich in dem Nebel der Lust auf, der jeden Zentimeter meines Geistes einnahm.

»Bist du verrückt?«, keuchte er und krallte seine Finger in meine Hüften.

Sofort begann ich mich auf ihm zu bewegen, ritt ihn, als hinge mein Leben davon ab. Der Schmerz verwandelte sich in Lust und ich genoss das Spiel unserer Körper. Er überließ mir das Tempo, weil er wusste, wie sehr ich es brauchte.

»Verdammt, Ria!« Sein Blick glühte, aber er ließ mich keine Sekunde aus den Augen, als würde er in diesem Moment alle Antworten auf seine Fragen finden.

Ich legte meinen Kopf in den Nacken und stützte meine Hände auf seine Brust, um mich noch schneller auf ihm zu bewegen. Immer wieder hob ich mein Becken, damit sein Schwanz bis zur Spitze aus mir herausrutschte, um mich im nächsten Moment wieder ganz auf ihn zu setzen und ihn bis zum Anschlag in mich aufzunehmen. Meine Lust strömte aus mir heraus, je näher ich dem Ziel kam. Ich spürte, wie sich der Orgasmus in mir aufbaute. Ich schoss über die Klippe, und als sich meine Muskeln um ihn zusammenzogen, ergoss sich auch Arjan in warmen Stößen in mein Inneres. Erst jetzt fiel mir der Fehler auf. Wir hatten kein Kondom benutzt. Das schien ihn nicht weiter zu stören, denn mit einem Grinsen auf den Lippen lehnte er sich zurück.

»O Gott!« Panisch krabbelte ich von seinem Schoß. »Wir haben kein Kondom benutzt!«

Er öffnete eines seiner geschlossenen Lider ein Stückchen und murmelte mit einem gefälligen Lächeln auf den Lippen: »Entspann dich. Ich habe keine ansteckenden Krankheiten. Du auch nicht. Und zur Verhütung hast du dir eine Spirale einsetzen lassen.«

Mit offenem Mund starrte ich ihn an. Es dauerte ein paar Sekunden, bis ich meine Stimme wiedergefunden hatte. »Woher weißt du das alles?«

Sein Grinsen wurde noch breiter. »Meinst du, ich habe meine Hausaufgaben nicht gemacht? Ich weiß alles über dich.« Mir lief ein kalter Schauer über den Rücken. »Hast du wirklich geglaubt, ich würde dir blind vertrauen? Wir haben zwar noch nicht alle Zusammenhänge entschlüsselt, aber Sage ist dran. Und wenn dabei etwas herauskommt, das mich oder meine Familie in Gefahr bringt ...« Er beugte sich so nah zu mir, dass sich unsere Nasenspitzen berührten. » ... werde ich dich umbringen, Ria. Ich bin es leid, so gnädig zu sein und ständig in Valentins Fallen zu tappen.«

Ich schluckte und er schien die Unsicherheit in meinem Gesicht lesen zu können. »Also wenn du irgendwelche Geheimnisse hast, wäre jetzt der passende Zeitpunkt, sie mir zu erzählen.«

Sofort schüttelte ich den Kopf und verstrickte mich noch tiefer in das selbstgebastelte Lügenkonstrukt. »Ich habe keine Geheimnisse.«

Damit hatte ich meine Zukunft besiegelt und das zarte Band zwischen uns mutwillig zerstört. Denn diese Wahl würde er mit Sicherheit nicht gewinnen.

Mir lief die Zeit davon und vielleicht ahnte Valentin etwas von meinen Gefühlen für Arjan und hatte mich mit seiner schrecklichen Aktion nur wieder auf Kurs gebracht, weil er wusste, wozu sein ehemals bester Freund fähig war.

37

RIA

Eine federleichte Berührung strich über meine Wange. Für einen Moment schmiegte ich mich an die weiche Haut, genoss die Wärme der zärtlichen Geste. Die Bilder der letzten Nacht blitzten vor meinem inneren Auge auf und sofort verspürte ich eine neue Welle der Lust. Vorsichtig öffnete ich die Lider und ein vertrautes männliches Gesicht tauchte in meinem Blickfeld auf. Es war aber nicht das, was ich erwartet hatte.

Valentin lächelte mich liebevoll an, beugte sich noch näher zu mir und hauchte ein leises »Guten Morgen!«.

Seine Hand ruhte weiterhin auf meiner Wange, sein blondes Haar fiel ihm leicht in die Stirn und verdeckte mit den Spitzen seine leuchtend grünen Augen. Obwohl alles an ihm so rein und unschuldig wirkte, versetzte mich seine Anwesenheit sofort in Panik. Hektisch krabbelte ich aus seiner Reichweite, verhedderte mich in der Bettdecke und plumpste aus dem Bett.

»Hoppla«, gluckste er amüsiert.

Ängstlich sah ich mich im Zimmer um, aber wie erwartet war von Arjan keine Spur zu finden.

»Wie bist du hier reingekommen?«, fragte ich und konnte das Zittern in meiner Stimme nicht verbergen.

»Schatz, ich bin mein halbes Leben lang in diesem Haus ein und aus gegangen. Das war die leichteste Übung. Nicht nur Arjan hat einen guten Hacker an seiner Seite.« Mit einem anzüglichen Lächeln, das ich noch nie bei ihm gesehen hatte, ließ er seinen Blick über mein tiefes Dekolleté wandern.

Hastig zog ich die Decke fester um meinen Oberkörper, denn plötzlich wurde mir bewusst, wie spärlich ich bekleidet war. Ich trug nur ein Shirt von Arjan, dessen V-Ausschnitt mehr enthüllte als verbarg, und ein winziges Höschen. »Wenn du mir zu nahe kommst, schreie ich!«

Sein Lächeln wurde noch breiter. »Es ist niemand im Haus, Liebes. Die gute alte Dee ist einkaufen. Ryder und Neo suchen Ava, und Arjan tut, was er immer tut. Vielleicht fickt er eine andere. Diese Soela zum Beispiel. Eine schöne Frau, findest du nicht? Also, es gibt nur uns beide.«

Der letzte Satz klang wie eine Drohung.

Mir schwirrte der Kopf, aber wenn es stimmte, war ich auf mich allein gestellt. Ängstlich wich ich zurück und stieß mit dem Rücken gegen die Wand. »Lass mich in Ruhe, Valentin. Ich lasse mich von dir nicht mehr instrumentalisieren. Ich werde Arjan alles erzählen!«

Ich straffte die Schultern, um meinen Worten mehr Nachdruck zu verleihen. Trotz der Angst, die mich immer noch beherrschte, hatte ich gestern in Arjans Armen diesen Entschluss gefasst. Ich würde ihm alles erklären und möglicherweise reichte diese späte Ehrlichkeit aus, damit er mich nicht auf der Stelle tötete.

»Wow ...« Er wirkte überrascht. »Du bist wirklich dumm. Das habe ich nicht erwartet.«

Seufzend zog er eine braune Mappe hinter seinem Rücken hervor.

»Zum Glück habe ich mich im Haus umgesehen. Und während du dich mit ihm im Bett vergnügt hast, habe ich etwas gefunden, das dich an unsere Aufgabe erinnert.«

Etwas blitzte in seinen Augen auf. Das aufgesetzte Lächeln verschwand und wurde durch einen dunklen Schleier ersetzt.

Sein Blick schweifte in die Ferne, während er nuschelte: »Er verdient es, vernichtet zu werden. Sie alle verdienen es. Es ist nur gerecht, es ihnen heimzuzahlen.«

Seine Stimme hatte ihre Heiterkeit verloren. Jetzt klang sie tief, gefährlich und fast bedrohlich.

»Valentin ...«

Er hob die Hand und brachte mich damit zum Schweigen. »Du solltest dir das anhören, sonst stirbt am Ende noch dein Vater.«

»Hast du etwas mit ...«

Wieder hob er die Hand und starrte mich mit strengen Augen an. »Was habe ich dir eben zum Thema unterbrechen gesagt? Also wirklich. Du solltest anfangen, auf mich zu hören. Ich will dir doch nichts Böses. Aber du merkst gar nicht, wie Arjan dich um den Finger gewickelt hat. Er spielt dir was vor, genau wie jedem anderen. Der große Arjan, der sich für die Schwachen einsetzt, der seinen Bruder mit seinem Leben beschützen würde und Ryder aus dem Loch seines verkorksten Lebens geholt hat. Das klingt alles so heldenhaft. Aber weißt du, was die Wahrheit ist? Er hat mir alles weggenommen. Mein Leben. Meine Freunde. Meine Familie. Genauso wird er es auch bei dir tun. Er wird dich ficken, dich benutzen, um die Wahl zu gewinnen, und dann wird er dich ins offene Messer laufen lassen. Und weißt du auch warum?« Er warf mir die braune Mappe zu. »Deswegen.«

»Was ist das?« Mit zitternden Fingern strich ich über den schlichten Deckel der Akte.

An der oberen Ecke klebte das Wappen der örtlichen Polizei.

»Öffne sie und schau selbst«, beschwor er mit einem verheißungsvollen Ton in der Stimme.

Ich schüttelte den Kopf, weil mich plötzlich ein seltsames Gefühl überkam – eine Mischung aus Angst und böser Vorahnung.

In dieser Mappe stand etwas, das mich betraf. Er brauchte es nicht zu sagen, das hochmütige Lächeln auf seinem Gesicht sprach Bände.

»Ich kann deinen Vater nicht ewig beschützen, Ria. Arjan Mason ist für all das verantwortlich und je schneller du das begreifst, desto eher können wir anfangen, ihn zur Strecke zu bringen. Also öffne sie«, drängte er.

Hätte er mir die Akte vor ein paar Wochen gegeben, wäre es ein Leichtes gewesen, einen Blick hineinzuwerfen und mich davon zu überzeugen, was für ein Monster Arjan war. Jetzt, wo ich ihn besser kannte, hatte ich Angst vor der Wahrheit, die sich hinter seiner dunklen Fassade verbarg.

Valentins Gesichtsausdruck wurde wieder weicher. Er griff nach einem Zipfel der Decke, wickelte sie einmal um seine Faust und zog den Stoff zu sich heran. Da ich mich immer noch an die Decke klammerte, zog er mich mit einem Ruck zurück zum Bett. »Du hast Angst vor mir, nicht wahr?«

Vorsichtig strich er mir eine lose Haarsträhne hinters Ohr, was mir die Kehle zuschnürte. »Es tut mir leid, was ich dir angetan habe. Es war auch schwer für mich, dich so leiden zu sehen. Aber es war überaus wichtig, dass Ava und Kat nichts von unserer Verbindung erfahren. James' Leben hängt davon ab. Dein Vater hätte das Gleiche getan. Manchmal muss man Opfer bringen, um seine Ziele zu erreichen.«

Ich schnaubte verächtlich. »Du hast mich verletzt und Ava entführt.«

»Niemand hat sie angerührt. Deshalb bin ich hier. Ich schicke dir in den nächsten Tagen die Adresse, wo sie ist. Nimm Ryder und Neo mit. Und lies diese verdammte Akte, damit du es endlich begreifst. Ich bin nicht dein Feind, Ria!«, versicherte er so eindringlich, dass ich ihm fast glaubte.

»Warum sollte ich das tun? Was steht dadrin? Weitere Lügen?« Ich schleuderte die Mappe in die Ecke. »Ich will sie nicht, denn ich weiß nicht mehr, wem ich noch glauben soll.«

Valentin seufzte frustriert, fuhr sich durch das blonde Haar und meinte: »Ich weiß. Merkst du nicht, wie sehr du in seinen Fängen gefangen bist? Wann hast du zum letzten Mal an deinen Vater gedacht? Oder dich im Haus umgesehen?«

Ich spürte, wie mir bei seinen Worten heiß und kalt wurde. Er hatte Recht. Ich hatte meinen Vater in den letzten Tagen vergessen, denn die Gefühle für Arjan hatten mich völlig in Beschlag genommen und ließen keinen Platz für die Schuldgefühle, die mich sonst immer quälten.

Ein kleines Lächeln, das ihm im Wahlkampf sicher viele Stimmen einbringen würde, huschte über Valentins Gesicht, als er mich aufmerksam musterte. »Wir stehen auf derselben Seite, Ria. Du willst die Unschuld deines Vaters beweisen und ich will, dass Arjan für das bezahlt, was er mir angetan hat. Wenn alles nach Plan läuft, bekommen wir am Ende beide, was wir wollen.«

Langsam stand er auf, ging um das Bett herum und hob die Akte auf. »Irgendwann wirst du sie lesen wollen. Solange werde ich sie für dich aufbewahren.«

»Ich will sie nicht lesen.»

»Neugier liegt in der Natur des Menschen.« Wieder schenkte er mir ein umwerfendes Lächeln und langsam wurde mir bewusst, warum ihm die Leute zu Füßen lagen. Er war charismatisch und hilfsbereit. Er schaffte es, Menschen für sich zu gewinnen. Trotzdem spürte ich, dass ihn eine Dunkelheit umgab, die mir zunehmend Angst machte. Ich wusste nicht mehr, wer der Teufel in diesem Spiel war, nur, dass jedes Vertrauen gefährlich war und seinen Preis hatte.

38

ARJAN

Ich musste mich von Ria fernhalten. Dieser Gedanke war mir schon den ganzen Morgen durch den Kopf gegangen. Auch jetzt, während ich auf Enrico La Cruz wartete, konnte ich an nichts anderes denken als daran, wieder mit ihr zu ficken, und gleichzeitig wünschte ich mir, sie nie wieder zu sehen. Ich hatte ein Schleudertrauma von meinen widersprüchlichen Gefühlen und den daraus resultierenden Handlungen. Einerseits suchte ich nach Ausreden, um sie zu sehen, andererseits ging ich ihr bewusst aus dem Weg oder versuchte, den winzigen Funken Zuneigung zwischen uns zu zerstören, indem ich sie von mir stieß.

»Folge mir«, begrüßte mich Enrico La Cruz und deutete auf ein Büro am Ende des Police Departments.

Ich schob den Gedanken an Ria beiseite und konzentrierte mich auf den Mann, der mir gegenüberstand und den man auf keinen Fall unterschätzen durfte. Durch seine zwielichtigen Kontakte hatte er seine Augen und Ohren überall.

»Warum bin ich hier?« Ich setzte mich auf den freien Stuhl. Ich verschränkte die Arme vor der Brust und beugte mich über den Schreibtisch zu ihm. »Was ist so wichtig, dass ich so früh hierherkommen musste?« Statt meine Frage zu beantworten, sortierte er weiter seine Papiere. »Enrico!«

»Officer La Cruz!«, korrigierte er mich mit einem tadelnden Unterton in der Stimme.

Verärgert verdrehte ich die Augen und schnaubte: »Kommen Sie, Officer. Ich habe nicht ewig Zeit.«

Grinsend schob er die Blätter zurück in die geöffnete Ermittlungsakte und blickte auf. »Meine Schwester hat mich gebeten, direkt mit dir Kontakt aufzunehmen.«

Er machte eine Pause, als erwartete er, dass ich mich für den Gefallen bedanken würde.

»Hat sie das? Dann nehme ich an …« Amüsiert nickte ich in Richtung der Mappe. »… dass es dort um einen von uns geht?«

»Ich hätte mir etwas mehr Dankbarkeit gewünscht«, entgegnete er schmollend.

»Und ich mir einen Urlaub auf den Malediven. Tja, man bekommt eben nicht immer das, was man sich wünscht. Komm endlich zur Sache«, sagte ich gereizt.

»Uns liegt eine Anzeige vor.«

Ächzend lehnte ich mich zurück. »Was hat Neo wieder angestellt? Ist er zu schnell gefahren?«

Enrico schüttelte den Kopf. »Es geht nicht um Neo.« Er blickte auf das Dokument. »Wir haben eine Anzeige gegen Ava Chamberlain.«

Ungläubig zog ich die Augenbrauen in die Höhe. »Gegen Ava? Wieso das denn? Was hat sie getan?«

Wieder blickte er auf das erste Blatt der Akte.

»Körperverletzung. Sie hat am 24. Januar Valentin –«

»Ernsthaft?«, unterbrach ich ihn und lachte laut auf. »Er hat sie angezeigt? Der Typ hat echt Probleme.«

»Das ist eine ernstzunehmende Sache, Arjan«, bemerkte er streng.

»Ja, für sein Ego. Ich bitte dich. Körperverletzung? Das ist doch Schikane!«

»Trotzdem müssen wir der Sache nachgehen.« Er hatte wieder den professionellen Ton eines Beamten angenommen, als ein anderer Officer vor der offenen Bürotür stehen blieb. »Gewalt, in welcher Form auch immer, wird in Ashwick nicht geduldet. Jason, würdest du bitte die Tür schließen? Hier ist es wie in einem Taubenschlag«, wandte er sich an den jungen Mann.

Er nickte und schloss die Tür.

»Können wir jetzt darüber reden, warum ich eigentlich hier bin? Was willst du dafür, dass die Akte verschwindet?«

»Weißt du, wir sind eine sehr angesehene Familie. Mein Vater ist Sheriff, ich bin Polizist.«

Ich musste lachen. Nicht nur die Familie La Cruz war korrupt. Enrico selbst war einer der größten Unterweltbosse der Stadt. Seine Kontakte reichten bis nach Silverside, obwohl man ihm nachsagte, dort nicht gern gesehen zu sein, weil er es sich mit der Dakarias-Sippe verscherzt hatte.

»Wir brauchen jemanden, dem wir vertrauen können. Und meine Schwester mag dich. Sehr sogar. Und damit komme ich zu meiner Bedingung: Ich will, dass du das offiziell mit ihr machst. Oder stimmen die Gerüchte, dass du eine Frau an deiner Seite hast? Dieses unscheinbare Ding aus Silverside? Ernsthaft, Arjan?«

»Sie ist nur eine Bekannte.«

»Sie ist eine Freundin von Malio Dakarias. Willst du uns verraten? Ich erinnere dich daran, wie wichtig wir für diese Wahl sind. Wir haben Einfluss. Du willst doch nicht, dass wir unsere Hilfe in eine andere Richtung anbieten, oder?«

Ich sah ihn herausfordernd an und knurrte: »Willst du mir drohen?«

Er hob beschwichtigend die Hände. »Wo denkst du hin? Ich gebe dir nur einen Rat. Um der Liebe willen und um der kleinen Schlampe willen. Du kennst meine Schwester, sie kann sehr ungemütlich werden, wenn man ihr etwas wegnimmt. Außerdem habe ich ein bisschen recherchiert. Avas Vater würde sich sicher freuen, von uns zu hören. Nicht auszudenken, welche Sorgen er sich um seine verlorene Tochter machen muss.«

»Du willst mich nicht zum Feind haben, Enrico. Also pass auf, was du sagst.«

»Es gibt keinen Grund, mir direkt zu drohen. Ich schlage nur vor, dass du dich weiterhin mit meiner Schwester triffst. Du vögelst sie ja sowieso schon, warum solltest du es also nicht offiziell machen? Diese Beziehung bringt uns allen etwas.«

»Du willst mehr Macht?«, schlussfolgerte ich.

Er nickte eifrig. »Ja. Meine Ziele gehen über Ashwick hinaus. Wenn du also nicht willst, dass etwas gegen Ava unternommen wird oder belastende Dinge über Ryder ...« Er zog eine weitere Akte aus einer Schublade. »... oder deinen nichtsnutzigen Bruder ans Licht kommen, solltest du darüber nachdenken.«

»Gut.« Langsam erhob ich mich von meinem Stuhl, ging um den Tisch herum und streckte ihm die Hand entgegen. »Ich denke, wir sind uns einig.«

Auf dem Gesicht des Idioten breitete sich ein Frettchengrinsen aus, das mehr Zähne zeigte, als es sollte.

»Willkommen in der Familie.« Er griff nach meiner Hand und schüttelte sie heftig. »Ich wusste, dass wir uns verstehen würden.«

»Ja ...«, murmelte ich leise und berührte mit der freien Hand seinen Hinterkopf. Ich rang mir ein schwaches Lächeln ab, bevor ich sein Gesicht mit voller Wucht auf die Tischplatte knallte. »Aber du vergisst besser nicht, wo dein Platz in der Hierarchie ist. Wenn du mich oder meine Familie noch einmal bedrohst, bist du der Nächste, der spurlos verschwindet.«

Blut sammelte sich auf dem Schreibtisch.

Mit einem Ruck zog ich seinen Kopf zurück und beugte mich näher zu ihm. »Nächstes Mal ist es mehr als eine gebrochene Nase, das verspreche ich dir.«

Wieder schlug ich sein Gesicht auf die Schreibtischplatte. Er schrie vor Schmerz auf, kurz und laut. Erst als ich sicher war, dass ich genug Schaden angerichtet hatte, wandte ich mich ab.

Diese unüberlegte Aktion würde mich einiges kosten – aber es hatte sich gelohnt, diesen aufgeblasenen Bastard in seine Schranken zu weisen.

»Was soll das heißen, du hast einen Officer geschlagen?«, fragte Neo fassungslos und legte die Gabel mit den gebratenen Nudeln beiseite, die ich aus der Stadt mitgebracht hatte. Er liebte dieses Zeug.

Ich war erst vor wenigen Minuten nach Hause gekommen und hatte ihn hier im Wohnzimmer vor einem Stadtplan gefunden, den er auf dem Tisch ausgebreitet hatte. Einige Orte waren mit einem roten Kreis umrandet, andere mit einem schwarzen Kreuz durchgestrichen. Von Ryder fehlte jede Spur.

»Lass Dee das nicht sehen«, ermahnte ich ihn und deutete auf das Besteck, das er achtlos auf das Sofa gelegt hatte.

»Lenk nicht vom Thema ab. Also?« Seine Neugier stand ihm nun deutlich ins Gesicht geschrieben.

Seufzend ließ ich mich in den Sessel sinken. Sofort sprang Merlin auf meine Beine und rollte sich auf meinem Schoß zusammen. Gedankenverloren streichelte ich ihm über den Rücken. Instinktiv hielt ich Ausschau nach Ava, die mich gerne mit dem Kater aufzog. Obwohl ich mich seiner Zuneigung strikt widersetzte, ließ er nicht locker, sie mir immer wieder zu beweisen, bis ich schließlich seinem Charme erlag.

»Wir finden dein Frauchen schon«, flüsterte ich Merlin zu, als mir einfiel, dass sie nicht auftauchen würde. »Es war doch nur Enrico«, verteidigte ich mich, da mich Neo weiter anstarrte.

»Warum darfst du ihn schlagen und ich nicht? Du hättest mich rufen können!«

War er jetzt wirklich beleidigt?

Ich wollte gerade antworten, als er mit einer theatralischen Geste die Hand hob. »Ich will nichts mehr von dir hören.«

Energisch griff er nach dem Besteck und der Nudelschachtel. Schweigend schob er sich ein paar Gabeln in den Mund und legte beides zurück auf das Sofa.

»Aber warum ohne mich? Ryder darf Doyle in die Hand stechen, du verpasst Enrico eine gebrochene Nase und ich? Ich soll aufpassen, dass keine Nudeln auf das teure Sofa fallen. Das ist nicht fair. Darf ich Valentin verprügeln? Komm schon, Arjan, er hat es verdient.«

»Geht es dabei um ihn oder um sie?«, wagte ich zu fragen.

Neo zuckte kaum merklich zusammen. Die Schachtel mit den Nudeln kippte um und einige landeten nun doch auf dem Sofa.

»Es geht nicht um sie«, antwortete er ungestüm und klaubte Gemüse und Nudeln von den Polstern.

»Gut, denn sie ist es nicht wert.«

»Aber ...« Neo nestelte an einer Naht, die sich an der Seite seiner Jeans gelöst hatte. »Sie hat doch niemanden mehr. Wir waren doch mal mit ihr befreundet.«

»Sie hat Valentin«, entgegnete ich kühl.

»Er ist ein Monster!«

»Und sie ein Biest. Passt doch.« Ich schaute ihn kurz an, doch er vermied es, mir in die Augen zu sehen. Er schaute stattdessen an die Wand hinter mir und wischte sich mehrmals über das Gesicht.

Ein seltsames Gefühl überkam mich und schnürte mir die Kehle zu. »Neo? Gibt es etwas, das ich wissen sollte?«

Er schüttelte heftig den Kopf und lachte künstlich. »Nein, nein. Ich kann sie nicht ausstehen, das weißt du doch. Diese dumme Schlampe ist mir so was von egal.«

Ich sparte mir den Kommentar, dass das alles andere als überzeugend klang, und richtete meinen Blick stattdessen auf den Stadtplan. »Welche Stellen soll ich übernehmen?«

Die Haustür öffnete sich und ein paar Sekunden später betrat Ryder das Wohnzimmer. In all den Jahren, die ich ihn kannte, hatte ich ihn noch nie so fertig gesehen. Unter seinen geröteten Augen zeichneten sich dunkle Ringe ab.

»Nichts. Ich finde sie einfach nicht.« Verzweifelt fuhr er sich durch die zerzausten Haare und sank mit dem Rücken an der Wand hinunter.

Er schlug sich mehrfach mit der Faust gegen die Stirn, dann verbarg er sein Gesicht in den Händen.

»Wir werden sie finden«, sagte Neo voller Überzeugung.

»Und wenn nicht? Oder wenn wir sie tot finden?« Ryders Stimme brach.

»Denk nicht mal daran. Ava hat schon Schlimmeres überstanden. Wir werden sie finden, ich habe schon andere mögliche Orte rausgesucht. Arjan hat versucht, mit Enrico zu reden, aber die beiden haben sich in die Haare gekriegt und wir können nicht auf seine Hilfe zählen«, berichtete Neo.

»Was hast du getan? Verdammt, Arjan! Ich hatte nur diese eine Bitte an dich!« Ryder ließ die Hände sinken und starrte mich wütend an. »Du bist froh, dass sie weg ist. Ist es das? Du willst sie gar nicht finden?«

»Glaubst du das wirklich?« Ich schnaubte und schüttelte ungläubig den Kopf. »Ich verstehe, dass du dir Sorgen machst, aber wenn du das von mir denkst, kannst du deine Sachen packen und gehen! Ich werde alles tun, um sie zu finden. Genau wie du, Neo und Sage. Ich hätte sie damals nicht vor diesem kranken Kerl gerettet, wenn ich sie hätte loswerden wollen. Jetzt steh auf und schwing deinen Arsch zurück aufs Motorrad, dein Mädchen braucht dich!«

39

RIA

»Wo ist eigentlich Arjan?«, fragte ich wie beiläufig in die Runde.

Neo und Ryder schauten vom Stadtplan auf. Ihre Augen hatten tiefe Ringe und die Erschöpfung der letzten Tage war ihnen deutlich anzusehen – Ryder noch mehr als Neo. Er wirkte wie ein Schatten seiner selbst, eine leere Hülle, die aufstand, um zu funktionieren. Obwohl sie Tag und Nacht die Stadt durchstreiften, hatten sie Ava nicht gefunden. Ich konnte ihnen die Angst nicht nehmen. Jeden Tag wartete ich auf eine Nachricht von Valentin, aber bis jetzt hatte ich noch keine erhalten. Also übte ich mich in Geduld und redete mir ein, dass er ihr nichts tun würde.

»Keine Ahnung. Vielleicht bei Soela«, erwiderte Neo, ohne den Blick von der Stadtkarte zu nehmen.

»Soela?« Ich versuchte, meine Stimme so gleichgültig wie möglich klingen zu lassen.

Eine halbe Ewigkeit schwebte die Frage unbeantwortet im Raum und ich befürchtete schon, dass mir niemand antworten würde, bis Ryder sich räusperte. »Sie hilft bei der Suche.«

»Du meinst, sie ficken die meiste Zeit und lassen uns die ganze Arbeit machen?« Die Worte kamen von Neo, der mich weiter ansah, als wüsste er genau, was er damit in mir auslöste.

»Ich glaube, es ist was Ernstes. Sonst fickt er jede nur einmal und lässt sie dann fallen«, fuhr er fort und ließ mich dabei nicht aus den Augen.

Jetzt wünschte ich mir, ich hätte das Thema nicht angesprochen.

»Sie schläft hier in den Nächten, in denen du nicht da bist«, erklärte Ryder beiläufig.

Neos rechter Mundwinkel zuckte gefährlich nach oben.

»Stört dich das etwa, Ria?«

»Nein«, antwortete ich knapp. »Er kann machen, was er will«, ergänzte ich schnell, weil mir selbst auffiel, wie wenig überzeugend ich klang.

»Soweit ich weiß, versucht Soela, ihn in eine Beziehung zu drängen Mit ihr hat er alles, was er braucht: Kontakte zu den Schönen und Reichen und die Polizei. Dann bist du uns los. Willst du das nicht?«, mischte sich Sage plötzlich ein.

Lässig lehnte er am Türrahmen. Es war offensichtlich, dass er den Verlauf des Gesprächs mitbekommen hatte.

»Aber wir haben doch einen Deal!«, rutschte es mir viel zu panisch heraus.

»Sehen wir aus, als würden wir uns an Abmachungen halten?« Ryder schüttelte den Kopf. »Du bist noch naiver, als ich dachte.«

Seitdem Ava entführt worden war, war er noch unausstehlicher als sonst. Ich starrte auf meine Hände. Vielleicht war ein gebrochenes Herz der Preis für all die Lügen. Das Schicksal ließ nie etwas ungestraft. Diese Erkenntnis hätte mir früher kommen müssen.

Vor den gemeinsamen Nächten mit Arjan. Nein, schon viel früher. Damals, als ich aus meinem Zimmer geschlichen war und eine Seite an ihm gesehen hatte, die ich nie hätte sehen dürfen. Die Nacht im Wintergarten ...

Ich seufzte geschlagen von all dem Schmerz, der sich nach und nach in mir ausbreitete. Er nistete sich in meinem Inneren ein und verband sich mit den anderen Parasiten namens Schuld und Verrat.

»Oh, schon so spät.« Ich sparte mir den demonstrativen Blick auf die Uhr, denn jeder im Raum wusste, dass das eine verdammte Ausrede war, und stand einfach auf. »Ich muss jetzt wirklich los.«

»Soll ich dich fahren? Es wird schon dunkel.« Neo deutete unnötigerweise auf das Fenster.

Ich schüttelte den Kopf. Zum ersten Mal, seitdem mich diese Angst verfolgte, war es mir völlig egal, ob es draußen Tag oder Nacht, Sommer oder Winter war. Ich hielt es in diesem Haus keine Sekunde länger aus. Es war, als würden die Wände näher rücken und nur darauf warten, mich zwischen sich zu zerquetschen. Ich brauchte frische Luft, denn das Gefühl zu ersticken wollte einfach nicht verschwinden. Da war dieser riesige Kloß in meinem Hals, der mir das Atmen erschwerte.

Was war mit mir los? Wie konnte mich ein Mann so aus der Fassung bringen? Mit einem Ruck sprang ich auf, verabschiedete mich mit einem lächerlichen Winken von den anderen und stürmte zur Tür. Sage warf mir einen mitleidigen Blick zu, der mir zu allem Überfluss auch noch die Schamesröte ins Gesicht trieb.

Als ich das Auto endlich vor dem Mehrfamilienhaus geparkt hatte, taumelte ich wie benommen zur Haustür. Meine Sicht verschwamm, Tränen drückten gegen meine Augen und ich konnte den Impuls zu blinzeln nicht mehr unterdrücken. Ich spürte, wie sie heiß über meine Wangen liefen und eine brennende Spur auf meiner Haut hinterließen. Mein Brustkorb krampfte sich zusammen, das Zittern meiner Hände breitete sich auf den Rest meines Körpers aus und ließ meine Zähne so laut aufeinanderprallen, dass ich fürchtete, jemand könnte es hören. Endlich berührten meine Finger das kalte Metall des Schlüssels und ich atmete erleichtert auf.

Ich wollte den ganzen Mist für heute einfach nur schnell hinter mir lassen. Da tauchten am Ende der Straße Scheinwerfer auf. Hastig zog ich den Schlüssel aus der Tasche, als im selben Moment hinter mir eine Tür zugeschlagen wurde. Schritte waren auf dem Asphalt zu hören. In der Eile verfehlte ich das Schlüsselloch, fluchend versuchte ich es noch einmal und diesmal klappte es. Doch die wichtigen Sekunden, die ich beim ersten Versuch verloren hatte, forderten ihren Tribut. Eine schwere Hand legte sich auf meine Schulter, bevor ich ins Treppenhaus flüchten konnte. Ich erwartete Valentin, wünschte mir Malio und bekam das Schlimmste: Arjan.

»Was machst du hier?«, blaffte ich ihn an.

Er verzog das Gesicht, eine tiefe Furche blieb auf seiner Stirn zurück. »Stimmt es?«

»Was?« Ein Teil von mir wollte sich losreißen, den nötigen Abstand zwischen uns bringen. Ein anderer – dummer – Teil wollte noch näher an ihn heran, sich in seiner Wärme verlieren, die gerade alles war, was diese Kälte vertreiben konnte.

»Dass du allein gefahren bist?«

Wer von diesen Hornochsen hatte ihm das gesteckt? Und warum war er so plötzlich hier aufgetaucht, obwohl er doch mit Soela zusammen war?

»Na und? Was geht dich das an?«, zischte ich und spielte mit dem Gedanken, mich loszureißen und ihn einfach stehen zu lassen.

»Ich komme gleich, Soela«, rief er über die Schulter.

Ich erstarrte. Er hatte sie mitgebracht? Wütend schüttelte ich seine Hand ab und trat einen Schritt zurück, wobei ich mit dem Rücken gegen die Eingangstür stieß. Den Schmerz, der mir den Rücken hinauflief, spürte ich nicht.

»Du hasst es, nachts zu fahren. Sonst muss dich immer einer von uns nach Hause bringen.« Er musterte mein Gesicht aufmerksam. »Was ist los, Ria?«

»Dann war heute wohl ein guter Tag, um meine Angst zu überwinden«, scherzte ich und spürte selbst, wie mir das aufgesetzte Lächeln gefror.

»Das hat ja wunderbar funktioniert, wie ich sehe.« Er zeigte auf meine zitternden Hände.

»Arjan, dauert das noch lange? Mir ist kalt«, rief seine Begleiterin in diesem Moment aus dem Auto.

»Genau, Arjan, sie friert!«, äffte ich Soelas Stimme nach.

Er musterte mich mit einem Blick, der mir abwechselnd heiße und kalte Schauer über den Rücken jagte. Nach einem Moment des Schweigens überging er meine kleine Provokation und fragte leise: »Geht es dir gut?«

Mein Kopf war schon im Begriff, sich zu schütteln und seine Frage zu verneinen, weshalb ich ein schnelles »Ja, mir geht es gut« nachschob.

»Du bist eine miserable Lügnerin!«

»Arjan, bitte geh.« Dieser Mann ließ mich viel zu oft betteln.

Anstatt sich umzudrehen und zu gehen und mir den Rest meiner Würde zu lassen, wischte er mir mit dem Daumen eine Träne von der Wange.

»Soela, nimm den Wagen. Ich kümmere mich um das Problem und komme später nach.«

Problem? War ich das für ihn?

»Ohne Auto?«, rief sie zickig zurück.

»Es gibt Taxis«, erwiderte er genervt.

»Du kannst sie auch hochbringen, das Fläschchen fertig machen, sie ins Bett bringen und dann zu mir runterkommen. Dann fahren wir zusammen zu dir.«

Der Kloß in meinem Hals wurde noch größer, weil sie mit ihren Worten nur bestätigte, was mir die anderen schon gesagt hatten. Die beiden hatten etwas miteinander und es schien ernst zu sein.

»Tu, was ich dir sage …« Seine Stimme hatte einen befehlenden Unterton angenommen. Zuerst dachte ich, dass er mit ihr sprach, aber als er mein Kinn anhob, damit ich ihn direkt ansah, wusste ich, dass er mich mit seinen nächsten Worten meinte. »Nimm ein Bad, mach dir einen Tee und dann geh schlafen.«

Ich nickte wie automatisch, während sich meine Augen wieder mit Tränen füllten. Schnell wandte ich den Blick ab, bevor er meine Schwäche bemerkte.

»Geht doch. Und jetzt komm, Baby, und hol dir endlich deine Belohnung ab. Du bist wirklich süß«, flötete Soelas nervtötende Stimme.

Er zögerte nur den Bruchteil einer Sekunde, dann setzte er sich in Bewegung und nahm ein Stück meiner Lebensfreude mit sich. Ich fühlte mich wie ein Geist, der neben seinem Körper schwebte. Wie betäubt stieg ich die Stufen zu meiner Wohnung hinauf und schloss die Tür auf. Kälte schlug mir entgegen, aber sie war bei weitem nicht so eisig wie das Gefühl der Einsamkeit in mir.

Mein Handy piepte, und als ich den Namen auf dem Display sah, schloss sich die Hand des Unbehagens noch fester um mein Herz.

Valentin hat ein Video gesendet.

VALENTIN:

Das habe ich gerade geschickt bekommen …

Es dauerte einige Minuten, bis ich mich endlich dazu durchringen konnte, die angehängte Videodatei zu öffnen. Zwei maskierte Männer hielten meinen Vater an den Schultern fest, ein dritter wandte sich direkt der Kamera zu. In der Dunkelheit blitzte etwas auf, das sich bei näherem Hinsehen als Axt entpuppte. Mein Herz schlug schneller, als ich die vertraute tiefe Stimme erkannte. Es war dieselbe, die schon im ersten Video gesprochen und mir in der Gasse aufgelauert hatte.

»Das Video geht direkt an deine Tochter und ihren Freund, also zeig dich von deiner besten Seite«, verkündete er amüsiert und schlug meinem Vater mit dem Holzgriff der Axt auf den Kopf. Der erwiderte nichts, sondern ließ sich kampflos von den anderen Männern zu Boden drücken. Ich betete und hoffte auf ein Wunder, das mir die nächsten Bilder ersparen würde, obwohl ich längst wusste, dass mich kein Gott dieser Welt mehr erhören würde. Schlotternd sackte ich an der Wand zusammen, als die Axt auf die Hand meines Vaters niedersauste. Ich schlang die Arme um meine Beine und weinte bitterlich, während die schmerzerfüllten Schreie aus meinem Telefon in meinen Ohren klingelten. Er hatte ihm die Hand abgehackt – einfach so, ohne mit der Wimper zu zucken.

Ich weinte und tastete verzweifelt nach meinem Hals, denn mit jedem weiteren Atemzug merkte ich, wie sich meine Kehle immer mehr zuschnürte. Ich wollte schreien, irgendwie den Schmerz loswerden, der wie ein verdammtes Krebsgeschwür in mir pulsierte. Stöhnend kippte ich zur Seite, zog die Beine an die Brust und verlor mich in meiner unendlichen Trauer, aber noch mehr in der Wut über meine eigene Unfähigkeit. Ich war eine totale Versagerin, eine elende Lügnerin und eine verfluchte Mörderin.

Ich hielt Arjan für den Teufel persönlich, aber inzwischen war ich mir nicht mehr sicher, ob ich nicht schlimmer war als er. Denn das, was von meiner geschundenen Seele übrig geblieben war, war noch abgefuckter als die Finsternis in seiner Brust.

»Ria?« Die Stimme drang nur leise zu mir hindurch.

Zu tief steckte ich in diesem Loch aus Trauer und Wut.

»Ria! Ich weiß, dass du da bist. Mach die Tür auf!«, brüllte er und hämmerte wie ein Irrer gegen die Wohnungstür.

Das durfte doch nicht wahr sein. Was zur Hölle wollte Arjan wieder hier?

»Ria. Wenn du nicht sofort die Tür öffnest, trete ich sie ein.« Seine Stimme war nun lauter und deutlicher in meinem Kopf zu hören. Ich spielte mit dem Gedanken, ihn zu ignorieren, obwohl ich keinen Zweifel daran hatte, dass er seine Drohung wahr machen würde.

Erschöpft rappelte ich mich auf, taumelte zur Wohnungstür und öffnete sie mit einem solchen Schwung, dass es mich fast von den Beinen riss.

»Was willst du?«, fragte ich gereizt.

Wie selbstverständlich stieß er mich zur Seite und marschierte an mir vorbei.

»Ich kann mich nicht erinnern, dich hereingebeten zu haben!« Wütend deutete ich auf die geöffnete Tür. »Geh.«

»Wie gut, dass ich kein Vampir bin.« Ein verschmitztes Lächeln lag auf seinem Gesicht, das sofort verschwand, als er mir in die Augen sah. »Ria? Geht es dir gut?«

»Bestens. Und jetzt geh!«, log ich.

»Du hast geweint«, stellte er mit ernster Miene fest.

»Ja. Ich habe einen Film geguckt.«

Er deutete auf den Fernseher. »Der ist aus.«

Genervt verdrehte ich die Augen und verschränkte die Arme vor der Brust. »Ich wollte gerade ins Bett. Also bitte geh endlich. Ich bin mir sicher, Soela wartet schon auf dich.«

Seine Augenbrauen zogen sich zusammen, als würde ihm die Wendung des Gesprächs nicht gefallen. »Was hat sie damit zu tun? Bist du etwa eifersüchtig?«

Ich gab ein gekünsteltes Lachen von mir und schüttelte ungläubig den Kopf. »Das hättest du wohl gerne!«

»Bambi …«

»Nenn mich nicht so«, entfuhr es mir erbost.

Dieser verdammte Kosename ließ mein Herz schneller schlagen, und das war das Letzte, was ich jetzt gebrauchen konnte. Jede Form von Zuneigung, und sei es nur der Klang seiner Stimme, wenn er mich so nannte, würde meine schwache Mauer zum Einsturz bringen. Ich war ein Wrack, das sich nach seiner Nähe sehnte und sich gleichzeitig mit aller Härte vor ihm zu schützen versuchte.

»Gut. Ich bin ohnehin wegen einer anderen Sache hier. Wir können so nicht weitermachen.«

Nur langsam sickerte die Tragweite seiner Worte in meinen Kopf. Als ich sie begriff, zog es mir fast den Boden unter den Füßen weg. Unwillkürlich wich ich zurück und lehnte mich gegen die Wand, um nicht umzufallen. Mein Vater war verloren. Ich war verloren. Panik stieg in mir auf und ich machte einen Schritt auf ihn zu. Ich öffnete den Mund, schloss ihn wieder und suchte nach etwas, das ich sagen konnte, um ihn vom Gegenteil zu überzeugen. Aber da war nichts. Ich war nicht wichtig. Er konnte die Wahl auch ohne mich gewinnen.

»Aber du hast es mir versprochen«, flüsterte ich.

Das hatte er nicht. Doch nach all der Zeit fühlte es sich wie ein Versprechen an. Meine Gedanken wirbelten in einem Nebel aus Verzweiflung durcheinander.

Ich biss mir auf die Zunge, bevor ich noch etwas sagte, was ich später bereuen würde. Zum Beispiel, dass ich mich in ihn verliebt hatte oder dass ich wirklich in Schwierigkeiten steckte und ihn deshalb hintergangen hatte und für Avas Entführung verantwortlich war.

Arjan schien meine innere Zerrissenheit diesmal nicht zu bemerken, denn er fuhr einfach fort, als hätte es meinen Einwand nicht gegeben. »Nach allem, was passiert ist, ist es besser so. Es ist zu gefährlich. Halt dich besser von uns fern. Wir bringen nur Schmerz. *Ich* bringe nur Schmerz.«

Er brachte viel mehr als nur Schmerz in mein Leben. Er brachte den Tod.

»Du hast mich also nur benutzt?« Die Worte waren heraus, ehe ich etwas dagegen tun konnte.

Er straffte die Schultern und für den Bruchteil einer Sekunde blitzte Schmerz in seinen Augen auf. »Du warst eine willige Pussy. Nicht mehr und nicht weniger. Habe ich dich benutzt? Ja, aber das war offensichtlich. Schau dich doch mal an.«

Mit diesen Worten rammte er mir einen Dolch in mein Herz und ich musste erst einmal tief ein- und ausatmen, um nicht sofort wieder in Tränen auszubrechen. Aber er war noch nicht fertig.

Er räusperte sich und musterte mich mit einem abfälligen Ausdruck. »Du bist mir egal, Ria. Hör auf zu betteln, das ist erbärmlich. Widerlich. Ich bin sogar froh, dass ich dich nicht mehr ertragen muss. Selbst der Sex war es nicht mal wert.« Sein Blick blieb an meinem Gesicht hängen, und seine Lippen verzogen sich zu einem grausamen Lächeln. »Lass es mich so sagen, Ria: Im Land der untervögelten, verzweifelten und erbärmlichen Frauen, die absolute Nieten im Bett sind, wärst du die Königin.«

Er hatte mir einen gnadenlosen K. o. verpasst und wartete nicht einmal darauf, dass ich irgendetwas erwiderte. Ich wusste sowieso nicht, was, weil ich damit beschäftigt war, meine Würde zu bewahren. Mein Inneres pulsierte, als hätte er es mit einem Löffel nach außen gekehrt.

Ich fühlte mich leer, erschöpft und am Ende meiner Kräfte. Fast atmete ich erleichtert aus, als er lässig die Hand zu einem wortlosen Abschiedsgruß hob und durch die offene Tür verschwand. Das war's. Er war weg. Und meine Welt brach in sich zusammen. Denn mit ihm verschwand ein Teil von mir, der nur bei ihm so unbeschwert frei sein konnte.

40

RIA

In dieser Nacht vermutete ich in jeder Ecke meiner Wohnung und hinter jedem Schatten an der Wand eine Gefahr. Nach einer guten Stunde gab ich den Versuch zu schlafen auf und knipste die Nachttischlampe an. Ich öffnete den Gruppenchat meiner Freundinnen und hoffte, dass noch jemand wach war.

ICH:
Kann jemand von euch vorbeikommen? Mir geht's nicht so gut …

CHANTAL:
Sorry, Süße, ich kann nicht. Ich muss etwas für Mr. Dakarias erledigen.

BECCA:
Oh, ich kann auch nicht.

CHANTAL:
Wieso? Was machst du denn, Becca?

Becca:
Ich bin beschäftigt, Chantal. Außerdem muss ich dir nicht über alles, was ich mache, Rechenschaft ablegen. Du bist nicht meine Mutter!

Ich:
Ist schon gut. So wichtig ist es auch wieder nicht.

Chantal:
Ich weiß genau, was du machst! Schwing deinen Arsch zu Ria! Sie braucht dich jetzt.

Seufzend legte ich das Handy zur Seite.

Die beiden waren wie Feuer und Eis, so unterschiedlich wie Tag und Nacht. Chantal hatte ich erst vor wenigen Monaten durch Malio kennengelernt. Sie erzählte nicht viel über ihre Familie oder darüber, wie der Kontakt zu ihm zustande gekommen war, aber seitdem schien sie immer mal wieder etwas für Mr. Dakarias zu erledigen. Becca hingegen hatte ich an meinem ersten Tag an der Akademie getroffen, doch seitdem sie etwas mit Malio hatte, hatte ich das Gefühl, dass sie ihn mir vorzog. Meistens war das für mich in Ordnung. Ich hatte mich daran gewöhnt, allein zu sein, aber jetzt wünschte ich mir eine von ihnen an meiner Seite. Da war dieses dunkle Loch in meiner Brust, das aus so vielen Gründen unerträglich pochte, und ich bezweifelte, dass ich es jemals wieder heilen könnte. Es war einfach zu viel. Alles, was in letzter Zeit auf mich eingeprasselt war, war zu viel, zu intensiv, zu schmerzhaft, um es auch nur ansatzweise verarbeiten zu können.

Mein Leben war ein Scherbenhaufen aus Lügen, und ich stand auf dem Gipfel des Berges und versuchte, nicht an den vielen scharfen Kanten zu verbluten, die jede von ihnen mit sich brachte. Ich hatte das Gefühl, an all dem Scheiß zu ersticken, und gleichzeitig wusste ich, dass es nicht so einfach sein würde, dem drohenden Unheil auszuweichen. Es würde mich zwingen, weiterzumachen, weiter zu atmen, bis ich unter der Last zusammenbrechen würde. Und dann würde es weitergehen – jeden Tag, jede Woche, jeden Monat für den Rest meines Lebens.

Wann war mein Leben so anstrengend geworden? Bevor oder nachdem ich mich in Arjan verliebt hatte? Ich hatte keine Ahnung.

Mein Handy klingelte, aber ich ignorierte es und versank in der Dunkelheit, die sich um mich herum ausbreitete. Sie hielt mich fest in ihren Armen, während draußen die Nacht hereinbrach. Regungslos saß ich auf dem Sofa, merkte nicht einmal, wie mir die Wolldecke von den Schultern rutschte und ich anfing zu zittern. Wieder bimmelte mein Telefon, aber wie beim ersten Mal ignorierte ich es.

Ich wusste nicht, wie lange ich so saß, tief ins Nichts versunken. Irgendwann klopfte es an der Tür und ich hörte Malios Stimme wie durch Watte zu mir durchdringen.

»Ria?« Selten hatte ich ihn so besorgt gehört.

Was wollte er hier?

»Ria, wenn du nicht sofort die Tür öffnest, muss ich es tun. Ich gebe dir eine Minute!«, brüllte er und begleitete jedes seiner Worte mit einem lauten Klopfen.

Benommen sah ich zur Tür. Er würde mit diesem verdammten Lärm die ganze Nachbarschaft aufwecken.

»Lass das! Du weckst noch alle auf!«, rief ich und stand auf. Meine Knochen waren steif, was darauf schließen ließ, dass ich schon sehr lange in dieser starren Haltung verharrt hatte.

»Du hast nur noch 30 Sekunden, bis ich diese Tür auseinandernehme, und ich verspreche dir, dass spätestens dann jeder in diesem Scheißhaus wach ist!«, dröhnte Malios wütende Stimme durch die Tür.

»Ja, ist schon gut. Ich komme.« Genervt schleppte ich mich die letzten Schritte zur Tür.

Ich war müde, unendlich müde. Sogar meine Knochen waren müde und schmerzten bei jeder Bewegung. Als ich die Tür öffnete, stieß ich ein leises Zischen aus, weil mir das grelle Licht im Treppenhaus in den Augen brannte. Mit zusammengekniffenen Augen starrte ich meinen besten Freund an, der mit vor der Brust verschränkten Armen vor mir stand. Neben ihm war Becca, die mich erst besorgt musterte und mir dann einen vorwurfsvollen Blick zuwarf. Wahrscheinlich hatte ich sie um ihr *Date* gebracht. Wenn man die Verabredungen zwischen den beiden überhaupt so nennen konnte. Zu oft hatte ich Becca gesagt, dass sie sich besser von Malio fernhalten sollte, wenn sie anfing, Gefühle für ihn zu entwickeln – was sie offensichtlich tat.

Er interessierte sich nicht für sie. Für niemanden. In all den Jahren hatte ich ihn nie verliebt gesehen. Er benutzte Frauen nur, um seine Lust zu befriedigen. Obwohl es jeder wusste, weil er kein Geheimnis daraus machte und es deutlich kommunizierte, liefen ihm alle Frauen hinterher. Ich hatte das immer für verrückt gehalten, aber jetzt verstand ich es ein bisschen.

»Warum bist du nicht an dein Handy gegangen? Was hat er gemacht?«, fragte Malio besorgt.

Gleichgültig zuckte ich mit den Schultern und ging zurück zum Sofa. »Von wem redest du? Mir geht es gut. Ich fühle mich nur ...« Ich hielt inne und suchte nach einer anderen Beschreibung für das Wort »leer«, denn ich wusste, dass es sofort alle Alarmglocken in ihm schrillen lassen würde. »... müde«, beendete ich den Satz. »Müde« war ein gutes Wort. Unverfänglich.

»Ria, ich habe euch gesehen auf der Gala. Es war mehr als deutlich, dass ihr aufeinander scharf wart.«

»Du spinnst, Malio.«

»Was hat der Kerl gemacht?«, wiederholte er seine Frage etwas schärfer.

Es war schon immer unheimlich gewesen, wie gut dieser Mann Menschen lesen konnte. Es war unmöglich, ihn anzulügen.

»Er hat mich abgeschossen. Zufrieden?«, gestand ich.

»Deshalb heulst du hier so rum?« Becca ging an ihm vorbei und sah mich herablassend an. »Ria, du bist eine 24-jährige Frau. Du bist keine 15 mehr, also reiß dich ein bisschen zusammen.«

Ich kuschelte mich in die Decke und warf ihr einen finsteren Blick zu. »Danke für dein Mitgefühl, Becca.«

Sie stemmte die Hände in die Hüften und sah auf mich herab. »Sorry, aber kein Mann auf der Welt sollte das wert sein. Ich dachte immer, du wärst eine Bad Bitch.«

Ihr Blick glitt verächtlich über mein Gesicht. »Ich kann nicht glauben, dass ein Kerl es geschafft hat, diese Attitüde in so kurzer Zeit zu zerstören. Ria, komm wieder auf die Beine. Nimm eine Dusche, hak das Arschloch ab und geh feiern. Mit Chantal. Sie ist sicher bald fertig mit dem, was auch immer sie gerade macht.«

»Was hat er denn gemacht?« Malio warf sich neben mich auf das Sofa und schlug seine Beine übereinander. »Soll ich ihn verschwinden lassen?«

»Nein, eigentlich bin ich selbst schuld. Ich muss schon sagen, du machst das richtig. Gefühle sind echt eklig.«

»Oh nein.« Er griff sich theatralisch ans Herz. »Ich habe dich an diese schreckliche Krankheit namens Verliebtsein verloren?«

Ich boxte ihm gegen den Arm und konnte mir ein kleines Grinsen nicht verkneifen. »Hör auf, dich über mich lustig zu machen.«

»Das würde ich nie tun. Ich bin mir sicher, was auch immer zwischen euch passiert ist ...« Er deutete auf den Eisbecher. »... das wird nicht helfen. Vielleicht solltest du noch einmal mit ihm reden.«

»Ich halte das für keine gute Idee. Und seit wann bist du der Experte für so was?«

»Das frage ich mich auch. Es ist schrecklich.«

Becca räusperte sich. »Jetzt, wo wir das geklärt haben …« Sie sah sehnsüchtig zu Malio, der sie keines Blickes würdigte, sondern etwas auf seinem Handy tippte.

Als er fertig war, blickte er auf. »Du kannst gehen, wann du willst. Niemand hält dich auf.«

Ihre Gesichtszüge entglitten ihr für eine Millisekunde, dann setzte sie ein falsches Lächeln auf und ließ sich in den Sessel fallen. »Nein, nein, ich habe Zeit.«

Sofort meldete sich mein schlechtes Gewissen. »Mir geht es wirklich gut. Du kannst ruhig gehen.«

Er schüttelte den Kopf. »Ich lasse dich doch jetzt nicht im Stich. Das kannst du vergessen.«

»Ich wollte sowieso gerade ins Bett gehen. Anstatt hier im Wohnzimmer rumzuhängen und auf diesem echt unbequemen Sofa zu übernachten, kannst du auch in deinem überteuerten Bett schlafen.« Ich versuchte, meine Stimme so unbekümmert wie möglich klingen zu lassen.

»Ich weiß, dass du mich loswerden willst, aber gut. Ruf mich an, wenn es dir schlechter geht. Und versuch wirklich zu schlafen.«

Ich nickte brav und begleitete sie zur Tür.

Becca umarmte mich kurz und sagte so laut, dass auch Malio es hören konnte: »Du kannst mich jederzeit anrufen. Ich komme immer vorbei, wenn es dir nicht gut geht. Schließlich bist du meine beste Freundin. Lass den Kopf nicht hängen.«

Bevor ich ins Schlafzimmer ging, entsorgte ich den Eisbecher, dessen Inhalt inzwischen flüssig war, und stellte die Spülmaschine an. Dann knipste ich die Nachttischlampe an, kuschelte mich in die dicke Decke und checkte ein letztes Mal mein Handy. Arjan hatte mich aus dem Gruppenchat geworfen. Wie nett, dass er sich ausgerechnet dann für die Gruppe zu interessieren schien, wenn er mir damit in den Arsch treten konnte.

Auch Chantal hatte mir noch ein paarmal geschrieben. Die letzte Nachricht war ein Link zu einem Zeitungsartikel. Es ging um ein Benefizspiel für das Waisenhaus in Ashwick. Ich überflog den Artikel bis zu dem Punkt, an dem Arjans Name erwähnt wurde.

Das Spiel, bei dem Geld für das örtliche Waisenhaus gesammelt werden soll, wurde von Arjan Mason, einem Kandidaten für das Amt des Bürgermeisters, organisiert und finanziert. Wir hoffen sehr, dass auf diese Weise genug Geld zusammenkommt, damit das Waisenhaus die Renovierungskosten aufbringen kann.

Eine eingehende Nachricht lenkte mich von dem Artikel ab.

CHANTAL:
Da müssen wir hin!

ICH:
Auf keinen Fall. Er hat mich heute praktisch rausgeschmissen.

CHANTAL:
Wen interessiert das? Wir leben in einem freien Land! Du kannst gehen, wohin du willst.

ICH:
Chantal, nein!

CHANTAL:
Schatz, ich bin kein Hund.
Du kannst mich nicht mit einem einfachen Nein davon abhalten.
Ich hole dich morgen um 8 Uhr ab. Wir zeigen ihm, was er verpasst.

41

RIA

»Ich kann nicht glauben, dass du mich dazu überredet hast«, grummelte ich und warf Chantal einen beleidigten Seitenblick zu.

Sie saß auf dem Fahrersitz ihres Autos und gab gerade die Adresse der Universität in das Navigationsgerät ein. Es wäre sicher auch ohne die Hilfe von David Hasselhoff kein Problem gewesen, die Uni zu finden, aber da Chantal von diesem Mann und seiner Stimme besessen war, tippte sie sogar den Weg zum Supermarkt in das Gerät.

»Psst!«, zischte sie, als David uns aufforderte, geradeaus zu fahren.

»Du bist wirklich krank«, murmelte ich und verschränkte meine Finger ineinander, nur um sie im nächsten Moment unter meine Oberschenkel zu schieben. Ich war nervös und der Gedanke, Arjan wiederzusehen, machte mir Angst. Er hatte mir gestern deutlich gezeigt, was er von mir hielt. Wahrscheinlich war er sogar froh, sich nicht mehr mit mir herumschlagen zu müssen. Ich wusste ja selbst, dass es besser gewesen wäre, einfach weiterzumachen und die Sache mit meinem Vater endlich der Polizei oder auch dem Dakarias-Clan zu melden, aber irgendwie schaffte ich es nicht. Es war fast so, als ob die Tragödie meines Lebens zu Arjan gehörte.

Eine Weile folgte sie schweigend Davids Befehlen und seufzte jedes Mal sehnsüchtig, wenn er etwas sagte. Irgendwann räusperte sie sich. »Hast du einen Plan?«

Ich starrte weiter aus dem Fenster und beobachtete die dicken weißen Wolken, die über den Himmel zogen und die Sonne verdeckten. Das Wetter hatte sich meiner trüben Stimmung angepasst. Womöglich würde es heute regnen. In der Luft lag dieser typische Geruch, der ein Gewitter ankündigte.

»Nein«, antwortete ich und sah sie direkt an. »Ich werde improvisieren.«

Zwar hatte ich die halbe Nacht wach gelegen und überlegt, wie ich Arjan gegenübertreten sollte und ob es sich lohnen würde, noch einmal mit ihm zu reden, doch keine meiner Ideen erwies sich als die richtige. Er würde mir sowieso nicht zuhören. Da es sich aber um eine öffentliche Veranstaltung handelte, konnte er mich auch nicht niedermachen, wenn ich es versuchte.

Nach gut 40 Minuten erreichten wir den Parkplatz der Universität. Ich hatte nicht mit so vielen Autos gerechnet. Es dauerte eine ganze Weile, bis wir eine freie Parklücke fanden – am Ende des Platzes.

»Wir hätten auch gleich in einer Seitenstraße neben dem Gebäude parken können. Warum sind hier so viele Leute?« Chantal knallte die Fahrertür zu und sah mich über das Auto hinweg fragend an.

»Na ja, es ist ein Benefizspiel.«

Ich hängte mir meine Tasche über die Schulter.

»Ashwick ist wohl doch nicht so arm, wie ich dachte. Ist das ein Maserati?« Sie starrte auf den Wagen, der in der hintersten Ecke stand.

Ich hatte ihn sofort erkannt – schließlich hatte ich schon ein paarmal in diesem Luxusschlitten gesessen. Eigentlich war ich davon ausgegangen, dass Neo und Ryder weiterhin auf der Suche nach Ava sein würden. Valentin hatte mir immer noch keine

Informationen über ihren Aufenthaltsort gegeben. Er reagierte auch nicht auf meine Nachrichten.

»Chantal!«, rief ich sie zurück, als sie auf Neos Auto zuging.

»Wie schön wäre es, Hassys Stimme in diesem Auto zu hören«, schwärmte sie und sah mich mit leuchtenden Augen an. »Das wäre ein Traum!«

»Absolut. Können wir jetzt gehen, oder soll ich dich mit ›Hassy‹ allein lassen?«, fragte ich und wackelte mit den Augenbrauen.

Sie verdrehte die Augen, streckte mir die Zunge heraus und trottete wieder auf mich zu. »In Ordnung. Lass uns reingehen.«

Fröhlich auf und ab hüpfend überholte sie mich und legte sogar noch einen Zahn zu, so dass ich in ein leichtes Joggen verfallen musste, um ihr auf den ausgeschilderten Weg zum Sportplatz zu folgen. Zielstrebig steuerte sie auf die kleine Tribüne zu. Die meisten Plätze waren schon besetzt, aber das war für Chantal kein Problem. Sie schlängelte sich in ihrer typischen Art durch eine Reihe im unteren Teil, direkt an ein paar Jungs vorbei, die ihr prompt wie geile Teenager auf den Hintern starrten. In unseren kurzen Röcken, schwarzen Strumpfhosen und hohen Stiefeln wirkten wir in der eher sportlich gekleideten Menge aber auch wie exotische Tiere im Zoo. Das störte sie nicht, im Gegensatz zu mir. Ich fing sofort an, an meinem Rocksaum zu nesteln, weil mir die Aufmerksamkeit unangenehm war. Alles, was ich wollte, war das Interesse einer Person, die mich wiederum zu hassen schien.

Chantal sicherte uns zwei Plätze in der Mitte der Reihe, indem sie ein paar jüngere Mädchen verscheuchte, die ein selbst gebasteltes Plakat in den Händen hielten. Das aufgeklebte Foto sah Arjan verdächtig ähnlich. Hatte er einen Fanclub? Ich konnte es mir bei seinem überwältigenden Charme kaum vorstellen.

»Ganz schön voll«, meinte Chantal, nachdem sie sich umgesehen hatte. »Hast du ihn schon gesehen?« Ihr Blick blieb an mir hängen.

»Nein, keine Ahnung. Vielleicht ist er noch in der Kabine oder amüsiert sich mit jemandem.« Ich konnte nichts gegen die Bitterkeit tun, die in den letzten Worten meines Satzes mitschwang.

Der Gedanke, dass er sich mit einer anderen vergnügte, wahrscheinlich sogar mit Soela, versetzte mir einen Stich. Es war dumm, denn zwischen uns war nie etwas Ernstes gewesen, trotzdem gelang es mir nicht, das bittere Gefühl abzuschütteln, das mich jedes Mal überkam, wenn ich an ihn dachte.

Chantal stieß mich mit dem Ellbogen in die Seite und deutete mit dem Kinn auf eine Stelle am Spielfeldrand. »Ich glaube, ich habe ihn gefunden. Wow, der ist echt heiß! Jetzt verstehe ich dich.« Widerwillig sah ich zu dem Punkt. Sie hatte Recht. Am Spielfeldrand, in einem dunklen Anzug, mit dem er noch weniger an diesen Ort passte als wir, unterhielt er sich mit einer älteren Frau. Ihr graues Haar hatte sie zu einem Knoten zusammengebunden, und ihr brauner Faltenrock ging fast bis zum Boden. Jetzt lächelte sie ihn liebevoll an und strich ihm vertraut über den Arm. Er schenkte ihr ebenfalls ein warmes Lächeln. Obwohl ich seine Augen nicht richtig sehen konnte, wusste ich, dass es diesmal bis zu ihnen reichte. Es war eines dieser Lächeln, die er so selten zeigte. Ein echter Moment, in dem er für einen kurzen Augenblick seine eisige Maske fallen ließ.

Als hätte er meinen Blick auf sich gespürt, drehte er sich um. Unsere Blicke trafen sich. Intensiv und roh, wie sie es immer taten. Es war seltsam, wie vertraut und fremd mir dieser Mann doch war. Ich hatte mich ihm bereitwillig hingegeben, immer wieder, und gleichzeitig verfolgte mich das Gefühl, ihm nie nahe gewesen zu sein.

Sein Blick streifte mein Gesicht, schmolz zärtlich wie eine Schneeflocke auf meinen Lippen. Ein verräterisches Kribbeln breitete sich in mir aus, schickte elektrische Impulse wie Wellen durch meinen Körper. Ich atmete schwer aus, während er seine Lippen mit der Zunge befeuchtete. Mein Herz raste, alles um mich herum verschwamm, nur nicht der Mann, der mir den Atem raubte. Er schien bis in meine Seele blicken zu können, und ich war bereit, ihm in diesem Moment jeden dunklen Winkel meines Ichs zu offenbaren. Plötzlich ging ein Ruck durch seinen Körper und er riss seinen Blick von mir los. Die Wärme, die eben noch durch meine Adern geflossen war, verschwand schlagartig und hinterließ ein Gefühl der Kälte. Es war ein Fehler gewesen hierherzukommen. Wie sollte ich die nächsten Stunden überstehen, wenn er es schaffte, mich mit einem einzigen Blick völlig aus der Fassung zu bringen?

Die Antwort war: Gar nicht.

Ich suchte noch nach einer Ausrede, um Chantal zum Gehen zu überreden, als ich aus dem Augenwinkel Soela sah. Sie ging direkt auf Arjan zu, schlang ihre Arme um seinen Hals und presste ihre Lippen auf seine. Der kleine Stich in meinem Herzen schwoll zu einem Wirbelsturm aus Hass, Wut und Schmerz an. Mit einem Ruck sprang ich auf, flüsterte Chantal ein paar zusammenhanglose Sätze zu, die die Worte »Entschuldigung«, »Mir geht es nicht gut« und »Ich muss wirklich gehen« enthielten, und rannte los.

Sie rief mir etwas zu, aber ich schaffte es nicht, auch nur eine Sekunde länger hierzubleiben. Das Bild dieses Kusses ging mir nicht mehr aus dem Kopf. Es schwebte vor meinem inneren Auge und verhöhnte mich und die letzten Wochen, in denen ich mir eingeredet hatte, ihn zu hassen.

Erst auf dem Parkplatz hielt ich inne. Meine Ohren rauschten und mein Herz hämmerte gegen meine Brust. Ich hatte keine Ahnung, wie lange ich brauchte, um mich zu beruhigen, aber als eine Stimme hinter mir ertönte, wurde mir klar, dass es eine ganze Weile sein musste. Mit Soela hatte ich nicht gerechnet.

»Ria«, sagte sie mit einer Überheblichkeit, die mich wütend machte. »Du solltest gehen.«

Ich wirbelte herum und warf ihr einen giftigen Blick zu. »Falls du es noch nicht bemerkt hast: Ich wollte gerade gehen.«

»Gut. Du störst nämlich. Deine Anwesenheit macht ihn ...« Sie ließ die letzten Worte des Satzes unausgesprochen und kam stattdessen auf mich zu. »Lass ihn einfach in Ruhe. Er gehört mir.« Ihre spitzen Fingernägel gruben sich in meine Haut, als sie mein Kinn packte. »Oder du wirst es bereuen. Du willst mich nicht als Feindin und Malio kann dich nicht ewig beschützen.«

Ungläubig starrte ich sie an. »Drohst du mir, Soela?«

Sie kicherte, aber sie lockerte ihren Griff nicht. Immer tiefer gruben sich die Spitzen ihrer Fingernägel in meine Haut. »Provoziere mich nicht, Kleines. Du hast keine Ahnung, wozu ich fähig bin.«

»Dann beweise es.« Chantal tauchte hinter mir auf.

»Lass sie los, Soela. Du bist erbärmlich.«

»Und du bist eine Schlampe, Chantal! Heute schon die Beine breit gemacht?«

Chantal trat neben mich, schlug Soelas Hand weg und starrte sie wütend an. »Sollte ich das nicht lieber dich fragen? Ach nein, warte, deinem verbitterten Gesichtsausdruck nach zu urteilen, hat er dich gar nicht rangelassen. Stimmt, er hat dich sogar gerade weggestoßen, weil er nur Augen für Ria hatte. Merkst du denn nicht, dass er gar keine Lust auf dich hat? Du bist armselig«

Soelas Wangen verfärbten sich in Sekundenschnelle von einem sonnengeküssten Braun in ein tiefes Rot.

»Halt's Maul«, fauchte sie und warf mir wieder einen vernichtenden Blick zu. »Denk an meine Worte, Süße.«

»Du denkst an meine«, entgegnete Chantal, bevor ich etwas erwidern konnte. Wie eine Löwin schob sie sich vor mich. »Wenn du sie anrührst, machen wir dich fertig.«

»›Wir‹?« Soelas amüsierter Blick wanderte von Chantal zu mir. »Das will ich sehen.«

»Ich rede nicht von ihr, sondern von ihm. Malio.«

Das Lächeln wich aus Soelas Gesicht.

Chantal lachte und verschränkte die Arme vor der Brust. Selbstbewusst hob sie das Kinn. »Ja, ich weiß von dir und deinem kläglichen Versuch, einen von beiden an dich zu binden. Aber lass mich dir etwas sagen, Soela, meine Süße.« Das letzte Wort zog sie sarkastisch in die Länge. »Weder Malio noch Arjan sind ernsthaft an einer Schlampe interessiert, deren Seele so verdorben ist wie deine. Du denkst, du spielst mit ihnen, bis du dir den Mächtigsten aussuchen kannst? Nun, keiner von ihnen wird dich nehmen. Du bist nur ein Mädchen, das sie ficken. Wenn überhaupt.« Soela holte aus, aber Chantal hielt ihr Handgelenk fest. »Wag es nicht. Es wäre schade um dein teures Gesicht. Verpiss dich. Und lass Ria in Zukunft in Ruhe. Und jetzt verschwinde in das Loch, aus dem du gekrochen bist.«

Sie wich einen Schritt zurück, als hätte Chantal sie geschlagen und stieß einen undefinierbaren Laut aus, ehe sie davonstürmte.

Chantal drehte sich zu mir um. »Ich muss noch etwas erledigen, dann komme ich zu dir. Warte im Auto auf mich.«

42

ARJAN

Mit Ria hatte ich nicht gerechnet, schließlich hatte ich Neo und Ryder ausdrücklich verboten, in ihrer Gegenwart über das Charity-Spiel zu sprechen. Aber wahrscheinlich hatte sich mein Depp von Bruder doch verplappert.

»Entschuldige mich kurz, Ira.«

Ich zog mein Handy aus der Tasche und bedeutete ihr, dass ich telefonieren musste. Sie nickte verständnisvoll und ging zur Seite.

»Hallo Arjan. Siehst du mich?«, begrüßte mich Neo, noch bevor ich etwas sagen konnte.

»Nein. Sag mal, hast du –«

»Schau mal nach links«, unterbrach er mich sofort. Seufzend blickte ich zur Seite.

Neo saß in der ersten Reihe und hielt einen überdimensionalen Schaumstoffhai in der Hand, der unser Maskottchen darstellte. Er winkte mir damit zu und zeigte auf sein Gesicht, das ganz in den Farben Grün, Weiß und Rot bemalt war – die Farben unseres Teams. Von Ryder war nichts zu sehen. Dass er in Anbetracht der aktuellen Situation lieber nach Ava suchte, war mir klar. Wenn der heutige Tag nicht so wichtig für Ira gewesen wäre, hätte ich die Veranstaltung sofort abgesagt, um ihm zu helfen.

»Hast du da nicht ein bisschen übertrieben?«, kommentierte ich sein Äußeres.

»Du hast gesagt, ich soll mir was einfallen lassen. Und da ich nur für die erste Halbzeit hier bin, dachte ich, ich spiele den Fanboy«, verlautete er fröhlich.

Das war der Kompromiss. Neo würde die erste Halbzeit hierbleiben, Präsenz zeigen und mit der Presse sprechen. Danach würde er zuerst Spike aus der Klinik holen, dem es endlich besser ging – auch wenn er für die nächsten Wochen Medikamente und Bewegungsübungen brauchte, schien er den Angriff ohne Folgeschäden überstanden zu haben. Und am Abend würde er sich mit Ryder wieder auf die Suche nach Ava machen.

»Ich hoffe, wir können Ira helfen«, sagte er.

»Ja.« Mein Blick wanderte zu Ira. »Müssen wir einfach.« Sie lächelte mich an, als sie meinen Blick bemerkte, und setzte dann ihr Gespräch mit der Presse fort.

Mit gemischten Gefühlen legte ich auf.

Von diesem Tag hing die Zukunft des Waisenhauses ab. Ich wollte nicht, dass es geschlossen wird und viele Kinder ihre Hoffnung verlieren, weil sie in andere, schlechtere Heime kommen. Das Waisenhaus hatte uns damals zusammengebracht. Ich hatte dort meine Familie gefunden. Auch wenn einer von uns nicht mehr dazugehörte, würde ich die gemeinsame Zeit, in der noch alles gut war, nie eintauschen wollen.

»Arjan, alles in Ordnung?« Iras Worte rissen mich aus meinen trüben Gedanken.

»Natürlich«, antwortete ich schnell und rang mir ein Lächeln ab.

»Lüg mich nicht an«, tadelte sie und es überraschte mich nicht, dass sie mich sofort entlarvte. Sie hatte schon immer ein gutes Auge für so etwas. »Machst du dir Sorgen?«, wollte sie wissen.

»Eigentlich nicht. Es ist alles gut. Das Heim wird nicht geschlossen.« Sie öffnete den Mund für einen Einwand, aber ich ließ sie nicht zu Wort kommen. »Spar dir den Einwand, Ira. So war es abgemacht. Wir machen dieses Spiel und sammeln Spenden. Den Rest, der dann noch fehlt, übernehme ich. Ich habe mehr Geld, als ich ausgeben kann.«

Sie seufzte. »Arjan, das kann ich nicht annehmen. Du spendest jeden Monat ein Vermögen. Eigentlich gehört das Heim längst dir. Du hast schon viel zu viel für mich getan. Das kann ich nie wieder gutmachen.«

»Ira.« Ich sah sie streng an. »Du bist die gute Seele dieses Kinderheims. Ich habe gesehen, wie du für Hunderte von ihnen die Heldin warst. Auch für mich, Neo und Ryder.«

»Aber Valentin konnte ich nicht helfen.« Sie blickte traurig zu Boden.

»Er hat diesen Weg gewählt, das hat nichts mit dir zu tun. Mach dir keine Vorwürfe.«

»Aber du schon? Was mit ihm passiert ist, ist auch nicht deine Schuld, Arjan. Oder die von Neo.«

Mein Blick wanderte wieder zu meinem Bruder, der gerade ein paar Selfies mit einer Gruppe junger Frauen machte. »Ich wünschte, er würde das auch so sehen.«

»Irgendwann wird auch er darüber hinwegkommen«, behauptete sie.

»Das bezweifle ich.« Ich kannte ihn wie kein anderer. Neo würde nie darüber hinwegkommen und sich immer Vorwürfe machen. Allein schon wegen Kat.

»Arjan, wer ist diese Frau?«, fragte Ira nach einer Weile.

Ich sah sie irritiert an. »Du kennst doch Soela.«

Sie schüttelte den Kopf. »Nicht die Vampirin, die sich dir an den Hals wirft und dein Geld will. Die andere, die du so lange angeschaut hast.«

Ich zog skeptisch eine Augenbraue hoch. »Ich weiß nicht, was du meinst.«

»Ich habe dich nur einmal so gesehen.«

»Hör auf«, fiel ich ihr ins Wort. »Sie ist niemand.«

Ich spürte ihren durchdringenden Blick auf mir, vermied es aber, sie direkt anzusehen. »Du hast dich lange genug dafür bestraft.«

»Ira, bitte. Das ist nicht der richtige Zeitpunkt. Ria ist niemand, über den es sich zu reden lohnt.«

»Ria also.« Sie musterte mich eingehend.

Ich wollte ihr gerade etwas Schnippisches antworten, als mir jemand auf die Schulter tippte. Genervt verdrehte ich die Augen und unterdrückte den verärgerten Seufzer, der mir fast über die Lippen kam. Soela war die Letzte, auf die ich gerade Lust hatte. Sie klebte wie eine Klette an meinem Arsch und ich fragte mich ernsthaft, wie lange ich ihre Gegenwart noch ertragen konnte – wahrscheinlich nicht mehr allzu lange …

Doch als ich mich umdrehte, sah mich nicht Soela an, sondern die Freundin, mit der Ria bis vor kurzem hier gewesen war. Irritiert verzog ich das Gesicht, und ein Teil von mir bekam sofort Panik, dass Ria etwas zugestoßen sein könnte. Wie dumm von mir. Schnell schob ich den Gedanken beiseite. »Was ist los?«

»Ich weiß nicht, was für ein Spiel du mit Ria spielst, aber sie ist zu gut für dich und deine Freunde. Du solltest besser auf deine läufige Hündin aufpassen. Wenn sie Ria noch einmal bedroht …«

»Was hat Soela getan?«, brach es etwas zu laut aus mir heraus. Ira sah mich irritiert an und selbst einige Zuschauer aus der ersten Reihe schauten besorgt zu uns herüber. »Ach, vergiss es. Um ehrlich zu sein, interessiert mich das sowieso nicht.«

Rias Freundin verzog den Mund zu einem überheblichen Lächeln. »Ist das so? Also ich würde sagen, Prinz Eisenherz macht sich Sorgen. Sie hat ihr gedroht und ihr das Gesicht mit diesen grässlichen Fingernägeln fast zerkratzt. Halt sie zurück, um Rias willen. Sie braucht diesen Stress nicht. Du hast sie schon genug verletzt.«

»Ich weiß nicht, was mich das angeht.« Ich ließ sie ohne ein weiteres Wort stehen und stellte mich an den Spielfeldrand.

Wut wummerte unerbittlich in meiner Brust und ich konnte mich nicht auf das Spiel konzentrieren. Das würde Folgen für sie haben ...

Drei Tage waren seit dem Fußballspiel vergangen und wir folgten Stunde um Stunde, Tag für Tag dem immer gleichen Ablauf. Wir suchten systematisch jede Straße der Stadt ab, aber Ava war nirgends zu finden. Inzwischen fragte ich mich, ob sie überhaupt noch in Ashwick war. Ich musste dringend mit Ryder sprechen, aber ich brachte es nicht über mich, ihm von meinem Verdacht zu erzählen, dass Valentin sie ihrem Vater übergeben haben könnte.

Früher, als noch nicht die Distanz meiner Lügen und Geheimnisse zwischen uns stand, hatte ich solche Gespräche mit den Jungs oft mit einem Männerabend verbunden. Jetzt wusste ich nicht einmal mehr, wie der aktuelle Fifa-Spielstand war, weil ich so wenig Zeit mit ihnen verbrachte. Gedankenverloren schlenderte ich die Einfahrt entlang. Wenigstens diese Momente mit Spike blieben mir noch. Automatisch fiel mein Blick auf den beleuchteten Pool. Wie jeden Abend war er leer. Sie war nicht da. Spike winselte und zerrte an der Leine.

»Du vermisst sie auch, oder?«, murmelte ich leise vor mich hin. Es war mir immer noch ein Rätsel, wie sie es geschafft hatte, einen Platz in seinem Herzen zu erobern. Das war nur wenigen vor ihr gelungen.

Seit dem Benefizspiel herrschte Funkstille zwischen uns. Ich hatte nichts mehr von ihr gehört oder gesehen. Neo hatte anfangs versucht, mit ihr Kontakt aufzunehmen, aber sie hatte nur knapp auf seine Nachrichten reagiert.

Ich hatte sie auf brutale Weise aus meinem Leben gestrichen, und nun war ich derjenige, der darunter litt. Alles um mich herum war trist und dunkel, als hätte es dieses helle Licht nie gegeben. Bis vor kurzem hatte ich keine Ahnung, dass Ria der Grund für diese leuchtenden Farben in meinem Leben war. Seufzend stieß ich die Terrassentür auf und ließ mich neben Neo auf das Sofa fallen.

»Du siehst beschissen aus«, stellte er mit einem kurzen Blick in mein Gesicht fest.

»Es sind anstrengende Tage im Moment.«

»Natürlich. Deine schlechte Laune hat nicht zufällig etwas mit einer gutaussehenden dunkelhaarigen jungen Frau zu tun, oder?«, fragte er geradeheraus.

»Ich weiß nicht, was du meinst.«

»Du bist ein Arschloch, Arjan.«

Er hatte Recht, aber ich musste eine emotionale Grenze ziehen, um mich nicht völlig in ihr zu verlieren. Das war der Strohhalm, an den ich mich klammerte. Die Lüge, die ich mir einredete, um mir nicht einzugestehen, dass ich mich schon zu sehr in ihr verloren hatte. Ich war dieser Frau verfallen, lange bevor wir uns zum ersten Mal geküsst oder die Nächte miteinander verbracht hatten. Das Problem war nur: In dem Moment, in dem sie begonnen hatte, die Fesseln meines Herzens zu sprengen, hatte ich ihres zerrissen.

»Was weißt du schon davon?«, fuhr ich ihn an.

»Ich dachte, du magst sie.«

»Gerade du solltest wissen, dass Gefühle hier nichts zu suchen haben«, entgegnete ich gereizt.

»Warum? Weil du kein Glück verdienst? Niemand verdient es mehr als du, Arjan«, erwiderte Neo mit Nachdruck.

Auf dieses Gespräch hatte ich noch weniger Lust, als mit Ryder über Avas Entführung zu reden.

»Du solltest Ria anrufen. Frag sie, wie es ihr geht. Ava war auch eine Freundin von ihr. Und vergiss nicht, ihr ist auch Schlimmes passiert. Es ist ziemlich feige von dir, sie wegen einer Frau fallen zu lassen, die du nicht einmal fickst.«

»Woher willst du wissen, dass ich Soela nicht ficke?«, fragte ich mit harter Stimme.

Das Zusammenleben mit diesen Jungs war wie mit einer Gruppe von Waschweibern.

»Ich habe Augen im Kopf. Und ich habe Soela noch nie so frustriert gesehen wie in den letzten Tagen. Du kannst es nicht, oder? Tja, das nennt man Gefühle. Ziemlich nervig.«

»Halt die Klappe, Neo. Ich habe keine Gefühle für Ria. Und wenn du das noch einmal sagst, reiß ich dir den Arsch auf.«

»Dann ruf sie wenigstens an. Wenn sie dir egal ist, muss dir das ja nichts ausmachen«, provozierte mich Neo weiter.

»Gut. Ich schreibe ihr. Aber dafür musst du mir ihre Nummer geben.«

Neo öffnete den Mund und Ryder, der gerade das Wohnzimmer betreten hatte, zog hörbar die Luft ein.

»Das ist hart, Mann. Selbst ich habe ihre Nummer und ich habe sie nicht gefickt«, sagte er und schüttelte fassungslos den Kopf.

»O Gott, ihr seid echt solche Pussys. Dann gib mir ihre Scheißnummer.«

Neo zückte sein Handy, während Ryder sich völlig erschöpft neben uns in den Sessel fallen ließ.

Er sah von Tag zu Tag schlimmer aus. Seine Augen waren gerötet, die dunklen Ringe darunter schon so tief, dass das Lila bereits in ein tiefes Blau überging. Wenn wir Ava nicht bald finden würden, würde er noch völlig den Verstand verlieren.

»Gibt es etwas Neues?« Ich war dankbar, dass ich das Thema wieder auf Avas Entführung lenken konnte. Ich hatte keine Lust, mit den beiden über meine Gefühle zu sprechen.

43

RIA

Heute hatte mir Valentin die unbekannten Koordinaten von Avas Aufenthaltsort geschickt.

Mit einem mulmigen Gefühl wählte ich Ryders Nummer, denn ich hatte keine Ahnung, was ich ihm sagen sollte, falls er mich fragen würde, woher ich sie hatte. Gleich beim ersten Klingeln nahm er ab.

»Ava?«, rief er voller Verzweiflung.

»Hier ist Ria. Ich weiß, wo ihr noch nicht gesucht habt«, eröffnete ich das Gespräch.

Ich hatte die Koordinaten in eine Karte eingegeben und nannte Ryder nun die Adresse, die mir die Seite ausgespuckt hatte. Am anderen Ende war es still geworden.

»Ryder? Bist du noch da?«

»Das ist Avas Haus ... Das haben wir längst durchsucht. Wie bist du darauf gekommen? Woher hast du die Adresse?« Seine Stimme war voller Skepsis.

Mein Kopf schwirrte und ich sagte das Erste, was mir einfiel. »Kat hat sie mir gegeben.«

»Wann?«

»Heute«, gab ich so überzeugend wie möglich zurück.

»Diese verdammte Schlange«, stieß er wütend aus. »Ich fahre sofort los!«

»Warte, kannst du mich abholen? Ich würde gerne mitkommen. Du bist viel zu aufgeregt. Und nimm Neo auch mit, wir wissen nicht, was uns dort erwartet.«

»Ich weiß nicht, ob das eine gute Idee ist. Es könnte gefährlich sein.«

»Das ist mir egal, Ryder. Ava ist auch meine Freundin. Ich muss mitkommen. Außerdem kenne ich die Adresse. Wenn du mich nicht abholst, suche ich sie selbst!«

Er stöhnte genervt. »Gut, ich komme gleich bei dir vorbei. Wir rufen unterwegs Neo an, der kann dann zum Haus kommen.«

Zitternd stand ich am Straßenrand, trat von einem Fuß auf den anderen und wartete auf Ryder. Ein schwarzes Auto bog um die Ecke und hielt vor mir. Ich schluckte meine Angst hinunter, damit sie mich nicht verriet. Bevor ich einsteigen konnte, wurde die Tür geöffnet.

Ryder sah mich direkt an und forderte ungeduldig: »Komm, beeil dich. Steig ein.«

Sofort bemerkte ich die Waffe, die auf dem Sitz lag. Er folgte meinem erschrockenen Blick und wischte sie achtlos weg, so dass sie im Fußraum landete. Mit einem mulmigen Gefühl stieg ich ein. Augenblicklich fuhr er los, ohne ein Wort mit mir zu wechseln.

Nach einer Weile hielt er den Wagen auf einer einsamen Landstraße an.

»Was machen wir hier?« Verwundert schaute ich mich um.

»Da vorne ist ein Weg.« Er deutete auf einen Trampelpfad, der mir nie aufgefallen wäre, wenn er nicht darauf hingewiesen hätte.

Im fahlen Licht der weit entfernten Straßenlaterne war er so versteckt, dass man ihn nur bemerkte, wenn man von ihm wusste. Er führte tief in einen Wald hinein. Auf leisen Sohlen folgte ich Ryder, der zielsicher durch das dichte Geäst stapfte. Ein paarmal musste ich Ästen ausweichen, die er zur Seite schob, ohne darauf zu achten, dass sie wieder zurückschnellten, sobald er sie losließ. Schon nach kurzer Zeit stand mir der Schweiß auf der Stirn, aber ich versuchte, mit ihm Schritt zu halten.

Als er plötzlich stehen blieb, stieß ich hart mit ihm zusammen. Schmerzhaft verzog ich das Gesicht und rieb mir die Stirn.

»Sind wir schon da?« Der Kerl hatte einen Rücken aus Stahl. »Ich werde dich in Zukunft Teflon-Ryder nennen«, scherzte ich, als der Schmerz nachließ.

»Nein«, gab er nur knapp zurück.

»Wieso hältst du dann an?«

Er machte einen Schritt zur Seite, um die Sicht auf den Waldweg freizugeben. Erschrocken wich ich zurück, stolperte über eine hervorstehende Wurzel und landete mit dem Hintern auf dem harten Boden.

»Was zum Teufel?« Meine Stimme zitterte, und das hatte nichts mit der Kälte zu tun, die jetzt durch meine Kleidung kroch.

Ungläubig starrte ich auf die unzähligen kleinen blutverschmierten Puppen, die mit dünnen Seilen an den dürren Ästen der Bäume befestigt waren. Einige waren mit einer seltsam leuchtenden Farbe beschmiert, die den Weg in ein unheimliches Licht tauchte.

»Das ist krank«, flüsterte ich ängstlich und richtete mich auf. Mein ganzer Körper zitterte, als eine der Puppen laut zu lachen begann, als wir an ihr vorbeigingen.

Eine andere fing an zu schreien.

Eine dritte keifte immer wieder: »Ihr habt es verdient, ihr habt es verdient!«

»Mörder!«, ertönte es neben mir.

»Verräter!«, schrie es direkt vor mir.

»Du wirst auch sterben!«, schrillte die schrecklich verzerrte Stimme einer anderen Puppe.

»Wir müssen weiter«, drängte mich Ryder.

Die Worte, die Schreie und das schrille Lachen der Puppen begleiteten uns Schritt für Schritt. Als ich glaubte, es nicht mehr aushalten zu können, tauchten vor uns die Umrisse eines Hauses auf.

»Ist es das?«, fragte ich mit zitternder Stimme.

Ryder nickte und schob sich vor mich. »Bleib hinter mir. Wir wissen nicht, was uns dort erwartet. Er weiß, dass wir hier sind, die Puppen sind entweder ferngesteuert oder mit einem Timer ausgestattet. Du sagst, Kat hat dir die Koordinaten gegeben?«

Zögernd wägte ich meine Antwort ab, entschied mich dann aber doch für die Lüge.

»Ja.« Dieses kleine Wort würde den Hass der Jungs nur noch verstärken.

Ich mochte die Person nicht, zu der mich all die Lügen gemacht hatten. Wie sollte ich mich jemals wieder im Spiegel betrachten können? Gemeinsam stiegen wir die Veranda hinauf und schlichen zur Tür. Ryder zog seine Pistole, entsicherte sie und legte die Hand auf die Klinke.

Er drehte sich nochmal zu mir herum und erklärte leise: »Wenn ich ›lauf‹ sage, rennst du so schnell du kannst zum Auto und wartest auf Neo oder rufst Arjan an, verstanden?«

Also ging er davon aus, dass es eine Falle war und auf der anderen Seite der Tür jemand auf uns wartete. Daran hatte ich nicht gedacht. Ich hatte mich auf Valentins Worte verlassen und war mir gerade nicht sicher, ob das eine gute Idee war.

»Das werde ich«, versicherte ich ihm.

In diesem Augenblick stieß er die Tür auf. Wie in Zeitlupe schlug ich mir die Hände vor den Mund, doch es war zu spät, der gellende Schrei hatte meine Lunge längst verlassen und drang nun messerscharf durch die Dunkelheit des Hauses.

»Ava?«, flüsterte er mit leiser, vor Angst zitternder Stimme in die Finsternis. Sein Blick fiel auf die dunklen Umrisse einer Person, die auf dem Boden lag.

»Ava?«, rief er noch einmal, während ich wie erstarrt neben ihm stand. Wieder rührte sich nichts. »Babe? Bist du das?«

Ryders keuchender Atem bildete eine Nebelwolke vor seinem Gesicht. Eine unangenehme Gänsehaut, von der ich nicht wusste, ob sie von der Kälte oder von dem grotesken Bild herrührte, kroch meinen Rücken hinauf.

»Warte«, warnte mich Ryder, aber da hatten sich meine Füße schon wie von selbst in Bewegung gesetzt.

Plötzlich rutschte ich auf etwas Glitschigem aus und verlor völlig unerwartet das Gleichgewicht. Zum zweiten Mal an diesem Abend landete ich unsanft mit dem Hintern auf dem harten Boden. Fluchend kramte ich in der Hosentasche nach meinem Handy und fragte mich, warum ich nicht schon früher darauf gekommen war.

Ein erschrockener Schrei entrang sich meiner Kehle, als der schwache Lichtschein die Umgebung erhellte.

Da war Blut. So viel Blut.

Es klebte am Boden und an den Wänden. Eine breite, nasse Spur zog sich von der leblosen Gestalt bis zur Tür. Mein Herz raste und ich versuchte, das Handy in meiner zitternden Hand ruhig zu halten, damit der Schein der Taschenlampe nicht ständig hin und her wackelte. Mit letzter Kraft schaffte ich es wieder auf die Beine. Jetzt klebte das Blut nicht nur an meiner Hose, sondern auch an meinen Händen. Mir wurde übel und ich kämpfte gegen den Drang an, mich zu übergeben.

»NEIN!«, schrie Ryder entsetzt.

Sofort sprintete er auf den leblosen Körper zu und stieß mich unsanft zur Seite. Ich prallte gegen einen Schrank und verlor das Gleichgewicht. Verzweifelt ruderte ich mit den Armen, um den drohenden Sturz zu verhindern – ohne großen Erfolg. Im Fallen stieß ich ungeschickt mit dem Ellbogen gegen eine Glasvase, die zu Boden fiel. Sie zerbrach unter meinem Körper in tausend Scherben. Der unerträgliche Schmerz, der sich augenblicklich in meinem linken Unterarm ausbreitete, war jedoch nicht halb so schlimm wie Ryders qualvolle Schreie, die mich in diesem Moment bis ins Mark erschütterten.

Ich spürte, wie eine heiße Flüssigkeit meinen Arm hinunterlief. Sterne tanzten vor meinen Augen, und ich atmete gegen die Ohnmacht an, die mir das Bewusstsein zu rauben drohte.

Das Handy war mir aus der Hand gefallen und erhellte nur spärlich das Szenario, das sich vor mir abspielte. Ryder hatte Avas Körper schluchzend in seine Arme genommen und wiegte sich unter tränenerstickten Schreien hin und her.

»Ryder ... i...ist sie ...« Die Worte blieben mir im Hals stecken, und ein neuer Schub puren Schmerzes durchfuhr meinen Körper.

Keuchend ließ ich mich auf den kalten Boden sinken. Jetzt waren es auch meine Schreie, die sich mit denen von Ryder mischten und die Hütte erfüllten. Ich nahm all meinen Mut zusammen und warf einen Blick auf meinen Arm. Der Anblick drehte mir den Magen um. Ein lange, dicke Glasscherbe hatte sich in meinen linken Unterarm gebohrt.

»Ryder?«, flüsterte ich leise und blinzelte mir die Tränen aus den Augen.

Stille.

Panisch blickte ich an mir herab und tat das Schlimmste, was man tun konnte: Mit einem Ruck zog ich den Splitter aus meinem Arm. Innerhalb von Sekunden ergoss sich das Blut in Strömen über meinen Arm. Verzweifelt suchte ich nach etwas, das ich auf die Wunde drücken könnte – aber es war zu dunkel, um etwas zu erkennen, und der Schmerz lähmte meinen Körper. Ich hörte nichts außer meinem eigenen Herzschlag und dem Rauschen meines Blutes.

»Ryder?«, wiederholte ich zitternd, weil ich auf einmal Angst hatte, allein zu sein.

Wieder antwortete er nicht.

Ich drehte meinen Kopf zu ihm, um mich zu vergewissern, dass er noch da war. Ryder hatte aufgehört, sich mit Ava im

Arm hin und her zu wiegen – jetzt starrte er mich nur ausdruckslos an.

»Bitte!«, flehte ich erneut und streckte ihm meinen gesunden Arm entgegen.

Ich kämpfte mich hoch, schaffte es aber nur auf die Knie.

»Du wusstest es. Woher wusstest du es?« Hass lag in seiner Stimme.

Ich wusste, dass ich viel zu viel Blut verlor, denn mir wurde schwindelig. Erschöpft sackte ich zusammen.

Alles verschwamm. Mit einem leisen Stöhnen kippte ich zur Seite und beobachtete, wie Ryder Ava sanft eine verklebte Haarsträhne aus dem Gesicht strich und sie auf den Mund küsste. Langsam stand er auf. Gebannt starrte ich auf seine blutverschmierten Chucks, die immer näher kamen.

Was für eine Verschwendung, schoss es mir durch den Kopf. Nur widerwillig hob ich den Kopf, denn diese einfache Bewegung brachte die ganze Hütte zum Schwanken.

»Du machst mir Angst«, hauchte ich mit zitternder Stimme.

Sein eindringlicher Blick fiel auf mich, ehe er mich auf die Füße zog. Wieder tanzten tausend Sterne vor meinen Augen und Ryder verschwand hinter dem Tränenschleier, den der unerträgliche Schmerz verursacht hatte.

Ich blinzelte ein paarmal und sah schließlich über seine Schulter zu Ava, deren Augenlider zuckten und sich mit brutaler Langsamkeit öffneten.

»Sie lebt!«, stieß ich mit letzter Kraft hervor, bevor alles dunkel wurde.

»O Gott! Was ist passiert?«, hörte ich Neos Stimme aus der Ferne.

»Warum hast du nicht auf uns gewartet?« Das war eindeutig Arjan.

Im nächsten Moment spürte ich, wie ich aus Ryders Armen gerissen wurde. Jemand legte mich auf den Boden und strich mir mit zitternden Händen über das Gesicht.

»Ria? Kannst du mich hören?«

Ein Schmerz durchfuhr meinen Arm, als jemand etwas daraufdrückte. Mit letzter Kraft schlug ich die Lider auf. Arjan schwebte über mir und weckte eine alte, verborgene Erinnerung.

44

RIA

»Dad, das ist mein Lieblingslied. Kannst du bitte lauter machen?«, rief ich begeistert, als die ersten Zeilen von Icona Pops »I Love It« aus dem Radio erklangen.

Mit einem breiten Grinsen schüttelte mein Vater den Kopf und drehte am Lautstärkeregler.

Meine Mutter warf ihm einen warnenden Blick zu, aber er ignorierte ihren stillen Tadel und zwinkerte mir durch den Innenspiegel zu.

»I got this feeling on the summer day when you were gone«, trällerte ich die Strophe aus voller Kehle mit.

»Schatz, musst du so schräg singen?«, fragte Mom und warf mir einen genervten Blick zu.

Meine beste Freundin Lia verkniff sich ein albernes Kichern, griff beherzt nach meiner Hand und beugte sich so nah zu mir, dass ich ihre nächsten Worte verstehen konnte. »Wenn du nicht willst, dass sie merken, wie betrunken du bist, solltest du ein bisschen vorsichtiger sein.«

Ich tat ihren Einwand mit einer lässigen Handbewegung ab. »Ja, Mom, das muss ich.«

Wie um meine Worte zu unterstreichen, sang ich die nächste Strophe extralaut mit. »I crashed my car into the bridge, I watched, I let it burn.«

Lia konnte ihr hysterisches Lachen nicht länger verbergen und stimmte kurzerhand mit ein. Gemeinsam sangen wir laut und schief und brachten meine Mutter zur Weißglut. Sie warf uns einen strengen Blick zu, und als sich ihre Augen zu schmalen Schlitzen verengten, wurde mir klar, dass sie nicht glauben konnte, dass wir noch nüchtern waren.

»I threw your stuff into a bag and pushed it down the stairs«, schrie Lia und trommelte gegen den Sitz meiner Mutter, als würde sie Schlagzeug spielen.

»Lass sie doch ihren Spaß haben. Du weißt doch, wie wir in ihrem Alter waren«, versuchte Dad sie zu beruhigen.

Seufzend ließ sie sich zurück in den Sitz sinken. Er schaffte es immer, sie zu beruhigen. Ich bewunderte ihn dafür, denn ich hatte das Gefühl, jeden um mich herum auf kurz oder lang in den Wahnsinn zu treiben. Manchmal wünschte ich mir, ich hätte etwas mehr von seinen Fähigkeiten geerbt, dann würde ich den Menschen nicht so schnell auf die Nerven gehen.

Das Auto ruckelte, als mein Vater auf die lange Brücke fuhr. Ich hatte nie verstanden, warum man diese zwei Städte überhaupt auf diese Weise miteinander verbinden musste. Niemand, der in Silverside wohnte, wollte nach Ashwick, während die Ashwicker zu Dutzenden nach Silverside pendelten. Wer konnte es ihnen verdenken? Hier gab es nette Nachbarn, gute Schulen, keinen Dreck auf den Straßen und kein Graffiti an den Wänden. Für einen Moment war ich so tief in dem Gedanken versunken, was Silverside besser machte als Ashwick, dass ich die herannahenden Lichter der Scheinwerfer erst bemerkte, als es schon zu spät war. Mit einem markerschütternden Knall prallte Metall auf Asphalt. Das Geräusch war viel lauter als das Lied, das immer noch aus dem Radio dröhnte. Panisch tastete ich nach Lias Hand. Mein Kopf schlug gegen das Fenster und für den Bruchteil einer Sekunde wurde mir schwarz vor Augen.

Ich würde sterben. Immer wieder musste ich daran denken, dass ich jeden Moment meinen letzten Atemzug tun könnte.

Ich wollte weinen, schreien, aber ich war zu beidem nicht fähig, weil die pure Panik mein Bewusstsein überflutete.

Ich nahm gerade noch die leisen Töne aus dem Radio wahr. »I crashed my car into the bridg…«

Dann verlor ich mich in der Finsternis, die den Kampf um mein Bewusstsein gewann. Der durchdringende Schrei meiner Mutter riss mich in die Gegenwart zurück. Ich brauchte einen Moment, um die Situation zu begreifen. Unser Auto hatte sich in der Leitplanke der Brücke verfangen.

»Nicht bewegen!«, hörte ich die Stimme meines Vaters aus der Ferne.

Benommen starrte ich auf das tosende Wasser, das gegen die Brückenpfeiler schlug. Das Auto war ein riesiges Grab, dem man nicht entkommen konnte. Panisch wich ich zurück, wodurch sich das Gewicht des Wagens veränderte. Ich sah, wie das Meer näher kam, Stück für Stück. Es schien wie in Zeitlupe, bis wir mit dem Auto in die dunkle Tiefe tauchten. Dann geschah alles sehr schnell. Glas splitterte, kaltes Wasser rann meine Kehle hinab und presste mir den erbärmlichen Rest Sauerstoff aus der Lunge. Todesangst breitete sich in mir aus. Ich sollte aufhören zu schreien, aber weder die Erkenntnis noch das unerträgliche Brennen in meiner Brust konnten mich davon abhalten. Ich würde sterben. Hier und jetzt. Ich würde ertrinken in den dunklen Tiefen des Meeres. Dieser Gedanke versetzte mich in solche Panik, dass ich meine letzten Kräfte sammelte, um gegen den Sog anzukämpfen, der mich immer tiefer hinabzog. Etwas Weiches streifte meinen Kopf, löste den Gurt um meinen Körper und zerrte mich aus dem Wagen. Plötzlich durchbrach ich die Wasseroberfläche. Sauerstoff strömte in meine Lunge. Ich hustete, klammerte mich an das weiche, warme Etwas, das mich aus dem Wasser gezogen hatte.

»Was hast du getan?«, rief eine Stimme wütend.

»Wir müssen sie alle retten«, antwortete eine andere. Sie klang näher. Waren die Rettungskräfte schon da?

»Bist du verrückt geworden? Ich komme ins Gefängnis! Wir müssen weg. Vergiss sie, vergiss sie alle!«, dröhnte die erste Stimme. Etwas berührte meine Wange.

»Komm zu mir, wenn du dich jemals rächen willst.«

Ein sanfter, kalter Druck auf meiner Stirn riss mich aus meiner Starre. Mit letzter Kraft öffnete ich die Augen. Zuerst sah ich nichts. Dann wurde ein tiefes Blau immer klarer. Wie das tiefe, aufgewühlte Meer, das mich eben noch fest in seinen Klauen gehalten hatte.

Entsetzt öffnete ich meine Lider und klammerte mich an den Mann, der mich durch Hölle und Himmel geführt hatte, an die Bestie meiner Albträume und den Engel, der mir half, mich selbst zu finden. Es waren seine Augen, Arjans Augen, wie ich nun wusste. Er hatte mich gerettet und gleichzeitig dem Tod überlassen.

»DU!«, zischte ich wütend und rutschte so weit wie möglich von ihm weg. »Du warst es.«

Ich konnte nichts gegen die Tränen tun, die mir in die Augen schossen. Der Schmerz in meinem Arm war durch das riesige Loch in meiner Brust ersetzt worden. Arjan sah mich überrascht an. Aus diesen verdammten grauen Augen. Kein Schimmer von Blau war in ihnen zu sehen.

Vorsichtig streckte er die Hand nach mir aus, doch ich wich noch weiter zurück und schlug sie mit letzter Kraft weg. Er sollte mich nicht berühren. War es das, was Valentin mir die ganze Zeit sagen wollte? Dass Arjan an dem Unfall schuld war?

Ein Mann kniete sich neben mich und redete beruhigend auf mich ein. Ein Sanitäter.

»Können Sie mich hören, Miss?«, erkundigte er sich mit einer einfühlsamen Stimmlage.

Ich nickte, während mir immer noch Tränen über die Wangen liefen.

»Wir müssen Sie mitnehmen«, redete er weiter und tastete nach meinem Puls.

Ohne auf den Mann zu achten, der mir einen provisorischen Verband anlegte, starrte ich Arjan an, als könnte ich die Lüge hinter seiner Fassade erkennen.

Die Augen waren jetzt grau, aber ich erkannte ihn so deutlich, als wäre der Unfall erst wenige Minuten her. Es gab keinen Zweifel. Er war es.

»Ich komme mit«, verkündete er dem Sanitäter.

»Nein!« Sofort schüttelte ich den Kopf. »Ich will nicht, dass er mitkommt. Ich will das nicht«, wiederholte ich mantraartig.

»Ria, wir müssen darüber reden. Es ist nicht so, wie du denkst«, redete Arjan auf mich ein.

»Ich will aber nicht mit dir reden. Geh weg!«, schluchzte ich und kämpfte gegen eine neue Welle der Ohnmacht an.

Nachdem mich der Sanitäter auf eine Liege gelegt hatte, baute Arjan sich vor mir auf. »Diesmal nicht.« In seiner Stimme schwang eine Entschlossenheit mit, die keinen Widerspruch zuließ.

Ich konnte nicht glauben, dass dieser Kerl die Frechheit besaß, während der ganzen Fahrt nicht von meiner Seite zu weichen. Er saß auf dem Stuhl neben mir, die Arme vor der Brust verschränkt, und mit jedem Blick, den er mir zuwarf, schien er mir meinen Fehler, ihm vertraut zu haben, unter die Nase zu reiben.

»Ava ist im OP«, informierte er mich, nachdem man mich aus der Notaufnahme in einen Behandlungsraum gebracht hatte, weil die Wunde genäht werden musste. »Ich dachte, das interessiert dich.«

Ich zuckte nur mit den Schultern und mied es weiterhin, ihn anzusehen.

»Sieh mich an, Ria«, forderte er mit fester Stimme.

Ich ignorierte ihn weiter und starrte auf den Wasserhahn. In Gedanken zählte ich die Tropfen, die sich von ihm lösten.

»Ria!« Kalte Finger legten sich um mein Kinn und richteten meinen Blick nach oben. »Lass mich erklären.«

Mit einer schnellen Bewegung riss ich meinen Kopf zur Seite. Durch den starken Blutverlust geriet ich ins Taumeln und wäre fast von der Liege gefallen, wenn er mich nicht im letzten Moment festgehalten hätte.

»Fass mich nicht an«, schrie ich.

Arjan ließ sich von meinem wütenden Ton nicht beeindrucken und richtete mich wieder auf. »Ich kann es dir erklären, wenn du mich lässt. Du ziehst die falschen Schlüsse.«

»Ach ja? Was sollen denn diese blöden Kontaktlinsen?«

Er fuhr sich durch die dunklen Haare. »Irgendwann konnte ich den Blick in den Spiegel nicht mehr ertragen.«

»Ja, weil du ein verdammter Mörder bist. Warum kommt der bescheuerte Arzt nicht? Ich ertrage es nicht länger, mit dir in einem Raum zu sein.«

»Richtet sich dein Hass wirklich gegen mich? Oder bist du sauer auf dich, weil du dich von Valentin benutzen lässt?«, fragte er herausfordernd.

»Was weißt du schon?«, entgegnete ich schnippisch.

Er verschränkte die Arme vor der Brust. »Offenbar mehr als du. Weißt du, dass dein Vater seit Wochen verschwunden ist? Anscheinend nicht«, fügte er trocken hinzu, als mir alles aus dem Gesicht fiel.

Was meinte er damit? Wäre mein Vater verschwunden, hätte mir Valentin doch etwas gesagt!

Bevor ich antworten konnte, ging die Tür auf und ein junger Arzt betrat den Raum.

»Bitte warten Sie draußen«, wandte er sich an Arjan.

»Warum?«

Unwillkürlich trat der Arzt einen kleinen Schritt zurück.

»Weil ...«, stotterte er und suchte unauffällig nach dem Knopf, mit dem er im Notfall den Sicherheitsdienst rufen konnte.

»Weil ich es will«, mischte ich mich ein. Ich musste die letzten Stunden erst einmal selbst verarbeiten. »Geh zu Ryder. Er braucht dich.«

Das war nicht mal gelogen. Dort war er besser aufgehoben. Er sah mich ein letztes Mal an und ich hätte ihm die Verzweiflung in seinen Augen fast geglaubt.

Ich hatte Glück im Unglück. Der Glassplitter hatte nur knapp einen Nerv verfehlt, was mir eine Operation und wochenlange Physiotherapie ersparte, stattdessen bekam ich eine ordentliche Dosis Schmerzmittel. Eigentlich sollte ich wegen des hohen Blutverlustes und der Kreislaufprobleme zur Beobachtung im Krankenhaus bleiben, aber ich entließ mich auf eigene Gefahr. Nur widerwillig händigte mir die Krankenschwester ein Rezept für Schmerztabletten aus, die ich direkt in der Krankenhausapotheke abholen sollte. Nach einem letzten vergeblichen Versuch, mich zum Bleiben zu überreden, gab sie mir die Entlassungspapiere. Auf dem Flur traf ich Neo. Es war offensichtlich, dass Arjan einen Wachhund abgestellt hatte.

»Was machst du hier, Neo?«

»Findest du es nicht ein bisschen kleinlich, jetzt einfach wegzulaufen?«, kam er direkt zur Sache.

»Kleinlich? Anscheinend hast du keine Ahnung, was dein toller Bruder gemacht hat.« Wütend stapfte ich an ihm vorbei.

Diese ganze Familie konnte mir gestohlen bleiben. Ich wollte nichts mehr mit ihnen zu tun haben, das würde ich auch Valentin klarmachen. Sollte er doch jemand anderen für seine Zwecke missbrauchen. Schließlich hatte er mir auch nichts von dem Unfall erzählt, obwohl er es offenbar wusste. Warum sonst all diese Andeutungen?

»Ich weiß nicht, was du über den Unfall zu wissen glaubst, aber wäre es nicht fair, auch seine Seite der Geschichte zu hören?«, sagte Neo zu mir, während er mir unbeirrt durch den Gang folgte.

»Oh, so fair, wie du damals zu Kat warst?« Seine Miene verfinsterte sich, als er an mir vorbeikam und sich mir in den Weg stellte.

»Du hast keine Ahnung, was mich mit Kat verbindet, und du hast auch keine Ahnung, was damals bei dem Unfall passiert ist. Vielleicht gilt deine Loyalität dem Falschen. Meinst du, Arjan weiß nicht, dass du mit Valentin zusammenarbeitest? Alles, was er dir erzählt, ist eine Lüge, weil alles, was er sagt, schon immer eine Lüge war. Rede mit Arjan, gib ihm die Chance, sich zu erklären, und sei nicht so eine Zicke. Du hast auch Fehler gemacht, Ria. Wir wissen von den Videos, von deinem Vater und von der Nachricht an Valentin, als Ava entführt wurde. Du schuldest Arjan genauso eine Erklärung wie er dir.«

Fassungslos starrte ich ihm nach, als er wieder durch die Tür der Notaufnahme verschwand. Das musste ein Trick sein. Warum sonst war ich noch am Leben, wenn Arjan alles wusste?

45

ARJAN

Es war nicht schwer, den Flur zu finden, in dem sich Avas Krankenzimmer befand. Ryders dröhnende Stimme war schon zu hören, als sich die Fahrstuhltüren öffneten.

Seufzend trat ich hinaus und ging direkt auf ihn zu. Aufgebracht baute er sich vor einer kleinen Krankenschwester auf, die erschrocken zu ihm aufblickte und einen Schritt zurücktrat.

»Sie können sich hier nicht so benehmen, Sir. Das ist ein Krankenhaus«, redete sie auf ihn ein.

»Das ist mir scheißegal!«, brüllte er zurück.

Beschwichtigend legte ich ihm eine Hand auf die Schulter. »Wie geht es ihr?«

»Keine Ahnung, sie ist noch im OP. Und diese ...« Ich sah, wie er die Beleidigung hinunterschluckte. »... diese Frau will mir nichts Genaueres sagen.«

Empört stemmte die Schwester, die ungefähr in Dees Alter sein musste, die Hände in die Hüften und sah Ryder sauer an. »Ich kann Ihnen keine Auskunft geben. Sie müssen mit dem Arzt sprechen.«

»Kann er uns denn überhaupt Auskunft geben?«, wandte ich mich an sie.

Sie sah Ryder zerknirscht an.

»Ich fürchte nicht. Sie sind mit Frau Chamberlain weder verheiratet noch verwandt«, antwortete sie betreten.

Damit hatte ich gerechnet. Ihre Aussage verbesserte Ryders Stimmung nicht gerade.

»Sie ist meine Freundin!«, polterte er ungehalten. »Sie hat weder Familie noch Verwandte in dieser Stadt!«

»Es tut mir leid. Ich werde mit dem Arzt sprechen«, lenkte sie schnell ein und war schon auf dem Weg zum Schwesternzimmer, als ich sie noch einmal zurückhielt. »Sagen Sie dem Arzt bitte, dass Arjan Mason mit ihm sprechen möchte.«

»Natürlich, Sir.«

Es war nicht nur unser Ruf, der uns vorauseilte, auch der Name meines verstorbenen Adoptivvaters und die guten Taten, die er für diese Stadt vollbracht hatte, waren immer noch in den Köpfen vieler Menschen. Manche fühlten sich ihm noch verpflichtet. Andere hatten einfach Angst vor uns. Auf jeden Fall taten sie, was wir wollten – sei es aus Angst oder aus Schuldgefühlen gegenüber dem Alten, weil sein Verlust uns zu schlechten Menschen gemacht hatte. Wir ließen sie in dem Glauben, denn die Geheimnisse unserer Familie waren ebenso gut verborgen wie die dunklen Momente unserer Vergangenheit.

»Danke«, seufzte Ryder. Die Erschöpfung stand ihm ins Gesicht geschrieben.

Ich konnte es ihm nicht verübeln, die letzten Tage waren für uns alle sehr anstrengend gewesen. Vor allem für ihn, denn die ständige Angst, Ava zu verlieren, hatte ihn fast in den Wahnsinn getrieben. Mit einem leisen Piepen öffneten sich die Fahrstuhltüren und Neo betrat den leeren Flur.

»Und?«, fragte ich, als er uns erreichte.

»Was meinst du? Ria oder Winston?«

»Beides.«

Er schaute sich um, aber bis auf uns drei war der Flur leer. Die Krankenschwester war im Stationszimmer verschwunden und räumte eifrig Tabletten in den Medikamentenschrank.

»Hat er was gesagt?« Neo hatte darauf bestanden, als Erstes mit Winston zu sprechen.

»Nein. Er ist nicht sehr gesprächig.«

»Das hatte ich befürchtet.« Seufzend fuhr ich mir durch das dunkle Haar.

»Wir brauchen seine Antworten nicht«, kam es nun von Ryder. »Wir wissen, wer ihn dazu angestiftet hat.«

Neo schaute betroffen zu Boden. Er nahm Winstons schäbigen Verrat persönlich, denn er war es gewesen, der ihn in unser Leben gebracht hatte. Sein Freund, sein Fehler – so dachte er jedenfalls. Ich kannte meinen Bruder gut genug, um zu wissen, wie sehr er unter dieser Schuld litt. Wenn es nach ihm ginge, würde er allein dafür sorgen, dass Winstons Existenz ausgelöscht werden würde. Aber ich würde ihm diese Last niemals aufbürden.

Die Erinnerung daran, wie das Leben aus den Augen eines Menschen schwand, verblasste nie, egal wie viel Zeit verging. Das konnte ich ihm nicht antun.

»Niemand tötet ihn. Zumindest noch nicht«, fügte ich hastig hinzu, als ich Ryders verärgerten Gesichtsausdruck bemerkte. »Ich werde mit ihm reden.«

»Er wird nichts sagen«, prophezeite Ryder.

»Das werden wir noch sehen. Und was ist mit Ria?«, wandte ich mich wieder an Neo.

»Ich glaube nicht, dass sie mit dir reden wird. Sie ist sauer, hat Angst und fühlt sich von dir verraten.«

»Sie hat uns ebenfalls verraten. Wir sollten sie auch in den Keller sperren und Antworten aus ihr herausprügeln«, fauchte Ryder.

Ich warf ihm einen drohenden Blick zu. »Rühr sie nicht an. Keiner von euch, verstanden?«

»Du kannst doch gar nicht mehr objektiv denken«, äußerte Ryder schnippisch, während Neo klug genug war, den Mund zu halten.

»Und warum nicht?« Drohend trat ich einen Schritt auf ihn zu. »Warum genau sollte ich das nicht mehr können? Bevor du jetzt antwortest, solltest du dir überlegen, was du sagst.«

»Du stehst auf sie!«

Schroff packte ich ihn am Kragen und drückte ihn gegen die Wand. » Ich stehe nicht auf sie. Sie wird dafür bezahlen, aber wie genau, entscheide ich.«

»Oh ja, da bin ich mir sicher. Alter, ich habe dich im Haus gesehen. Du wirst ihr kein Haar krümmen. Tu nicht so hart, sie hat dich an den Eiern und das weißt du ganz genau.«

Grob löste er meine Hände von seinem Hoodie und funkelte mich wütend an. »Wenn Ava stirbt, bringe ich sie um. Und du kannst nichts dagegen tun. Wenn ich sie verliere, ist mir alles egal.« Sein Blick wanderte von mir zu Neo und wieder zurück. »Sogar ihr!«

»Sie wird nicht sterben«, sagte Neo voller Überzeugung. »Ava ist stark, vergiss das nicht.«

»Dieser Hass darf dich nicht auffressen, Mann!« Zum ersten Mal hatte ich Angst, Ryder an die Dunkelheit seines Ichs zu verlieren.

Dabei kam ich mir wie ein Heuchler vor, weil ich mich selbst in diesem Gefühl verloren hatte, es ihm aber im Gegenzug nicht gestattete. Er wollte etwas erwidern, doch in diesem Augenblick öffneten sich die Türen des OPs. Sofort richtete sich unsere Aufmerksamkeit auf den Arzt. Mit ernster Miene kam er auf uns zu, die Hände in den Hosentaschen.

»Sie müssen die Angehörigen von Frau Chamberlain sein«, begrüßte er uns extralaut, so dass die Krankenschwester, die bereits aus dem Zimmer herbeigeeilt war, umkehrte und uns alleine ließ.

Mein Handy klingelte, als er gerade anfing, uns über Avas Gesundheitszustand zu informieren. Ich ging ein paar Schritte zur Seite und nahm den Anruf von Sage entgegen.

»Hallo Arjan, hier ist Sage.«

»Ich weiß, Sage. Stell dir vor: Ich habe deine Nummer unter deinem Namen gespeichert.«

Einen Moment lang herrschte Stille, als müsse er diese Information erst einmal sacken lassen. Sage war schon ein komischer Typ.

Er räusperte sich verlegen und fuhr dann fort: »Ich habe ihn gefunden, Arjan. Ich weiß, der Zeitpunkt ist schlecht, wegen Ava und Winston, aber er ist nur auf der Durchreise, etwa drei Stunden von Ashwick entfernt.«

Meine eigenen Rachepläne waren in den letzten Tagen in den Hintergrund gerückt. Jetzt holten sie mich doppelt so schnell wieder ein.

»Hol mich aus dem Krankenhaus ab. Ich erledige das heute.«

»Du gehst?«, fragte Neo, nachdem ich das Gespräch beendet und mich wieder zu ihnen gestellt hatte.

Ich nickte und steckte das Handy wieder in die Hosentasche.

»Das kann nicht dein Ernst sein«, entfuhr es Ryder. Unter der Härte seiner Worte zuckte der Arzt zusammen, obwohl sie nicht ihm galten.

»Entspann dich. Spätestens morgen bin ich wieder zu Hause und kümmere mich um Winston. Bis dahin spricht niemand mit ihm, verstanden?«

»Von mir aus«, meinte Ryder und auch Neo nickte zustimmend.

Ohne ein weiteres Wort ging ich zum Fahrstuhl und fuhr ins Erdgeschoss, um unten auf Sage zu warten.

Kühle Nachtluft schlug mir entgegen, als ich vor die Türen des Krankenhauses trat. Es dauerte nur einen Moment, bis ich sie am Straßenrand entdeckte. Ihr dunkles Haar wehte in der Brise und ihr Arm war in einen dicken Verband gehüllt. Ich hatte mir nicht erlaubt, auch nur eine Sekunde darüber nachzudenken, wie sie das Krankenhaus verlassen würde oder wie schwer ihre Verletzung war.

Nein, ich hatte krampfhaft versucht, ihr vorwurfsvolles Gesicht aus meinem Gedächtnis zu verbannen, weil es einfach nicht der richtige Zeitpunkt war, mich in meinen Gefühlen für sie zu verlieren. Wir hatten andere, größere Probleme. Zum Beispiel Winston, den wir ebenfalls bewusstlos bei Ava gefunden hatten und der sich geknebelt in unserer Gewalt befand. Oder Valentin, der uns im Nacken saß und alles versuchte, um uns zu schaden. Und ich musste unbedingt mit Sage zu diesem Arschloch aus meiner Vergangenheit und ihn für das bezahlen lassen, was er mir angetan hatte. Außerdem hatte ich in der letzten Stunde eine Entscheidung getroffen, die ich den Jungs so schnell wie möglich mitteilen musste. Und als ob das alles noch nicht genug wäre, war da noch Rias Lüge – die Spitze des Problembergs.

Ich verstand, warum sie es getan hatte. Obwohl mich dieser ganze Wahnsinn von ihr fernhalten sollte, hatte ein winziger Teil von mir gehofft, sie würde mir ein Zeichen geben. Etwas, das mir die unbeschreibliche Angst nehmen würde, dass unsere Lügen alles zerstört hatten. Stattdessen stieg sie zu diesem Arschloch Malio ins Auto.

46

RIA

Obwohl ich es strikt vermied, Arjan anzusehen, spürte ich seinen Blick deutlich auf meiner Haut. Es war, als würde er sanft meine Seele streicheln. Sofort breitete sich ein Kribbeln in mir aus. Es tauchte meinen Körper in die süßen Erinnerungen unserer gemeinsamen Nächte, bis sich das schwere Gefühl des Verrats über mich legte und mir klarmachte, dass jeder dieser Momente nichts als eine schöne Lüge war. Innerhalb kürzester Zeit war mein Leben völlig aus den Fugen geraten und ich wusste nicht mehr, wem ich trauen konnte. Ich war so dumm gewesen. Nun stand ich da, ohne Ausweg, ohne Plan. Eine Marionette in den Händen zweier Wahnsinniger.

Du gehörst mir.

Valentins Worte klangen in meinem Kopf wie der Gesang einer blutrünstigen Sirene, die ihre Opfer in die tosenden Wellen des Meeres lockte, um sie dort qualvoll zu töten. Ich wischte mir mit dem Ärmel meines Hoodies die Tränen von der Wange und versuchte, mich zu beruhigen. Aber es half nichts. Ich weinte bittere Tränen, die sich wie eine heuchlerische Lüge anfühlten. Wie etwas, das mir nicht zustand, weil ich anderen Kummer bereitet hatte. Avas Leid war meine Schuld gewesen.

Wie sollte ich jemals wieder ruhig schlafen oder mich im Spiegel ansehen können? Mit all den Lügen hatte ich nur versucht, meinen Vater zu retten, und jetzt war er verschwunden.

Zum ersten Mal wurde mir bewusst, dass ich Teil eines Spiels war, in dem beide Seiten bereit waren, mich für ihren Sieg zu opfern. Nun, da die Wahrheit ans Licht gekommen war, blieb mir nichts anderes übrig, als mich für eine zu entscheiden. Tief in meinem Inneren hatte ich gehofft, dass es Arjan sein würde, der die Dinge am Ende in die richtige Richtung lenken würde. Dann war mir klar geworden, wer er wirklich war: das Monster aus meinen Albträumen. Seitdem ich das wusste, konnte ich an nichts anderes mehr denken. Es war schlimm genug, dass ich mit dem Mann geschlafen hatte, der für den Tod meiner Mutter und meiner besten Freundin verantwortlich war. Aber nein, ich musste mich auch noch Hals über Kopf in ihn verlieben. Ich ekelte mich vor mir selbst. Irgendwie hätte ich es doch merken müssen ...

Vielleicht hätte ich das sogar, wenn er mir in den wenigen vertraulichen Momenten nicht eine Seite von sich gezeigt hätte, die ganz anders war als die harte Schale, hinter der er sich versteckte. Sie war gut und fürsorglich. Ja, ich hatte Gefühle für ihn, aber was waren sie jetzt noch wert?

»Hey! Hörst du mir überhaupt zu?« Malios Worte rissen mich aus meinen wirren Gedanken, die zwischen Schuldgefühlen und dem Drang, mit Arjan zu reden, hin und her schwankten.

»Tut mir leid. Was hast du gesagt?« Entschuldigend sah ich ihn an und rieb mir über den bandagierten Unterarm. »Die Schmerzmittel machen mich etwas duselig«, ergänzte ich schnell, weil ich die Besorgnis in seinen Augen bemerkte, die deutlich machte, dass er mir kein Wort glaubte. Er wusste, dass meine trübe Stimmung einen anderen Ursprung hatte.

»Ich habe gefragt, warum Soela am Arm deines Mannes hängt?«

Irritiert folgte ich seinem Blick, und der Schmerz in mir verwandelte sich in einen wütenden Tornado, der auch den letzten Funken Wärme aus mir herauswirbelte. Grimmig beobachtete ich, wie Soela sich an Arjans Arm klammerte und ihn auffällig besorgt nach Verletzungen absuchte.

Rasch schluckte ich die wüste Beschimpfung hinunter, die mir auf der Zunge lag, und erinnerte mich daran, dass die beiden jetzt zusammen waren. Mir stand diese Art von Gefühlsausbruch sowieso nicht zu.

»Woher soll ich das wissen? Außerdem ist er nicht mein Mann«, erwiderte ich gereizt.

»Natürlich nicht«, tat Malio meinen Einwand ironisch ab. »Dass ihr auf eurem Sex hängen geblieben seid, sieht sogar ein Blinder mit Krückstock.«

»Malio, bitte. Es war nur eine einmalige Sache.«

»Dann stört dich das nicht?« Er deutete mit dem Kinn auf Arjan und Soela.

»Nö, kein bisschen«, log ich achselzuckend.

Malio strafte meine Worte mit einem abschätzigen Blick Lügen und lenkte den Wagen auf die Straße.

Ich verlor mich für einen Moment in der Stille, die zwischen uns lag, versuchte, meine wirren Gedanken zu ordnen, und fasste nach einigen Minuten den Mut, ihn etwas zu fragen. »Könnte ich vielleicht ein paar Tage bei euch unterkommen?«

Zu mir nach Hause wollte ich auf keinen Fall. Sowohl Arjan als auch Valentin wussten, wo ich wohnte, und ich traute beiden zu, dass sie noch heute Nacht bei mir auftauchen würden. Entweder um mich zu bedrohen, zu töten oder um mich für ihre Zwecke zu missbrauchen. Bevor ich mit einem von ihnen sprechen konnte, musste ich darüber nachdenken, wie es weitergehen sollte. Mir war klar, dass ich mich für eine Partei entscheiden musste. Anders käme ich nicht aus der Sache heraus.

»Nur wenn du mir endlich sagst, was es mit diesen Clowns auf sich hat«, antwortete er.

»Sie sind die Lost Souls«, verbesserte ich ihn wie selbstverständlich.

Malio zog eine Augenbraue hoch, als er mir einen kurzen Blick zuwarf und das Auto beschleunigte. »Du erwartest nicht, dass ich sie bei diesem lächerlichen Namen nenne. Vergiss es, Ria.«

»Sagt der Sinner of Silverside«, murmelte ich und verschränkte meine zitternden Hände, als er die Brücke nach Silverside überquerte.

»Aber diesen Namen habe ich mir nicht selbst gegeben«, verteidigte er sich. »Erzählst du mir jetzt endlich, was los ist?«

Ich hatte keine Kraft mehr, mich in weitere Lügen zu verstricken. Also erzählte ich Malio in den nächsten 30 Minuten, die wir bis zu der einsamen Klippe brauchten, auf der das Dakarias-Anwesen wie eine Burg thronte, die ganze Geschichte. Die Details, wie oft ich mit Arjan geschlafen hatte und wie gut es gewesen war, ließ ich bewusst aus, ebenso die Information, dass mein Vater verschwunden war. Eigentlich glaubte ich Arjan, aber es blieb ein Restzweifel, dass dies ein Trick sein könnte, um mich gefügig zu machen. Ich nahm mir vor, morgen im Gefängnis anzurufen und der Sache auf den Grund zu gehen. Diesmal würde ich mich nicht abwimmeln lassen.

Bei Malio zuhause herrschte wie immer eine bedrückende Atmosphäre. Obwohl ich schon oft hier gewesen war, konnte ich mich mit dem riesigen Anwesen mit all seinen dunklen Ecken und Winkeln nicht anfreunden. Vielleicht lag es auch am Hausherrn, der zwar jedes Mal freundlich wirkte, aber eine unterschwellige Bedrohung ausstrahlte, die jedem verriet, was für ein Mensch Samael Dakarias wirklich war. Er schien mit seinen kalten, leeren eisblauen Augen bis in deine Seele blicken zu können und nutzte die dunklen Geheimnisse deines Ichs, von denen du nicht einmal wusstest, dass sie existierten, um dich für seine Zwecke zu missbrauchen. Auch heute hatte ich das Gefühl, ihm nicht in die Augen sehen zu dürfen, damit er nicht sofort erriet, was in mir vorging. Mit einem Kaffee in der Hand und der Tageszeitung vor sich saß er am großen Mahagonitisch im Esszimmer. Erstaunt blickte er auf, als wir an der Tür stehen blieben. Sein Blick fiel zuerst auf meine Reisetasche und dann auf seinen Sohn, der teilnahmslos im Türrahmen stand. Es war mir immer ein Rätsel, wie Malio es schaffte, in seiner Gegenwart nicht nervös zu werden und dem Impuls zu widerstehen wegzulaufen, wenn sein Vater ihn so kalt ansah.

»Ria, schön dich zu sehen.« Seine Begrüßung klang wie eine Drohung.

»Ich freue mich auch, Sie zu sehen«, antwortete ich mit so viel Überzeugung, wie ich aufbringen konnte.

»Bleibst du länger?« Die Frage galt mir, doch sein Blick war auf seinen Sohn gerichtet.

»Gibt es ein Problem, Vater? Meine Freunde gehen hier ein und aus. Soweit ich mich erinnern kann, hat dich das nie gestört.«

Er stellte die Tasse zurück auf den Tisch. »Üblicherweise hast du dann auch Zeit für deine Gäste.« Langsam faltete er die Zeitung zusammen. Stille hing im Raum. Dann sagte er ruhig: »Ich erinnere dich an deinen Auftrag.«

»Auftrag?« Ich schaute zu Malio, der gelangweilt mit den Schultern zuckte.

»Warum hast du nichts gesagt?« Für gewöhnlich sprachen wir nur selten über die Angelegenheiten seiner Familie.

Ich bezweifelte, dass ich im Detail wissen wollte, wie sie zu ihrem Reichtum gekommen war. Die Gerüchte, die man hier und da hörte, reichten von der Mafia bis zu den Handlangern der Kartelle. Meinen Informationen nach traf Ersteres zu. Aber ich hatte Malio nie danach gefragt, und er selbst sprach auch nicht über die Geschäfte seiner Familie.

»Ich erledige meine Arbeit heute Nacht, wie abgesprochen. Keine Sorge.« Malios Stimme klang ernst.

»Ria kann im Gästezimmer schlafen.« Ich wirbelte herum. Camilla Dakarias stand direkt hinter uns. »Ich wollte dich sowieso herbeten. Ich habe das alte Fotoalbum hervorgeholt und wollte es mit dir gemeinsam noch einmal anschauen, da der Todestag deiner Mutter näher rückt ...«

In den letzten Jahren war es zu einer Art Tradition geworden, dass Camilla, die ehemalige beste Freundin meiner Mutter, ihre alten Fotoalben herausholte und wir gemeinsam in Erinnerungen an ihre Schulzeit schwelgten.

Dabei erzählte sie mir die verrücktesten Geschichten, von denen ich auch nach Jahren noch nicht genug bekommen konnte. In diesen Momenten fühlte ich mich meiner Mutter näher als je zuvor.

»Was sagst du? Hast du Lust?« Das Lächeln in ihrem hübschen Gesicht überstrahlte sogar den polierten und gebohnerten Boden. Das hatte ich immer an ihr bewundert. Im Gegensatz zu meiner Mutter hatte sie ihre jugendliche Fröhlichkeit nie verloren.

»Liebling.« Mr. Dakarias sprang auf und sah seine Frau liebevoll an. »Macht es dir wirklich nichts aus, wenn Ria ein paar Tage bei uns bleibt?«

Die Zweifel, die er eben noch wegen meines Aufenthalts gehabt hatte, waren wie weggeblasen.

»Natürlich nicht. Du bist wie eine Tochter ...« Sie warf ihrem Mann einen schnellen Blick zu und der Rest ihres Satzes verlor sich in der Luft.

Mr. Dakarias warf mir einen bösen Blick zu, als wäre ich höchstpersönlich für sein Leid verantwortlich. Sauer schob er sich an uns vorbei und verschwand Richtung Keller.

»Komm, ich zeige dir dein Zimmer.«

Malio nahm mir die kleine Reisetasche ab, in die ich bei unserem kurzen Zwischenstopp in meiner Wohnung nur das Nötigste gepackt hatte.

Ich wusste, dass ich mich nicht ewig in diesem Haus verstecken konnte. Außerdem bestand Malio aus irgendeinem Grund darauf, dass ich mir Arjans Version der Geschichte anhören sollte. Nur widerwillig stimmte ich zu. Dafür erntete ich ein breites Grinsen von ihm, und ich fragte mich, ob er mich nur darum bat, weil ihm der Gedanke gefiel, dass ich Arjan in einem gemeinsamen Gespräch die Hölle heiß machen könnte. Dabei wusste er noch gar nicht, dass er mich zu diesem Treffen begleiten würde, was mir wiederum ein Schmunzeln ins Gesicht zauberte.

47

ARJAN

Meine Hände waren immer noch voller Blut. Es klebte an den Fingern und unter den Nägeln, aber das hielt mich nicht davon ab, wie ein Versager auf mein Handy zu starren. Inzwischen war ich schon weit über eine Stunde zu Hause. Die ersten Sonnenstrahlen hatten die Kälte der Nacht verdrängt, aber die Ereignisse der letzten Tage ließen sich nicht so leicht abschütteln. Sie kreisten wie Geier durch meinen Kopf und wichen jedem Versuch der Klärung aus.

Die beiden blauen Häkchen unter meiner Nachricht verspotteten mich mit jeder Sekunde mehr.

ICH:
Lass uns nochmal reden. Bitte.

Wie erbärmlich. Ich hatte Ria geschrieben, obwohl ich wusste, dass sie mir nicht antworten würde. Ich redete mir ein, dass es mir nichts ausmachte. Aber nicht zu wissen, wo Ria war, machte mich wahnsinniger als die Tatsache, dass ich gerade wieder einen Menschen getötet hatte. Es kostete mich einige Überredungskunst, Sage zu bitten, das Sicherheitssystem ihrer Wohnung zu überprüfen. Langsam wurde ich echt zum Psycho.

Er hatte gezögert, aber nach mehrmaligem Nachfragen hatte er mir erzählt, was er auf den Bildern gesehen hatte. Ria war mit Malio im Schlepptau in die Wohnung gekommen, um sie nach wenigen Minuten mit einer kleinen Reisetasche wieder zu verlassen. Ich hätte froh sein sollen, dass sie nach dieser schrecklichen Nacht nicht allein war, verloren in ihrer Angst und Trauer, aber so selbstlos war ich nicht.

Jetzt, wo ich sie endgültig zu verlieren drohte, wurde mir bewusst, wie sehr sie mir zuvor in meinem Leben gefehlt hatte. Ihre Nähe. Ihr Duft. Das Funkeln in ihren großen rehbraunen Augen. All das machte den Schmerz in mir erträglicher und gab mir zum ersten Mal einen Hauch von Hoffnung. Das war bescheuert. Wütend schleuderte ich das Handy gegen die Wand. Das dumpfe Geräusch von splitterndem Glas erfüllte die Stille meines Zimmers.

Für eine Millisekunde leuchtete das Display auf, dann erlosch es so schnell wie das gefährliche Gefühl der Zuneigung in mir. Ich hatte mir geschworen, nie wieder jemanden an mich heranzulassen. Auch Ria konnte daran nichts ändern.

Gezielt rief ich mir die Bilder ins Gedächtnis und baute die Mauer in mir Stück für Stück wieder auf. Höher und fester als je zuvor.

Wie gerädert stand ich am nächsten Morgen auf. In der Nacht hatte ich kaum mehr als eine Stunde geschlafen. Immer wieder war ich von den Albträumen meiner Vergangenheit aufgeschreckt. Sie saßen mir in den Knochen, so dass mich auch eine heiße Dusche nicht ausreichend entspannte. Selbst der starke schwarze Kaffee, den Dee mir kommentarlos in der Küche vor die Nase stellte, erfüllte seinen Zweck nur bedingt.

Ich hatte immer noch nicht mit Ryder und Neo gesprochen, obwohl ich es unbedingt tun musste.

Ryder verbrachte jede freie Sekunde an Avas Bett. Neo vermied es, Zeit im Haus zu verbringen. Ich konnte es ihm nicht verübeln. Von seinem besten Freund verraten zu werden, war wie ein Schlag ins Gesicht, der einem die Nase brach und einen bei jedem Blick in den Spiegel daran erinnerte, wer dafür verantwortlich war. Man vergaß es nie, so sehr man es auch wollte.

Da mein Handy seit meinem Wutanfall kaputt war, blieb mir nichts anderes übrig, als auf sie zu warten. Vielleicht sollte ich in der Zwischenzeit mit Winston reden.

»Alles in Ordnung?« Dee musterte mich besorgt, und erst jetzt fiel mir auf, dass die Kaffeetasse in meinen zitternden Händen wackelte.

»Ja«, antwortete ich hastig und stellte sie zurück auf den Tisch. Seufzend fuhr ich mir durchs Haar.

Wie sollte ich ihn nur zum Reden bringen? Die einzige Möglichkeit, ihm so viel Angst einzujagen, dass er uns jedes noch so kleine Detail über Valentin verriet, war Folter. Bei diesem Gedanken breitete sich eine unangenehme Gänsehaut auf meinem Körper aus. Das Zittern wurde stärker und ich verschränkte meine Finger ineinander, damit Dee es nicht bemerkte.

Ich hörte, wie die Tür ins Schloss fiel, gefolgt von Stimmen, die ich sofort Ryder und Neo zuordnete.

Schnell atmete ich tief durch und verdrängte die Bilder, die allein der Gedanke an Folter wie eine Flut in mein Gedächtnis drückte. Bevor sie die Küche erreichten, zwang ich mich, die gleichgültige Maske wieder aufzusetzen, die mir für eine Sekunde entglitten war.

»Guten Morgen, ihr zwei Hübschen«, flötete Neo, als er die Küche betrat.

Ich zog verwirrt eine Augenbraue hoch. Es war 10 Uhr morgens. Entweder war er noch immer betrunken oder schon wieder.

»Woher kommt ihr?«, fragte ich scharf.

»Ich habe ihn auf dem Weg hierher aufgegabelt. Er lief wie ein Penner am Straßenrand herum«, erzählte Ryder, der direkt nach Neo auftauchte, aber am Türrahmen stehen blieb.

»Mein Gott, Neo! Was ist los mit dir?«

Er zuckte mit den Schultern und griff nach meiner Kaffeetasse. Nachdem er einen Schluck genommen hatte, verzog er angewidert das Gesicht. »Schwarz. Wie eklig.«

»Weißt du noch, wo dein Auto steht?«, überging ich ihn.

Neo legte den Kopf schief, überlegte einen Moment und schüttelte schließlich den Kopf. »Einer dieser wunderbaren Stadtbewohner wird es schon melden, so dass dein super-duper Schwager es abholen und unversehrt zurückbringen kann. Das sollte er besser auch, sonst verliert er seinen Kopf, noch bevor die Hochzeitsglocken läuten.«

Stöhnend strich ich mir über den Nacken. Schneller als gedacht waren wir bei dem Thema angelangt, über das ich mit den beiden sprechen wollte. »Tja. Wenn wir schon dabei sind, kann ich es euch auch gleich sagen.«

»Oh mein Gott. Du heiratest wirklich diese Schreckschraube?« Neo prustete los und hielt sich an der Stuhllehne fest, als hätte er Angst, vor Lachen das Gleichgewicht zu verlieren. »Dieser Job muss dir verdammt wichtig sein, wenn du dich wie eine Hure an sie verkaufst!«

»Neo, es reicht!«, ermahnte ich und funkelte ihn wütend an. Er war ein Arschloch, wenn er betrunken war.

»Was? Kannst du die Wahrheit nicht ertragen, Brüderchen? Ich bin noch nicht fertig.« Er richtete sich zu seiner vollen Größe auf und beugte sich näher zu mir herüber. »Du hast mir besser gefallen, als du Ria gevögelt hast. Du warst mehr du selbst, aber offensichtlich liebst du es, die guten Dinge in deinem Leben zu zerstören, anstatt für sie zu kämpfen. Ich habe dich immer um deine Stärke beneidet, aber eigentlich warst du nur ein feiges Arschloch, das immer den Weg gewählt hat, den andere für ihn ausgesucht haben. Du willst nur Bürgermeister werden, weil unser ach so toller Vater es von dir verlangt hat, obwohl du es hasst. Du fickst dich durch die Stadt, weil du Angst hast, dich jemandem zu öffnen, und wenn es dann jemand schafft, bekommst du aus irgendeinem Grund Angst und stößt sie weg. Du sagst, du würdest alles für uns tun, aber für die wichtigste Person, nämlich dich selbst, stehst du keine Sekunde ein. Du bist schwach, Arjan. So schwach.«

Meine Faust traf sein Gesicht, bevor ich etwas dagegen tun konnte.

Er taumelte zurück und hielt sich die Wange. »Schwach. Habe ich doch gesagt.«

»Jungs!« Ryder schob sich zwischen uns, damit ich Neo nicht noch einmal schlagen konnte. »Hört auf mit dem Mist.«

Ich drängte mich an ihm vorbei und stellte mich direkt vor meinen kleinen Bruder, der mir immer noch frech ins Gesicht grinste.

»Hättest du mich ausreden lassen, wüsstest du, dass es keine Kandidatur als Bürgermeister mehr gibt. Ich bin zurückgetreten.«

Innerhalb von Sekunden war das Grinsen aus Neos Gesicht verschwunden. »Was?«

»Fick dich, Neo. Ich kann nichts dafür, dass dein bester Freund ein Arschloch ist. Verpiss dich, bevor ich dir die Scheiße aus dem Leib prügele.«

»Du hast was getan?« Ihre Stimme jagte mir eine Gänsehaut über den Rücken, weil ich nicht mit ihr gerechnet hatte. Mein Blick glitt an Neo vorbei zur Tür, wo Ria stand.

»Was machst du denn hier?«, blaffte ich sie an, obwohl es vor ein paar Stunden das Einzige war, was ich wirklich wollte.

Hinter ihr tauchte dieser Bastard aus Silverside auf, der meine Wut noch mehr anstachelte. Warum hatte sie ihn mitgebracht? Hatte sie so viel Angst vor mir, dass sie einen Wachhund brauchte?

Die falschen Schlüsse, die sie aus ihren Erinnerungen gezogen hatte, mussten sie schwer getroffen haben, wenn sie nach allem, was zwischen uns passiert war, immer noch glaubte, dass ich sie ernsthaft verletzen könnte. Dieser Gedanke war längst aus meinem Kopf verschwunden.

Zugegeben, am Anfang hatte ich ein paarmal daran gedacht, sie wirklich zu töten, um nicht in Versuchung zu geraten, aber ich hatte den Gedanken viel zu schnell wieder verworfen. Vielleicht war das ein Fehler gewesen. Vielleicht wäre es besser gewesen, die Sache zu beenden, bevor sie mir so wichtig wurde, dass sich alles, woran ich dachte, nur noch um sie drehte.

Malio schien meine Gedanken lesen zu können, denn mit einem teuflischen Grinsen legte er eine Hand um ihre Schulter, was meine Eifersucht aufflammen ließ.

»Was macht diese Witzfigur von Mafiosi in meinem Haus? Raus! Alle beide.«

Ich benahm mich wie ein Idiot. Meine Gefühle fuhren Achterbahn. Ich wünschte mir nichts sehnlicher, als mit ihr zu reden und sie gleichzeitig auf Nimmerwiedersehen aus meinem Leben zu streichen.

»Ich freue mich auch, dich zu sehen, Arjan«, antwortete sie trocken und verdrehte die Augen.

Ja, auch das mochte ich an ihr.

Ich atmete tief durch, zähmte die Wut in mir, obwohl die Ader an meinem Hals wie wild pochte.

»Ich kann nicht behaupten, dass dieses Gefühl auf Gegenseitigkeit beruht«, knurrte ich und hatte mich innerhalb von Sekunden für die Option entschieden, sie aus meinem Leben zu ekeln.

»Sympathisch wie immer.« Sie machte eine kurze Pause und fuhr fort: »Ich habe dir geschrieben, dass wir kommen.«

»Mein Handy ist kaputt«, sagte ich kalt und suchte krampfhaft nach einer Möglichkeit, sie so sehr zu verletzen, dass sie ging.

Mir fiel nichts ein, denn in ihrem Gesicht stand eine Entschlossenheit, der keine meiner Gemeinheiten etwas anhaben konnte. Sie legte den Kopf schief und kam direkt auf mich zu. Für einen Moment war ich so verwirrt, dass ich ihr erlaubte, ihre Hände auf meine Brust zu legen. Ich spürte das leichte Zittern ihrer Finger, die Wärme, die durch das Hemd bis zu meiner Haut drang. Dann trat ich hastig einen Schritt zurück, als hätte ich mich unter ihrer Berührung verbrannt.

»Warum willst du mich zuerst sehen, schreibst mir sogar eine Nachricht, was du sonst nie getan hast, und möchtest jetzt, wo ich hier bin, dass ich gehe?«, fragte sie so leise, dass nur ich es hören konnte.

»Ich versuche nur, es leichter zu machen.«

»Für mich oder für dich?«, flüsterte sie.

Ich konnte ihren Blick kaum ertragen, er brannte sich in meine Seele und brachte die mühsam errichteten Mauern zum Wanken.

»Für uns beide.«

Ein tiefes Räuspern riss mich aus der Blase, die ihre Nähe um uns geschaffen hatte.

Es stammte von Malio, der damit prompt Neos Aufmerksamkeit auf sich zog.

»Was will die Schmalzlocke eigentlich hier?« Widerwillig löste ich den Blick von Ria und warf Neo einen warnenden Blick zu.

Er sah angriffslustig aus und machte einen Schritt auf Malio zu. Der schien sich nicht im Geringsten von ihm bedroht zu fühlen.

»Du solltest den Mund nicht so weit aufmachen. Schließlich warst du es, der sich von dem Teufelsweib hat täuschen lassen.« Sein Blick wanderte weiter zu Ryder: »Und du kannst nicht einmal deine Freundin beschützen. Ihr seid ein Haufen Versager. Deshalb bin ich hier«, verkündete er freudestrahlend.

»Wir haben dich nicht um Hilfe gebeten«, blaffte ich und stellte mich Neo in den Weg, da ich davon ausging, dass er sich jeden Moment auf ihn stürzen würde.

»Du hältst dich wirklich für einen harten Hund, oder?« Ein fieses Grinsen spielte um Malios Lippen. »Aber ich werde das Gefühl nicht los, dass du nur eine Show abziehst.«

»Und das sagt dir deine ausgeprägte Menschenkenntnis, oder was?« Ich schnaubte verächtlich.

»Das ist so ein Gefühl, weißt du. Ein Instinkt.« Er lächelte spitzbübisch. »Da du anscheinend so auf Deals stehst, mache ich dir ein Angebot.«

Okay, offenbar hatte Ria ihm alles erzählt. Damit hätte ich rechnen müssen.

»Und das wäre?«

Meine Frage hing eine Weile in der Luft, bis er antwortete: »Ich werde den Typen befragen. Ich bin ein Meister der Folter.«

»Und was willst du dafür?«

»Dass ihr beide eure Probleme aus der Welt schafft.« Er deutete auf Ria. »Sie will Antworten, die du ihr geben wirst.«

Ria wirbelte zu ihm herum. »So war das nicht geplant.«

»Tja.« Das freche Grinsen auf Malios Gesicht wurde noch größer. »Gab wohl 'ne kleine Planänderung.«

Er schien mein Schweigen als Bestätigung zu werten. Begeistert klatschte er in die Hände. »Wo ist der Patient?«

»Im Keller«, antwortete Ryder zu meinem Erstaunen.

Es schien ihm egal zu sein, wer Winston Schmerzen zufügte. Hauptsache, es passierte.

Nur Neo schäumte vor Wut. Offenbar waren Malios Worte erst jetzt durch seinen vernebelten Verstand gedrungen. »Moment mal. Wen meinst du mit ›Teufelsweib‹?«

»Die kleine Rothaarige. Die, die du gerne flachlegen würdest, aber irgendwie nicht kannst.«

»Was weißt du denn schon!« Neo spuckte ihm die Worte entgegen.

»Nur etwas, das jeder im Raum denkt, aber nicht auszusprechen wagt. Du solltest mir dankbar sein, Kleiner.«

»›Kleiner‹?« Die Ader an Neos Hals begann zu pulsieren. »Ich bin nicht dein Kleiner. Aber gut. Wenn du dich für so wichtig hältst, dann besorg uns die Informationen, die wir brauchen. Aber ...« Neo sah Malio streng an. »... das macht uns nicht zu Freunden.«

»Natürlich nicht, wo denkst du hin? Ich bin nicht scharf darauf, mit dir befreundet zu sein. Ich helfe euch nur, weil Ria verletzt wurde.«

Unwillkürlich musste ich an die Wunden an ihren Oberschenkeln denken. Ich gestattete mir eine Sekunde, in der mein Blick über ihr Gesicht wanderte, auf der Suche nach einer Regung, die verriet, wie es in ihrem Inneren aussah, doch ehe sie es bemerkte, wandte ich mich wieder ab.

»Dann lass uns runtergehen, damit der Möchtegern-Mafioso zeigen kann, was er draufhat«, stichelte Neo, der plötzlich viel nüchterner wirkte.

Malio schnaubte und murmelte: »Ich kann es gerne an dir vorführen.«

»Malio.« Ria war wieder zu ihm gegangen und legte ihm beschwichtigend eine Hand auf den Arm. Er fing meinen Blick mit einem breiten Grinsen ein.

Seine Hand glitt auf ihren Rücken, um sie zur Tür zu geleiten. »Du kommst nicht mit. Ich lasse nicht zu, dass du dir das ansehen musst.«

Sie nickte. Ein stummes Einverständnis. Bei mir wäre ihr das nie so leichtgefallen. Diese Erkenntnis jagte noch mehr Wut durch meinen Körper. Ich hatte kein Recht, sie dafür zu verurteilen. Ich hatte sie freiwillig aus meinem Leben geworfen. Warum störte es mich jetzt so, dass sie damit anscheinend besser zurechtkam als ich?

»Ist es in Ordnung, wenn ich Spike einen kurzen Besuch abstatte?«

Sie sah mich direkt an, die Dringlichkeit ihres Anliegens war deutlich in ihren Augen zu lesen.

»Natürlich. Vermeide nur den Keller«, bat ich, ohne sie anzusehen.

Fröhlich pfeifend war Neo bereits die Treppe hinunter in den Keller gegangen. Er verbarg seine wahren Gefühle hinter Humor. Es konnte ihm nicht egal sein, dass sein bester Freund gleich gefoltert werden würde. Ryder und Malio folgten ihm schweigend. Ich hätte den Moment nutzen können, um endlich mit Ria zu reden und all die Missverständnisse zwischen uns wegzuräumen, aber ich tat es nicht. Noch nicht.

48

ARJAN

Vielleicht war es feige von mir, dem Gespräch mit Ria aus dem Weg zu gehen, aber es wäre unverantwortlich, Neo, Ryder und Malio allein zu lassen. Am Ende wären vermutlich alle verletzt oder Winston tot. Ja, der Keller erschien mir im Moment wirklich wichtiger als die innere Zerrissenheit und die verwirrenden Gefühle, die sie in mir auslöste.

»Ist das euer verfickter Ernst?«, hörte ich Malios Stimme durch den dunklen Flur schallen. Als ich den Raum betrat, deutete er gerade ungläubig auf Winston, der ungefesselt mit einem Glas Wasser auf dem Stuhl in der kleinen Abstellkammer saß. »Gib ihm doch gleich noch ein Stück Kuchen!«

»Wir hatten anderes zu tun«, gab Ryder angesäuert zurück.

»Das sehe ich.« Seufzend ging Malio auf Winston zu, dessen hängender Kopf sich augenblicklich hob. Sein flehender Blick suchte sofort Neo.

»Ich bin immer noch dein Freund!«

»Nein, bist du nicht.« Neo wich automatisch zurück, als hätten ihn die Worte seines ehemals besten Freundes wie ein Faustschlag getroffen. »Du hast uns alle verraten. Ich hätte meine Hand für dich ins Feuer gelegt, und du gehst zu Valentin? Wie lange schon? Wie lange hast du uns ausspioniert und für ihn gearbeitet?«

Die letzten Worte schrie er so laut, dass sie bestimmt im ganzen Haus zu hören waren.

»Er hat mich erpresst!«, rief Winston mit heiserer Stimme.

»Bullshit!« Neo trat wütend gegen das Stuhlbein und wandte sich ab.

»Es ging um Kat!«, brüllte Winston ihm hinterher.

Neo zuckte kaum merklich zusammen. »Was meinst du damit?« Jetzt klang er ruhig und bedrohlich. Ich bemerkte sofort die plötzliche Veränderung in ihm, wie der aufkommende Wind vor einem herannahenden Gewitter, mit einer spürbaren Spannung in der Luft.

»Schick sie raus und ich sage es dir«, schlug Winston mit lockender Stimme vor.

Malio seufzte theatralisch und schüttelte den Kopf. »Junge, merkst du nicht, dass er dich verarscht? Wir alle wissen, dass dieses rothaarige Miststück aus irgendeinem Grund eine Schwäche von dir ist. Tu deinen Freunden einen Gefallen und such dir eine andere zum Ficken.«

»Nein, ich kann dir wirklich etwas sagen«, setzte Winston panisch nach.

»Er lügt.« Wütend machte Ryder einen Satz auf ihn zu und schlug ihm hart ins Gesicht.

Keuchend sackte Winstons Kopf auf seine Brust und er spuckte Blut auf den Tisch.

»O Gott.« Verzweifelt griff sich Malio an die Nasenwurzel. »Was seid ihr nur für ein Haufen Idioten? Das wird niemals funktionieren. Du!« Er deutete auf Ryder. »Geh und hol mir Kabelbinder, ein Messer, eine Zange und ein Bügeleisen. Das Messer muss stumpf sein, es soll ja Spaß machen.« Mit einem finsteren Blick wandte er sich an Neo: »Und du, Kleiner, verlässt sofort meinen Arbeitsplatz.« Zuletzt sah er zu mir herüber, in seinen eisblauen Augen loderte ein gefährliches Feuer. »Und du wirst zusehen und lernen.«

»Aber ...«, begann Neo zu protestieren.

»Du bist zu sehr mit ihm und dieser Frau verbunden. Er wird sie immer gegen dich verwenden. Geh einfach zu Ria«, fiel ihm Malio ins Wort.

»Wie bitte? Ich soll zu Ria und das Kindermädchen spielen?«

»Schön, dass es dein Gehirn endlich verstanden hat«, bestätigte Malio sarkastisch.

Ryder sah mich fragend an und wartete gebannt darauf, was ich dazu zu sagen hatte. Leider hatte er Recht. Neo war nur ein Hindernis.

»Es tut mir leid, Neo, aber er hat Recht. Geh bitte nach oben.«

Neo erdolchte mich mit seinem Blick und stürmte aus dem Raum. Winston, der in diesem Moment wohl den Ernst der Lage erkannte, rief ihm verzweifelt hinterher, er solle ihn nicht allein lassen, denn er müsse ihm unbedingt etwas über Kat erzählen.

Ich nickte Ryder kurz zu, damit er Malios Anweisungen befolgte. Mein Magen krampfte sich zusammen, als ich an die Dinge dachte, die er erwähnt hatte, aber ich versuchte, das Gefühl zu ignorieren. Schwäche konnte ich mir nicht leisten. Winston sprang auf, warf das Wasserglas in Malios Richtung und stürzte fluchtartig aus dem Raum.

»Du verdammtes Arschloch! Das ist eine Designerjacke«, schrie Malio, bevor er mit einem Satz nach vorne sprang, Winston am Kragen packte und brutal zu Boden warf. Dort drückte er ihm seinen Schuh auf den Hals. »Du machst mich nur noch heißer darauf, dir bei lebendigem Leib die Haut abzuziehen.«

Ich erschauerte. Es war der Klang seiner Stimme, der mir verriet, wie viel Wahrheit in seinen Worten steckte. Meine Finger begannen zu zittern. Sofort ballte ich die Hände zu Fäusten und atmete tief durch. Hier war nicht der richtige Ort und schon gar nicht der passende Zeitpunkt für diese Gefühle. Mit aller Kraft zwang ich mich zur Ruhe, doch die Vergangenheit drohte mich einzuholen. *Atmen*, rief ich mir immer wieder in Gedanken zu. Alles, was ich tun musste, war atmen.

Als Ryder den Raum wieder betrat, hatte ich mich so weit unter Kontrolle, dass die dunklen Ränder aus meinem Blickfeld verschwunden waren. Malios Augen leuchteten auf, als er all die Folterutensilien sah, die Ryder vor ihm auf dem Tisch ausgebreitet hatte. Mit jedem von ihnen könnte man einen Menschen langsam und qualvoll töten.

»So, Ryder, du wirst seine Füße jetzt an den Stuhlbeinen festbinden. Nicht die Hände, die brauchen wir zuerst«, wies ihn Malio mit einem düsteren Grinsen an.

Winston schrie und wehrte sich, aber Ryder war unerbittlich und fesselte ihn an den Stuhl.

»So, jetzt weihe ich dich in die hohe Kunst der Folter ein. Also spitz die Ohren und pass auf.« Malio deutete auf mich. »Du auch. Was stehst du da an der Wand rum? Komm her!«

Nur widerwillig setzte ich mich in Bewegung. Jeder Schritt wurde schwerer, als würde sich mein ganzer Körper dagegen wehren.

»Gut, fangen wir mit etwas Leichtem an. Die Fingernägel!«, erklärte Malio mit fachmännischer Stimme, als würde er gerade einen simplen Vortrag über die Entwicklung des Klimas halten und nicht jemandem den Ablauf einer Folter beschreiben.

Winston stieß einen verzweifelten Schrei aus, worauf Malio genervt die Augen verdrehte.

»Ernsthaft, Alter? Ich habe doch noch gar nicht angefangen.«

»Das wird hoffentlich wehtun«, meinte Ryder hasserfüllt.

Meine Nackenhaare stellten sich auf. Es war, als würde ich den bevorstehenden Schmerz in jeder Faser meines Körpers spüren. Wieder schrie Winston, wahrscheinlich immer noch in der Hoffnung, Neo würde ihn hören und zur Hilfe eilen. Doch das würde nicht geschehen. Er würde in den nächsten

Minuten durch die Hölle gehen und nichts und niemand würde ihn davor bewahren.

»Es tut mir leid. Ich muss vergessen haben, dir etwas in dein dreckiges Maul zu stopfen, um deine Schreie zu dämpfen«, entschuldigte sich Malio mit gespieltem Bedauern. »Ich hoffe, dieser Keller ist schalldicht.«

»Bitte nicht. Ich weiß nichts!«, flehte Winston und Tränen liefen ihm über die Wangen.

Malio ließ sich nicht beirren. Ruhig setzte er die Zange an seinen Fingernagel. Einen Herzschlag lang verharrte er in dieser Position, dann zog er ihn mit einem Ruck heraus. Winstons Schreie fuhren mir durch Mark und Bein. Ich taumelte, fing mich aber rechtzeitig, bevor es jemand bemerkte.

»Willst du uns immer noch nichts sagen?«, fragte Malio herausfordernd.

Winston schüttelte den Kopf. Malio schien sich über diese Antwort zu freuen. Sein Gesicht strahlte noch ein wenig heller und er reichte Ryder die Zange. »So, jetzt du. Mach es genauso wie ich. Das ist ein Teil deiner Rache. Denk daran, was er getan hat.«

Zorn blitzte in Ryders Augen auf. Er beugte sich über den wimmernden Winston. Einen Moment lang hielt er inne, genoss die Angst in seinem Gesicht. Dann setzte er die Zange an den Nagel des Zeigefingers. Für den Bruchteil einer Sekunde zögerte er, und ich hoffte, er würde die Zange wieder zurückziehen und Malio übergeben, aber stattdessen zog er den Fingernagel ruckartig heraus. Winstons Schreie wurden lauter und das Blut lief unaufhaltsam aus beiden Wunden. Würden die schrillen Hilferufe nicht von den Wänden widerhallen, könnte man das leise Geräusch hören, mit dem das Blut vom Tisch auf den Boden tropfte.

»Immer noch nichts?«, wollte Malio wissen.

»Ich weiß nichts«, jammerte Winston mit tränenerstickter Stimme.

»Hey!« Malio klopfte mir ungeduldig mit der blutigen Zange auf die Brust, als ich beim ersten Mal nicht reagierte. »Hörst du mir überhaupt zu?«

Ich starrte abwechselnd auf das Werkzeug und auf den roten Fleck, der jetzt auf meinem weißen Hemd war.

»Los, du bist dran!«, forderte Malio ungeduldig und drückte mir die Zange in die Hand.

Mit jedem Herzschlag wurde sie schwerer. Mein Puls schlug mir bis zum Hals und verwehrte mir jeden weiteren Atemzug. Krachend fiel die Zange zu Boden. Der Aufprall dröhnte brutal in meinen Ohren. Ich wich einen Schritt zurück. Und noch einen. Und noch einen. Bis ich mit dem Rücken gegen die Wand stieß.

»Ich muss weg«, stammelte ich, während langsam alles um mich herum verschwamm.

Ich keuchte, klammerte mich in Gedanken an eine glückliche Erinnerung und hangelte mich zur Tür, doch sie schien sich mit jedem Schritt weiter zu entfernen. Die Luft um mich herum wurde immer schwerer, drohte, mich zu Boden zu drücken. Etwas in meinem Kopf setzte aus und ich rannte.

Im Garten übergab ich mich direkt neben der Tür. Der Schweiß lief mir von der Stirn. Mein Atem ging stoßweise, meine Hände zitterten, und jeder rasselnde Atemzug brannte in meiner Brust.

»Warum hast du nichts gesagt?« Malio war mir in den Garten gefolgt. Sein Gesicht nahm nur langsam Gestalt an, weil sich alles um mich drehte.

»Was meinst du?«, presste ich zwischen zusammengebissenen Zähnen hervor.

»Verkauf mich nicht für dumm. Warum hast du mir nicht gesagt, dass du gefoltert wurdest?«

49

ARJAN

Der Schock über seine Worte saß tiefer als der Schmerz, den sie auslösten.

»Woher ... Warum ...« Ich brachte keinen vernünftigen Satz heraus.

»Ich erkenne die Folgen von Folter, wenn ich sie sehe«, sagte Malio und zu meiner Überraschung war seine Stimme etwas sanfter geworden. »Du hättest nicht kommen sollen. Wie lange ist es her?«

Ich hatte keine Lust, mit ihm darüber zu reden. Zu groß war die Angst, dass mich die Erinnerungen überwältigen würden.

»Ein paar Jahre«, antwortete ich trotzdem knapp. »Du kannst dich aber jetzt wieder verpissen. Mir geht's gut.«

Er schüttelte den Kopf und lehnte sich gegen die Tür. »Die anderen wissen davon nichts, richtig?«

»Niemand außer meinem damaligen besten Freund weiß davon.«

»Valentin?«

Ich nickte und ließ mich auf dem frisch gemähten Rasen nieder. Die Erde war feucht und kalt, aber das spürte ich kaum, denn jeder Zentimeter meines Körpers glühte.

»Warum hast du das nie jemandem erzählt?«, fragte Malio neugierig.

Ungläubig schaute ich ihn an. »Du verstehst nicht, wie das ist, wie es sich noch nach Jahren anfühlt.«

»Ich glaube schon. Meinst du, du bist der einzige Mensch auf der Welt, der gefoltert wurde? Es gibt viele Arten der Folter. Nicht nur die, die man dir angetan hat.«

Benommen schloss ich die Augen, aber es half nichts, die Bilder waren längst wieder in meinem Kopf.

»Wird es jemals besser?«, wollte ich von ihm wissen, obwohl ich die Antwort auf diese Frage bereits kannte. Ich hatte es schließlich in den vergangenen sieben Jahren Tag und Nacht durchlebt.

»Nein!«, sprach er mit voller Überzeugung, so dass ich keinen Zweifel daran hatte, dass sein Leiden noch einige Jahre länger zurücklag.

»Warst du noch ein Kind?«

»Ja«, antwortete er, ohne mit der Wimper zu zucken.

Da war nicht nur Mitleid, das ich für ihn empfand, sondern auch eine tiefe Verbundenheit zweier verwundeter Seelen. Ich war damals erwachsen gewesen, wusste, wie ich mich Stück für Stück verschließen konnte, um nicht ganz an dem Schmerz zu zerbrechen, und war doch kläglich gescheitert. An diesem Tag hatte ich alles verloren: Meinen Glauben. Meine Liebe. Meine Familie. Und meinen besten Freund.

Diese Zeit hatte mich nicht nur gezeichnet, sie hatte mich von Grund auf verstümmelt. Was würde es dann erst mit einem Kind tun, mit einem Geschöpf, das man noch formen konnte? Die Antwort lag vor mir, kalt und mörderisch. Niemand wusste, woher der Sinner of Silverside seinen Namen hatte, aber ich wurde das Gefühl nicht los, dass es damit zusammenhing.

Dieser Mann hatte etwas ertragen müssen, das ihn wie einen Rohdiamanten geschliffen hatte. Jetzt war er so scharf, dass seine Kanten mühelos durch jede Oberfläche schneiden konnten, wie eine tödliche Waffe und ein gnadenloses Folterinstrument.

»Wenn du willst, können die nächsten Minuten zwischen uns bleiben«, bot er an.

»Okay.« Ich war im Begriff, einem Fremden den Grund für die Dunkelheit meiner Seele zu offenbaren, weil ich mich in seiner Gegenwart nicht für das schämte, was geschehen war.

Zum ersten Mal seit Jahren sprach ich wieder über das, was in jener Nacht passiert war. Damals hatte ich es Valentin erzählt, in der Hoffnung, es würde besser werden, aber es wurde nur noch schlimmer. Vielleicht war heute der Augenblick meiner Erlösung, der Moment, von dem an alles besser werden würde.

Sieben Jahre zuvor:

Es war stockdunkel. Ein modriger Geruch stieg mir in die Nase und ließ mich würgen.

Etwas drückte auf mein Gesicht. Ich versuchte zu atmen, aber der Stoff über Mund und Nase machte es mir fast unmöglich. Ich stieß einen röchelnden Laut aus, Wasser lief meine Kehle hinunter.

»Na, bist du wach?«, sagte eine kalte Stimme ganz nah an meinem Ohr.

Panisch riss ich die Augen auf, doch unter dem Stofffetzen konnte ich nur verschwommene Umrisse erkennen.

»Wo bin ich?« Die Frage kam kaum über meine Lippen. Unruhig rutschte ich hin und her und spürte, wie der raue Stoff meiner Jeans an der glatten Oberfläche rieb. Wenigstens trug ich noch eine Hose und war nicht völlig entblößt. »Was wollen Sie von mir?«

In meinem Kopf herrschte ein nebliges Chaos, das die vergangenen Stunden verschwimmen ließ. Etwas Kaltes und Hartes strich über meinen Oberkörper.

»Mal sehen, was du ihm wert bist.« Die Stimme war seltsam verzerrt und ich konnte sie nicht einordnen.

Plötzlich durchfuhr mich ein stechender Schmerz, Flüssigkeit rann meinen Arm hinunter und der Fremde riss mir den stinkenden Fetzen vom Gesicht. Ich brauchte einen Moment, um mich an die grelle Lichtquelle über mir zu gewöhnen. Das Licht stammte von einer einzigen nackten Glühbirne. Langsam versuchte ich, den Kopf zu drehen, hielt aber inne, als ich Stimmen aus der gegenüberliegenden Ecke hörte. Mein Herz raste. Wut verdrängte die Angst.

»Bitte!«, flehte eine mir vertraute Frauenstimme.

»NEIN!«, schrie ich panisch und bekam als Antwort einen weiteren Schnitt in die Haut. Mein Oberkörper blutete bereits an einigen Stellen, doch der Schmerz war wie betäubt, als ich ihr Gesicht erkannte.

»LASS SIE GEHEN! BITTE LASS SIE GEHEN!« Meine verzweifelte Stimme vermischte sich mit dem eisigen Lachen, und beides hallte wie unheimliche Musik von den dunklen Wänden wider.

Eleanor kauerte auf dem grauen Steinboden vor mir. Um ihre Hand- und Fußgelenke sowie um ihren Hals waren schwere Eisenketten gelegt, die in drei Ringen an der moosbewachsenen Steinmauer befestigt waren. Ihr schönes Gesicht war grün und blau geschlagen. Ein Auge war geschwollen, so dass man die leuchtend indigoblaue Iris nicht mehr erkennen konnte. Dicke Strähnen ihres dunklen Haares hatten sich aus dem Zopf gelöst und klebten ihr blutverschmiert im Gesicht.

»Schatz, mir geht es gut«, flüsterte sie, und ich hörte, wie das Zittern in ihrer Stimme ihre Worte Lügen strafte.

»Was willst du von uns?«, rief ich laut und endlich ließ der Maskierte von ihr ab und baute sich vor mir auf.

»Was ich will?« Da war wieder diese verzerrte Stimme, die ich schon im Delirium gehört hatte. »Ich will, dass er bezahlt.«

»Wer?«

Ich hatte keine Ahnung, wovon er sprach.

»Dein Vater.« Er kam mit dem Messer auf mich zu, fuhr mit der Spitze über meinen Arm und hinterließ einen weiteren Schnitt in meiner Haut.

Wahrscheinlich wäre ich unter dem brennenden Schmerz zusammengezuckt, aber zu viele Stellen meiner Haut brannten bereits und die Sorge um Eleanor ließ meinen eigenen Schmerz in den Hintergrund treten. Ich würde jede Wunde dankbar annehmen, sie ertragen und künftig wie eine Medaille tragen, wenn ich ihr dafür den Schmerz nehmen und sie in die Freiheit entlassen konnte. Selbst zu sterben war ein gerechter Preis für ihre Freiheit.

»Dann lass sie gehen. Sie hat nichts damit zu tun!« Die Verzweiflung, die jedes Wort begleitete, war nicht aus meiner Stimme zu bekommen. Sie machte mich schwach, aber die Sorge um sie machte mich wahnsinnig.

Der Mann blickte über seine Schulter auf Eleanor hinunter, die seine Augen durch die Maske nur erahnen konnte, aber den Blick kämpferisch erwiderte. »Was glotzt du so?« Sie richtete sich ein wenig auf, soweit es der Spielraum ihrer Ketten zuließ. »Damit kommt ihr nicht durch!«

Ich hatte sie immer für ihren starken Willen bewundert und sie sogar darin unterstützt, aber heute wünschte ich mir, sie würde schweigen und mir den Kampf überlassen. Es wäre besser für sie, wenn er glauben würde, ihre Angst hätte sie längst gebrochen, dann würde sie ihm sicher langweilig werden und sein Interesse würde sich ganz auf mich richten. Ich fragte mich, mit wie vielen Menschen ich es eigentlich zu tun hatte. Es war unmöglich, dass er es alleine geschafft hatte, uns beide nach der Partynacht auf der Straße zu überwältigen und hierherzubringen. Irgendwo mussten sich noch weitere Leute versteckt halten.

Plötzlich fiel mir das Gespräch mit meinem Vater ein, das wir vor einigen Wochen geführt hatten. Ich hatte ihm keine

Bedeutung beigemessen und es mit einem Kopfschütteln abgetan, weil ich so dumm gewesen war, uns für unverwundbar zu halten. Hätte ich damals auf seine Worte gehört und mich mehr um die wachsenden Probleme und Unruhen in der Stadt gekümmert, wäre das heute Abend vielleicht nicht passiert. Eine eiserne Hand legte sich um meine Kehle und schnürte mir die Luft ab, als ich das Ausmaß meines Fehlers begriff. Er hatte mich gebeten, mich um die rebellierende Gruppe unzufriedener Obdachloser zu kümmern, hatte mir sogar die Koordinaten des Lagerhauses gegeben, aber ich hatte die Unterlagen kopfschüttelnd in die Schublade meines Schreibtisches gelegt.

»Sie ist nicht die, die ihr wollt. Lasst sie gehen und benutzt mich als Druckmittel. Ich bin viel mehr wert.« So versuchte ich, Eleanor weiter aus der Schusslinie zu bringen.

»Nein!« Ich hörte die Freude in seiner tiefen Stimme. »Ich werde sie töten.«

»Nein!« Ich zerrte an den Fesseln, die mich an diesen verdammten Stuhl fesselten. »Nein! Mein Vater wird dir alles bezahlen, was du verlangst. Bitte lass sie gehen!«

»Du liebst sie.« Er schnalzte mit der Zunge, ließ das Messer ein letztes Mal über meinen bereits blutenden Arm gleiten und verursachte eine weitere lange und tiefe Wunde in meinem Unterarm. Danach ließ er es in seiner Tasche verschwinden. Summend kehrte er zu Eleanor zurück, die immer noch auf den Knien saß und dem kleinen Gespräch schweigend gefolgt war.

Mein Vater würde alles tun, um uns so schnell wie möglich zu retten. Wann würden sie unser Verschwinden bemerken? Spätestens dann, wenn Neo nach Hause kam und wie jeden Abend an meine Tür klopfte, um sich zu vergewissern, dass ich gut angekommen war. Damit hatte er nach dem Tod unserer leiblichen Eltern angefangen. Daran hatte sich auch in unserem neuen, besseren Leben nichts geändert, obwohl vor dem gusseisernen Tor des Anwesens Tag und Nacht bewaffnete Männer patrouillierten und es unmöglich war, unbemerkt auf das

Grundstück zu gelangen. Oder spätestens morgen früh, wenn Valentin und Ryder sich wundern würden, warum ich nicht auf ihre Nachrichten reagierte. Ja, damals dachte ich, dieser Albtraum würde nur ein paar Stunden dauern.

Wie sehr ich mich geirrt hatte, merkte ich erst am nächsten Abend, als wir immer noch in dem Loch in unserem eigenen Blut und Urin feststeckten. Den ganzen Tag über schnitt er mir nicht nur immer wieder die Wunden auf, sondern fuhr mit der Klinge auch über meine kaum noch intakte Haut an der Brust und dem Rücken.

Aber der stechende Schmerz auf meiner brennenden Haut und die Scham, in meiner eigenen Pisse zu sitzen, waren bei weitem nicht das Schlimmste. Das Schlimmste war, was er Eleanor an diesem Tag antat. Er vergewaltigte sie vor meinen Augen und stellte seinen Fuß in ihren Nacken, so dass er ihre Arme hochheben und sie um 360 Grad drehen konnte, bis die Gelenke heraussprangen. Dann nahm er einen Baseballschläger von der Wand und schlug auf ihre Beine ein. Als ihr der Oberschenkelknochen zertrümmert wurde, verlor sie langsam das Bewusstsein und er hörte vorerst mit der Folter auf.

Ich übergab mich, schrie, er solle aufhören, und zerrte so stark an meinen Fesseln, dass ich mir die Gelenke aufriss. Aber es half nichts, ich konnte sie nicht retten. Irgendwann flossen die salzigen Tränen über meine Wangen, brannten auf den offenen Wunden an Hals und Brust und bestraften mich wenigstens ein wenig für das Leid, das ich Eleanor nicht hatte ersparen können.

Stunden später, als sie wieder bei Bewusstsein war und er ihre ständigen Beleidigungen nicht mehr ertragen konnte, tackerte er ihr den Mund zu.

Das war der Moment, in dem mein Verstand aufgab und der letzte Rest Kampfgeist aus meinem Körper wich. Ich weigerte mich, weiter zu kämpfen, und verlor mich in einer Dunkelheit, die mich völlig einnahm. Ein Gefühl der Leere machte sich in mir breit. Es war mehr, als nur gebrochen zu sein. Der Zustand glich eher dem Tod. Ich war eine Hülle, deren Seele längst in eine andere Sphäre geglitten war.

Und weil ich mich so schuldig fühlte, bestrafte ich mich mit dem Anblick des verstümmelten Körpers meiner Freundin. Niemals würde ich das Blut vergessen, das an ihren zertrümmerten Oberschenkeln klebte. Es war alles meine Schuld. Und die Schuld meines Vaters, weil er uns nicht gerettet hatte. Ich konnte es mir nicht erklären, war hin- und hergerissen zwischen dem Hass auf die Männer, die uns das angetan hatten, und dem Hass auf meinen Vater, auf Neo, Valentin und Ryder, weil sie nicht gekommen waren, um uns aus dieser Hölle zu retten.

Ein Teil von mir sehnte sich danach, dieser Tortur zu entkommen, ein anderer Teil wünschte sich nur einen schnellen Tod durch die Hand dieser Männer. Inzwischen war ich mir sicher, dass es verschiedene Typen waren. Sie kamen abwechselnd mit der gleichen Maske in den Raum. Ich erkannte ihre unterschiedliche Größe, ihre Staturen, ihren Geruch und die Art, wie sie sich bewegten. In den Momenten, in denen ich mir einredete, die Kraft zum Kämpfen zu haben, zwang ich mich, mich an all diese Details zu erinnern. Ich ging sie in Gedanken immer wieder durch, um nichts zu vergessen. Immer wenn sich Eleanors Brustkorb hob und senkte und ihr Körper vor Schmerzen zitterte, wünschte ich mir, sie würde endlich aufgeben, mich alleine lassen und ihren Frieden in der Erlösung ihres Leids finden. Es zerriss mich jedes Mal, wenn sie versuchte, zu mir zu kriechen, es aber nicht schaffte, weil sie keine Kraft mehr hatte. Das waren die Momente, die mir am meisten wehtaten. Sie waren viel schmerzhafter als die offenen Wunden auf der Haut. Dann redete ich beruhigend auf sie ein, auch wenn meine Stimme mit jedem Wort heiserer wurde. Irgendwann konnte man sie nicht mehr verstehen, weil ich so laut weinte und sie anflehte zu gehen.

Am dritten Tag zweifelte ich selbst, ob ich noch länger durchhalten würde. Meine Haut brannte. Die Klingen, die sie mir über Arme, Brust und Rücken gezogen hatten, waren schmutzig und hatten meine Wunden entzündet. Zu meiner Überraschung löste einer der Männer an diesem Tag meine Fesseln. Mein Körper pulsierte und schmerzte bis in den letzten Winkel, so dass der erste Schritt, den ich versuchte, mich direkt auf den Boden warf. Der Aufprall presste mir die Luft aus der Lunge. Einer der Männer griff nach dem Eimer unter dem Stuhl und schüttete den aufgefangenen Urin über meinen Kopf.

»Hier wird nicht geschlafen!«, gluckste er.

Mit letzter Kraft kroch ich zu Eleanor. Meine Hand schlang sich um ihr Handgelenk, Tränen schossen mir in die Augen, als ich ihren schwachen Puls unter ihrer blassen Haut spürte. Ich zog sie auf die Beine und zuckte unter dem Schmerz zusammen, der jede Bewegung in mir auslöste.

»Töte sie!«, befahl der Mann und stieß mit dem Fuß ein Messer zu mir. »Oder sieh zu, was wir mit ihr machen.« Er hielt mir den blutverschmierten Baseballschläger vor die Augen. »Mal sehen, wie gut sie in den letzten Tagen gedehnt wurde.«

Ein Zucken ging durch ihren schlanken Körper und sie riss panisch die Augen auf. Die Anstrengung stand ihr ins Gesicht geschrieben, als sie sich zu mir beugte und den Kopf schüttelte. Obwohl nur ein Röcheln aus ihrem Mund kam, wusste ich, was sie von mir wollte.

»Ich liebe dich.« Weitere Tränen liefen mir über das Gesicht, als ich das Messer in die Hand nahm.

Sie nickte kaum merklich, schloss die Augen und ein friedlicher Ausdruck legte sich auf ihr Gesicht. Mit zitternden Händen führte ich das Messer an ihren Hals und durchtrennte mit einem einzigen Schnitt ihre Halsschlagader. Das Blut rann in warmen Wellen über meine Hand und nach dem letzten Tropfen gab ich ein stummes Versprechen. Für Gott. Für sie. Und für mich.

Sollte ich diese Hölle überleben, würde ich jeden Einzelnen von ihnen jagen und töten. Und das tat ich. Denn Valentin hatte mich an diesem Tag gerettet.

Als ich später im Krankenhaus aufwachte, geblendet von einem Licht, das ich im ersten Moment für den Himmel hielt, gab ich dem Universum ein weiteres Versprechen. Nie wieder würde ich lieben. Ich würde keine Frau der Welt an mich heranlassen, denn Eleanor hatte mit ihrem letzten Atemzug mein Herz mit sich genommen. Das dunkle Ding, das jetzt in meiner Brust schlug, wollte nur eines: Rache an den Männern, die uns das angetan hatten. Und Rache an allen, die es gewagt hatten, ihnen zu helfen.

»Und hat dir die Rache Genugtuung verschafft?«, fragte Malio, der während der ganzen Zeit, in der ich erzählt hatte, keine Miene verzogen hatte.

Meine Geschichte hatte ihn kaltgelassen. Das machte mir wirklich Angst.

»Ich bin noch dabei. Ich glaube nicht, dass es aufhört, bevor ich den Letzten von ihnen gefunden habe.«

Das war zumindest meine Hoffnung. Nach dem ersten Mord hatte ich eine unglaubliche Euphorie verspürt, die innerhalb von Sekunden der Ernüchterung gewichen war.

»Kleiner Spoiler: Es wird nicht besser. Nichts kann deinen Verlust aufwiegen oder wiedergutmachen. Kein Mord der Welt kann dir Eleanor zurückbringen. Sie ist fort. Rache wird daran nichts ändern«, erläuterte Malio mit gleichgültiger Miene.

Ich sparte mir eine Antwort, denn von ihm ließ ich mir bestimmt nicht sagen, wie ich mein Leben zu führen hatte.

»Was?«, stieß ich gereizt hervor, denn sein eindringlicher Blick wurde unerträglich.

»Und welche Rolle spielt Ria in deinen Plänen?«

Ich hätte mir denken können, dass es ihm in erster Linie um sie ging. Sofort zog ich die Mauern, die ich in den letzten Minuten viel zu tief heruntergelassen hatte, wieder ein Stück höher.

»Keine«, wehrte ich ab.

»Warum glaube ich dir nicht? Das ist noch nicht die ganze Geschichte. Was ist danach passiert?«

Wieder traf er ins Schwarze. Aber alles, was danach passierte, betraf nicht nur mich. Ich würde einen Teufel tun, meine Familie ans Messer zu liefern.

»Wenn du sie verletzt, bringe ich dich um«, machte er mir unmissverständlich klar, und ich glaubte ihm jedes Wort.

Stöhnend rappelte ich mich auf und klopfte mir die Erde von der Hose. Wenn ich es geschickt anstellte, könnte ich das Gespräch auf ein unverfänglicheres Thema lenken. Und genau das brauchte ich jetzt, wo er den Geheimnissen hinter meinen dunklen Mauern so nahe gekommen war.

»Seid ihr zusammen, oder was?« Diese Frage brannte mir ohnehin schon seit einiger Zeit auf der Seele, weshalb ich sie nur allzu gerne als Ablenkungsmanöver benutzte.

»Fragst du dich, ob ich sie genauso ficke wie du?« Ein fieses Grinsen breitete sich auf Malios Gesicht aus und löste Unbehagen in mir aus.

Dass er von unseren gemeinsamen Nächten wusste, war entweder gut oder schlecht. Ich hoffte auf das Gute und wünschte mir das Schlechte, damit ich nicht in Versuchung kam, das Versprechen zu brechen, das ich mir selbst gegeben hatte. Noch nie war ich dem so nahe gewesen wie in diesem Moment. Ria war die einzige Frau, die mir nach all den Jahren gefährlich geworden war, die etwas in mir ausgelöst hatte und damit den dunklen Muskel in meiner Brust wieder zum Leben erweckt hatte.

»Fickst du deinen Bruder, oder was?«, ahmte Malio meine Frage nach. »Denn das ist Ria für mich: eine Schwester. Bitte verstehe meine nächsten Worte als die Warnung, die sie sind: Wenn du ihr in irgendeiner Weise wehtust, werde ich dich töten. Und zwar schmerzhafter, als du dir vorstellen kannst.«

»Ich habe ihr schon wehgetan«, entfuhr es mir.

»Nein, das hast du nicht. Du hast nur auf diese dumme Weise versucht, sie und dich zu beschützen. Aber Ria ist keine Frau, die du beschützen musst. Ria kämpft ihre eigenen Schlachten. Sie hat dich vielleicht wegen Valentin angelogen, aber du warst auch nicht ganz ehrlich zu ihr, oder? Der Unfall ist nicht so passiert, wie sie es denkt, habe ich Recht?«

»Möglicherweise.«

Vielleicht hatte ich ihr im Krankenhaus nicht gesagt, dass ich damals nicht der Fahrer gewesen war.

50

RIA

Meine Füße trugen mich wie von selbst in Arjans Zimmer. Sofort sprang Spike aus seinem Körbchen und trottete auf mich zu. Er bewegte sich schwerfällig und die Stichwunde war noch deutlich zu sehen, aber immerhin konnte er laufen. Ich war so froh gewesen, als Neo mir vor ein paar Tagen geschrieben hatte, dass er wieder zu Hause war und es ihm besser ging.

Es war immer noch ein komisches Gefühl, von der Gruppe getrennt zu sein. Ich hatte gar nicht gemerkt, wie sehr mir alle ans Herz gewachsen waren. Neo war der Einzige, der sich weiterhin meldete. In seinen Nachrichten erwähnte er Arjan nie, wofür ich ihm anfangs dankbar war, aber bald merkte ich, dass es schlimmer war, nicht zu wissen, wie es ihm ging, als zu hören, dass er seine Zeit mit Soela verbrachte.

Ich ließ mich auf die Knie fallen, schlang meine Arme um Spikes schmalen Hals und drückte ihm einen Kuss auf den Kopf. Er erwiderte die Begrüßung und leckte mir über die Wange. Die Vorwürfe, die ich mir seit dem Überfall machte, nagten wieder an mir. Er wäre fast verblutet.

Entspannt legte er seinen Kopf auf meine Beine, und so saßen wir eine ganze Weile da. Ich hing meinen Gedanken nach, die nur um das bevorstehende Gespräch kreisten. Vielleicht sollten wir nicht reden und getrennte Wege gehen. Diese Gefühle in mir waren kompliziert, und er war der Grund dafür. Was auch immer er zu sagen hatte, ich war mir sicher, dass mein Gefühlschaos dadurch nur schlimmer werden konnte.

»Ich hoffe, er kümmert sich gut um dich!«, meinte ich nach einer Weile und kraulte Spike gedankenverloren hinterm Ohr.

»Natürlich!«, antwortete Arjan.

Ich wirbelte herum und sah ihn im Türrahmen stehen. Er sah schrecklich aus. Seine Augen waren gerötet und seine Haut ganz blass. Mein Brustkorb zog sich zusammen und es tat mir in der Seele weh, ihn so zu sehen.

»Geht es dir gut?« Für einen Moment vergaß ich, dass er mich belogen, verletzt und ausgenutzt hatte, und ließ zu, dass die Sorge die Oberhand gewann.

»Ja, es waren nur anstrengende Tage. Die Suche nach Ava. Winston. Valentin.« Er zögerte. »Du.«

»Wie geht es ihr?«, fragte ich sofort und überging den letzten Teil seiner Aussage, weil ich wusste, dass ich genauso schuld an seinem elenden Zustand war wie er an meinem.

Er zuckte mit den Schultern. »Das wüsstest du, wenn du sie besucht hättest.«

Der Vorwurf wog schwer. In den letzten Tagen hatte ich nicht nur um Arjans Zuneigung getrauert, sondern auch um Avas Freundschaft. Zuerst hatte ich gedacht, dass sie nur ein Mittel zum Zweck war, ein Teil meines Plans. Aber als sie entführt worden war, hatte ich gemerkt, dass sie mir wirklich wichtig war. Umso mehr gab ich mir die Schuld für das, was ihr geschehen war.

So oft hatte ich mir vorgenommen, sie zu besuchen, doch kurz vor ihrem Zimmer war ich umgedreht, weil ich mich nicht getraut hatte, ihr in die Augen zu sehen.

»Sie ist dir nicht böse, Ria. Du solltest wirklich mit ihr sprechen.«

»Du hast es ihr gesagt?« Jetzt ging es mir noch schlechter.

»Ryder hat es ihr erzählt. Warum hat Valentin dich auf uns angesetzt?«

War jetzt der Moment gekommen, ehrlich zu sein? Ich wusste immer noch nicht, ob ich ihm trauen konnte, aber ich hatte keine andere Wahl, wenn ich eine Antwort von ihm wollte.

»Eigentlich hat das alles mit meinem Vater zu tun«, begann ich und holte tief Luft.

Ich erzählte Arjan von den Männern, die meinen Vater als Druckmittel benutzt hatten, und wie Valentin in die Geschichte passte. Dabei versuchte ich, kein noch so kleines und unwichtig erscheinendes Detail zu vergessen. Er hörte mir aufmerksam zu, nickte nur an der einen oder anderen Stelle, als würde sich ein Verdacht bestätigen, den er schon länger hatte.

»Er hat dich also benutzt, in der Hoffnung, dass du an den Schlüssel kommst«, schlussfolgerte er.

»Eigentlich wollten diese Männer –«

»Es sind seine Männer«, erläuterte er, ohne dass er mich aussprechen ließ.

»Was?« Ich starrte ihn fassungslos an. »Das war sein Plan? Aber warum sollte er das tun? Was hat mein Vater damit zu tun? Das ergibt keinen Sinn.«

»Doch. Du kennst ihn eben nicht.« Nun sah er mich direkt an. »Es ist ganz einfach: Du hast keine Ergebnisse geliefert. Er will den Druck erhöhen.«

»Was soll ich jetzt machen?«

»Eine einfache Frage.« Er sah mir tief in die Augen. »Vertraust du mir, Ria?«

Die Antwort war definitiv nein.

»Du hast mich angelogen«, sagte ich.

»Ich weiß«, gab er zu und streichelte Spike, der sich bei seiner Ankunft zu seinen Füßen niedergelassen hatte.

Während ich erzählt hatte, hatten wir auf dem Sofa gesessen, aber inzwischen war ich wieder so nervös, dass ich aufsprang und durch das Zimmer tigerte.

Am Fenster blieb ich stehen und drehte mich zu ihm um. »Dann sag mir die Wahrheit. Warum hast du den Unfall verursacht? Wolltest du mich damals töten, weil du wusstest, wer ich bin?«

»Ich habe den Unfall nicht verursacht. Aber ich habe ihn auch nicht verhindert«, erklärte er.

»Was meinst du damit?« Ich starrte auf den riesigen Kirschblütenbaum, der in der Mitte des Gartens stand und in leuchtendem Rosa zu blühen begann.

Ich hatte gar nicht bemerkt, wie der Frühling die Kälte des Winters verdrängt hatte. Vielleicht weil es in meinem Inneren seit Wochen eisig kalt war.

»Ich habe erst viel später erfahren, was es mit dem Unfall auf sich hatte. Mein Vater, Valentins Vater Mr. Alairstair und Valentin selbst hatten ihn geplant, um deinen Vater aus dem Weg zu räumen. Seine Artikel wurden immer belastender, und er stand kurz davor aufzudecken, dass beide in kriminelle Machenschaften verwickelt waren. Zu dieser Zeit teilten sie sich gerade das Amt des Bürgermeisters und hatten Streit mit Mr. Dakarias. Er stammte ursprünglich aus Ashwick. Sein Ziel war es damals, in beiden Städten das Sagen zu haben. Er hatte deinen Vater beauftragt, so viel belastendes Material wie möglich gegen meinen Vater und Mr. Alairstair zu finden.«

»Für mehr Macht mussten meine Mutter und meine beste Freundin sterben?« Ich war fassungslos, wozu Menschen fähig waren.

»Erst als Valentin den Wagen auf die Gegenfahrbahn lenkte, begriff ich, was er vorhatte. Ich weiß noch, wie entsetzt ich ihn ansah, und er lächelte nur und trat aufs Gaspedal. Ich griff ihm ins Lenkrad, aber es half nichts. Dein Vater riss das Lenkrad herum ...« Seine Stimme brach. »Ich flehte ihn an, das Auto anzuhalten, doch er lachte nur noch lauter. Irgendwann hat er es dann doch getan. Wahrscheinlich wollte er sich nur vergewissern, dass er seine Aufgabe erfüllt hatte. Ich rannte sofort die Böschung hinunter und sprang ins Wasser. Euer Auto war schon tief gesunken. Ich habe wirklich versucht, auch deine Freundin aus dem Auto zu retten, aber es ist mir nicht gelungen, also bin ich zuerst mit dir ans Ufer geschwommen. Valentin war inzwischen auch unten und hat mich davon abgehalten, wieder ins Wasser zu rennen. Später haben wir erfahren, dass dein Vater es an Land geschafft hat, während die anderen gestorben sind. Mein Vater hat dann dafür gesorgt, dass er für den Unfall verantwortlich gemacht und ins Gefängnis gesteckt wurde.

Die Wahrheit war noch schlimmer, als ich sie mir in den letzten Tagen ausgemalt hatte.

»Es tut mir leid«, fügte er leise hinzu, und jetzt streichelte sein Atem meinen Nacken.

»Hast du mich damals erkannt?« Ich atmete tief durch und versuchte, nicht vor ihm zusammenzubrechen.

Ich hatte meine ganze Hoffnung auf einen Mörder gesetzt. Valentin hatte mir sofort zur Seite gestanden, hatte mich ermutigt und getröstet. Hass stieg in mir auf. Aber nicht nur auf ihn, sondern auch auf mich, weil ich mich so bereitwillig hatte benutzen lassen.

»Ja, das habe ich«, bestätigte Arjan meinen Verdacht.

»Wolltest du mich deshalb töten?«

»Ja«, gestand er.

Ich wich zurück, weil ich seine Nähe nicht länger ertragen konnte.

Woher wusste ich, dass er es jetzt nicht mehr wollte? Jetzt, wo er mir die Wahrheit gesagt hatte, war ich eine noch größere Bedrohung für ihn.

»Aber ich konnte nicht«, schob er hastig hinterher und hielt mich am Arm fest.

»Schon damals, als ich dich aus dem Wasser gezogen habe und du die Augen geöffnet hast, wusste ich, dass du mir gefährlich werden würdest. Nicht weil du mich erkannt hast, sondern weil dein Blick etwas in mir berührt hat, von dem ich gar nicht mehr wusste, dass ich es besaß.« Er räusperte sich, sein Griff wurde noch stärker, als er fortfuhr: »Aber ich kann es einfach nicht. Ich kann nicht riskieren, dass dir etwas zustößt. Ich sage das nicht, weil ich dir wehtun will, aber bitte, Ria, komm mir nicht zu nahe. Lass nicht zu, dass noch einmal etwas zwischen uns passiert.«

Meine Fragen hatten sich in Luft aufgelöst. Es spielte keine Rolle mehr, warum er als Bürgermeister zurückgetreten war oder ob er noch mit Soela zusammen war. Es war egal, dass ein Teil von mir bei ihm sein wollte. Und es war auch egal, dass er mir ein weiteres Mal das Herz gebrochen hatte. Denn tief in meinem Innern wusste ich, dass auch seins gebrochen war.

51

RIA

Die folgenden Tage waren unerträglich, alles erschien mir auf einmal anders zu sein. Irgendwie bedrohlicher. Angefangen bei Mr. Dakarias, der mir plötzlich viel gefährlicher vorkam. Oder seine Männer, die mich jedes Mal verächtlich ansahen, als wäre ich ein Ungeziefer, das in ihren Lebensraum eingedrungen war und unbedingt aus dem Haus beseitigt werden musste. Sogar Malio schien mir düsterer. Er verbrachte Stunden mit dem Versuch, von Winston Antworten zu bekommen, doch am Ende verließ er jede Nacht blutüberströmt den Keller, ohne seinem Ziel wirklich näher gekommen zu sein. Ich wusste nicht, wie lange Winston noch durchhalten würde, eher er unter der Qual zusammenbrechen würde – vermutlich war es nur eine Frage der Zeit. Malio spielte mit ihm und außer mir schien es niemand zu bemerken. Es machte ihm Spaß, und ich fragte mich, ob er sich nicht schon längst in seiner Dunkelheit verloren hatte. Ich traute mich nicht, ihn darauf anzusprechen, aus Angst, er würde es bestätigen. Ich hatte seit der Nachricht nichts mehr von Valentin gehört. Ich glaubte nicht, dass es vorbei war. Es fühlte sich eher wie die Ruhe vor einem Sturm an, der in der Lage war, ganze Landstriche zu verwüsten. Ja, die Angst packte mich wieder so fest, dass sie mich bis in meine Träume verfolgte.

Aber Arjan aus dem Weg zu gehen war die eigentliche Königsdisziplin. Und dabei versagte ich völlig. Es schien fast so, als würde das Schicksal sich einen Spaß daraus machen und jedes Mal laut lachen, wenn wir uns zufällig im Haus begegneten. Es forderte uns heraus, spielte mit uns und der Sehnsucht, die spürbar zwischen uns schwebte. Irgendwann hielt ich es nicht mehr aus, dass jeder seiner Blicke ein Feuerwerk in mir entfachte, und flüchtete buchstäblich in die hauseigene Bibliothek.

Dort blieb ich, bis wir zurück nach Silverside fuhren.

Ab und zu brachte mir Dee einen Kaffee oder Spike leistete mir Gesellschaft. Heute war es jedoch anders. Mürrisch warf ich einen Blick auf das kleine Katzenkörbchen, in das er sich gequetscht hatte. Er passte vorne und hinten nicht hinein, aber das schien ihn nicht zu stören. »Und ich dachte, du magst mich am liebsten«, murmelte ich beleidigt, als Spike und Merlin wieder zusammen einschliefen und mich mit meinen wirren Gedanken allein ließen.

»Tut er auch.«

Erschrocken drehte ich mich um und sah Ava an der Tür lehnen. Sie trug einen flauschigen Morgenmantel. Ihre dunklen Haare hatte sie zu einem lockeren Zopf zusammengebunden. Sofort meldete sich mein schlechtes Gewissen, weil ich sie nicht besucht hatte. Meine Gedanken kreisten um Fluchtmöglichkeiten, damit ich möglichst wenig Zeit mit ihr verbringen musste. Ich wusste, wie feige das war, aber ich konnte mir immer noch nicht verzeihen.

»Ich wusste nicht, dass du zurück bist.« Hastig sprang ich auf und deutete auf die Tür. »Ich wollte sowieso gerade gehen.«

Spike hob irritiert den Kopf, als er den Wechsel von entspannt zu aufgeregt in meiner Stimme hörte. Merlin rutschte von seinem Hals und miaute frustriert.

»Das passt gut. Du kannst mich ins Poolhaus begleiten. Ich wollte sowieso mit dir reden.«

Mit gemischten Gefühlen kam ich ihrer Bitte nach. Ich hatte Angst, dass sie mich hassen würde, und gleichzeitig hoffte ich, dass wir die Distanz, die nur ich zwischen uns aufgebaut hatte, überwinden würden. Ich liebte es, Zeit mit ihr zu verbringen, mit ihr über Bücher zu reden oder über die Jungs zu lachen, wenn wir sie in einem Videospiel besiegten. Ich vermisste diese Momente.

»Ich bin dir nicht böse«, begann sie das Gespräch, nachdem wir einige Sekunden schweigend nebeneinander gelaufen waren. »Ich verstehe es sogar. Du hast versucht, deinen Vater zu retten. Ich würde dasselbe für jemanden tun, den ich liebe.«

»Es tut mir leid.« Tränen liefen mir über die Wange. Schnell wischte ich sie weg, doch schon legte Ava eine Hand auf meinen Arm.

»Es ist in Ordnung zu weinen. Du musst nicht immer stark sein. Menschen machen Fehler und das ist gut so. Wie sollen wir sonst wachsen? Eine bessere Version von uns selbst werden?«

»Und wenn uns das nicht gelingt?«

»Dann finden wir Menschen, die uns dabei helfen.« Ihre Worte ließen mich noch mehr weinen. Ava war nicht nur stark, sondern auch hell wie ein Stern in der Dunkelheit, wie ein Licht, das einem den richtigen Weg zeigte.

»Ich wünschte, ich wäre so stark wie du«, sagte ich voller Bewunderung.

Sie drückte meine Hand mitfühlend, als wir das Poolhaus erreichten. »Das bist du. Also geh zu ihm, Ria. Denn das ist es, was du wirklich willst. Man kann sich nicht ewig hinter seinen Mauern verstecken. Manchmal reicht eine winzige Lücke in der Steinwand, um dir zu zeigen, dass es dahinter noch Licht gibt. Es hängt nur von dir ab, wie mutig du bist, weitere Löcher in den Stein zu schlagen.«

Am Pool saß ich schon lange nicht mehr, denn das war ein Ort, der mich schmerzlich an Arjan erinnerte – wie eigentlich fast jeder Ort in diesem Haus. Am schlimmsten waren aber die Stellen, an denen er mir einen Blick hinter seine Fassade gewährt hatte. Dieser Platz war einer davon. Er weckte in mir Erinnerungen, an die ich mich einerseits verzweifelt klammerte und bei denen ich mir andererseits einen heftigen Schlag auf den Kopf wünschte, um sie endlich zu vergessen.

Nach dem Gespräch mit Ava war ich völlig durcheinander. Sie hatte es geschafft, mit ihren Worten den Schmerz in meiner Brust zu lindern, aber ich war mir nicht sicher, ob ich den Mut hatte, die hohen Mauern, die Arjan um sein Herz gebaut hatte, niederzureißen. Was würde geschehen, wenn ich es nicht schaffte und unter den Trümmern seiner dunklen Seele begraben werden würde?

Ein lautes Klirren riss mich aus meinen Gedanken. Hastig drehte ich mich um und starrte mit weit aufgerissenen Augen auf die Gestalt, die sich an der Hauswand entlangschob. Die untergehende Sonne und der Schatten, den sie auf das Dach warf, machten es unmöglich, sie zu erkennen. Das klirrende Geräusch kam von einer Flasche, die langsam über die Terrassenplatten rollte. Kurz bevor sie ins Wasser fiel, stoppte sie und blieb am Beckenrand liegen.

Die Angst peitschte durch meine Adern.

Erschrocken schnappte ich nach Luft und atmete erleichtert aus, als ich Arjan erkannte. Er taumelte und lehnte sich an die Hauswand, ehe er mir einen vernichtenden Blick zuwarf. Mein Inneres krampfte sich zusammen, denn so hatte er mich lange nicht mehr angesehen. In diesem Moment erinnerte er mich an eine Winternacht. So schön wie das Glitzern von frisch gefallenem Schnee im Mondlicht, aber gleichzeitig so eisig, dass man aufpassen musste, in der Kälte nicht zu erfrieren.

Mit zwei weiteren Schritten war er bei mir und zog mich unsanft auf die Beine.

»Hör auf damit!«, zischte er und kam mir dabei bedrohlich nah.

Sein Atem roch nach Whisky, aber das störte die aufsteigende Hitze, die seine Nähe in mir auslöste, nicht im Geringsten.

»W-was?«, stammelte ich und versuchte, meine letzten Gehirnzellen beisammenzuhalten.

Er gab ein tiefes, frustriertes Stöhnen von sich und sagte dann mit drohender Stimme: »Hör auf, mich so anzusehen.«

»Ich mache doch gar –«

»Hör auf zu reden!«, unterbrach er mich harsch und seine Finger schlossen sich eng um mein Kinn.

»Arjan, ich weiß nicht, was du meinst.«

»Hör auf, mich so anzusehen, als ob ich noch etwas Gutes in mir hätte.« Jetzt war seine Stimme nur noch ein kaltes Flüstern im Wind. Ich erschauerte und trat einen Schritt zur Seite, was ein Fehler war. Mein Fuß rutschte über den Beckenrand und ich griff panisch nach seinem Arm. Seine Augen weiteten sich vor Überraschung, als er die Situation erfasste. Aber es war schon zu spät.

In letzter Sekunde hielt ich die Luft an, bevor ich mit einem lauten Platschen ins Wasser fiel. Die Erinnerungen an den Autounfall überfluteten mich, Panik schnürte mir die Kehle zu. Mein Körper versteifte sich und drohte wie ein Stein zu Boden zu sinken. Plötzlich schlangen sich zwei Arme um meine Taille und Sekunden später tauchte ich auf.

»Alles in Ordnung«, hauchte Arjan mir ins Ohr, aber ich hörte ihn kaum.

In meinem Kopf wirbelten die Gedanken durcheinander. Ich schnappte nach Luft, wollte schreien, weinen, kämpfen, denn selbst dieser harmlose Pool weckte die schlimmsten Gefühle in mir.

»Alles ist gut«, flüsterte Arjan wieder.

Tränen mischten sich mit den Wassertropfen, die mein Gesicht hinunterliefen. Keuchend atmete ich ein und klammerte mich verzweifelt an seinen Arm, weil der Schmerz in meiner Brust zu explodieren drohte.

»Ria!« Die Kälte war aus seinen Augen gewichen. Er sah mich besorgt an und nahm mein Gesicht in seine Hände. »Du bist in Sicherheit. Du wirst nicht ertrinken.«

Ich nickte wie eine Idiotin und zwang mich, ruhig zu atmen.

»Ich weiß. Ich bin gleich wieder okay«, nuschelte ich, denn ich wollte auf keinen Fall, dass er sah, wie schnell ich die Nerven verlor, wenn ich mit offenem Wasser in Berührung kam.

Einen Moment lang genoss ich seine Nähe, dann löste ich mich von ihm und schwamm zum Beckenrand. »Wenn du willst, komme ich nicht mehr«, schlug ich leise vor und hoffte inständig, dass er mein Angebot ablehnen würde.

Er antwortete nicht.

Gerade als ich mich aus dem Becken ziehen wollte, hielt er mich am Arm fest.

Ich warf ihm einen Blick über die Schulter zu, bereit, das nächste Gewitter über mich hereinbrechen zu lassen, aber er murmelte nur mit rauer Stimme: »So ist es besser.«

Ich nickte stumm und wartete darauf, dass er mich gehen ließ. Aber er tat es nicht. Langsam fuhr seine Hand meinen Arm entlang. Ich verfolgte die Bewegung mit den Augen und schnappte hörbar nach Luft, als sein Daumen meinen Handrücken umkreiste. Sofort loderte ein Feuer in mir auf. Ich atmete tief aus und befeuchtete meine Lippen mit der Zunge.

»Es wäre wirklich besser, wenn du gehst«, sagte er, ohne mich loszulassen.

»Ja, ich weiß«, hauchte ich und drehte mich zu ihm um.

Arjan löste seine Hand von meiner, legte sie links und rechts von mir auf den Beckenrand und sah mir direkt in die Augen.

»Ja, das wäre besser.« Er kam näher. »Es wäre wirklich besser.« Seine Lippen berührten sanft mein Ohr, als er zu sprechen begann. »Du solltest jetzt wirklich gehen.«

Ich spürte, wie sie über meine Wange strichen.

Kurz bevor sie meinen Mund erreichten, zog er sich zurück und sah mich an.

»Was passiert, wenn ich bleibe?«, hauchte ich in die elektrisierende Spannung zwischen uns hinein.

Sein Blick glitt zu meinen Lippen, dann wieder zu meinen Augen. Sekunden wurden zu Minuten und ich verlor mich in dem Strudel der Gefühle, der in seinen Augen tobte. Ein Wirbelsturm aus Lust, Zweifel, Reue und Verlangen. Ein Spiegel meiner selbst. Wir tanzten immer auf diesem schmalen Grat zwischen Liebe und Hass, Zuneigung und Zurückweisung.

»Was passiert ...« Ich machte eine Pause, weil ich unter der Intensität, mit der wir uns ansahen, keinen klaren Gedanken fassen konnte. »... wenn ich bleibe?«

Er überbrückte die Distanz zwischen uns und küsste mich. Sofort schlang ich meine Arme um seinen Hals und erwiderte den Kuss.

Bereitwillig öffnete ich meine Lippen, schmeckte den Whisky auf meiner Zunge. Ich atmete erleichtert auf und betete, dass dieser Moment niemals enden würde. Seine Hände lösten sich vom Beckenrand, glitten über meine Arme und unter meinen Pullover.

Mit einem Ruck zog er sich zurück. Verzweifelt fuhr er sich durch die nassen Haare und warf mir einen schmerzhaften Blick zu. »Ich kann nicht.«

Da war keine Kälte, nur tiefes Bedauern. Eilig schwamm er an mir vorbei und kletterte aus dem Pool. »Arjan, warte.« Zu meiner Überraschung blieb er stehen, drehte sich aber nicht zu mir um. »Was ist los mit dir? Wieso willst du mich, stößt mich aber gleichzeitig weg?«

Es war mir ein Rätsel, wie ein einziger Kuss meinen Körper in eine solche Ekstase versetzen konnte. Mir war heiß und kalt. Ich zitterte und gleichzeitig spürte ich dieses Kribbeln zwischen meinen Beinen, das so verzweifelt nach ihm schrie.

Jetzt drehte er sich doch zu mir um. Sein Gesicht war wieder eine kalte, ausdruckslose Maske. »Du bedeutest mir nichts.«

Diesmal war seine Lüge so offensichtlich, dass ich laut auflachte.

»Ich bedeute dir nichts? Was sollte dann dieser Kuss? Jede deiner Taten sprechen lauter als die Dinge, die du sagst.«

Er verzog die Lippen zu einem fiesen Grinsen. »Das denkst du nur. Und wegen des Kusses: Betrachte ihn als Abschiedsgeschenk.«

Dann verschwand er im Haus. Und endlich hatte ich eine Antwort.

Er konnte mich gegen seine Mauer laufen lassen, so oft er wollte, oder mich unter den herabfallenden Steinen begraben. Ich würde aufstehen. Immer wieder. Bis ich die Scherben seiner zerbrochenen Seele in den Händen hielt und sie mit Klebeband zusammenklebte. Für ihn. Für mich. Für uns.

52

ARJAN

Das Mondlicht warf einen schmalen silbernen Streifen auf die glänzende Oberfläche des schwarzen Klaviers. Der Wind, der durch das gekippte Fenster wehte, kitzelte in meinem Nacken und fühlte sich wie eine zärtliche Liebkosung an. Sofort tauchten die Bilder des Kusses vor meinem inneren Auge auf. Ein wohliger Schauer überlief mich und ließ die dicke Eisschicht um mein Herz schmelzen. Ich gestattete mir diese kurze Sehnsucht nach Ria, weil es das Einzige war, was mir von ihr blieb. Eine flüchtige Erinnerung, bis der Geruch verflog und auch dieser Moment in der Dunkelheit verschwand.

»Das ist wirklich schön. Du hast viel Talent. Das wollte ich dir schon damals sagen.«

Jetzt bildete ich mir schon ein, ihre Stimme zu hören. Meine Konzentration ließ kurz nach, ich verpasste den nächsten Einsatz, konnte mich aber wieder fangen und tat es als Hirngespinst ab.

»Alles in Ordnung bei dir?«, fragte sie lauter, als hätte sie Angst, ich würde sie über die Musik hinweg nicht hören.

Ria konnte nicht hier sein. Nicht jetzt, nicht in diesem Moment, in dem jede Faser meines Körpers nach ihr schrie und ich es leid war, sie von mir wegzustoßen. Ich war nicht mehr stark genug, um mich dieser Anziehungskraft zu widersetzen.

Unvermittelt hörte ich auf zu spielen. Langsam drehte ich den Kopf zur Tür.

Da stand sie, schön wie eine Göttin. Ihr dunkles Haar war noch feucht, die nasse Kleidung hatte sie gegen ein weites Shirt und enge Leggings getauscht. Ein Narr würde sie in diesem Outfit als unscheinbar bezeichnen. Sie war perfekt, rein mit einem Hauch von Feuer. Ich wollte in ihren Flammen tanzen, brennen, bis sie meine Schatten vertrieben. Um den Gedanken an Erlösung zu verdrängen, schüttelte ich den Kopf und erinnerte mich daran, was für ein Ungeheuer ich war. Am Ende würde sie mir nicht das ersehnte Licht bringen, sondern ich ihr die Dunkelheit. So war es schon einmal gewesen. Sich auf mich einzulassen bedeutete, mit verbundenen Augen am Rande des Abgrunds zu balancieren – ohne Sicherung oder Rettungsnetz.

»Sehe ich für dich so aus?«, blaffte ich und trat die angebrochene Whiskyflasche weg, die neben dem Hocker stand. Das Klirren des Glases war das einzige Geräusch im Raum. Sie atmete tief ein. Wahrscheinlich bereute sie ihre Entscheidung, hierhergekommen zu sein. Mit einem frustrierten Seufzer stieß sie die Luft wieder aus, ein entschlossener Ausdruck trat auf ihr Gesicht. Selbstbewusst straffte sie die Schultern und kam auf mich zu.

»Komm nicht näher«, befahl ich sofort, doch sie ignorierte meine Bitte und verringerte Schritt für Schritt den Abstand zwischen uns. »Was soll das, Ria? Gefällt es dir, wenn ich dir wehtue? Wie dumm kannst du sein? Ich bin ein Bastard, ein Mörder. Einer, der kein Problem damit hat, Leben zu zerstören.«

»Stoß mich ruhig von dir weg, Arjan. Wenn es dir danach besser geht, ertrage ich den Schmerz für uns beide.« Mit jedem Schritt, den sie näher kam, schmolz mein Widerstand dahin.

»Du bist erbärmlich«, spuckte ich ihr in der Hoffnung entgegen, sie zum Anhalten zu bewegen.

Schon jetzt ging sie mir viel zu sehr unter die Haut. Mein Puls raste. Mein Atem ging stoßweise, aber das Schlimmste war das wilde Pochen meines Herzens, das mit Leichtigkeit die Ketten seines Gefängnisses sprengte, in das ich es vor Jahren gesperrt hatte.

»Wenn es erbärmlich ist, zu seinen Gefühlen zu stehen, dann bin ich ein hoffnungsloser Fall. Ich möchte wenigstens, dass du weißt, was du in mir auslöst.«

Ich seufzte bitter. »Spar dir das. Du verdienst etwas Besseres. Jemanden, der dir alles gibt, denn weniger hast du nicht verdient.«

»Und das kannst du nicht?«

Traurig schüttelte ich den Kopf. »Ich habe es einmal versucht und bin gescheitert.«

Schweigend setzte sie sich neben mich auf den Hocker. Ihre Hände schwebten über den Tasten, ohne ihnen einen Ton zu entlocken.

Es dauerte eine Weile, bis sie wieder sprach. »Ist das wirklich so oder denkst du das nur?«

Gedankenverloren nahm ich ihre Hand und führte sie zu einer Taste. Ein heller Ton erfüllte den Raum. Ich wiederholte es mit einer anderen und noch einer, bis uns eine Melodie einhüllte. Sie war mir so nah, dass ich jede ihrer langen, dunklen Wimpern hätte zählen können.

»Ich bin jemand, der das Schlechteste im Menschen hervorbringt«, hauchte ich leise in ihr Ohr.

Ohne etwas dagegen tun zu können, strich ich mit den Lippen über ihren Kiefer. Ich war ein Idiot. Warum war ich nicht stark genug, mich gegen meine Gefühle zu wehren?

»Warum fühlt sich deine Nähe dann so gut an? Könnte es nicht sein, dass du genau das bist, was ich brauche?«, fragte sie mit heiserer Stimme.

Ich hauchte ihr einen Kuss auf den Mundwinkel. »Sag das nicht.«

»Warum denn?« Sie sah mich provokativ an.

Unsere Blicke verfingen sich ineinander und ließen alles andere zur Nebensache werden. Ich leckte mir über die Lippen, während sie ihren Kopf näher zu mir neigte.

Herausfordernd sah sie mir in die Augen. »Warum soll ich das nicht sagen, Arjan?«

»Weil ich dich will. Ich will alles von dir. Deine Liebe, deinen Schmerz, deinen Hass, deine Lust, deinen Körper und deine Seele.«

In einer schnellen, verzweifelten Bewegung neigte ich meinen Kopf zu ihr und presste meine Lippen auf ihre. Sofort explodierte in mir ein Gefühl purer Ekstase. Es rauschte wie eine Droge durch meine Adern, erfüllte jeden Zentimeter meines Körpers mit Glücksgefühlen. Mit einem Ruck zog ich sie auf meinen Schoß und legte meine Hände um ihre Hüften. Aber es reichte nicht. Ich drückte sie noch fester an mich, spürte ihren wilden Herzschlag im Einklang mit meinem.

Mein Mund glitt von ihrem, küssend bahnte ich mir den Weg zu ihrem Ohr. »Ich will dir die Welt zu Füßen legen, für dein Glück kämpfen und Lieder für dich schreiben.« Sie keuchte hörbar, bewegte sich aufreizend auf meinem Schoß, so dass mein Körper vor Verlangen glühte. »Ich will dich ficken, dich besitzen, am liebsten jede Nacht.«

Sie stieß einen tiefen Seufzer aus, als ich ihrer stummen Bitte nachkam und ihr mein Becken mit einem Stoß entgegenstreckte.

»Ich möchte, dass du meinen Namen rufst, wenn ich in dir bin, und dass du mich ansiehst, als wäre ich der Einzige.« Meine Stimme wurde rauer, als ich mich ihrem Mund näherte. »Aber vor allem will ich, dass du kämpfst. Für dich, aber noch mehr für mich. Kämpfe, wenn ich an uns zweifle, hörst du? Gib mich nicht auf, wenn ich dich wieder von mir stoße, obwohl du alles bist, was ich will. Ich kann dir nicht versprechen, dass es einfach wird. Ich kann dir nicht versprechen, dass ich dir nicht wehtun werde. Aber ich kann dir versprechen, dass ich versuchen werde, das Licht, das du in mein Leben gebracht hast, in mein Herz zu lassen.«

Ich sah ihr tief in die Augen, bevor meine Lippen wieder auf ihren landeten. Ria stöhnte in den Kuss, gab sich mir hin und streichelte meinen harten Schwanz durch den dünnen Stoff der Boxershorts. Keuchend löste ich mich von ihr.

»Ich will dich, Ria. Jede Sekunde, jede Minute, jede Stunde, jeden Tag der Woche für den Rest meines Lebens«, hauchte ich und saugte ihre Unterlippe in meinen Mund. Meine rechte Hand umfasste ihren Hals, mein Blick fiel auf ihre vor Lust verschleierten Augen. »Ich muss es hören.«

»Ich gehöre dir.«

Mit der freien Hand strich ich über den Bund ihrer Leggings, neckte sie, indem ich ein paarmal mit dem Finger hin und her fuhr, bis ich schließlich in ihr nasses Höschen glitt.

»Und jetzt fick …« Der Rest ihres Satzes ging in einem lauten Stöhnen unter, als ich zwei Finger in sie schob.

»Ja? Was wolltest du sagen? Ich habe dich wegen deines lauten Stöhnens nicht verstanden«, zog ich sie auf und beschleunigte das Tempo.

Ein schmatzendes Geräusch erfüllte den Raum, mischte sich in einem verführerischen Rhythmus mit dem Keuchen und Stöhnen, das aus ihrem Mund kam. Augenblicklich öffnete sie ihre Beine, damit ich noch schneller und tiefer in sie eindringen konnte.

Ich fingerte sie hart, schnell und unnachgiebig. Als ich merkte, dass sie gleich kommen würde, stieß ich ein letztes Mal in sie und spreizte dann die Finger, um genau die richtige Stelle zu treffen. Mit einem lauten Schrei, der mir die Eier zusammenzog, kam sie auf meiner Hand. Erschöpft und schwer atmend sank sie gegen meine Schulter.

»Ich will mehr!«, raunte ich ihr mit vor Lust vibrierender Stimme zu.

Langsam zog ich ihr die Leggings samt Höschen von den Hüften, nahm ihren rechten Fuß, stellte ihn auf den Hocker und schob das andere Bein weiter zur Seite, so dass ihre Mitte nackt vor mir schwebte.

»Fuck!«, stieß sie stöhnend aus, als ich ihren Kitzler berührte.

Ich saugte das kleine Nervenende in meinen Mund und liebkoste es spielerisch mit der Zunge. Mit den Händen drückte ich ihre Schamlippen auseinander, um meinen Mund noch enger an ihre feuchte Pussy zu schmiegen. Meine Augen glitten zu ihr hinauf, beobachteten jede Regung in ihrem Gesicht, als ich mit der Spitze meiner Zunge gnadenlos in sie eindrang.

»Arjan, bitte«, flehte sie.

»So ungeduldig, Bambi?« Grinsend erhob ich mich, strich ihr eine nasse Strähne aus dem Gesicht und zog mir erst die Jogginghose und dann die Boxershorts aus.

»Komm her«, forderte ich sie auf und setzte mich wieder.

Mit einer Hand packte ich ihre Hüfte, mit der anderen meinen harten Schwanz. Sanft zog ich sie zurück auf meinen Schoß und drang gleichzeitig bis zum Anschlag in sie ein.

Ria keuchte vor Anstrengung, während ich schon mein Becken bewegte. Da sie feucht genug war, ließ ich ihr keine Zeit, sich an meine Größe zu gewöhnen, sondern stieß sofort tief in sie hinein. Es dauerte einen Moment, bis sie sich langsam an meinen Rhythmus anpasste und mir mit jedem Stoß entgegenkam. Sanft strich sie mit den Fingern über meine Narben, küsste die Linien an Hals und Schultern und entlockte mir ein tiefes Stöhnen.

Knurrend packte ich sie fester an den Hüften. »Sieh mich an.«

Sie biss sich auf die Lippe und öffnete die Augen. Ich sah ihr so tief in die Augen, dass ich fürchtete, sie könnte bis in die dunkelsten Winkel meiner Seele blicken, aber trotz dieses seltsamen Gefühls wandte ich meinen Blick nicht von ihr ab.

»Schneller, Bambi«, feuerte ich sie an.

Ich wusste nicht, woher sie die Kraft nahm, sich noch schneller auf mir zu bewegen. Meine Stöße wurden härter, wilder, unkontrollierter. Ria verkrampfte sich und warf stöhnend den Kopf in den Nacken. Ihre Pussy schloss sich fest um meinen Schwanz. Sie stöhnte meinen Namen in die nächtliche Stille des Zimmers, es war das Schönste, was ich je gehört hatte. Und es war alles, was ich brauchte, um in ihr zu kommen. Ich verweilte noch einen Moment in ihr, bevor ich mich zurückzog.

»Warte kurz.« Achtlos hob ich ein Kleidungsstück vom Boden auf und reichte es ihr, damit sie sich säubern konnte.

Ich selbst zog mir meine Boxershorts und Jogginghose wieder an und legte ihr mein Hemd um die Schultern.

»Kann ich noch bleiben?«, fragte sie unsicher.

Sie sah dabei nicht zu mir, sondern zog ihre Unterwäsche an und knöpfte das Hemd zu.

»Solange du willst.«

»Spielst du mir noch etwas vor?« Vorsichtig schmiegte sie sich an mich.

»Sooft du willst.«

»Es ist schön«, durchbrach Ria nach einer Weile die Stille.

Sie lehnte an meiner Schulter, spielte gedankenverloren mit der Kette um meinen Hals. Immer wieder ließ sie den kleinen Schlüssel durch ihre Finger gleiten und lauschte dem Stück, das ich gerade spielte.

Noch nie in meinem Leben war ich so glücklich wie in diesem Augenblick.

Ria drückte mir einen flüchtigen Kuss auf die Wange und kuschelte sich dann wieder an meine Schulter.

»War das schon alles?«, fragte ich grinsend.

Prompt richtete sie sich abermals auf, umfasste mein Gesicht mit ihren zarten Fingern und hauchte mir einen langen Kuss auf die Lippen. Obwohl sie gerade mehrmals gekommen war, fühlte er sich viel zu intensiv an. Sofort weckte er in mir den Wunsch, sie noch einmal zu spüren. Als sie sich wieder von mir löste, blitzte dieses Feuer auch in ihren Augen auf. Sie strich über den Bund meiner Boxershorts und seufzte sehnsüchtig.

»Jetzt kannst du wieder weiterspielen«, sagte sie zufrieden.

»Ich fürchte, ich habe gerade meine ganze Inspiration verbraucht.« Ich deutete mit dem Kinn auf den Flügel. »Aber vielleicht würde es mir helfen, etwas Aufregenderes zu sehen als den glänzenden Klavierdeckel.«

Ihre Augen funkelten herausfordernd und sie strich zärtlich über das Instrument. »Was soll ich denn machen?«

»Setz dich aufs Klavier«, schlug ich vor und wartete gebannt, ob sie sich darauf einlassen würde.

Ria lächelte nervös, tat es aber, wenn auch etwas zögerlich. Ohne sie aus den Augen zu lassen, legte ich meine Finger auf die Tasten.

»Zieh dich für mich aus«, forderte ich sie leise auf.

Der Glanz in ihren Augen wurde dunkler. Langsam öffnete sie die Knöpfe meines Hemdes, streifte es von den Schultern und warf es auf den Boden. Ich beobachtete das gleichmäßige Heben und Senken ihres Brustkorbs, nahm jedes Detail des weißen, spitzenbesetzten BHs in mich auf, der ihre weichen Brüste hielt. Lächelnd stützte sie sich auf ihre Handflächen, und durch den dünnen Stoff konnte ich ihre harten, rosafarbenen Brustwarzen erahnen.

»Ich liebe es, wie du spielst«, flüsterte sie.

Ich blinzelte und fragte mich für den Bruchteil einer Sekunde, was sie meinte, dann merkte ich, dass ich intuitiv zu spielen begonnen hatte. Eine sanfte, aber raue Melodie drang an mein Ohr, als ich überrascht auf meine Finger blickte.

»Mehr«, rief ich ihr über die Klänge hinweg zu.

Genüsslich leckte ich mir über die Lippen und hörte, wie die Musik, die ich spielte, ihren Ton veränderte. Sie wurde langsamer und schwerer. Ria legte ihre langen Beine zu beiden Seiten von mir und schob ihre Füße an meiner Seite entlang. Mir stockte der Atem, als ich ihre Erregung so nah an mir roch. Meine Finger zitterten und die Töne wackelten, weil ich für einen Moment die Konzentration verlor. Ein kleines Lächeln umspielte ihre Lippen und sie wich so weit zurück, dass ich mich wieder beruhigen konnte. Verführerisch strich sie mit den Händen über ihre Seiten, dann über ihren Rücken, öffnete ihren BH und ließ den Stoff von ihrer Brust gleiten. Ich grinste verschmitzt, als sie ihn achtlos beiseitewischte, so dass er am Rand des Flügels hängen blieb. Ich genoss den Anblick ihres schönen Körpers und beobachtete begierig, wie sich ihre Brustwarzen unter meinem Blick zusammenzogen. Mit Vergnügen sah ich, wie sie sich zurücklehnte und ihr Höschen von ihren Beinen rutschte.

Ria beugte sich zu mir, ihr Mund war direkt an meinem Ohr. Ihr warmer, feuchter Atem strich über meine Wange und das Blut schoss mir in den Schwanz. Meine Hoden zuckten, aber ich ließ meine Finger auf den Tasten, anstatt ihren Körper zu erforschen. Da sie wusste, wie schwer es mir gerade fiel, mich zu beherrschen, steckte sie mir ihr Höschen in die Tasche, biss mir dann sanft ins Ohr und hauchte: »Weil ich weiß, wie sehr du das magst.«

Ich lächelte, hörte kurz auf zu spielen und bedeutete ihr, sich hinzulegen.

»Spreiz die Beine weiter für mich, Bambi!«, forderte ich, den Blick auf die Pussy der Frau gerichtet, die mich um den Verstand brachte.

Ihre Augen klebten an meinem Gesicht und ich leckte mir über die Lippen. Meine Boxershorts wurde wieder enger. Plötzlich wollte ich sie näher bei mir haben. Immer noch spielend, richtete ich mich ein wenig auf und beugte mich vor, um ihr einen Kuss auf ihr Knie zu hauchen. Sie drehte ihre Hüfte in meine Richtung und ich ließ meinen Blick über ihren Körper bis zu ihren Augen gleiten.

Langsam küsste ich ihr Bein hinauf. Ich konnte sie riechen, fast auf der Zunge schmecken. Je näher ich ihrer feuchten Pussy kam, desto mehr tropfte ihre Lust auf die glänzende Oberfläche des Klaviers. Ich beendete das Stück, als mein Kopf bereits zwischen ihren Beinen steckte.

Sofort stützte ich meine Hände auf ihre Knie ab, spreizte sie noch ein wenig weiter und nahm ihre geschwollene Klit in den Mund.

Ihr Stöhnen erfüllte die Stille, als ich den Druck erhöhte und mit der Zunge über die empfindliche Stelle strich. Dieses Mal dauerte es nur ein paar Minuten, bis sie kam. Grinsend richtete ich mich auf, zog mich langsam aus und griff nach ihrer Hüfte. »Du weißt gar nicht, wie oft ich mir das vorgestellt habe.«

Ich stieg auf das Klavier und kniete mich zwischen ihre gespreizten Beine. Sie stöhnte beim Anblick meines entblößten Schwanzes, der hart und pulsierend einen halben Meter vor ihrem feuchten Eingang schwebte. Ich schlang meine Hände um ihre Schenkel und schob mich vorwärts, bis ich meine Länge an ihrer Nässe rieb. Wir atmeten beide tief ein, als sich unsere Haut berührte. Etwas Wildes durchfuhr mich und mir wurde klar, dass ich nie genug von ihr bekommen würde. Weder in dieser Nacht noch irgendwann.

Neckend drückte ich meinen Schwanz fest gegen ihre Klit und beobachtete, wie ihr Kopf nach hinten rollte und ein lautes Keuchen über ihre Lippen kam.

»Fuck ... bitte«, flehte sie.

Ich stieß provozierend mit dem Becken zu, neckte ihre Pussy mit meinem harten Schwanz, ohne in sie einzudringen.

»Willst du nochmal?«, raunte ich in ihr Ohr.

Sie wimmerte leise bei meinen Worten und ich streckte eine Hand nach oben und zwirbelte mit zwei Fingern an ihrem rechten Nippel.

»Ich brauche dich. Bitte, Arjan«, stöhnte sie, als ich ihre Brust in meine Hand nahm und massierte.

Ich verteilte Küsse auf ihrem Hals, saugte die zarte Haut zwischen meinen Lippen und stieß immer wieder gegen ihren Kitzler.

»Ich werde dich so hart ficken, dass du nur noch meinen Schwanz in dir haben willst«, knurrte ich und packte ihre Hüften fester.

Ich war fertig damit, sie nur zu reizen. Endlich versenkte ich mich wieder in ihr, füllte sie aus und genoss das Gefühl, wie ihre warme, feuchte Pussy mich ein weiteres Mal willkommen hieß.

»Scheiße«, keuchte sie und versuchte sich verzweifelt an etwas festzuhalten, um die harten Stöße abzufedern, fand aber nur die glatte Oberfläche des Flügels.

Sie war so verdammt eng, so verdammt verführerisch.

Mit jeder Sekunde, in der ich Ria gnadenlos fickte, wurde sie lauter, schrie meinen Namen und stemmte ihre Hüften gegen meine. Ich ließ den Daumen über ihre Klit kreisen, wollte spüren, wie sie wieder kam.

»Ich liebe es, wie unersättlich du bist«, stöhnte ich, und sie sah zu mir auf, unfähig, den Schrei zu unterdrücken, der sich in ihrer Kehle bildete. Ihre Wände schlossen sich rhythmisch um meinen Schwanz.

»Fuck, Ria, verlass mich nie wieder«, hauchte ich, und nach ein paar weiteren tiefen Stößen fand auch ich die Erlösung und schwelgte in den glückseligen Nachbeben, die unsere Körper durchzuckten.

53

RIA

»Hattet ihr Sex?«, fragte Malio mit einem frechen Grinsen, als wir auf dem Rückweg waren.

Arjan hatte mir angeboten, bei ihm zu übernachten, aber ich hatte schweren Herzens abgelehnt. Ich war mir nicht sicher, ob ich noch eine Runde Sex mit ihm überstehen würde. Er hätte ein Nein sicher akzeptiert, aber ich definitiv nicht. Ich konnte nur daran denken, wie berauschend es sich anfühlen würde, wenn er wieder in mir wäre.

Mein Körper kribbelte, schickte elektrisierende Impulse durch mich hindurch und zwischen meinen Beinen sammelte sich Feuchtigkeit. Hastig schüttelte ich den Kopf, um mich von diesen Gedanken zu befreien.

»Sag schon«, drängte Malio ungeduldig.

»Vielleicht«, antwortete ich und unterdrückte ein verräterisches Lächeln.

»Ich rieche ihn an dir. Außerdem siehst du durchgefickt aus.«

Empört schnappte ich nach Luft und verpasste ihm einen leichten Hieb auf den Oberarm.

Er wackelte vielsagend mit den Augenbrauen. »Du riechst nicht nur nach ihm, sondern auch nach dreckigem Sex.«

»Schon gut, schon gut. Wir müssen das nicht vertiefen.«

»Warum nicht? Wir sind doch beste Freunde.«

»Diese Freundschaft hat Grenzen«, erwiderte ich und verschränkte wie ein kleines Kind die Arme vor der Brust.

»Ja, natürlich. Das war dir bei den anderen Typen, die du gevögelt hast, auch immer sehr wichtig. Du hast sie benotet!«, hielt mir Malio vor.

»Das war zwei, drei Mal. Außerdem war das deine Idee.«

»Brillant, ich weiß!«

Ich schüttelte fassungslos den Kopf. »Deine Ideen sind immer schlecht. Wegen dir habe ich Schrauben im Bein und eine Narbe am Ellbogen.«

Er sah mich beleidigt an. »Du tust so, als wäre ich schuld. Dabei kann ich nichts dafür, dass du das Chaos magisch anziehst und zwei linke Füße hast. Das wird Arjan noch merken.«

Ich streckte ihm die Zunge raus und folgte ihm durch die Tiefgarage zum Fahrstuhl, der direkt in sein Haus führte.

»Danke«, sagte ich vor den geschlossenen Fahrstuhltüren.

»Wofür?«

»Du weißt, wofür. Das hättest du nicht tun müssen. Du kennst ihn doch gar nicht.«

»Im Grunde ist er ein guter Kerl«, gab er zu und drückte demonstrativ einige Male auf den Knopf.

»Also genau wie du!« Ich stupste ihn mit der Schulter an. »Du magst ihn, oder?«

Er verzog das Gesicht. »Nein. Wo denkst du hin? Ernsthaft, warum sollte ich ihn mögen? Ein eingebildeter, arroganter Typ mit Geheimnissen, der alles für seine Familie und Freunde tut? Keine Chance.«

Er zwinkerte mir vielsagend zu, als sich die Türen öffneten. Einige Männer, die ich nicht kannte, winkten Malio zu und schoben sich an uns vorbei. Ich sah, wie sie sich um einen Geländewagen scharten, bevor sich die Fahrstuhltüren wieder schlossen.

Die nächsten Tage waren wie ein Traum. Der Sex mit Arjan war nicht nur gut, sondern phänomenal. Er war wild, hart, aber auch intensiv und zärtlich. Arjan hatte Recht. Er hatte mich ruiniert, denn kein Mann der Welt konnte mir auch nur annähernd das geben, was er mir gab. Die Gefühle waren so tief wie ein Ozean, und das machte mir Angst, weil mir in letzter Zeit immer wieder alles Glück entrissen worden war.

»Das war …«, begann ich, nachdem er sich von mir zurückgezogen hatte.

»Wild«, ergänzte er meinen Satz und sammelte die Kleidungsstücke ein, die auf dem Boden der Garage lagen. Weiter waren wir heute nicht gekommen.

»Lust auf eine zweite Runde unter der Dusche?« Sein Blick wanderte an meinen Oberschenkeln entlang, an denen noch immer sein Sperma klebte. »Nicht, dass ich etwas dagegen hätte, wenn du meine Markierung noch eine Weile als Accessoire trägst.«

Ich verdrehte die Augen und schlüpfte in meine Kleider. Mit dem Abklingen des Orgasmus kamen die Probleme zurück, in denen wir steckten. Er bemerkte meine veränderte Stimmung sofort. Rasch kam er auf mich zu und nahm mein Gesicht in seine Hände. »Wir werden ihn finden.«

»Sag das nicht. Versprich nichts, was du nicht halten kannst. Nicht um meinetwillen, sondern um deinetwillen. Du würdest es dir nie verzeihen, wenn du es nicht schaffst.« Das Thema kostete mich so viel Kraft. Ich musste mich zusammenreißen, um nicht ständig in Tränen auszubrechen.

Er verstummte und strich mir eine Locke aus dem Gesicht. »Ich verspreche dir, dass ich alles tun werde, um deinen Vater zu finden.«

»Das klingt schon besser.« Ich warf einen Blick auf seine Armbanduhr. »Und jetzt geh. Wir sehen uns morgen.«

Arjan drückte mir einen langen, leidenschaftlichen Kuss auf den Mund, der fast damit endete, dass wir uns wieder die Kleider vom Leib rissen. Nur widerwillig löste er sich von mir und verschwand durch die Garagentür.

Ich wartete am Auto auf Malio.

Er kam mit einem breiten Grinsen aus dem Haus und musterte mich von oben bis unten. »Wenn du über Nacht bleiben würdest, müsstet ihr es nicht in jeder Ecke des Hauses treiben.«

Ich schnaubte, schluckte die anmaßende Bemerkung hinunter und setzte mich auf den Beifahrersitz. »Wir wissen beide, dass ich Recht habe«, fuhr er fort und startete den Wagen.

»Ich erinnere dich nur ungern daran, dass heute dieses geheimnisvolle Essen ist, zu dem uns dein Vater eingeladen hat«, entgegnete ich und sah wehmütig zu, wie wir uns vom Haus entfernten.

Ich vermisste Arjan jetzt schon. Dieses Gefühl begleitete mich die ganze Rückfahrt und ließ auch nicht nach, als wir in der Tiefgarage auf den Aufzug warteten, doch es wurde von einer Panik überschattet, als ich eine Stimme hörte, die ich hier nie vermutet hätte.

Valentin.

Ich ließ Malio stehen und stürmte ins Esszimmer, um mich mit eigenen Augen davon zu überzeugen, dass mir meine Ohren keinen Streich spielten. Aber da saß er mit Samael und Camilla an einem Tisch. Sogar Ivan war da, obwohl er sich sichtlich unwohl fühlte.

Immer wieder wechselte sein Blick zwischen Samael und Valentin, als versuchte er zu verstehen, was dieses ungleiche Duo verbindet.

»Hallo Ria«, begrüßte mich Valentin, als wären wir alte Bekannte.

»Was ist denn hier los?«, kam mir Malio zuvor, der gerade neben mir an der Tür aufgetaucht war. »Was macht dieses Stück Scheiße hier?« Er zeigte auf Valentin.

»Malio! Redet man so mit Freunden?«

»Freunde? Der Typ ist nicht mein Freund. Und deiner sollte er auch nicht sein. Was hat er dir zu bieten?«

Mr. Dakarias' Gesichtsausdruck verdunkelte sich und er sprang mit einem Ruck auf. Das sonst so ordentlich zurückgekämmte dunkle Haar glitt ihm in einigen Strähnen vor die blauen Augen. »Setzt euch.«

Sein Ton war kühl und ließ keinen Widerspruch zu. Valentin lehnte sich lächelnd zurück, während Camilla mich bittend ansah. Ivan räusperte sich und warf seinem Freund einen vielsagenden Blick zu. Mr. Dakarias war das Oberhaupt der Familie, und wenn es stimmte, dass Valentin jetzt sein Geschäftspartner war, dann würde er nicht dulden, dass Malio hier so eine Szene machte. Das war Malio wohl auch klar. Schweigend ging er zu dem Stuhl, der ihm am nächsten stand, und setzte sich.

Er zog den daneben hervor und forderte: »Komm, Ria. Setz dich.«

Das Grinsen auf Valentins Gesicht wurde noch breiter, noch gemeiner, als ich Malios Aufforderung nachkam. Ich hasste es, mit diesem Arschloch, das sich für so viel schlauer hielt, an einem Tisch zu sitzen.

»Ihr habt nicht zufällig eine Ahnung, wo mein Freund Winston ist, oder?«, fragte er geradeheraus und sah mich direkt an. Wahrscheinlich dachte er, dass er meine Lüge besser durchschauen würde als Malios. Und damit hatte er Recht. Ich würde meine Gefühle nicht lange unter Verschluss halten können.

»Noch nie gehört. Soll ich auf der Straße die Augen offen halten?«, log Malio, ohne mit der Wimper zu zucken.

»Das wäre gut. Mein Freund, der neue Bürgermeister von Ashwick, befürchtet eine Racheaktion dieser seltsamen Gang«, erklärte Mr. Dakarias.

»Oh, eine Racheaktion?«, sprudelte es aus mir heraus. »Wofür denn?«

Valentins Augen funkelten gefährlich, als er sich über den Tisch beugte und mich mit einem Blick fixierte, der mir Angst machte.

»Das sind doch alte Geschichten. Ich mache mir Sorgen um meine Schwester und meine Stadt«, erzählte er ruhig. »Du hast viel Zeit mit ihnen verbracht. Ist dir etwas aufgefallen?«

Ich legte den Kopf schief und tippte nachdenklich ein paarmal mit dem Fingernagel auf den Tisch. »Nein, nichts. Ich weiß nicht, wo sich dein Freund rumtreibt.«

Mr. Dakarias legte ihm brüderlich die Hand auf die Schulter. »Keine Sorge, Valentin. Wir werden ihn finden. Ach, übrigens: Herzlichen Glückwunsch zur gewonnenen Wahl. Der Junge war sowieso kein Konkurrent.«

Mein Herz klopfte und ich ballte die Hände zu Fäusten.

»Ich weiß. Sie sind alle Versager und werden nicht lange in dieser Stadt bleiben. Das verspreche ich.«

»Du weißt, dass Unfälle passieren können, oder? Anders kriegt man die Ratten nicht aus ihren Löchern«, äußerte Mr. Dakarias mit einem fiesen Lächeln im Gesicht.

Fassungslos sah ich Malio an, der an die gegenüberliegende Wand starrte und niemanden eines Blickes würdigte. Ich sollte es ihm gleichtun und Valentins Aussage einfach ignorieren, aber ich schaffte es nicht. Ich spürte, wie der gute Vorsatz, dieses Essen auszusitzen und die Sticheleien an mir abprallen zu lassen, bröckelte und schließlich ganz verpuffte.

»Lass sie in Ruhe!«, brach es aus mir heraus. Jetzt lag die ganze Aufmerksamkeit auf mir.

Ich schluckte, versuchte, mich zu beruhigen, aber das Grinsen, mit dem Valentin mich ansah, machte mich nur noch rasender.

»Was hast du gesagt, Ria? Ich habe dich nicht verstanden.« Er genoss meinen kleinen Ausraster.

»Ich sagte, lass sie in Ruhe.« Wütend sprang ich auf. Respekt hin oder her, ich konnte keine Sekunde länger in diesem Haus bleiben. »Du bist ein Lügner, ein Verrückter und ein krankes Arschloch. Halt dich von mir fern. Und von Arjan.«

Wütend stürmte ich aus dem Zimmer, doch weit kam ich nicht. Im Flur hatte Valentin mich eingeholt und hielt mich am Arm fest. »Na, na, na. Also weißt du es. Die ganze Wahrheit, meine ich.«

»Fass mich nicht an!« Hastig riss ich mich von ihm los. »Du hast meinen Vater gefoltert und entführt. Du bist für den Unfall verantwortlich. Du hast Ava entführt und wusstest, dass Arjan mich erschießen könnte, weil er mich wiedererkennen würde.« Ich schleuderte ihm alles entgegen und stach ihm bei jedem meiner Vorwürfe in die Brust. »Du hast mich benutzt.«

Angewidert trat ich einen Schritt zurück.

Valentin applaudierte und verbeugte sich. »Einen wichtigen Punkt hast du vergessen. Aber den verrate ich dir noch nicht. Grüß meinen besten Freund und frag ihn, ob er bereit wäre, auch dich aus Liebe zu töten. Ach, er hat dir nichts von der Folter erzählt?«, fügte er mit einem breiten Grinsen hinzu, als er mein irritiertes Gesicht sah.

Er wippte auf seinen Füßen auf und ab. »Vielleicht bist du ihm doch nicht so wichtig.« Seine Miene wurde wieder ernster. »Ich will Winston.«

»Dann hol ihn dir, wenn du dich traust. Sie werden dich töten. Wo ist mein Vater?«

»Mann gegen Mann. Du hast 24 Stunden.«

»Ich mache keine Deals mehr mit dir.«

Er nickte wissend. »Ja. Du machst sie jetzt mit jemand anderem. Du hast 24 Stunden, oder dein Vater stirbt. Und zwar auf viel schlimmere Weise, als es Eleanor tat.«

54

24 Stunden. Jetzt blieben mir noch 23 Stunden und 58 Minuten, um meinen Vater zu retten.

Meine Gedanken wirbelten durcheinander und nur langsam kristallisierte sich einer aus dem Nebel heraus: Ich musste zu Arjan. Sofort.

Sobald ich die Idee zwischen all den anderen erfasst hatte, rannte ich los. Es war mir egal, dass es dunkel war. Es war mir auch egal, dass ich den Weg nach Ashwick allein zurücklegen musste.

Und es war mir in diesem Moment auch egal, ob die Brücke unter mir zusammenbrechen würde, solange ich es nur rechtzeitig zu Arjan schaffte. Mein eigenes Leben war gerade auf die Ersatzbank gerutscht, und alles, was zählte, war, meinen Vater aus Valentins Fängen zu retten, bevor es zu spät war …

Bevor ich den Aufzug erreichte, hielt mich Malio am Arm zurück: »Ria, warte.«

»Malio!«, donnerte Samaels Stimme durch das Haus. »Du bleibst hier!«

»Ria, bitte. Tu nichts Unüberlegtes.« Ein besorgter Ausdruck huschte über sein Gesicht. »Was ist passiert? Wo willst du hin?«

Natürlich spürte er, dass in den letzten Minuten etwas passiert sein musste, das mich so aufwühlte, dass ich bereitwillig die strengen Regeln seines Vaters missachtete.

»Ich muss zu ihm.« In meiner Verzweiflung schien mir nichts anderes logischer. Arjan war die Person, der ich sofort alles erzählen wollte. Von ihm erhoffte ich mir Hilfe.

Für Malio hätte ich meine Hand ins Feuer gelegt und ich wusste, dass es umgekehrt genauso war. Aber es gab etwas, das Malio über alles stellte. Etwas, für das er sogar bereit war, mich zu verlieren. Seine Familie. Das Wort seines Vaters war für ihn Gesetz.

Samael Dakarias trat in den Flur und baute sich drohend hinter seinem Sohn auf. Er legte ihm eine Hand auf die Schulter und sagte mit eisiger Stimme: »Junge, was machst du hier? Hast du mich nicht gehört? Komm zurück.«

Malios Blick traf mich sekundenlang, Bedauern blitzte darin auf, bevor er betroffen zu Boden sah. »Natürlich, Vater.« Er wandte sich bereits ab. »Ria, du kannst meinen Wagen nehmen. Der Schlüssel liegt im Handschuhfach.«

Seine Worte verursachten einen schmerzhaften Stich in meinem Herzen. Obwohl ich wusste, dass er keine Wahl hatte und jede andere Antwort schreckliche Folgen für ihn gehabt hätte, fühlte sich ein Teil von mir von ihm verraten.

Wie in Trance setzte ich mich in Bewegung, sprintete die Treppe zur Tiefgarage hinunter, die ich bisher so selten benutzt hatte, dass ich es an fünf Fingern abzählen konnte, und sprang in den Wagen. Konstant trat ich das Gaspedal durch, erlaubte mir keine Pause, keinen Gedanken an die Brücke, die ich überquerte, oder an die Dinge, die dort geschehen waren. Ich konzentrierte mich auf mein Ziel – und erreichte es.

Dorothee öffnete mir die Tür, nachdem ich das Auto achtlos neben der Haustür abgestellt und wie verrückt geklingelt hatte.

»Ist etwas passiert?«, fragte sie besorgt.

»Sind die Jungs da? Arjan?«, überging ich ihre Frage.

Jetzt, wo die erste Aufregung von mir abfiel, da ich unbeschadet mein Ziel erreicht hatte, kehrte die Panik zurück. Ich wünschte, sie würde noch eine Weile fortbleiben, denn dann würde es mir leichter fallen zu funktionieren. Je mehr ich darüber nachdachte, was Valentin gesagt hatte, desto mehr Angst hatte ich vor den Konsequenzen, die mich nach 24 Stunden erwarten würden.

»Er ist oben. Ist wirklich alles in Ordnung?«

»Ja, ja. Danke.« Schnell lief ich an ihr vorbei und sprintete die Treppe hinauf. Im dunklen Flur drang nur ein Lichtschein aus der angelehnten Tür von Arjans Büro.

Sofort eilte ich auf sie zu.

»Arjan! Ich brauche deine Hilfe!«, rief ich aufgeregt und riss die Tür auf.

Enttäuscht stellte ich fest, dass er nicht da war. Auf dem Mahagonischreibtisch stand eine dampfende Tasse Tee, was darauf schließen ließ, dass er nur kurz weg war. Ich beschloss, auf ihn zu warten. Als ich auf den Schreibtischstuhl zuging, bemerkte ich, dass die Schreibtischschublade geöffnet war. Unter einem alten Bilderrahmen stapelten sich einige Mappen. Neugierig beugte ich mich über den Schreibtisch, um das Bild besser sehen zu können. Es zeigte die Jungs mit Valentin. Das Foto stammte wahrscheinlich aus der Zeit, als sie noch Freunde gewesen waren, vielleicht sogar aus der Zeit im Heim. Vorsichtig nahm ich es in die Hand und mein Blick fiel auf die oberste Mappe. Irritiert hielt ich inne, zögerte einen Moment und nahm sie dann doch heraus. Darunter lag eine weitere. Und noch eine. Insgesamt waren es sieben. Auf jeder stand ein anderer Name.

Neo.
Ryder.
Valentin.

Sage.
Kat.
Ava.
Und meiner.

Ich holte meine Akte zwischen den anderen auf dem Schreibtisch hervor und öffnete sie. Es stand alles drin. Nicht nur oberflächliche Informationen wie Alter, Größe, Eltern, Blutgruppe oder eventuelle Allergien, sondern auch das, was eigentlich nicht so leicht zugänglich sein sollte. Da waren Zeitungsartikel über den Unfall, die Verbindung zu Dakarias, meine Albträume und die Therapiesitzungen, die ich nach einem halben Jahr abgebrochen hatte.

Arjan hatte mir im Krankenhaus erzählt, dass er Nachforschungen angestellt hatte, aber ich hatte keine Ahnung gehabt, wie umfassend sie waren. Er kannte meine dunkelsten Ängste, jedes Detail aus den Therapiesitzungen. Mir schwirrte der Kopf. Warum sammelte er all diese Informationen?

Da fiel mir ein Zettel auf, der lose in Avas Akte steckte und ein wenig herausgerutscht war. Zögernd öffnete ich den Deckel und bereute es im nächsten Moment, als ich die Überschrift las.

Vaterschaftstest

Ich überflog das Dokument kurz und ließ es keuchend fallen, als mir klar wurde, was ich gerade gelesen hatte.

»Was machst du hier?«

Arjan stand in der Tür und musterte mich mit strengem Blick.

»Was ich hier mache? Was machst du hier?« Ich hob das Blatt wieder auf und wedelte damit in der Luft herum. »Warum sagst du es ihnen nicht?«

»Das weißt du doch.«

»Du hast kein Recht dazu!«

Er kam mit großen Schritten auf mich zu und riss mir das Blatt aus der Hand. Er sammelte die Akten ein, legte sie zu dem Bild zurück in die Schublade und verschloss sie mit dem Schlüssel, den er an der Kette um den Hals trug.

Arjan blieb vor mir stehen, die Arme vor der Brust verschränkt. »Er würde sie auf Befehl seines Vaters hin töten. Es ist gefährlich. Ihre Mutter ist aus Ashwick verschwunden und hat ihren Tod vorgetäuscht, aus Angst vor diesem Mann.«

»Das weißt du doch gar nicht! Du musst es ihnen sagen! Ava muss wissen, dass Mr. Dakarias ihr leiblicher Vater ist!«

»Auf keinen Fall.«

»Bitte, Arjan.«

»Nein. Und ich gebe dir einen Rat: Schnüffle nie wieder in meinen Sachen!«, forderte er kalt und stieß mich Richtung Tür. »Dieser Raum ist für dich tabu!«

»Aber du darfst im Leben all deiner Lieben schnüffeln? Was soll das mit den Akten? Ist das eine Art Absicherung für dich? Wenn einer aus der Reihe tanzt, erpresst du ihn, oder was?«, blaffte ich zurück und riss mich von ihm los.

»Du hast keine Ahnung, also halt's Maul«, donnerte er und es war, als wären wir in der Zeit zurückgereist, die schönen Momente vergessen und durch eine aufkommende Distanz ersetzt.

»Gut!« Ich strich meine Bluse glatt und ging an ihm vorbei.

»Wo willst du hin? Ria? Warte!«, rief er mir hinterher, als ich schon die Tür erreicht hatte.

»Warum? Damit du mich erpressen kannst? Ich muss dich enttäuschen, du hast nichts gegen mich in der Hand. All diese Informationen nützen dir nichts.«

»Glaubst du das wirklich? Dass ich dich erpressen würde?« Er schüttelte ungläubig den Kopf.

»Ich weiß nicht. Warum sammelst du sonst all diese Informationen über uns?«, fragte ich verunsichert.

»Willst du wissen, warum?«, brüllte er und ich zuckte unmerklich zusammen, denn mit diesem Ausbruch hatte ich nicht gerechnet. »Weil ich nicht zulasse, dass jemandem das passiert, was mir passiert ist. Hätte ich das früher getan, wäre Eleanor noch am Leben. Sie hätten sie nicht tagelang gefoltert, sie hätten mich nicht zusehen lassen, wie sie sie vergewaltigten, folterten und misshandelten. Ich hätte sie am Ende nicht töten müssen. Wenn ich ein Arschloch bin, nur weil ich mich um dich sorge, dann ist das so und du kannst dich verpissen.«

Tränen schossen mir in die Augen und meine Sicht verschwamm.

»Ich wusste nicht …« Ich fand keine Worte, konnte keinen Gedanken fassen, denn die Trauer stand ihm deutlich ins Gesicht geschrieben.

»Urteile einfach nicht über Dinge, wenn du keine Ahnung hast, was ich verloren habe.«

Der letzte Satz traf mich wie ein Schlag und zerriss mir das Herz.

»Und jetzt hau ab«, presste er zwischen zusammengebissenen Zähnen hervor. Er stützte sich auf der Schreibtischplatte ab, als hätte ihn das Gespräch körperliche Kräfte gekostet.

»Nein!«, wisperte ich mit tränenerstickter Stimme.

»HAU AB!«, brüllte er.

»Arjan, du hast gesagt, ich soll um dich kämpfen, wenn du mich wegstoßen willst!« Ich trat einen Schritt auf ihn zu, doch er wich sofort zurück.

»Nicht jetzt! Geh einfach. GEH, VERDAMMT NOCH MAL!« Er lehnte sich schwer atmend an den Schreibtisch. »Ich kann dich jetzt nicht ertragen.«

Mein Widerstand brach in sich zusammen, gesellte sich in die Grube, in der auch schon meine Hoffnung vergraben lag. Ich nickte kaum merklich, stammelte eine leise Entschuldigung, wankte zur Tür hinaus und rannte so schnell ich konnte zu Malios Auto.

Meine Hände zitterten, ich umklammerte das Lenkrad fester und musste tief durchatmen, bevor ich mich auf die Straße traute. Vor ein paar Tagen hatte ich Arjan noch geschworen, mich nicht von ihm wegstoßen zu lassen. Aber als all das aus ihm herausgesprudelt war und ihm der Schmerz über den Verlust so deutlich ins Gesicht geschrieben stand, konnte ich seinen Anblick nicht mehr ertragen.

Konnte er jemals einen Menschen so sehr lieben wie sie? Es war nicht richtig, mir diese Frage zu stellen, mich mit ihr zu vergleichen. Was wir hatten, war nicht weniger wichtig als das, was er mit ihr hatte.

Aber hatte mein Vater nicht immer gesagt, dass es Menschen gibt, die nur einmal wirklich lieben? War Arjan so einer? Hatte er mich so oft angefleht, ihm nicht näher zu kommen, weil er Eleanor immer noch liebte?

Plötzlich bemerkte ich eine Bewegung aus dem Augenwinkel. Doch da war es schon zu spät. Etwas krachte mit voller Wucht in die Beifahrerseite. Das Auto geriet ins Schleudern. Panisch schrie ich auf und riss mit aller Kraft das Lenkrad herum, um den Wagen wieder unter Kontrolle zu bringen. Der Schreck fuhr mir bis ins Mark und ließ mich erstarren. Die Angst schnürte mir die Luft ab und ich hatte das Gefühl, Wasser auf der Zunge zu schmecken. Nach einer gefühlten Ewigkeit kam der Wagen mit quietschenden Reifen quer auf einer Kreuzung zum Stehen.

»Gott sei Dank«, murmelte ich und atmete erleichtert auf.

Ich verfiel in ein hysterisches Lachen und wischte mir mit zitternden Händen über das tränennasse Gesicht. Mit einem Mal wurde die Tür aufgerissen. Erschrocken zuckte ich zusammen und wirbelte herum. Ängstlich wich ich vor der dunklen Gestalt zurück, die mich an der Schulter packte, ein Stück Stoff hervorzog und es mir vor Mund und Nase hielt. Ich schrie auf und atmete einen beißenden Geruch ein. Im Bruchteil einer Sekunde verlor ich das Bewusstsein.

55

RIA

Nebel waberte durch meinen Kopf. Meine Gedanken wirbelten durcheinander, Bilder blitzten auf, flatterten durcheinander und verschwanden wieder im Dunst. Meine Kehle war trocken und ein bitterer Geschmack lag auf meiner Zunge. Ich schluckte mehrmals und versuchte verzweifelt, ihn loszuwerden. Gleichzeitig suchte ich in meinem Gedächtnis nach etwas, das mir Klarheit über die letzten Stunden verschaffen würde. Wo war ich gewesen? Warum dröhnte mein Schädel wie von einem Vorschlaghammer bearbeitet? Nur langsam lichtete sich der Nebel und ich erinnerte mich an einen lauten Knall.

Je tiefer ich in meinen Erinnerungen wühlte, desto verschwommener wurden die Bilder wieder. Ich stöhnte frustriert, weil mir diese spärlichen Informationen nichts nützten. Meine Augenlider waren schwer und verklebt, so dass ich sie nur mit Mühe öffnen konnte. Zischend stieß ich die Luft aus, als grelles Licht Tränen in meine brennenden Augen trieb.

Die nackte Glühbirne hing direkt über mir und warf nur einen diffusen Schein auf die Gestalt, die vor mir am Tisch saß. Sein Gesicht war zur Hälfte von einer Kapuze bedeckt. Ich blinzelte ein paarmal, meine Augen brauchten eine Weile, um sich an die seltsamen Lichtverhältnisse zu gewöhnen, und gerade als ich glaubte, mehr als einen grinsenden Mund erkennen zu können, erhob sich die Person.

»Ria«, begrüßte sie mich.

Mein Herz stockte.

»Du?« Fassungslos starrte ich den Mann an, der langsam auf mich zukam.

Ich wich auf dem Stuhl zurück, wollte mich vor der Ohrfeige schützen, die mich Sekunden später traf, doch meine Hände waren an die Stuhllehnen gefesselt.

»Redet man so mit seinen Freunden? Achte auf deinen Ton.«

Meine Wange brannte, aber ich biss die Zähne zusammen und hielt seinem eisernen Blick stand.

Die grünen Augen blitzten gefährlich, als ich ihm das Kinn entgegenstrecke. »Schade, dass du nicht mein Freund bist, Valentin.«

Die Kapuze seines Pullovers war ihm beim Ausholen vom Kopf gerutscht. Ruhig richtete er sie, ging zu seinem Platz zurück und setzte sich mir gegenüber.

»Was mache ich hier? Wo bin ich überhaupt?« Fast hätte ich erleichtert aufgeatmet, als ich bemerkte, dass meine Stimme fest und klar klang und nicht die innere Angst widerspiegelte, die mich zu verschlingen drohte.

Er lehnte sich in seinem Stuhl zurück und grinste so furchterregend, dass mir ein Schauer über den Rücken lief.

»Was du hier machst?« Er lachte laut auf. Einfach so.

Erschrocken zuckte ich zusammen und starrte ihn schockiert an.

»Wir wussten doch, dass du nie hinter den wahren Plan kommen würdest.« Er lachte schrill und der Ton seiner Stimme passte nicht mehr zu ihm. Sie erinnerte mich an jemand anderen, aber das konnte nicht sein.

»Wir?« Mein Herz hämmerte gegen meine Brust.

»Arme kleine Ria, immer ein Spielball der Könige.«

»Was redest du da, Valentin?«

Er beugte sich vor, das Grinsen auf seinem Gesicht nahm eine neue, schreckliche Dimension an, und plötzlich hatte ich Angst vor seiner Antwort. Ich fürchtete mich vor diesem Mann, den ich zu kennen geglaubt hatte und in dessen Gesicht ich nichts Vertrautes mehr erkennen konnte. Seine Züge wurden härter, seine Augen kälter.

Eine einzelne Träne lief mir über die Wange, als er den Kopf neigte und sagte: »Vaaalentin ist nicht mehr daaahaaa!« Noch nie in meinem Leben hatte ich eine solche Angst wie in diesem Moment. »Erkennst du mich?«, fragte er lächelnd. »Es war schön, deinen Vater zu quälen, er war viel zu nett. Und es war schön, dir in der Gasse so nahe zu sein. Du hättest auf uns hören sollen.«

»Wovon redest du? Val–«

Er schlug mit der flachen Hand auf den Tisch. »Ich habe dir doch gesagt, dass er nicht mehr da ist. Also hör auf, mich wie diesen Versager zu nennen.«

Es waren nur Nuancen, die sich verändert hatten. Die Haltung, die Art, wie er sprach, seine Stimme. Es klang immer noch vertraut, aber auch wieder nicht.

»Es war meine Idee, weißt du«, fuhr er fort, als hätte sich diese offensichtliche Persönlichkeitsveränderung nicht vor meinen Augen abgespielt. »Valentin wäre zu so etwas nie fähig gewesen. Der denkt nicht mit dem Kopf.« Er tippte sich mit dem Zeigefinger an die Schläfe.

»Du aber schon?«, wollte ich wissen.

»Ja. Ich bin unser Kopf.« Er strahlte. Es war absurd, auch wenn ich wusste, dass multiple Persönlichkeitsstörungen keine Seltenheit waren. Aber aus nächster Nähe zu erleben, wie ein Mensch switchte, war etwas ganz anderes.

»Wie heißt du?«

»Eh, eh, eh.« Er wackelte mit dem Zeigefinger und zog ein Handy aus der Tasche. »Das verrate ich dir jetzt noch nicht, meine liebe Ria. Wir sind doch erst am Anfang, warum willst du gleich zum Ende kommen?«

»Zum Ende?«

»Ich werde dir meinen Namen verraten, wenn du deinen letzten Atemzug machst.« Er legte das Handy auf den Tisch und breitete die Arme aus. »Das hier wird dein Grab sein.«

»Du bist verrückt.« Ich zerrte noch einmal an meinen Fesseln, doch die verdammten Kabelbinder gruben sich nur noch tiefer in meine Haut. Der Schmerz betäubte die Angst, die mir durch die Adern schoss.

Für den Bruchteil einer Sekunde wich das überhebliche Grinsen aus seinem Gesicht. Ein dunkler Schleier legte sich über seine Augen und er fixierte mich mit einem mörderischen Blick.

»Sag das noch einmal und ich schneide dir deine Zunge aus dem Mund. Sieh nur, wie ich wegen ihr die Fassung verliere«, murmelte er den letzten Satz vor sich hin. »Wir brauchen sie noch.« Er kicherte und richtete seine Aufmerksamkeit wieder auf mich. »Du wirst um Hilfe schreien, ja?«

Verwirrt von seinen Worten beobachtete ich, wie er eine Nummer auf seinem Handy wählte. Nach ein paar Sekunden hörte ich das laute Tuten des Freizeichens.

»Ja?« Ich erkannte Arjans Stimme.

»Arjan, mein alter Freund!«, begrüßte ihn Valentin überschwänglich.

Während er sich von seinem Stuhl erhob, ein Messer aus der Tasche zog und zu mir schlenderte, plauderte er munter mit Arjan weiter. »Wie geht es dir? Fehlt dir was?«

»Was willst du?« Arjans Stimme klang eisig, und wenn ich nicht schon von dem ganzen Szenario eine Gänsehaut auf den Armen gehabt hätte, würde spätestens jetzt jedes Härchen meines Körpers zu Berge stehen.

»Sag hallo, Ria!«, flötete er. »Komm, sei nicht schüchtern.« Er trat mir gegen das Schienbein und ich fluchte laut.

»Ria!«, rief Arjan und die Panik war nun deutlich in seiner Stimme zu hören.

»Ach, da haben wir ja seine Aufmerksamkeit«, freute sich Valentin und streichelte mir über die Wange. »Du hast eine Stunde, um uns zu finden, sonst ist die Kleine tot«, sang er wieder wie in einem Reim. »Und damit du mir glaubst ...«

Er hielt mir das Display des Handys unter die Nase, auf dem gerade eine Videoverbindung aufgebaut wurde. Sekunden später blickte mich Arjan an.

»Ria!« Seine Augen weiteten sich erschrocken. »Wo bist du?«

Ich zuckte hilflos mit den Schultern, soweit mir meine gefesselten Hände diese Geste erlaubten. »Ich weiß nicht, sieht aus wie ein Lagerhaus. Arjan ...«

»Das ist nicht der heiße Draht der großen Liebe«, mischte sich Valentin ein und trat hinter mich. Das Handy hielt er immer noch vor mich. »Du hast eine Stunde, um sie zu finden, Arjan. Oder sie wird sterben. Wie tragisch wäre es, zwei geliebte Menschen zu verlieren, weil du unfähig warst, sie zu retten? Was würde das mit deinem Verstand machen? Mit deiner Seele?«

Er lachte und fuhr mit der Rückseite der Klinge an meinem Hals entlang.

»Warte! Nein!«, drang Arjans panische Stimme aus dem Handy.

»Du dachtest, ich hätte dich längst gebrochen? Glaub mir, ich werde dich nicht nur brechen, ich werde dich zerstören, dir alles nehmen, was du liebst. Du wirst mich anflehen, dich zu töten.«

»Warte!«, rief Arjan verzweifelt. »Lass sie gehen. Du kannst mich haben. Räche dich, töte mich, aber lass sie gehen.«

Valentin schüttelte den Kopf. »Das wäre zu einfach.« Sein Atem strich über meine Wange und kitzelte mein Ohr, als er flüsterte: »Schrei!«

Dann rammte er mir das Messer in die Schulter.

Ein Schmerzensschrei entrang sich meiner Kehle. Heiße Tränen rannen mir über das Gesicht, als er das Messer langsam in der Wunde drehte und ein unvorstellbarer Schmerz an der Stelle explodierte.

56

ARJAN

Rias Schrei klang in meinen Ohren. Das Handy glitt mir aus der Hand und die Verbindung brach ab.

»Was zum Teufel war das?« Neo starrte mich fassungslos an.

»Was ist passiert, Arjan?«, drängte Ryder, der mich ebenfalls besorgt ansah.

»Er wird sie umbringen«, sagte Ava und griff nach Ryders Hand. »Er wird sie töten.« Ihre Stimme wurde lauter und vermischte sich mit Rias Schrei, der mir immer noch in den Ohren klang.

»Ich muss sie finden. Verdammt, ich muss sie finden!« Ich sprang vom Sofa, schnappte mir die Autoschlüssel und war schon fast an der Tür, als Dee sich mir in den Weg stellte.

»Verlier nicht den Kopf, Junge«, sagte sie entschlossen und verschränkte die Arme vor der Brust. Sie blockierte die Tür wie ein Fels in der Brandung.

»Geh mir aus dem Weg, Dee.«

»Sie hat Recht.« Neo war mir auf den Flur gefolgt. »Du hast nur eine Stunde. Du wirst sie nicht finden, wenn du nicht systematisch vorgehst.« Frustriert fuhr ich mir durchs Haar.

Ich musste ihm zustimmen. Ava war tagelang verschwunden und wir hatten sie nicht gefunden. Was konnten wir also in einer Stunde schon tun? Verzweiflung überkam mich, riss mich in die Tiefe. Ich suchte nach Halt, nach etwas, woran ich mich festhalten konnte, aber da war nichts außer purer Angst.

»Ryder hat Sage am Telefon. Er wird sich in die Kameras der Stadt hacken. Wir werden sie finden.« Neo versuchte, mir Mut zu machen.

»Ach ja, machen wir das? So wie ihr mich damals gefunden habt?« Ich hatte Ryder und Neo nie vorgeworfen, dass sie mich damals nicht gesucht hatten.

Sie hatten es ja nicht gewusst. Aber ein kleiner Teil von mir nahm es ihnen übel, dass sie die Worte meines Vaters nie hinterfragt hatten. Neos Gesicht verfinsterte sich. Dieses Thema stand zwischen uns, vergiftete unsere Beziehung wie eine faule Wurzel einen ansonsten gesunden Baum.

»Arjan, Neo, hört auf damit. Es bringt nichts, jetzt darüber zu diskutieren. Wir dürfen nicht die Nerven verlieren. Sage hat schon angefangen, ihren Rückweg zu rekonstruieren.«

»Wir werden sie nicht finden. Er wird sie töten.« Ich lief nervös im Flur auf und ab und überlegte, wie ich an Dee vorbeikommen könnte, ohne sie zu verletzen.

»Wir werden sie finden«, wiederholte Neo. »Aber ich fürchte, wir brauchen die Schmalzlocke.«

»Ich rufe ihn vom Auto aus an. Tut mir leid, aber ich kann hier nicht sitzen bleiben. Ich muss wenigstens versuchen, sie zu finden.«

Ryder seufzte, dann nickte er und wandte sich Ava zu. »Du bleibst hier bei Dee und Neo. Ich werde mit dem Motorrad losfahren und die umliegenden Lagerhäuser durchsuchen. Wenn du etwas findest, schick es uns auf die Handys, Sage.«

»Warum muss ich hierbleiben?«, stieß Neo sofort schmollend hervor. »Ich bin viel schneller als du.«

»Das ist ja das Problem«, entgegnete Ryder.

»Wunderbar, dann spiele ich eben wieder den Babysitter.«

Ich wandte mich von den beiden ab, winkte Dee zur Seite und wählte Malios Nummer. »Ich brauche deine Hilfe.«

Ohne viel Zeit zu verlieren, schloss ich die Wagentür und erklärte ihm die Situation. Wer hätte gedacht, dass es einen Moment geben würde, in der ich freiwillig um die Hilfe vom Sinner of Silverside bitten würde? Die Liebe zu einem anderen Menschen ließ einen wahrlich die verrücktesten Dinge tun.

»Ich kümmere mich darum. Wir werden dieses verdammte Lagerhaus finden.« Malio beendete das Gespräch und zum ersten Mal in den letzten fünf Minuten spürte ich so etwas wie Hoffnung. Zusammen könnten wir es wirklich schaffen.

57

Ich dachte, die Schmerzen würden mit der Zeit nachlassen. Aber das taten sie nicht.

Ganz im Gegenteil. Die Wunde in meiner Schulter pochte unaufhörlich und färbte die weiße Bluse, die ich trug, scharlachrot.

»Warum quälst du ihn so?«, flüsterte ich stöhnend und versuchte mit aller Kraft, bei Bewusstsein zu bleiben.

»Weil er es verdient. Er hat mich verlassen. Alle haben mich verlassen!« Valentins Kopf zuckte zur Seite, frustriert fuhr er sich durch die blonden Haare. »Noch nicht«, stieß er keuchend hervor. »Ich muss noch mit ihr spielen.«

Würde mich der Schmerz meiner Wunde nicht am Rande der Ohnmacht tanzen lassen, hätten seine Worte sicherlich eine neue Welle der Panik in mir ausgelöst. Ich nutzte den Moment, in dem er mit sich selbst beschäftigt zu sein schien, um erneut an den Fesseln zu zerren. Die Chance zu entkommen war nicht besonders groß, aber ich hatte in meinem Leben schon so viel durchgemacht, dass ich jetzt nicht einfach aufgeben konnte.

»Was meinst du damit?«, fragte ich verwirrt.

Sein Kopf ruckte herum, eine endlose Sekunde lang sah er mich nur an, dann verkündete er mit einem triumphierenden

Lächeln auf den Lippen: »Ich gebe dir die Chance, deinen Vater zu retten.«

»Er ist hier?« Hastig schaute ich mich in dem dunklen Lagerraum um, doch außer ein paar Regalen konnte ich nichts erkennen.

Waren wir überhaupt in Ashwick oder in Silverside? Der Gedanke, dass meine Leiche irgendwo im Nirgendwo verrotten würde, ohne dass mein Vater oder meine Freunde einen richtigen Ort zum Trauern haben würden, machte mich traurig.

»Ja, das ist er.« Schmunzelnd schob er mir das Telefon wieder zu.

Mein Vater kniete auf dem Boden vor einer Wand, die dem Grau der Lagerhalle glich. In der Mitte des Displays befand sich ein Timer. Die Uhr stand auf 30 Minuten.

»Was hat das zu bedeuten?«

»Ich werde es dir erklären. Du hast die Chance, deinen Vater zu retten, wenn du mir alle Informationen gibst, die du in den letzten Wochen und Monaten im Haus gefunden hast. Erzähl mir einfach alles.«

Fassungslos starrte ich ihn an. »Ich habe nichts gefunden.« Zumindest nichts, was sein Interesse geweckt hätte.

»Wirklich?« Er drückte auf das Display und der Countdown begann zu laufen. »Dann können wir uns ja trotzdem ein bisschen unterhalten. Ich bin sicher, dass du ein paar Fragen hast. Ich bin bereit, dir jede einzelne zu beantworten.«

»Warum?«

Er lächelte nachsichtig und schüttelte dann amüsiert den Kopf. »Warum? Weil du diese Nacht nicht überleben wirst, mein Schatz. Du wirst sterben. Du kannst es also niemandem erzählen, und irgendwie müssen wir uns ja die Zeit vertreiben.«

»Wieso ich? Wozu das ganze Theater, wenn du mich am Ende umbringen wirst?«

»Du verstehst es wirklich nicht. Du musstest es sein, weil ich bemerkt habe, wie er dich angesehen hat, als er dich aus dem Wasser gezogen hat. Ich wusste, er würde sich in dich verlieben. Also musste ich nur dafür sorgen, dass du wieder in sein Leben trittst. Und tada, ich hatte Recht!«

»Und durch meinen Vater hast du dir mein Vertrauen erschlichen?«

»Genau.«

»Die Leute im Gefängnis waren also deine Leute. Und schließlich hast du ihn entführt, um ihn jetzt als Druckmittel zu benutzen?«, fuhr ich fort.

»Gut kombiniert, Sherlock. War übrigens allein meine Idee. Valentin wäre nie darauf gekommen«, erzählte er mir voller Stolz.

Mir wurde schwarz vor Augen, aber bevor ich in die Dunkelheit abdriften konnte, schlug er mir noch einmal ins Gesicht. Die Wucht der Ohrfeige vertrieb vorerst den ersehnten Nebel aus meinem Kopf. Er kicherte zufrieden und ließ sich wieder auf den Stuhl fallen.

»Na, haben wir Probleme mit dem Blutverlust?«

Ich ignorierte seine Provokation und versuchte stattdessen, das Gespräch am Laufen zu halten. »Warum tust du ihm das an? Er hat schon einmal jemanden verloren.«

Er schien zu wissen, wen ich meinte, denn er kicherte leise in sich hinein und beugte sich über den Tisch, so dass ich die Worte, die er hauchte, nur erahnen konnte. »Ich weiß. Ich war dabei.«

»Was?« Ich schielte durch einen Tränenschleier und konnte seine Umrisse schemenhaft erkennen. »Was meinst du damit?«

»Verstehst du immer noch nicht? Ich war es.«

Mir wurde übel. »Die Entführung?«

Er nickte eifrig und klatschte begeistert in die Hände. »Ja. Aber nicht nur die Entführung. Auch die Folter und die Rettung. Bisher unser bestes Spiel.« Valentins kaltes Lachen ließ mich frösteln. »Und weißt du, was das Lustigste daran ist?«, plapperte er munter weiter.

Ich konnte ihm kaum noch folgen, geschweige denn etwas damit anfangen. Jeder Zentimeter meines Körpers konzentrierte sich auf den Schmerz in meiner Schulter. Inzwischen hatte ich nicht einmal mehr die Kraft, mich vor diesem Mann zu fürchten, in dessen Gehirn zwei Persönlichkeiten steckten, die offenbar beide grausam waren.

»Er tötet all diese Menschen in der Hoffnung, dass die Rache ihm irgendwann Erlösung bringt, aber in Wirklichkeit sind es nur Unschuldige, die seine Seele weiter in die Hölle ziehen.«

Wieder drang sein eisiges Lachen zu mir durch, schnitt sich tiefer in meinen Geist, als es jedes Messer auf meiner Haut vermocht hätte.

»Du bist krank«, wimmerte ich mit schmerzverzerrter Stimme.

»Ja, vielleicht.« Er klopfte mit dem Zeigefinger auf die Tischplatte neben dem Telefon. »Deine Zeit läuft ab.«

Ich schloss die Augen, atmete tief durch und öffnete sie wieder. Für einen Moment klärte sich meine Sicht und ich sah die Zahl auf dem Display.

4 Minuten.

Wie zur Hölle konnte die Zeit so schnell vergehen?

»Also, Ria?«

»Ich habe keine Informationen für dich. Nichts, was du nicht eh schon weißt. Bitte lass ihn gehen. Du tötest doch schon mich. Was bringt es dir, ihn umzubringen?«

Er legte den Kopf erst nach links, dann nach rechts, dachte über meine Worte nach und zuckte mit den Schultern. Mein Herz raste vor Angst, denn ich hatte absolut nichts, was ihn interessieren könnte.

3 Minuten.

»Ich bitte dich, Valentin. Er hat doch nichts getan.«

Ich starrte auf das Video, auf meinen Vater, wie er kauernd auf dem Boden bittere Tränen vergoss.

»Ria. Deine Zeit.« Er stand auf, kam auf mich zu und löste einen der Kabelbinder mit einem kleinen Taschenmesser, das er zuvor aus der Tasche seines Kapuzenpullovers gezogen hatte.

Das andere Messer hatte er in meiner Schulter stecken lassen, damit ich in der Stunde, die er Arjan als Ultimatum gesetzt hatte, nicht sterben würde. Eine Leiche konnte man schließlich nicht mehr foltern.

Eilig griff ich über den Tisch und nahm das Handy in die Hand.

»Nein.« Der Schmerz war aus meinem Körper gewichen und hatte der Panik Platz gemacht. »Bitte. Ich tue alles, was du sagst.«

»Informationen!«, forderte er ungeduldig.

»Ich habe keine«, schrie ich hysterisch.

Verzweifelt ließ ich die letzten Monate, Wochen und Tage Revue passieren. Nur eine Sache. Ich brauchte nur eine verdammte Sache.

Und als ich schon aufgeben wollte, war es plötzlich da: das Licht in der Dunkelheit, der Funke Hoffnung, an den ich mich klammerte, die einzige Information, die vielleicht ein Leben wert sein könnte. »Kat und Neo haben sich geküsst!«, sprudelte es aus mir heraus.

2 Minuten.

»Ich habe dir etwas gegeben. Verdammt, sag ihnen, sie sollen aufhören«, rief ich wütend. Valentin reagierte nicht, sondern stand nur da und schaute mich mit offenem Mund an. Verzweifelt blickte ich zu ihm auf. Aber er reagierte immer noch nicht.

Hatte er mich überhaupt gehört? Ich räusperte mich, um die Worte noch einmal zu wiederholen, als seine Hand blitzschnell vorschnellte.

»Was?« Er griff mir ins Haar, riss meinen Kopf nach hinten und brüllte: »Du lügst. Du verdammte Schlampe!«

Das Handy fiel mir aus der Hand.

»Warum sollte ich? Ich habe sie gesehen«, presste ich hervor.

»Das stimmt nicht.« Er ließ meinen Kopf los und lief vor mir auf und ab.

1 Minute.

»Bitte sag ihnen, sie sollen aufhören. Bitte, Valentin«, schluchzte ich und pure Verzweiflung ersetzte jeden Schmerz in meinem Körper.

»Ich kann nicht.«

»Was meinst du damit?«, wollte ich irritiert wissen. »Ruf sie an, gib ihnen ein Zeichen, aber tu irgendwas!«

Er lächelte kalt. Der Timer zeigte nur noch 30 Sekunden an. »Du solltest nicht alles glauben, was man dir erzählt.«

20 Sekunden.

»Ria, Ria, Ria«, begann er und das Lächeln auf seinem Gesicht verzog sich zu einer grausamen Fratze. »Ich kann es nicht aufhalten. Weil es eine Aufnahme ist.«

Ein Schuss ertönte. Der herzzerreißende Schrei, der die Stille zerriss, kam aus meiner Kehle. Etwas zerbrach in mir, zersprang in tausend kleine Teile, als mein Vater mit einem Loch zwischen den Augen auf dem Boden aufschlug.

58

Zuerst hatte ich meine Mutter verloren. Und jetzt auch meinen Vater. Ich war allein. Der Schmerz, der in mir explodierte, war mit nichts zu vergleichen. Er war brennend heiß wie das Fegefeuer und eiskalt wie der schlimmste Schneesturm.

»Vielleicht hätte ich das früher erwähnen sollen«, hörte ich Valentins Stimme aus der Ferne.

Er war tot. Tot. Tot. Egal, wie oft ich es in Gedanken wiederholte, mein Verstand wollte es nicht glauben. Ein Schlag traf meine Wange, aber ich nahm ihn kaum wahr. Ich starrte auf das Display des Handys, auf den leblosen Körper meines Vaters. Tot. Tot. Tot.

Tränen trübten meine Sicht. Ich kämpfte nicht, um sie zurückzuhalten. Warum auch?

Jemand packte mich an den Schultern und rüttelte mich, aber ich blieb in der Leere, die der Tod meines Vaters um mich geschaffen hatte.

»Ria, ich will dich!« Ich hörte Arjans Stimme. *»Aber vor allem will ich, dass du kämpfst. Für dich, aber auch für mich.«* Eine Erinnerung, ein Rettungsanker, an den ich mich klammerte, um mich nicht ganz in der Trauer zu verlieren.

Ich zuckte zusammen, verließ die betäubende Leere, die alles so viel leichter machte, und stellte mich meinem Schmerz.

Ich würde kämpfen. Jede verdammte Sekunde, die mir noch blieb, und jede, die noch kommen würde, wenn ich diese Hölle überstanden hatte. Ich würde kämpfen, mit Arjan an meiner Seite. Und gemeinsam würden wir heilen.

»Wir werden dich töten!«, schleuderte ich meine Worte mit voller Überzeugung Valentin entgegen, der für einen Moment von meinem neu erwachten Kampfgeist beeindruckt schien.

»Wir? Von wem sprichst du? Ich erinnere dich daran, dass du niemanden mehr hast.«

»Da irrst du dich. Ich habe Arjan, Neo, Ryder, Ava und Malio. Und was hast du? Deine zwei Persönlichkeiten, die sich hassen. Wer ist hier das wahre Opfer? Der Verlierer? Du hast niemanden, nicht einmal deine Schwester –«

»HALT DEIN MAUL!« Er stürzte sich im nächsten Moment auf mich. Gewaltsam drückte er meinen Kopf auf die Tischplatte und schrie hasserfüllt: »DU WILLST KÄMPFEN?«

Er zog meinen freien Arm über den Tisch und schob den Ärmel der Bluse hoch. Dann spürte ich einen stechenden Schmerz. Ich schrie, bäumte mich auf und zerrte an der anderen Hand, die immer noch an den Stuhl gefesselt war. Der Schmerz war viel schlimmer als der in der Schulter.

Mir wurde schwarz vor Augen, aber jede neue Welle, die durch meinen Körper schwappte, brachte mich zurück. Nach einer gefühlten Ewigkeit gelang es mir, meinen Kopf aus seinem Griff zu befreien und einen Blick auf meinen Arm zu werfen. Valentin musste die Klinge des Messers mit irgendetwas erhitzt haben.

Ich hatte keine Zeit, mir weiter darüber den Kopf zu zerbrechen, denn erst jetzt begriff ich, was er tat: Er schnitt mit der heißen Klinge etwas in meinen Unterarm. Es war das heutige Datum.

»Dein Todestag!«, verkündete er mit einem wahnsinnigen Funkeln in den Augen.

59

ARJAN

Der beißende Rauch stieg mir schon aus einigen Kilometern Entfernung in die Nase. Er hing schwer in der Luft und machte mir mit jedem Atemzug bewusst, dass wir zu spät waren. Ich würde sie verlieren.

»Es ist nicht mehr weit«, sagte Malio, und ich wusste nicht, ob er mich beruhigen wollte oder sich selbst.

Wir waren zu spät. Der Timer auf meinem Handy zeigte 1:10 an.

Nervös rieb ich meine nassen Handflächen an meiner Jeans ab, atmete tief durch. »Kannst du nicht schneller fahren?«

»Ich fahre schon viel zu schnell.«

Es reichte nicht. Es würde niemals reichen, um sie rechtzeitig aus diesem verdammten Lagerhaus zu bekommen.

»Er fackelt es ab«, murmelte Malio fassungslos, als die Halle als kleiner Punkt am Horizont auftauchte. Dichter, dunkler Rauch quoll aus den Fenstern.

»Ich weiß.«

Sage hatte bereits die Feuerwehr verständigt, aber ich bezweifelte, dass sie rechtzeitig eintreffen würde. Sekundenlang konnte ich nichts anderes tun, als in die immer größer werdende Rauchwolke zu starren. Valentin hatte wirklich eine Schwäche für Feuer. Das hätte mir damals schon klar sein müssen.

Als Malio den Wagen endlich zum Stehen brachte, züngelten die ersten Flammen.

Wir trennten uns und umrundeten das Lagerhaus von beiden Seiten. Ich fand ein Fenster, aus dem keine Flammen schlugen.

Mit dem Ellbogen schlug ich die Scheibe ein. Ich zog die Jacke aus, um mit ihr die scharfen Kanten und Ecken des Glases zu entfernen. Drinnen war es brütend heiß. Sofort lief mir der Schweiß den Nacken hinunter und ich hielt mir die Jacke vor den Mund. Es war schwer, sich in dem dichten Rauch zurechtzufinden.

»Ria?« Meine Stimme wurde durch den Stoff vor meinem Mund gedämpft. »Ria?«, schrie ich lauter.

Nach ein paar Minuten kratzte meine Kehle, aber ich hörte nicht auf, nach ihr zu rufen. Ich tastete mich blind durch den riesigen Raum, stieß mit Füßen und Händen gegen Gegenstände, die ich nicht einordnen konnte.

»RIA!« Mit jedem Schritt wuchs meine Verzweiflung. Sie musste hier irgendwo sein. »Ria, verdammt!«

Meine Stimme brach. Ich hustete und kniff die Augen zusammen. Der Rauch hatte sie so sehr gereizt, dass es mir schwerfiel, sie noch länger aufzuhalten.

Mein Körper würde nicht mehr lange durchhalten. Ich spürte, wie meine Kräfte schwanden, wie sich der Rauch durch den Stoff fraß und meine Kehle verpestete.

»Ria!«

»Arjan.« Ein Flüstern, leise, kaum hörbar.

Es war ganz nah, aber durch den dichten Rauch war sie kaum auszumachen. Panisch wirbelte ich herum, suchte jeden Zentimeter um mich herum ab. Es war mir egal, ob ich mich an den glühenden Eisenstangen der Regale verletzte, solange ich sie endlich fand.

Pure Glückseligkeit durchströmte mich, als ich sie entdeckte. Sie lag reglos mit dem Kopf auf einem Tisch. Ich stürzte auf sie zu, nahm ihr Gesicht in meine Hände und hauchte einen Kuss auf ihre kalten Lippen. »Oh, Gott sei Dank.«

Ihre Augen flackerten auf.

Das Braun war trüb, dennoch lächelte sie schwach, als sie mich erkannte. »Arjan.«

»Wir müssen hier raus.« Ich sah mich nach etwas um, mit dem ich ihre Fesseln lösen konnte. In der Ferne hörte ich Sirenen.

»Du … musst …« Sie hustete. »… es … rausziehen.«

»Du wirst verbluten«, widersprach ich und suchte in meiner Jackentasche nach dem Taschenmesser, das ich immer dabeihatte.

»Nicht … wenn … sie … es … rechtzeitig … schaffen.« Sie meinte den Krankenwagen.

»Scheiße. Fuck. FUCK.« Die Taschen waren leer. Ich musste es verloren haben, als ich die Scherben mit der Jacke beseitigt hatte. »Das ist Wahnsinn, Ria. Die Wunde ist zu tief.«

»Tu es!« Sie schnappte nach Luft. »Oder wir sterben beide.«

Sie griff nach meiner Hand. Eine riesige Wunde zog sich über ihren Unterarm. Ich beachtete sie nicht weiter und richtete meinen Blick auf ihr Gesicht, das mich flehend ansah. »Tu es.«

Ich packte den Griff des Messers und zog es heraus. Einen Moment lang sah ich nur Blut. So viel Blut. Sofort drückte ich meine Jacke auf die Wunde.

Da es mir nicht gelang, den Kabelbinder mit einer Hand zu öffnen, führte ich Rias Hand zur Jacke. »Drück das auf deine Wunde.«

Sie nickte, obwohl ich nicht wusste, ob sie überhaupt noch verstand, was ich von ihr wollte. Als ich sie in den Arm nahm, löste sie ihre Hand von der Wunde.

Sie streichelte meine Wange und hauchte: »Ich … liebe … dich, Arjan. Nur für den Fall …«

Mein Herz blieb stehen. Es setzte für einen Moment aus, dann durchfuhr mich ein tiefer, rauer Schmerz, als ihr Kopf zur Seite kippte.

60

RIA

Ich fühlte mich nicht tot. Ganz und gar nicht. Dazu war das unerträgliche Pochen in meinem Arm, meinem Gesicht und meiner Schulter viel zu schmerzhaft. Vielleicht war ich doch tot, hockte von nun an im Fegefeuer und fristete den Rest meines erbärmlichen Daseins in endlosen Qualen. Gründe dafür gab es jedenfalls genug.

Eine leichte Berührung strich über meine Wange. Sie war sanft und warm und weckte in mir ein Gefühl der Geborgenheit.

»Ria?« Es dauerte einen Moment, bis Arjans vertraute Stimme den wabernden Nebel in meinem Kopf durchdrang. Wenn er nicht mit mir im Höllenfeuer schmorte, konnte das nur eines bedeuten: Ich lebte noch.

Langsam, als wäre das die entscheidende Erkenntnis, die ich brauchte, um die Kraft aufzubringen, die Augen zu öffnen, schlug ich die Lider auf.

Ich blinzelte ein paarmal und sah ihn auf einem Stuhl neben meinem Bett sitzen. Auf seiner Stirn hatte sich eine tiefe Falte gebildet. Zärtlich strich er über meine Hand und gab mir einen Moment, um mich zu sammeln.

»Wo bin ich?« Ich versuchte, die Umgebung zu erfassen, aber es gelang mir kaum, die Augen offen zu halten.

»Im Krankenhaus. Erinnerst du dich an etwas?«, fragte er vorsichtig, ohne meine Hand loszulassen.

Ich wandte den Blick von ihm ab, starrte auf einen Punkt an der Decke und horchte in mich hinein. Bilder der vergangenen Stunden stiegen in mir auf. Stumme Tränen liefen meine Wangen hinunter. Einen Moment lang ließ ich es geschehen, ließ die Trauer über mich hereinbrechen, bis ich es schließlich nicht mehr aushielt und mir mit den Handflächen über die feuchten Wangen wischte.

»Ja. Zumindest an die Dinge, die passiert sind, als ich noch bei Bewusstsein war«, antwortete ich mit brüchiger Stimme.

Ich erinnerte mich an Valentins kaltes Lachen, an die Schmerzen, die er mir zugefügt hatte, an all die schrecklichen Geschichten aus Arjans Leben.

Ich erinnerte mich auch an die Angst und die große Leere in meiner Brust, weil er mir das letzte Stück Familie genommen hatte. Ich erinnerte mich an all das und bezweifelte, dass es jemals eine Zeit in meinem Leben geben würde, in der es anders sein würde.

Nur widerwillig senkte ich meinen Blick wieder auf Arjan. Jetzt verstand ich ihn. Ich begriff, warum er es vorzog, jede Art von Liebe aus seinem Leben zu verbannen. Der Schmerz des Verlusts war unerträglich – eine bleibende Narbe auf der Seele.

»Was hat er gesagt?« Ryders Worte rissen mich aus den düsteren Gedanken, die mich von nun an wohl immer begleiten würden.

Ava stieß einen empörten Laut aus und schlug Ryder auf den Oberarm. »Das ist doch nicht dein Ernst, oder? Ich dachte, du hättest einen Funken Einfühlungsvermögen.«

Er drehte sich demonstrativ zu ihr um und stemmte die Hände in die Hüften. »Entschuldige bitte, das habe ich!« Dann wandte er sich wieder uns zu und zuckte gleichzeitig mit den Schultern. »Wir müssen wissen, was er vorhat.«

Ich schaute die Jungs abwechselnd an. »Soll das heißen, er wurde nicht gefasst?«

Arjan schüttelte betroffen den Kopf. »Er war längst weg, als Malio und ich am Lagerhaus ankamen.«

»Malio?« Bis jetzt hatte ich keine Ahnung gehabt, dass er an meiner Rettung beteiligt gewesen war.

Sofort sah ich mich nach meinem besten Freund um.

»Er ist nicht hier. Sein Vater hat ihn zurückgerufen«, sagte mir Arjan.

Ich spürte wieder einen Stich in der Brust, der aber nachließ, als Arjan meine Hand drückte. Ob er ahnte, was in mir vorging? Er hatte bereits einen besten Freund verloren und wusste nicht, wie sehr dieser für das Leid in seinem Leben verantwortlich war.

Ich räusperte mich und blickte wieder in die Runde. »Es gibt ein paar Dinge, die ich euch sagen muss.«

»Bist du sicher, dass du schon so weit bist?« Arjan sah mich besorgt an.

»Die Erinnerungen sind noch frisch. Ich will nichts vergessen, was euch helfen könnte.«

Also begann ich, die Hölle, durch die ich gegangen war, noch einmal zu durchleben. An der einen oder anderen Stelle musste ich innehalten, mir die Tränen wegwischen oder tief durchatmen. Während ich erzählte, ließ Arjan meine Hand keine Sekunde los.

In den Momenten, in denen ich glaubte, vor Schmerz zu zerbrechen, gab er mir die Kraft, weiter zu erzählen, indem er mit seinem Daumen sanft über meinen Handrücken strich.

»Was meinst du damit, er hat sich verändert?«, wollte Neo wissen.

»Er hat eine Persönlichkeitsstörung. Ist euch das nicht aufgefallen?«

Besorgnis lag in Neos Augen. Er sah Arjan an. »Wusstest du das?«

Arjan zögerte, was Neo ein lautes Schnauben entlockte. »Natürlich wusstest du davon. Warum hast du uns nichts gesagt?«

»Ich war mir nicht sicher. Es gab Anzeichen, aber bevor ich mich darum kümmern konnte ... Du weißt, was dann passiert ist«, sagte Arjan.

Ryder, der sich bisher bedeckt gehalten hatte, trat ans Bett. »Er hat sich also die letzten Jahre in seinem eigenen Wahnsinn verloren und will sich jetzt für etwas rächen, das wir nicht getan haben?«

»Ich denke ...«, meldete sich Ava zu Wort und gesellte sich zu den anderen. Sie schmiegte sich an Ryder, als könnte sie es nicht ertragen, auch nur eine Sekunde nicht in seiner Nähe zu sein. »... es ist ein Zusammenspiel von mehreren Dingen. Zum einen fühlt er sich von euch verraten, schließlich wart ihr seine besten Freunde. Ihr dürft nicht vergessen, dass er davon ausgeht, dass ihr ihn ins Gefängnis gebracht habt.« Ihr Blick glitt zu Neo. »Außerdem habe ich das Gefühl, dass Kat auch eine wichtige Rolle in dieser Sache spielt, aber ich habe noch nicht herausgefunden, welche. Weißt du etwas, Neo?«

Sofort nahm er eine abwehrende Haltung ein, was meinen Verdacht bestätigte, dass er mehr wusste, als er zugeben wollte. Ich fragte mich, ob Ryder und Arjan auch Bescheid wussten und Ava und mich außen vor ließen, um uns zu schützen. Aus der Art, wie die drei sich immer wieder kurze Blicke zuwarfen, konnte ich nur erahnen, dass noch weitere Geheimnisse im Dunkel ihrer Vergangenheit schlummerten.

»Warum sollte ich mehr darüber wissen?«, blaffte Neo und zum wiederholten Mal bemerkte ich, wie allein die Erwähnung ihres Namens seine Stimmung beeinflusste.

»Ryder hat mir erzählt, dass ihr damals gut befreundet wart.«

Neo zog eine Augenbraue hoch. »Ach, hat er das? Ich war nicht enger mit ihr befreundet als der Rest der Gruppe. Sie war Valentins Schwester, und es war unvermeidlich, dass wir Zeit miteinander verbrachten. Ob wir wollten oder nicht. Und da wir im gleichen Alter waren, fiel mir diese lästige Aufgabe zu.«

Er log. Ich hatte gesehen, wie er sie angesehen hatte, wie sie sich damals im Foyer geküsst hatten und wie viel es ihn gekostet hatte, sie dazu zu bringen, ihn zu hassen.

»Ich fürchte, Ava hat Recht.« Arjan seufzte und drehte sich wieder zu mir. »Ich muss Sage anrufen. Ist es in Ordnung, wenn ich kurz rausgehe?«

Vorsichtig, als fürchtete er, ich würde unter dem Verlust seiner Berührung zusammenbrechen, löste er seine Hand von meiner. Die fehlende Wärme ließ mich sofort innerlich frösteln.

Ich schluckte den dicken Kloß in meinem Hals hinunter, der mir sofort die Luft abschnürte, und stotterte: »Natürlich. Geh ruhig.«

Er war schon aufgestanden, als er sich mit einem entschlossenen Blick zu mir umdrehte. »Ich lasse dich nicht allein.«

Ich nickte stumm und kämpfte gegen die Tränen an, die sich bei seinen Worten wieder in meinen Augen sammelten.

»Wir machen uns jetzt auch auf den Weg. Ava hat heute Nachtschicht an der Tankstelle und wir, äh, wollen noch ein paar Dinge erledigen.«

»Aha! Dinge also. Zum Beispiel Blumen pflanzen, oder so?«

Avas Wangen färbten sich rosig und sie warf Neo einen vernichtenden Blick zu.

»Ja, so was in der Art«, antwortete Ryder mit einem anzüglichen Grinsen, das Ava noch mehr erröten ließ.

»Danke, dass ihr gekommen seid«, verabschiedete ich mich erschöpft.

Immer wieder fielen mir die Augen zu. Die letzten Minuten waren anstrengend gewesen. Es hatte unglaublich wehgetan, über den Tod meines Vaters zu sprechen – so sehr, dass ich fürchtete, nie wieder glücklich sein zu können, aber dann hatte ich Arjan angesehen und mich daran erinnert, dass er in derselben Dunkelheit gefangen war. Ich wollte keine Geheimnisse mehr vor ihm haben, also musste ich ihm heute die Wahrheit über seine Entführung erzählen.

Ava kam um das Bett herum und umarmte mich. »Danke, dass du gekämpft hast. Ich möchte nicht noch eine Freundin verlieren.«

Ich erwiderte die Umarmung und flüsterte so leise, dass nur sie es hören konnte: »Wir werden sie aus seinen Fängen befreien, das verspreche ich. Ich glaube, sie ist in Gefahr.«

»Ich weiß«, bestätigte Ava mit einer Traurigkeit in der Stimme, die deutlich machte, wie viel Kat ihr bedeutete.

Als sie mit Ryder und Arjan den Raum verließ, blieb ich mit Neo allein zurück.

»Er mag dich wirklich«, erwähnte er nach einer Weile.

»Ich mag ihn auch«, gab ich zu.

Neo nickte wissend und stützte sich mit den Ellbogen auf das Bettgestell. »Ich hoffe, wir können die Sache mit Valentin bald klären, damit ihr ohne Angst glücklich werden könnt.«

»Gilt das auch für euch?«

Er runzelte die Stirn. »Was meinst du damit?«

»Du und Kat.«

»Du bist wohl auf den Kopf gefallen. Ich weiß nicht, was du meinst.« Sofort strafften sich seine Schultern.

Ich zögerte, unsicher, ob ich die nächsten Worte wirklich aussprechen sollte.

»Was ist?«, fragte Neo besorgt, denn mein Zögern war ihm nicht entgangen. »Gibt es noch etwas, das ich wissen sollte?«

Erst jetzt, als ich wieder klar denken konnte, wurde mir bewusst, dass ich ihn und Kat ans Messer geliefert hatte. So wie Valentin reagiert hatte, war es ein Fehler gewesen. Ich war mir jetzt sicher, dass die Information ein Trigger für ihn gewesen war, aber den Grund dafür konnte ich mir nicht erklären.

»Ich habe Valentin von eurem Kuss erzählt.«

Ich hatte erwartet, dass er ausflippen, aus dem Zimmer stürmen oder alles abstreiten würde. Aber damit, dass ihm jede Regung aus dem Gesicht glitt und er mich erschrocken ansah, hatte ich nicht gerechnet. Ich hatte ihn in brenzligen Situationen erlebt, aber so aufgelöst hatte ich Neo noch nie gesehen.

»Du hast was?« Er schrie nicht. Im Gegenteil, seine Stimme klang brüchig, als würde ihn eine innere Angst in zwei Hälften reißen.

Schmerz trübte seine Augen. Ich wünschte, er würde mich anschreien, mir etwas an den Kopf werfen, wie er es immer tat, wenn er wütend oder enttäuscht war, aber von seiner Impulsivität, die ihm dann normalerweise buchstäblich um die Ohren flog, war nichts zu sehen.

»Ich habe versucht, meinen Vater zu retten«, erklärte ich, doch das änderte nichts an seinem Gesichtsausdruck.

Da war kein Verständnis, keine Wut. Nur Schmerz. Eine tiefe Traurigkeit, als hätte ich den bevorstehenden Tod prophezeit. So unausweichlich wie das Ende der Welt. Seine ganz persönliche Apokalypse.

Seitdem Arjan zurückgekommen war und sich neben mich ins Bett gelegt hatte, hatte ich kein Wort mehr mit ihm gewechselt. Neos Reaktion steckte mir noch in den Knochen. Er war wortlos aus dem Zimmer gestürmt und hatte seitdem auf keine meiner Nachrichten reagiert. Nervös spielte ich mit einem Zipfel der störrischen weißen Bettdecke. Nur mit Mühe gelang es mir, die Gedanken an Neo beiseitezuschieben und mich auf das bevorstehende Gespräch zu konzentrieren.

»Was ist los? Hast du Schmerzen?«, fragte Arjan besorgt, als ich mich zu ihm umdrehte.

»Nein, es ist nur ...« Meine Stimme brach und ich suchte nach den richtigen Worten.

Wie sollte ich jemandem erklären, dass seine verzweifelte Suche nach Erlösung nur eine große Lüge war? Dass alles, wofür er gearbeitet hatte, hinfällig war? Dass die Männer, die er für sein Leid verantwortlich machte, unschuldige Menschen waren? Wie sagte man dem Mann, den man liebte, dass er ein ahnungsloser Bauer im kranken Spiel eines anderen war?

Die Antwort war: Es gab keinen richtigen Weg. So oder so würde es ihm den Boden unter den Füßen wegziehen.

»Ria.« Besorgt nahm er mein Gesicht in seine Hände. »Was ist los?«

In seinen grauen Iriden brach ein Sturm los. Eine Mischung aus Sorge und Verzweiflung verschleierte seinen Blick. Trotz der Kontaktlinsen erinnerten sie mich in diesem Augenblick an die tiefen blauen Seen, die mich in der Nacht des Unfalls mit voller Traurigkeit angesehen hatten, bereit, für die Fehler, die er begangen hatte, einzustehen.

In jener Nacht hatte er mich gerettet und mir im gleichen Atemzug Rache gewährt. Ich hatte damals einen anderen Weg gewählt, obwohl die Erinnerung an jenen Moment, in dem sich unsere Blicke für den Bruchteil einer Sekunde getroffen hatten, jahrelang Stoff für meine Albträume war. Nie hätte ich gedacht, dass der Verlust meiner Eltern ausgerechnet an seiner Seite weniger schmerzhaft sein würde. Vielleicht war es das Schicksal, das uns damals zusammengeführt hatte – und unsere zerbrochenen Seelen in diesem Moment verbunden hatte, weil es gewusst hatte, dass wir den jeweils anderen brauchten, um zu heilen.

Ich nahm seine Hand, verschränkte meine Finger mit seinen. Plötzlich wirkte er noch nervöser. »Ich muss dir etwas sagen.«

Und dann erzählte ich ihm all die furchtbaren Sachen, die Valentin mir anvertraut hatte. Er unterbrach mich kein einziges Mal.

Er lag einfach neben mir, in sich gekehrt und lauschte den schrecklichen Dingen, die ich ihm offenbarte.

»Es tut mir so leid, Arjan«, schloss ich atemlos.

Sanft löste er seine Hand aus meiner und stieg wortlos aus dem Bett.

»Was tust du da?«, fragte ich panisch, besorgt, ihn mit der Wahrheit endgültig verloren zu haben.

Mit dem Rücken zu mir gewandt verharrte er vor dem Bett.

»Du willst doch sicher, dass ich gehe. Du weißt jetzt, was für ein Monster ich bin. Ich habe mich täuschen lassen. Mich benutzen lassen.« Er lachte bitter. »Ich hätte es wissen müssen. Es hat sich nie wie Erlösung angefühlt. Bei keinem von ihnen. Wie denn auch, wenn sie unschuldig waren? Ich bin ein Monster, Ria. Ich komme in die Hölle und ich will nicht, dass du mich auf dieser Reise begleitest.«

Hastig richtete ich mich auf. Mein Körper ächzte unter den Schmerzen der schnellen Bewegung, trotzdem griff ich keuchend nach seiner Hand, um ihn am Gehen zu hindern.

»Dass er dich fast umgebracht hat, ist auch meine Schuld«, fuhr er fort, und ich war mir nicht sicher, ob der Hass in seiner Stimme gegen Valentin oder gegen ihn selbst gerichtet war.

»Ich habe mich auch von ihm benutzen lassen. Arjan, du kannst jetzt nicht gehen.«

»Nenn mir einen Grund, warum ich hierbleiben sollte. Jetzt zu gehen ist die einzige richtige Entscheidung in meinem Leben«, antwortete er bitter.

»Dann werde ich ohne Sinn und Verstand durch die Welt irren, immer auf der Suche nach meinem Zuhause. Aber ich werde es nicht finden, denn du bist mein Zuhause. Du bist der Ort, an dem ich so sein kann, wie ich bin, mit all den kaputten Teilen meiner abgefuckten Seele. Bei dir fühle ich mich wieder ganz. Es tut weniger weh«, gestand ich und konnte die Tränen nicht länger zurückhalten.

Meine Hand zitterte so sehr, dass sie von seinem Arm glitt. Jetzt konnte ihn nichts mehr aufhalten, obwohl mein kläglicher Versuch, ihn festzuhalten, ihn sicher nicht davon abgehalten hätte zu gehen, wenn er es wirklich gewollt hätte. Langsam drehte er sich zu mir um, fiel auf die Knie und umschloss mein Gesicht mit seinen Händen. Er sah mir in die Augen und zog dann meinen Kopf näher zu sich heran. Voller Verzweiflung landeten seine Lippen auf meinen. Ein Kuss, der mehr sagte als tausend Worte. Ich verstand jeden seiner ungesagten Sätze und erwiderte den Kuss mit dem stillen Versprechen, das er brauchte. Ich würde nicht gehen, egal wie steinig der Weg auch sein mochte.

Als er sich schwer atmend von mir löste, wischte ich ihm eine einzelne Träne aus dem Gesicht und legte meine Hand auf seine Wange. Er schmiegte sich in die Berührung und hauchte zärtliche Küsse in meine Handfläche.

»Lass uns nach Hause gehen«, wisperte ich in die Stille hinein.

Ich spürte, wie sich seine Lippen an meiner Haut zu einem leichten Schmunzeln verzogen, dann hob er den Kopf und sah mir tief in die Augen. »Ich bin dort zu Hause, wo du bist, Bambi!«

61

RIA

Zwei Wochen später

Es hieß, die Zeit heilt alle Wunden. Das war eine verdammte Lüge. Manchmal genügte eine Melodie, ein Lied, ein Ort, ein Geruch oder nur ein Wort, das man in einem einfachen Gespräch aufschnappte, um die schmerzhaften Wunden wieder aufzureißen.

Diese kleinen Dinge setzten sich im Kopf fest und hinterließen dunkle Flecken auf der Seele. Es tat weh. Immer wieder. Für den Rest des Lebens.

Ja, manche Wunden heilten mit der Zeit, andere nicht. Egal, wie sehr man es sich auch wünschte.

Ich schloss das verzierte Buch, in das ich seit dem Tod meines Vaters meine Gedanken geschrieben hatte. Es war eine Idee meiner Therapeutin gewesen. Ich wusste nicht, ob es half, aber jedes Mal, wenn mich die Traurigkeit überkam, nahm ich es zur Hand.

»Bist du bereit?« Arjans Blick traf meinen im Spiegel.

»Ich weiß nicht.« Ich fummelte an meinem Kleid herum, zog die Träger über das Pflaster, unter dem sich die große Narbe befand.

»Du siehst wunderschön aus.«

Wieder sah ich ihn im Spiegel an und zog eine Augenbraue hoch. »Natürlich.«

Mit wenigen Schritten war er bei mir und schlang seine Arme um meine Taille. Zärtlich strichen seine Finger über die Narbe auf meinem Unterarm – jene, die das Datum meines Todes bezeugen sollte.

»Schäm dich nicht. Du musst sie mit Stolz tragen«, flüsterte er mir ins Ohr.

Ich erschauerte unter seiner Berührung. Seine Lippen fuhren meinen Nacken entlang, liebkosten meinen Hals und beendeten ihre kleine Reise schließlich auf meinem Mund. Stöhnend gab ich mich ihm hin, genoss das raue Gefühl, als sich seine Zunge zwischen meine Lippen drängte.

»Musst du da wirklich hin?«, fragte er, nachdem er den Kuss unterbrochen hatte.

Ein stummes Flehen lag in seinen Augen, die jetzt vor Verlangen glänzten.

»Ava würde mich umbringen, wenn ich es nicht täte.« Ich nahm trotz seiner Proteste die Strickjacke von der Stuhllehne.

Ich war noch nicht bereit, die Wunden dieser schrecklichen Nacht offen zu tragen.

Arjan hielt mich zurück, bevor ich die Jacke anziehen konnte. »Sieh mich an, Ria!«

Widerwillig drehte ich mich um.

Er nahm mein Gesicht in seine Hände und schaute mir tief in die Augen. »Diese Narben sind kein Makel, sondern Trophäen. Sie sind der Beweis dafür, dass es diesem Bastard nicht gelungen ist, dich zu brechen.«

Tränen stiegen mir in die Augen. Ich schluckte sie schnell hinunter, damit er nicht sah, wie schwach ich war, aber eine löste sich von meinen Wimpern und lief über meine Wange.

Er wischte sie mit dem Daumen weg, nahm meine Hand und legte sie mir auf die Brust. »Hier tut das Heilen am meisten weh, Bambi.«

Seine Stimme hatte einen traurigen Klang angenommen, und ich wusste genau, dass diese Worte nicht nur mir galten, sondern auch ihm. Jetzt, wo er die Wahrheit über seine Entführung kannte, schien auch er endlich heilen zu können. Wir waren beide gebrochen, standen mit den Händen voller Scherben vor unseren eigenen Dämonen und fühlten uns gerade deshalb verbunden.

»Ich weiß. Aber wir schaffen das, oder? Ich meine, zusammen?«

Er führte meine Finger an seine Lippen, küsste einen Knöchel nach dem anderen und glitt anschließend sanft über das eingeritzte Datum an meinem Arm.

»Solange du willst«, hauchte er gegen meine Haut, die unter seiner Berührung pulsierte.

»Wollen wir noch einen Kaffee trinken gehen?«, fragte Ava, als wir gemeinsam die Traumatherapie verließen.

Sie hatte sich an mich geklammert und wartete gar nicht erst auf eine Antwort, sondern zog mich direkt ins Café um die Ecke. Die Therapeutin hatte gesagt, wir sollten uns nach den anstrengenden Sitzungen etwas gönnen – eine Art Belohnung dafür, dass wir uns unseren Ängsten gestellt haben. »Dasselbe wie immer?« Sie deutete auf den Tresen.

Ich nickte und setzte mich an den Tisch am Fenster. Meine Gedanken waren noch bei der heutigen Besprechung, als ich auf der anderen Seite eine bekannte Gestalt entdeckte.

»Was ist los?« Ava kam mit zwei dampfenden Tassen an den Tisch.

Der süße Duft von Karamell stieg mir in die Nase.

»Ich glaube, ich habe gerade Neo gesehen«, erzählte ich ihr.

»Wo?« Ava setzte sich auf den Stuhl mir gegenüber.

»Er ist in der Gasse verschwunden.« Ich deutete auf eine dunkle Seitenstraße, die ins Rotlichtviertel führte.

»Was? Dort? O Gott. Hoffentlich holt er sich da nichts.«

Ich kicherte und löffelte den Milchschaum von meinem Cappuccino. »Warst du schon mal in dieser Gegend? Da gibt es ein paar zwielichtige Kneipen. Vielleicht betrinkt er sich dort.«

Besorgnis spiegelte sich in ihrem Gesicht wider. »Im Moment ist er merkwürdig, findest du nicht?«

Ich dachte an die letzten Tage zurück und zuckte mit den Schultern. »Mir ist nichts aufgefallen.« Grinsend hielt ich ihr mein Handy unter die Nase. »Siehst du das? Er lädt Arjan immer noch jedes Mal in die Gruppe ein.«

»Ja, inzwischen ist es wirklich ein Running Gag geworden«, antwortete Ava mit einem Lächeln. Dann wurde sie wieder ernster. »Ist dir nicht aufgefallen, dass er immer seltener zu Hause ist? Außerdem gerät er immer öfter mit den anderen aneinander, weil er total gereizt ist.«

»Ach, das meinst du.« Ich nickte zustimmend. »Ja, das ist mir auch schon aufgefallen. Aber ich habe mir nichts dabei gedacht. Streit kommt in den besten Familien vor.«

»Würde es dir etwas ausmachen, wenn wir uns die Getränke zum Mitnehmen geben lassen und ihm folgen?«, fragte Ava und klimperte mit ihren langen, dunklen Wimpern. »Ich mache mir wirklich Sorgen. Außerdem geht Ryder der ganze Stress auf die Nerven. Ich will einfach nur, dass alles wieder so wird wie früher. Also mit dir, aber ohne diese Spannungen.«

»Gut. Abgemacht. Aber nur, wenn du mir auch einen Donut mitbringst.«

Eigentlich hätten wir längst zu Hause sein müssen. Auch wenn es um Valentin ziemlich ruhig geworden war, sahen es die Jungs nicht gern, wenn wir nach Einbruch der Dunkelheit allein durch die Straßen tigerten – schon gar nicht in diesem

Viertel, wo es von Betrunkenen, Prostituierten, Zuhältern und Freiern nur so wimmelte. Umso mehr fragte ich mich, was ausgerechnet Neo hier wollte. Es war nicht gerade der ideale Ort für eine Verabredung.

»Wo ist er?«, wollte Ava wissen und versuchte, sich nicht anmerken zu lassen, wie schrecklich sie diesen Ort fand.

»Keine Ahnung.«

Mein Handy klingelte und ich war nicht überrascht, als ich Arjans Namen auf dem Display sah.

»Wo zum Teufel seid ihr?«

»Hallo Liebling, ich bin auch froh, deine Stimme zu hören«, säuselte ich ins Telefon, um ihn für die unhöfliche Begrüßung zu triezen.

»Das ist nicht lustig, Ria. Wo seid ihr?«

»Wir haben noch etwas zu erledigen. Wir sind aber gleich da«, wiegelte ich ab, ehe er noch auf die Idee kommen würde, die Praxis unserer Therapeutin auseinanderzunehmen.

»Was heißt ›gleich‹?« Wenn ich es nicht besser wüsste, hätte ich gesagt, dass er verzweifelt klang. »Er ist schon da«, fügte er leiser hinzu.

Das erklärte seine Ungeduld. Malio konnte ein sehr ungemütlicher Gast sein, wenn man ihn zu lange warten ließ. Wir hatten beschlossen, Ava und Malio heute zu sagen, dass sie Halbgeschwister waren.

»Dann biete ihm doch einen Kaffee an«, schlug ich vor und unterdrückte ein Kichern.

Ava war inzwischen vor einer schäbigen Bar stehen geblieben und spähte durch eines der schmutzigen Fenster.

»Und?«, fragte ich sie, ohne das Telefonat mit Arjan beendet zu haben.

»Hörst du, Loverboy, sie hat gesagt, du sollst mir einen Kaffee anbieten«, hörte ich Malio am anderen Ende.

Jetzt konnte ich mir das Lachen nicht mehr verkneifen und es brach unkontrolliert aus mir heraus.

»Hol dir deinen Scheißkaffee gefälligst selber, *Loverboy*«, antwortete Arjan kalt. »Siehst du, wie nervig er ist? Hallo? Lass das!«, fauchte er und ich hörte Malio lachen.

»Was ist los?«

Obwohl die Frage an Ava gerichtet war, die mich am Ärmel zupfte, weil ich auch durch das Fenster schauen sollte, antwortete Arjan an ihrer Stelle: »Er stopft Merlin mit Leckerlis voll!«

»Stell dich nicht so an«, gab ich zurück und stellte mich auf die Zehenspitzen, um an Ava vorbeisehen zu können. »Merlin kann ein paar –«

Abrupt hielt ich inne.

»Ria? Was ist los?« Seine Stimme stieg ein paar Oktaven höher.

Ava und ich starrten uns an.

»Arjan, ist Winston noch im Keller?«

»Ja, natürlich. Neo hat in den letzten Tagen versucht, etwas aus ihm herauszubekommen«

»Guck bitte nach«, bat ich ihn, obwohl ich die Antwort bereits kannte.

Murrend hörte ich ihn die Treppe hinuntergehen. Ab und zu wechselte er ein paar Worte mit Malio.

»Ria!«, rief er laut ins Handy. »Er ist nicht da. Woher wusstest du –«

Ich unterbrach ihn schroff. »Sie sind hier.«

»Wer?«

»Alle. Valentin, Winston und ...«

»Wer noch, Ria?« Der panische Ton seiner Stimme machte deutlich, dass er es längst wusste.

»Neo.«

ENDE

NACHWORT

Erwartest du wieder eine Nachricht von mir?

Eine verzweifelte Bitte, mir endlich zu vertrauen?

Nein, das tust du nicht, denn du hast dich längst entschieden ...

Diesmal stehst du nicht an meiner Seite.

Aber hast du das jemals getan? Oder waren all deine Worte am Ende doch nur eine erbärmliche Lüge?

Nein, Gänseblümchen, dies ist wirklich keine Bitte, kein Versuch, dich von meiner Unschuld zu überzeugen.

Warum auch?

Wenn ich doch längst etwas habe, das dich daran erinnern wird, auf welche Seite du gehörst.

Denn eines hast du in diesem gnadenlosen Spiel um alles oder nichts völlig aus den Augen verloren: dein Herz.

– *Valentin*

Danksagung

Wieder schiebe ich diesen Teil bis zum letzten Moment vor mir her, weil mir wie immer die Worte fehlen. Arjans Reise mit all ihren dunklen, aber auch hellen Momenten ist zu Ende und hinterlässt in mir eine Leere, die ich nicht für möglich gehalten hätte. Ich habe nicht gemerkt, wie viel mir diese Geschichte bedeutet, bis ich »ENDE« unter das letzte Wort geschrieben habe.

Jetzt stehen wir kurz vor dem großen Finale, und ich weiß nicht, was ich sagen soll, um euch auf den nächsten Band vorzubereiten. Er wird düster sein, wenn nicht sogar tiefschwarz.

Aber das ist eine Danksagung und nicht der Vorbote der Hölle.

Ich habe einigen wunderbaren Menschen zu danken – Menschen, ohne die Band 2 nie das geworden wäre, was er heute ist.

Allen voran meine Mutter, meine Familie und meine beste Freundin, weil sie 100-prozentig hinter dem stehen, was ich mache, egal wie dunkel es auch ist. <3

Ein großes Lob geht an meine Testleser. Euer Feedback hat einen großen Teil zu dieser Geschichte beigetragen. Für Teil 3 wünsche ich euch ganz starke Nerven.

Natürlich dürfen auch die guten Feen im Hintergrund nicht fehlen. Danke an Jaqueline für das unglaublich schöne Cover. An Rieke, die das Beste aus dem Manuskript herausgeholt hat. Und nicht zuletzt an Lilly für den grandiosen Buchsatz.

Zu guter Letzt der vielleicht größte Dank an die wichtigsten Menschen da draußen: an euch.

Danke, dass ihr auch Arjan eine Chance gegeben und euch auf diese Reise eingelassen habt.

Danke, dass ihr mich so tatkräftig in den sozialen Medien unterstützt. Das ist nicht selbstverständlich und ich weiß das sehr zu schätzen.

Natürlich wäre ich nicht ich, wenn ich Neo nicht das letzte Wort überlassen würde.

NEO:

Endlich! Ihr musstet so lange auf meine Geschichte warten,
aber ich verspreche euch: Es war jede Sekunde wert.
Denn meine Abgründe werden euch zerbrechen, euch fassungslos zurücklassen und jeden Winkel eures Herzens bluten lassen.
Ihr dachtet, ihr hättet mit Arjan das Schlimmste überstanden?
Nein, das Schlimmste steht euch erst noch bevor.

Printed in Poland
by Amazon Fulfillment
Poland Sp. z o.o., Wrocław

34077365R00260